99% MÍO

99% MÍO

99%

SALLY THORNE

Editado por HarperCollins Ibérica, S. A.
Avenida de Burgos, 8B - Planta 18
28036 Madrid

99% mío
Título original: 99 Percent Mine
© 2019, Sally Thorne
© 2022, para esta edición HarperCollins Ibérica, S. A.
Publicado por HarperCollins Publishers LLC, New York, U.S.A.
© De la traducción del inglés, Jesús de la Torre

Diseño de cubierta: Connie Gabbert

ISBN: 978-84-18976-33-9
Depósito legal: M-17325-2022

Para Roland, para los Lanzallamas y para mí.

CAPÍTULO UNO

Nadie me enseñó esto cuando empecé como camarera pero, por suerte, aprendí rápido: cuando entra un grupo hay que averiguar quién de ellos es el macho alfa.

Si le sabes controlar, es posible que te ganes cierto respeto por parte del resto. Esta noche, consigo identificarlo de inmediato. Es el más alto y más guapo, con un resplandor de «no hay de qué» en los ojos. Qué previsible.

Sus amigos y él han salido en avalancha de una fiesta universitaria, aburridos y en busca de aventuras. Todos llevan camisetas polo de colores pastel. Pues abrochaos los cinturones, guapos. Si una sabe jugar bien sus cartas, la cosa puede ponerse emocionante de verdad. El bar El Fin del Diablo no es para cobardes.

Veo que algunos de los moteros intercambian miradas risueñas sobre las mesas de billar. Junto a la puerta, nuestro gorila está sentado con la espalda más erguida. Resulta curioso que siempre tengamos más problemas cuando este tipo de chicos entra en el local.

No sonrío al macho alfa.

—¿Os habéis perdido, chicos?

—Eh, señor —responde con una burla por mi pelo corto.

Sus amigos se ríen y entonan un: «Jooooodeeeer».

Me llamo Darcy y él ha hecho sin querer una broma de Jane Austen. Dudo que se haya dado cuenta. Su risa se desvanece un poco cuando le miro con los ojos entrecerrados y expresión seria. El macho alfa recuerda que yo tengo el control absoluto del alcohol.

—En serio, te queda muy bien.

Mi compañera Holly se aparta. Es demasiado nueva en esto y siente que todos nos miran.

—Voy a ir a por más… papel para la caja registradora —dice y desaparece entre una nube de perfume de gardenia.

Yo sigo con los ojos fijos en el macho alfa y siento una señal de triunfo en el estómago cuando él aparta antes la mirada.

—Debemos ir al mismo peluquero porque tú también estás muy guapo. Ahora, pide una copa o lárgate.

El machito no está acostumbrado a que una mujer le hable así y, para su sorpresa, le gusta. Mastica chicle con la boca abierta y me mira con ojos ávidos.

—¿A qué hora sales de trabajar?

Me imagino a un muñeco Ken al que han dejado demasiado tiempo al sol y cómo le piso esa cabeza blanda y bronceada como si fuese un cigarro.

—Para ti, nunca.

Se queda visiblemente mosqueado. Al fin y al cabo lo de ser guapo ha sido siempre su acceso gratis a los camerinos. ¿No debería funcionarle eso conmigo? ¿Es que me pasa algo? La luz le da en la cara con un tono beis sin sombras y no veo en él nada que me pueda interesar. Soy muy exigente con las caras. Las sombras lo son todo.

—¿Qué quieres? —pregunto mientras voy cogiendo vasos de chupito.

—Chupitos de sambuca —grita uno de ellos.

Claro. El elixir de los imbéciles.

Les sirvo una fila de chupitos. Les cobro y el bote de las propinas se llena más. Les encanta que les traten como basura. Estos chicos quieren vivir la experiencia completa de la excursión al bar de moteros y yo soy su guía. Su líder continúa ligando conmigo, decidido a agotarme, pero yo le dejo con la palabra en la boca.

Es domingo por la noche, pero a los que están aquí no les preocupa ir mañana descansados a trabajar.

Mi abuela Loretta me dijo una vez que, si sabes servir una copa, puedes encontrar trabajo donde sea. Ella también fue camarera a los veintitantos. Fue un buen consejo. He servido copas por todo el mundo y me he tenido que enfrentar a todo tipo de machos alfa habidos y por haber.

Me pregunto qué diría Loretta si me viera ahora, sirviendo esta cerveza con un insulto preparado en la punta de la lengua. Quizá se reiría, daría una palmada y diría: «Podríamos haber sido gemelas, Darcy Barrett», porque siempre decía eso. En su funeral proyectaron varias fotografías y pude notar cómo me miraba de reojo.

Gemelas. No es broma. Ahora duermo en su dormitorio y me estoy acabando todas sus latas de conservas. Si empiezo a meterme cristales en el bolso y a leer las cartas del tarot, me convertiré oficialmente en su reencarnación.

Holly debe de estar fabricando esos rollos de papel. Uno de los moteros con chaqueta de cuero lleva demasiado rato esperando y mira de refilón a los pastelitos. Le hago una señal con la cabeza y levanto un dedo. «Un minuto». Él gime y resopla, pero decide no provocar lesiones graves.

—¿Eso son pantalones de cuero? —pregunta uno de los pastelitos, que se ha inclinado sobre la barra para mirarme la parte de abajo—. Eres como Sandy, la de *Grease*.—

Fija su mirada en la chapa con nombre falso que me he puesto sobre el pecho: *Joan*. Sus ojos escépticos se deslizan hacia abajo. Supongo que no me pega lo de Joan.

—Es evidente que soy Rizzo, idiota. Y, si sigues echándote así para verme las tetas, tendré que llamar a Keith. Ese, el de la puerta. Mide uno noventa y está aburrido —advierto haciendo un gesto a Keith. Él responde con otro saludo desde su taburete —. Está aburrido. Yo también. Y los de las chaquetas de cuero, mucho más.

11

Me muevo por la barra repartiendo copas y cobrando a la vez que cierro el cajón de la caja con la cadera una y otra vez.

—Joan tiene razón. Estamos muy aburridos —dice uno de los moteros más jóvenes con tono divertido.

Ha estado apoyado en la barra, siguiendo con interés la conversación. Los pastelitos se estremecen y se ponen a mirar sus teléfonos. El motero y yo nos sonreímos y yo le sirvo una cerveza, invitación de la casa.

Estoy harta de sus comentarios.

—La sambuca os va a arrugar las pelotas —les digo—. Ah, espera, demasiado tarde. Ahora, largaos de aquí.

Obedecen.

Holly asoma sus grandes ojos por la puerta cuando todo se ha tranquilizado. No trae nada en las manos. Es toda piernas y codos y nuestro jefe, Anthony, la ha contratado sin hacerle ni una sola pregunta. Las caras como la de ella son muy contratables. No sabe contar monedas, ni servir copas, ni tratar a los hombres.

—Siempre me siento aliviada cuando veo que compartimos turno —comenta, y se sienta en el banco soltando un largo y sonoro suspiro, como si hubiese hecho un gran esfuerzo. En su chapa pone *Holly* y le ha añadido una pegatina con un corazón rosa de purpurina—. Me siento más segura cuando estoy contigo. Apuesto a que incluso estás pendiente de Keith.

Es verdad. Sí que lo estoy.

Intercambio una mirada con Keith. Él responde levantando el mentón y se apoya en la pared sentado en su taburete. ¿Otro consejo de camarera? Hazte amiga de los encargados de seguridad. Yo emborracho a los tíos y Keith se ocupa de que no pase nada. Se me ocurre que debería compartir con Holly estos sabios consejos, pero no quiero que se aferre a este trabajo más tiempo del necesario.

—Cuando me vaya vas a tener que ser más dura —le digo.

Holly hace un mohín.

—¿Cuánto tiempo más vas a seguir aquí?

—Las obras de la casa de mi abuela empiezan en dos meses, a menos que vuelvan a retrasarlas. Luego me iré de aquí —afirmo. La pegatina de brillantina de Holly me pone nerviosa—. Yo nunca me pondría mi verdadero nombre en el pecho en este sitio.

Inclina la cabeza a un lado. Sería una estupenda modelo de trajes de novia ataviada toda de blanco con un vestido pomposo y una tiara.

—Nunca se me ha ocurrido ponerme uno falso. ¿Cuál me podría poner?

Si a la vieja etiquetadora le queda rollo de pegatina dentro, sería un milagro. La atención de Anthony a la rotación de personal se resume a un buen montón de placas de identificación. Aún tienen que marcharse unas cien personas más para que tenga que ocuparse de ello.

—Doris te quedaría estupendamente.

Holly arruga la nariz.

—Eso es muy de vieja.

—¿Quieres un nombre falso sexy? Vamos, Hol.

Saco una etiqueta y la pego en una placa. Cuando se la doy, ella se queda un momento en silencio.

—¿Crees que soy una Bertha?

—Sin lugar a dudas.

Sirvo a algunos clientes más.

—Soy más una Gwendolyne. O Violet.

De todos modos, obedece y se la coloca. La obligo a darme su antigua etiqueta y la tiro a la basura. Quizá pueda estar algo más tranquila en mi turno si sigue por este camino.

—Algún día serás la doctora Bertha Sinclair, atendiendo a loros deprimidos y metida en la cama cada noche a las nueve. —Parezco una hermana sobreprotectora, así que añado—: O podrías ser veterinaria en la selva sudamericana y ayudar a los guacamayos a que aprendan a quererse de nuevo.

Se mete las manos en sus ajustados bolsillos y sonríe.

—La verdad es que en la facultad de Veterinaria no solo nos ocupamos de loros. Te lo he dicho muchas veces.

—Hola, guapa —le dice un tipo a Holly.

A los chicos malos les encantan las chicas buenas.

—Si tú lo dices —le digo a ella, y a él le respondo—: Vete a la mierda.

Ella sigue con nuestro juego.

—Apuesto a que cuando le esté realizando una laparoscopia a un viejo gato atigrado, tú estarás en la selva sudamericana, con tu enorme mochila a la espalda, caminando entre las enredaderas —dice y hace un movimiento como si cortase con un machete.

—La verdad es que eso ya lo he hecho en los Andes —confieso, a la vez que trato de no sonar muy jactanciosa. No hay nada peor que una trotamundos engreída—. Ahora mismo no me vendría mal un buen machete —comento mirando hacia la clientela del local.

—He mirado un poco tu Instagram. He perdido la cuenta de la cantidad de países en los que has estado.

—Se me perdió el pasaporte, si no te contaría todos los sellos.

Empiezo a recoger vasos sucios. Vuelvo a revisar el plano de la casa mentalmente. Es probable que el espíritu de Loretta esté jugando conmigo. O eso, o es que mi hermano Jamie me lo ha escondido.

Solo pensar en los bonitos ojos de Holly mirando mi antigua vida me produce escalofríos. Me imagino a mis ex pasando de una foto a otra, a ligues de una noche o antiguos clientes de mis fotografías curioseando o, lo que es peor, a Jamie. Tengo que hacer privada esa cuenta. O borrarla.

—Y había fotos tuyas con tu hermano. No me puedo creer lo mucho que os parecéis. Es muy guapo. Podría ser modelo.

Esas últimas palabras las ha soltado de forma involuntaria. Ya las he oído en muchas otras ocasiones.

—Lo intentó una vez. No le gustó que le dijeran lo que tenía que hacer. Gracias de todos modos. Eso es también un cumplido para mí —contesto, aunque ella no lo ha entendido.

Jamie y yo nos parecemos porque somos mellizos. Hay varias categorías de mellizos y nosotros estamos al final: un chico y una chica. Ni siquiera podemos vestirnos igual ni hacernos pasar el uno por el otro. Hermanos, menudo muermo.

Pero si contamos lo de que somos mellizos, hay gente a la que le resulta fascinante. Siempre nos preguntan quién nació primero, si podemos saber lo que el otro piensa o sentir el dolor del otro. Me doy un pellizco fuerte en la pierna con la esperanza de que él dé un salto en un bar elegante del centro y se le caiga la copa.

En teoría, si él es guapo yo también debería serlo, pero ya me han dicho demasiadas veces que soy «Jamie con peluca» como para creerlo. Si nos ponen a uno al lado del otro, con mi cara lavada, a mí me confundirían con su hermano pequeño. Lo sé porque ya ha ocurrido.

—¿Dónde vas a ir primero?

Desde luego Holly es de ese tipo de chicas que se pondría una boina en una calle de adoquines y llevaría una *baguette* en la cesta de la bicicleta.

—Voy a enterrar todas mis chapas identificativas en un bosque de la muerte japonés que se llama Aokigahara. Hasta entonces, mi alma no quedará libre del bar El Fin del Diablo.

—Entonces, no vas a París —dice ella haciendo un dibujo en el suelo con la punta de su zapatilla blanca, y yo casi suelto una carcajada al ver que tenía razón.

Le apoyo una fregona en la pierna, pero ella la sujeta con las manos y reclina la mejilla en el palo, como una actriz de musical que está a punto de empezar a cantar.

—¿Por qué viajas tanto?

—Me han dicho que tengo problemas para controlar mis impulsos —contesto con una mueca.

Ella sigue pensando en las fotos que ha fisgoneado.

—Eras fotógrafa de bodas. ¿Cómo lo hacías?

Me mira de arriba abajo.

—Es bastante fácil. Buscas a la que lleva el vestido blanco y haces esto —digo levantando en el aire una cámara invisible y pulsando con el dedo.

—No, lo que quiero decir es si no estabas siempre viajando.

—Trabajaba durante la temporada de bodas y vivía aquí con mi abuela. El resto del año, viajaba —le explico. Hablar de presupuesto ajustado sería quedarse corta, pero me las arreglé así durante seis años—. Trabajo en bares cuando necesito dinero. También hago algunas fotos de viajes, pero no se venden muy bien.

—Bueno, no te ofendas pero…

—Normalmente, es ahora cuando alguien dice algo que sí ofende —la interrumpo, pero me salva uno de los viejos moteros con los antebrazos teñidos de tatuajes azules y una mancha marrón en la barba. Es la personificación de la repugnancia, pero no dice nada mientras le sirvo su copa, así que le premio con una sonrisa. Parece molesto.

Cuando se ha ido, voy al baño y me miro al espejo con una sonrisa cortés. Es como si llevara tiempo sin probar a hacerlo. Mi reflejo se parece a la portada de un documental de tiburones.

A Holly se le da bien poner en pausa su cerebro. Yo trato de arreglarme el pelo, me pongo más lápiz de ojos, me lavo las manos durante una eternidad y, aun así, cuando vuelvo, ella continúa como si nada:

—Pero a mí no me parece que encajes en el mundo de las bodas.

—¿Por qué no, Bertha?

He escuchado ese mismo comentario en boca de infinidad de tipos borrachos en celebraciones de bodas que me tiran del codo mientras yo trato de hacer fotos del baile inaugural.

—Las bodas son románticas —responde Holly—. Y tú no lo eres.

—No tengo por qué ser romántica. Solo tengo que saber qué es lo que el cliente considera romántico.

No debería sentirme ofendida, pero doy una patada a una caja de cartón que está debajo de la barra y lanzo una mirada asesina al montón de vasos sucios.

Hay una pareja dándose el lote ahora mismo en la pared de atrás, junto a los baños. El giro de la cadera de él mientras se manosean me da ganas de vomitar. Pero en algunos momentos, cuando se toman un descanso para respirar y separan los labios, él deja la mano en el pelo de ella y se miran. Es entonces cuando haría la foto. Puedo hacer incluso que esos dos gilipollas parezcan hermosos.

Después, abriría la manguera de incendios y les echaría de aquí.

—Entonces, ¿no has tenido ningún romance con ese tal Vince? —pregunta Holly como si ya conociera la respuesta.

La primera vez que le vio entrar aquí dijo: «No es un buen chico, Darcy». Y yo contesté: «Tiene un *piercing* en la lengua, así que una parte de él es bastante buena». Holly se quedó boquiabierta y sin palabras.

Reviso el contenido del frigorífico que tengo más cerca.

—Tengo un soneto en el bolsillo de atrás. La próxima vez que le vea se lo voy a leer.

—Pero si no estás enamorada.

Le respondo con una carcajada. Ya he perdido la esperanza de sentir algo por los hombres.

—Es una forma de pasar el rato. Llevo aquí mucho más tiempo del que tenía pensado. —Por favor, no me hagas la siguiente pregunta, la de «¿Alguna vez te has enamorado?»—. Eh… vale, supongo que no soy romántica.

—¿Por qué dejaste lo de las bodas?

Esa palabra, *dejar,* es una espinita y Holly lo ve en mis ojos. Baja la mirada y toquetea su chapa de Bertha.

—Lo siento. En tu web decía que no aceptabas más reservas de forma indefinida. Y que ahora te dedicas a la fotografía de producto. ¿Qué es eso?

—¿Por qué no lo buscas en Google, Bertha? —intento hacer una broma, pero estoy furiosa.

¿Por qué está constantemente intentando hacerse amiga mía? ¿No entiende que me voy a ir? Voy a borrar toda esa web.

—Nunca me dices nada en condiciones —protesta en voz baja—. Nunca me hablas en serio.

Su preciosa cara se ha sonrosado y arrugado con expresión de preocupación. Yo voy al otro extremo de la barra y le doy la espalda. Cojo el vaso de cerveza que tiene las chapas con nombres. Ya estoy harta de ser Joan. Decido ser Lorraine durante el resto de la jornada.

Estoy harta de ser Darcy.

—Lo siento —dice de nuevo Holly con voz tímida.

Me encojo de hombros y arrastro botellas de vodka al fondo de la nevera.

—No pasa nada. Es solo que estoy… —«Atrapada, sin pasaporte ni billete de avión. Viviendo una pesadilla»—. Soy una zorra. No me hagas caso.

Por el rabillo del ojo veo que la luz se refleja en una botella de whisky y le da un destello dorado. Siento un pellizco en lo más profundo del estómago y suelto el aire hasta que no me queda nada dentro. Últimamente sufro un caso crónico de suspiros fuertes y tristes, sobre todo cuando pienso en bodas. Lo cual me niego a hacer.

He tenido mi propio negocio durante varios años y siento como si tuviera visión de rayos X para cosas que van a convertirse en un grave problema. A Holly no le han dado todavía ninguna nómina. Las existencias son preocupantemente bajas. Puede que el alcohol no sea la principal fuente de ingresos de Anthony. Voy a la trastienda y escribo una nota: *Anthony, ¿quieres que haga un pedido para el almacén? D.*

Para ser una chica dura, tengo una letra vergonzosamente femenina. Desde luego, no veo que los chicos del turno de día le dejen al jefe notas concienzudas. La arrugo.

Cuando vuelvo a salir y empiezo a contar el dinero de la caja, Holly prueba de nuevo y retrocede al momento anterior al comentario en que la ha cagado.

—No creo que Vince sea tu hombre, de todos modos. Yo creo que lo que necesitas es uno de esos.

Se refiere a los chaqueta de cuero. Sigo contando dinero. Quinientos, quinientos cincuenta. Resulta interesante viniendo de ella. Le dan miedo. Si se rompe una copa, soy yo la que tiene que salir con el recogedor y el cepillo.

—¿Por qué lo crees?

Holly se encoge de hombros.

—Necesitas a alguien aún más fuerte que tú. Y ese no deja de mirarte y siempre se asegura de que le sirvas tú.

Ni siquiera me molesto en levantar la vista de la caja registradora para ver a quién se refiere. Seiscientos, seiscientos cincuenta...

—Prefiero morirme sola que terminar con uno de esos gilipollas.

El mismo chaqueta de cuero joven que me ha ayudado a asustar a los universitarios nos vuelve a hacer una señal con la mano. Es evidente que la cerveza gratis se acaba con facilidad.

—Esta noche estás sediento —le digo mientras le sirvo esta vez su marca de whisky habitual.

—Mucho —responde con un tono que parece sensual, pero cuando le miro a la cara compruebo que está sereno—. Aburrido y sediento, más bien.

—Bueno, por eso estás aquí. Pero si vas a darles luego una paliza a esos niñatos, hazlo en el aparcamiento, por favor.

Sus ojos de azul cristalino se fijan en mi chapa.

—No hay problema. Hasta luego, Lorraine.

Paga, me deja una propina y se va.

—Ese es el que te quiere —dice Holly con voz demasiado alta.

CAPÍTULO DOS

La bota se le tuerce y el whisky salpica el suelo. Con decisión recupera el paso y se aleja con gesto nervioso.

—Ni una palabra —le espeto a Holly.

Jamás me había fijado siquiera en que existía, pero ahora aparece ante mí alto, guapo y tatuado. Músculos, culo y botas; aprobados, aprobado, aprobadas. Buena estructura ósea también. Me imagino intentando hablar con él. Tocándole. Conociéndole. Después pienso en que él intenta hacer lo mismo conmigo.

Quizá pueda llevarme al aeropuerto.

—Paso.

Le lanzo a Holly una mirada de «no te metas» y ella la recibe, alta y clara. Nos evitamos cortésmente, puede que durante casi una hora. Ella sirve copas, llevando a cabo cada transacción como si fuese para ella una novedad y parpadeando claramente ante la caja. Me da miedo pensar si la cuenta final va a cuadrar.

Saco a rastras un barril nuevo del almacén y empiezo a sentir una agitación en el pecho que me es familiar. Ya debería estar acostumbrada, pero me sorprendo cada vez porque soy imbécil. Cualquiera pensaría que una arritmia de corazón crónica es algo a lo que estoy habituada, pero en cada ocasión pienso «Dios, esa cosa otra vez». Es el dispositivo de seguridad del que siempre me olvido después de que ocurra y, a pesar de mis veintiséis años gozando, por lo demás, de buena salud, tengo que sentarme en el sillón de Anthony mientras la visión se me pixela y el corazón me palpita con fuerza.

—¿Estás bien? —grita Holly asomando la cara por la esquina—. Se supone que las chicas no tienen que sacar los barriles.

—Me ha dado una pequeña punzada —le miento de inmediato señalándome la espalda—. Sal tú.

—Deberías habérselo dicho a Keith —replica con tono solivíantado y yo le respondo con una peineta hasta que se va.

Mientras tanto, mi corazón va subiendo a toda velocidad por la escalera de incendios de un rascacielos con una pata de palo. Escalón, pausa, salto a pata coja, arriba. Cada vez más alto, sin barandilla, sin miedo, sin caerme de espaldas al interior de la oscuridad. Solo tengo que aguantar el bache hasta que pase. Pero esta vez estoy respirando como si también llevase a cuestas la escalera. En este momento casi puedo sentir la rabiosa preocupación de Jamie a mi alrededor en medio de una nebulosa; estaría valiéndose de su fuerza de voluntad para ajustar mi ritmo cardiaco.

Jamie provocó mi cardiopatía. Me desconectó el cordón umbilical para darle un trago, con una sonrisa de satisfacción, viendo cómo me ponía azul antes de devolvérmelo. El cardiólogo me dijo que eso era imposible, pero yo sigo convencida de que fue así. Es muy propio de Jamie.

Al parecer, yo estaba situada para ser la primogénita pero, en el último segundo, Jamison George Barrett se me echó encima y me dio una paliza. Fue el primero en salir de mi madre, todo rosado y robusto, gritando: «¡*Touchdown!*» Estaba en el percentil superior de todo. Yo salí con ictericia y me tuvieron metida en una de esas ollas exprés durante una semana con un monitor cardiaco. Jamie me ha estado superando en todo desde entonces, marcándose infinidad de tantos en clases, despachos y bares, en superficies reflectantes y, probablemente, también en camas. Uf, un asco.

Puede que la razón por la que sé tratar a los tíos del bar sea que ya tuve que enfrentarme a un macho alfa en el útero.

Hoy llovía en la nueva ciudad de Jamie. Me lo imagino caminando por la acera en dirección a su trabajo soñado de adjunto en un banco de inversiones. No sé qué es lo que hace, pero me imagino que tiene que ver con nadar en una cámara acorazada llena de monedas de oro. Irá vestido con la gabardina de Burberry, el paraguas negro en una mano y el teléfono en la otra: «Bla, bla, bla. Dinero, dinero, dinero».

¿Qué diría ahora mismo si me volviese a hablar? «Respira, te estás poniendo gris».

Distraerme pensando en Jamie siempre parece funcionar. Puedo centrar mi irritación en él en lugar de en mi defectuoso motor. Mi torturador es también mi pilar.

«Darce, tienes que hacer algo con tu corazón».

Pago primas desorbitadas por mi seguro médico por culpa de mi desastroso corazón y mis ingresos de este sitio solo sirven para pagarlas cada mes. Cuando lo pienso, a este trabajo se le añade una capa más de depresión.

Mi ritmo cardiaco ha vuelto ya a su triste versión de normalidad, pero hasta que Jamie vuelva a hablarme tras mi legendaria metedura de pata, voy a intentar enfrentarme a lo imposible: no tener hermano mellizo. Considero la idea de enviarle un mensaje ofensivo y despreocupado, pero entonces me acuerdo de que no puedo, aunque quiera. Voy a intentar enfrentarme a la segunda cosa imposible de este día y de esta edad: no tener teléfono.

Salí con Vince hace dos fines de semana al bar Sully's y se me cayó el teléfono al váter. Cuando se hundió en el fondo, la pantalla se iluminó con una llamada entrante y una foto de la petulante cara de mi hermano. Qué típico. La primera vez que intentaba ponerse en contacto conmigo desde hacía meses y estaba bien hundido en agua con pis. El teléfono se apagó, yo me lavé las manos y salí.

Mis padres me matarían si supieran que no tengo teléfono. También me matarían si supieran que no me pongo una bata en las noches frías cuando estoy en casa. «¡Tu corazón! ¡Tápate! ¡Tápate!».

Tengo una sensación aún peor: que nadie se va a dar cuenta siquiera de que no se puede contactar conmigo. Desde que lo jodí todo y Jamie se fue, mi teléfono ha dejado de sonar. Él es la luz centelleante hacia la cual todos gravitan.

Oigo un golpe en la parte de delante y las voces de unos chicos gritando: «Oooooh». Los hombres se encienden cuando se rompe algún vaso. Me oigo tomar aire para recuperar fuerzas. Llevo haciendo esto durante años pero, aun así, no describiría esta parte como la más fácil.

—¿Qué pasa? —pregunto mientras salgo pisando fuerte con las botas.

Veo una fila de tíos sonriendo con gesto de suficiencia. Holly está tratando de amontonar los cristales rotos y tiene la cara colorada. Hay cerveza por todas partes y tiene el borde de la camiseta empapado. Nunca he visto a una chica que necesite más que la rescaten.

—Esa tonta no sabe siquiera poner una cerveza —dice el macho alfa de este grupo. Este es de los que insultan—. Menos mal que está buena. No como esta otra.

Se refiere a mí. Me encojo de hombros.

—No pasa nada —le digo a Holly.

Ella asiente sin pronunciar palabra y desaparece por la parte de atrás. ¿Es este el turno que va a poder con ella?

Este tío no va a pagar y marcharse sin más. Está buscando estímulos. Respondo con el piloto automático y los detalles resultan aburridos. Sería más guapa si no tuviese el pelo tan corto. Sería más guapa si me esforzara más. Casi parezco un tío con maquillaje. Vale, eso ha escocido un poco. Soy una verdadera zorra dura de roer, ¿no? Puedo esquivar cada comentario o insulto con facilidad y estoy poniendo cinco whiskies dobles cuando él se pasa de la raya.

—Además, ¿quién te crees que eres? ¿Alguien especial?

Su voz atraviesa la niebla y yo vuelvo a clavar la mirada en su cara. Siento que algo en mi interior se rompe con fuerza, como si fuera un tronco seco y me hubiesen cortado por la mitad con un hacha. No se me ocurre ninguna respuesta. Él ve que ha tocado un punto sensible y sonríe.

Me han dedicado insultos peores y en muchos idiomas, pero esta noche siento como si esto fuese lo peor que me han dicho jamás.

La verdad es que lo es. Es lo mismo que me dijo mi hermano antes de irse.

—Este —le digo a Keith como si estuviese eligiendo un pescado y él le saca agarrándole del cogote. El resto del grupo murmura y maldice. La rabia se enciende como un soplete en mi interior—. Lo único que tenéis que hacer es pedir vuestra bebida, pagar y dejar una propina. No habléis. Haced solo esas tres cosas y apartaos de mi vista.

Holly vuelve y se pone de rodillas a mi lado para meter los cristales en el recogedor.

—¡Ay!

Ahora hay una fina línea de sangre que le recorre la espinilla hacia el interior del calcetín blanco y el zapato.

—A ver —consigo decir sin soltar un suspiro. Mientras busco en el botiquín, pienso si podría buscarle otro trabajo—. ¿Sabes algo de costura? Puede que mi amiga Truly necesite pronto una ayudante. Probablemente podrías hacerlo desde casa.

—Hice la manta de mi cama. Pero no son más que líneas rectas, no fue difícil. Podría hacer cosas sencillas.

Se limpia la capa de sudor y mira a su alrededor como si se diera cuenta de lo que yo he sabido desde el principio: este lugar no es para ella.

Le pongo una tirita, reparto las propinas y la envío a casa temprano.

—Si no quieres volver, envíale un mensaje a Anthony.

Ella asiente entre lágrimas. Es una chica de lo más agradable, pero espero por su bien que deje el trabajo. Podría acabar como yo.

Son casi las diez de la noche. El bar no cierra hasta las cuatro de la madrugada, así que llegan las zorras realmente malas que hacen el turno de la noche. Son lo que yo voy a terminar siendo. Me meto las propinas en el bolsillo y pasamos unos minutos charlando sobre cuáles son los imbéciles a los que hay que vigilar.

—Adiós —le digo a Keith al pasar junto a su taburete en la puerta, pero él ya se está poniendo de pie.

—Ya conoces las normas.

—Esas normas son una basura.

—Así es la vida —contesta encogiéndose de hombros.

—¿Quién te acompaña a ti hasta tu coche?

Le miro mientras se lo piensa.

—Probablemente lo harías tú —afirma sonriendo—. Si alguna vez quieres ganarte un dinero extra, quizá pueda encontrarte trabajo de seguridad. Se te daría de maravilla.

—Es posible, pero no —contesto atravesando la puerta de la calle, resignada al hecho de que va a venir detrás de mí. Salgo entre una nube de cigarrillos y humo—. En serio, no sabes lo poco que me gusta que tengas que tratarme como a una cría.

—Me hago una idea —responde Keith con tono seco.

Cuando miro hacia atrás, está supervisando el aparcamiento con ojos experimentados. Hace mucho tiempo le pasó algo a una chica que trabajaba aquí, mucho antes de que yo viniera, y el callejón parece teñido de una desagradable y escalofriante maldad.

Me rindo y empiezo a caminar.

—Vamos, perro guardián, es la hora de tu paseo.

Las piernas increíblemente largas de Keith se ponen fácilmente a mi altura mientras atravesamos los pequeños grupos de chicos reunidos junto a sus motos.

—Espera un momento, guapa —dice uno de ellos.

—Esta noche no puedo —responde Keith con voz femenina, haciendo que todos estallen en carcajadas—. ¿Estás bien, Darcy? Pareces un poco débil.

No debería subestimar lo perspicaz que puede ser. Se gana la vida observando a la gente.

—¿Quién?, ¿yo? Estoy bien. Gracias por lo de antes. Debe ser lo mejor de tu trabajo, ver cómo salen rodando por el cemento.

Meto la mano en el bolso. No necesito una llave apretada en el puño con un acompañante tan grande.

—No creas —contesta Keith apoyando un codo en el capó de mi coche. Es del tamaño de un pies grandes, normal tirando a guapo y tiene un anillo de oro—. Por cierto, todavía te debo los veinte pavos de la otra noche. Quería darte las gracias por eso… y por escucharme.

Ahora me siento mal, porque no le escuché en absoluto. Estuve comprobando la lista de turnos como una lameculos compulsiva, señalando los fallos y los huecos libres mientras Keith estaba sentado en un taburete de la barra contándome una historia sobre su mujer, su suegra y una cartera que había desaparecido. Algo sobre una enfermedad y tener que trabajar a todas horas. Me quedé con algunos suspiros y un posavasos roto en diminutos pedazos. Por muy triste y dulce que sea, veinte dólares me resultaron toda una ganga para poner fin a aquella conversación.

—No te preocupes. —Siempre me hincho de orgullo cuando soy generosa. Espero, pero Keith sigue ahí apoyado—. En serio, no me importa lo de los veinte dólares. Puedes invitarme a una copa cuando por fin me largue de este sitio. Más vale que me vaya. El vino no se bebe solo.

—Podrías bebértelo ahí dentro —dice—. Es un bar, ¿lo sabías?

Hago una mueca.

—No quiero respirar el mismo aire que esos tíos más tiempo del necesario.

—Te pondré un taburete al lado del mío —me ofrece, pero niego con la cabeza.

—Bebo mejor en casa, en el sofá, sin pantalones y con los Smiths deprimiéndome de lo lindo.

Eso ha sido demasiada sinceridad. Pongo la mano sobre la puerta del coche, pero él se limita a soltar un fuerte suspiro. Sigue ahí por algún motivo. Yo empiezo a pensar que está preparándose para pedirme un préstamo mayor.

—Dios, ¿qué pasa? Suéltalo ya.

Levanta la vista hacia las estrellas con los ojos entrecerrados.

—Menuda noche, ¿eh?

Me pongo una mano en la cadera.

—Keith, estás muy raro. Por favor, deja de aplastarme el coche.

—Tú lo sientes, ¿verdad? —dice mirándome de una forma extraña, como si necesitara estornudar.

—¿Una estampida de dinosaurios?

No consigo que sonría. Simplemente, sigue mirándome y no deja que me vaya.

—¿Qué? —le pregunto—. ¿Qué se supone que debo sentir?

—Tú y yo. Esto —dice señalándonos a los dos.

Impacto más sorpresa igual a rabia.

—Keith, ¿qué narices dices?

—Me miras mucho.

—Porque eres el chaleco antibalas que tenemos en el taburete de la puerta. No. Ni lo intentes —le advierto, y aparto mi brazo cuando él me lo va a agarrar—. Apuesto a que tu mujer se quedaría muy impresionada contigo.

La infidelidad es la cosa más abominable que se me puede ocurrir, porque es lo contrario a las bodas. Y en eso es en lo que he estado sumergida durante años. Alguien promete amor eterno, ¿y después empieza a mirar a las chicas del trabajo?

—En serio, Keith, que te den.

Su cuerpo se desploma con la mano en la nuca; la viva imagen de la desgracia.

—Ella apenas tiene tiempo para mí desde que enfermó su madre. Siento como si tú y yo tuviéramos una conexión, ¿sabes?

—Porque éramos amigos. Éramos.

Abro bruscamente la puerta del coche y siento un pellizco de miedo cuando su mano me agarra la muñeca sin dejar que la mueva. Yo tiro y él aprieta más fuerte. Mi rabia aumenta y tiro con más fuerza. La muñeca me está doliendo más que cuando Jamie me la retorcía a posta cuando éramos niños. Pero quiero que me duela. Mejor que quedarme quieta.

—Si al menos me escucharas… —intenta explicarse Keith, pero mi piel es demasiado blanda para que él la pueda mantener sujeta y consigo liberarla como si fuese un pañuelo de seda.

El aparcamiento está ahora inexplicablemente desierto. Mi ritmo cardiaco se activa y le miro como un tipo que alza la vista por encima de su periódico pensando «¿Qué está pasando aquí?». Si la caga conmigo, me voy a poner furiosa.

Le señalo a la cara con el dedo.

—Creía que eras de los buenos. Me he equivocado, como siempre.

Apoyo el trasero en el asiento. Cierro la puerta de golpe y oigo un leve gemido de dolor. Me voy con el seguro de las puertas echado. Esta es mi especialidad: escaparme de amarres demasiado apretados y salir pitando. Mi viejo amigo no es más que una figura de cartón infiel en mi espejo retrovisor.

—Equivocada, como siempre. Porque no hay ninguno bueno.

Cuando oigo mi voz diciéndolo en voz alta, sé que no es verdad. Todavía queda un hombre realmente bueno. Es la marca de la marea alta en un mundo lleno de charcos de un centímetro de profundidad. Rápido, necesito mi vino de emergencia. Beber esta noche, acostarme y olvidar.

Conduzco por un camino sinuoso hasta la tienda que está cerca de mi casa mientras miro el espejo retrovisor. Vuelvo a meter el corazón en su caja y aguanto una discusión de diez minutos con mi parte femenina. ¿Me he mostrado demasiado cariñosa con Keith? ¿Demasiado relajada, demasiado traviesa, maleducada y sonriente? No. Que le den.

Repaso distintas conversaciones que he tenido con él y me estremezco al pensar en lo fáciles, agradables y platónicas que me parecían. Quizá incluso le haya usado como sustituto de mi hermano. ¿Le pagué veinte dólares a Keith para que fuese mi amigo?

Ay, Dios, doy pena.

Me pregunto cuántos Keiths habrá en los retratos de boda que he hecho a lo largo de los años. Me froto la muñeca dolorida. Es un buen recuerdo de que, por muy cuidadosa que sea, nunca será suficiente. Voy a necesitar mucho vino esta noche.

Aparco el coche en el bordillo. Esto era antes una zona verde sin absolutamente nada entre la casa de mi infancia y la de Loretta. El progreso era inevitable, pero la tienda del 7-Eleven con sus luminosos de neón me parece insultante. Sigo sin poder pasar junto a mi antigua casa. La han pintado de malva. Aun así, quizá podría arriesgarme a mirar ese palacio púrpura antes de obligarme a darme la vuelta para mirar la destartalada casa del otro lado de la calle.

Otra vez las emociones. Vino. Vino.

—Otra vez no —dice Marco, el dependiente, cuando entro—. Otra vez no.

—Estoy demasiado cansada para tus mierdas, así que no empieces.

Este lugar es tan práctico como su cartel de neón de la fachada. De lo contrario, no soportaría esto.

—El azúcar es veneno blanco —asegura.

Desde que leyó un libro sobre el azúcar, la vida le ha cambiado. Empieza a contarme una historia que suena falsa sobre ratas de laboratorio adictas al azúcar mientras cojo una botella de vino blanco y dulce barato y una lata de tripas de pescado para Diana. Después entro en mi pasillo favorito en el mundo entero.

—Preferían el azúcar a la comida y, al final, murieron por malnutrición.

Marco le vende un paquete de tabaco a alguien sin decirle nada.

Yo asomo la cabeza por encima del pasillo:

—Eso es lo que pienso hacer. Por favor, no sigas hablándome.

Odio llevar tanto tiempo aquí como para que hasta un dependiente de una tienda sepa quién soy. No voy a dejar que me eche esto a perder. Este momento es especial.

Las formas que puede adoptar el azúcar son increíbles. El azúcar es arte. Es ciencia. Es cósmico. Es lo más cercano a la religión que tengo. Estoy enamorada de estos colores de dibujos animados. Gominolas ácidas rebozadas en azúcar de caña granulado, regalices de charol, alegres bolsitas de caramelos masticables, malvaviscos rosas y blancos más suaves que los pétalos de rosa. Está todo aquí, en esta gama de azúcar con los colores del arcoíris, esperándome.

—Diabetes… Cáncer…

Marco es como una radio que puedo sintonizar y desintonizar.

Mi amiga Truly, mi única amiga del colegio que todavía vive aquí, piensa que las mujeres deberían darse un premio de consolación semanal. Ya sabes, por tener que soportar la mierda de todo el mundo. Ella se compra flores. Como regalo, yo aumento mi insulina y mis niveles de alcohol en sangre. El domingo por la noche es mi Halloween semanal.

Camino despacio mientras rozo con los dedos los chocolates, puñeteros y sensuales cuadraditos. Negros, con leche, blancos. No hago discriminación. Me los como todos. También esos caramelos amargos que solo les gustan a los odiosos niños pequeños. Chupeteo las manzanas caramelizadas hasta acabármelas. Si un sello de correos es dulce, lo lamo dos veces. Mientras crecía, fui esa niña a la que podían tentar para que se metiera en una furgoneta con la promesa de que le darían una piruleta.

A veces, dejo que la seducción de la compra dure veinte minutos, sin hacer caso a Marco mientras manoseo la mercancía, pero estoy muy cansada de oír voces masculinas.

—Cinco bolsas de malvaviscos… —comenta Marco con tono de resignación—. Vino y una lata de comida de gato.

—La comida de gato es baja en carbohidratos.

No hace movimiento alguno para pasar nada por el escáner, así que lo escaneo yo misma y saco unos cuantos billetes de mis propinas.

—Tu trabajo implica tener que vender cosas. Venderlas. El cambio, por favor.

—Es que no sé por qué te haces esto —dice mientras mira la caja registradora con expresión de estar sufriendo un dilema moral—. Cada semana vienes y haces lo mismo.

Vacila y mira por encima del hombro hacia donde está su libro sobre el azúcar bajo una capa de polvo. Sabe bien que no debe tratar de metérmelo en la bolsa con el resto de mi compra.

—No sé por qué te preocupas, tío. Cóbrame y ya está. No necesito tu ayuda.

No se equivoca del todo al decir que soy una adicta. Sería capaz de lamer una línea de azúcar glas de este mostrador ahora mismo si no me viera nadie. Podría meterme en una plantación de caña de azúcar y empezar a dar bocados.

Llevo ya varios años trabajándome este disfraz negro y es a prueba de balas. Pero hay personas que están seguras de que soy una debilucha y siempre intentan protegerme y ayudarme. Debe de ser algo relacionado con la supervivencia del más fuerte. Pero están todos equivocados. Yo no soy una pobre gacela. Voy a ser la que cace al león.

—Dame mi cambio o te juro por Dios… —digo cerrando los ojos con fuerza e intentando mantener la calma—. Limítate a tratarme como a cualquier otro cliente.

Me da las monedas del cambio y mete en la bolsa mis drogas dulces y esponjosas.

—Me recuerdas a como era yo antes. Igual de adicto. Cuando estés preparada para dejarlo, pídeme el libro. Llevo casi ocho meses sin tomar azúcar. Solo endulzo el café con agave en polvo…

Ya voy camino de la puerta. ¿Sin azúcar? ¿Por qué la vida consiste solamente en tener que dejar cosas? ¿Qué me va a quedar para poder disfrutar? La sensación de fuerte suspiro se vuelve más intensa y más triste. Me detengo en la puerta.

—Voy a escribir a tu jefe para quejarme por tu servicio —le aviso. Soy una hipócrita al jugar la carta de la atención al cliente pero no me lo pienso dos veces—. Acabas de perder a una clienta, bombón.

—No te pongas así —grita Marco mientras la puerta se cierra detrás de mí.

Vuelvo a meterme en el coche, cierro las puertas con pestillo, mantengo el motor al ralentí y subo el volumen de la música. Sé que puede verme porque está dando golpes a la ventana de su pequeño cubo de cristal a prueba de asesinos tratando de llamar mi atención. Hombres en su cascarón de plexiglás.

Abro un paquete en mi regazo y me meto cuatro enormes malvaviscos rosa en la boca, convirtiendo mis mejillas en las de una ardilla rayada. Después, le hago una peineta y los ojos se le salen de las órbitas. Es uno de los mejores momentos que he vivido últimamente y me río durante unos cinco minutos mientras conduzco, a la vez que el azúcar va entrando en mis pulmones.

Gracias a Dios que me estoy riendo. De lo contrario, podría estar llorando. ¿Quién me creo que soy?

—Oye, Loretta —digo en voz alta a mi abuela. Espero que esté ahí arriba, en una nube justo encima de mí. Me detengo en un semáforo en rojo, meto una mano en la bolsa de celofán y mis dedos rozan la acolchada suavidad. Si alguien tiene que ser mi ángel de la guarda, lo será ella. Se empeñaría en serlo—. Por favor, por favor, dame algo mejor que el azúcar. De verdad que lo necesito.

Nada más decirlo en voz alta siento un nudo en la garganta. Necesito un abrazo. Necesito la cálida piel de alguien sobre la mía. Sufro de soledad y seguiría sufriéndola aunque Vince apareciera de vez en cuando.

¿Quién me creo que soy? Una persona no amada, sin ataduras. Y sin mellizo.

El semáforo se pone en verde como si me diera una respuesta, pero cojo unos cuantos malvaviscos más antes de acelerar. Todo el mundo se ha metido en la cama y yo estoy completamente sola.

Pero quizá no lo esté.

Entro en la calle Marlin y veo un coche desconocido aparcado delante de mi casa. Bajo la música y reduzco la velocidad. Es una furgoneta grande y negra, como la que llevaría ese paleto albañil. Parece nueva y reluciente, con matrícula de otro estado. ¿Ha encontrado mi casa? El vello de los brazos se me ha puesto de punta.

Giro la cabeza mientras paso al lado despacio. No hay nadie sentado en el interior. No puede ser Jamie. Él jamás cogería una furgoneta de una agencia de alquiler. Además, habría aparcado en la entrada, no en la calle. Rodeo la manzana mientras mi corazón late a mil por hora. Por un momento deseo que sea Keith, pero después recuerdo lo que ha pasado. Y entonces, me enfado.

Aparco en el camino de entrada con un acelerón agresivo y enciendo las luces largas. Bajo la ventanilla unos centímetros y grito por encima de los ensordecedores latidos de mi corazón:

—¿Quién está ahí?

Oigo un ladrido y una vieja chihuahua de patas rígidas sale de las sombras vestida con un jersey a rayas. Sale también un hombre y me siento bien. Aun sin la perra, conocería esa enorme silueta donde fuera. No me van a asesinar. Ahora soy la chica más segura del planeta.

—Gracias, Loretta —digo a la nube que está encima de mí. Solo hay una cosa más dulce que el azúcar—. Has sido rápida.

CAPÍTULO TRES

Tom Valeska tiene un animal en su interior y yo lo he sentido cada vez que me ha mirado.

Jamie se encontró a Tom un día en que no podía entrar a su casa, en la acera de enfrente. Jamie la llamaba «la casa para pobres» porque siempre se mudaban a ella familias tristes que se marchaban con alarmante regularidad. Mamá le regañaba por eso. «Solo porque nosotros tengamos mucho no significa que tengas que ser grosero, príncipe.» Obligó a Jamie a cortarles el césped gratis.

Cada seis meses o así preparábamos una cesta de bienvenida para nuestros nuevos vecinos. Normalmente quienes se asomaban tras el marco de la puerta eran mujeres asustadas con los ojos hinchados. Pero aquel verano había hecho mucho calor. Mi madre tenía muchos alumnos de canto, mi padre estaba ocupado en su estudio de arquitectura y había resultado especialmente difícil dar con la señora Valeska. La cesta de bienvenida estaba ya envuelta en celofán y atada con un lazo, pero aquella señora salía al amanecer en un coche herrumbroso, siempre cargada con cubos y cestos llenos de productos de limpieza.

Su hijo de ocho años, como nosotros, se quedaba allí, cortando un tronco con un hacha en el jardín delantero para pasar el rato. Yo lo sabía porque le había visto días antes de que Jamie le encontrara. Si me hubiesen dejado ir más allá del felpudo, me habría acercado a darle unas cuantas órdenes. «Oye, ¿no tienes calor? ¿Ni sed? Siéntate en la sombra.»

Jamie, al que dejaban salir a la calle siempre que se le pudiera ver desde casa, vio que Tom se había quedado sin poder entrar a la suya cuando ya era tarde y lo trajo a nuestra casa. Le arrastró de la manga hasta la cocina. Tom tenía aspecto de necesitar un baño antipulgas. Le dimos de comer unos palitos de pollo.

—Iba a dormir en el columpio del porche. Todavía no tengo llave —les explicó Tom a mis padres con un susurro tímido y ronco.

Estaban tan acostumbrados a los bramidos de Jamie que les costaba oírle. Se mostraba muy tranquilo ante la perspectiva de no poder cenar ni meterse en la cama. Yo estaba pasmada, deslumbrada como si estuviera delante de algún famoso. Cada vez que me miraba apenas un segundo con sus ojos marrones anaranjados sentía chispas en el estómago. Parecía como si me conociera de cabo a rabo.

Aquella noche supuso un punto de inflexión en la mesa de los Barrett.

Tom estaba prácticamente mudo por la timidez, pero tuvo que capear la embestida del parloteo de Jamie. Sus respuestas monosilábicas tenían un tono de gruñido que me gustaba. Sin tener ya que mediar entre los mellizos, nuestros padres podían besuquearse y decirse cosas en voz baja. Y por primera vez en mi vida, se olvidaron de mí y me volví invisible.

Me gustaba. Nadie me robaba palitos de pollo de mi plato. Nadie pensaba en mi corazón ni en mis medicinas. Podía jugar con la vieja cámara Pentax en mi regazo entre bocados y mirar de soslayo a la interesante criatura que estaba sentada enfrente de Jamie. Todos aceptaron de buenas a primeras que era humano, pero yo no estaba tan segura. Mi abuela Loretta me había contado suficientes cuentos sobre animales y humanos que intercambiaban sus cuerpos como para mostrar mis recelos. ¿Qué más podía provocar una mirada así y hacer que sintiera descargas en mi interior?

Pudieron entregar la cesta de bienvenida a su agotada madre a última hora de esa misma noche. Ella estuvo llorando, sentada con mis padres durante un largo rato en el porche delantero con una copa de vino. Decidimos cuidar de Tom durante el verano mientras ella estaba en el trabajo. Él fue el parachoques que nuestra familia nunca había sabido que necesitaba. Mis padres prácticamente suplicaron poder llevarlo a Disney con nosotros. La señora Valeska era una mujer orgullosa y trató de negarse, pero ellos respondieron: «De verdad que es por nuestro bien. Ese niño vale su peso en oro. Tendremos que esperar a que la medicación de Darcy funcione y, entonces, tendremos libertad para poder viajar más. A menos que la dejemos con su abuela. Quizá eso sería lo mejor».

Y después de aquella primera cena, confieso que hice una cosa muy rara. Fui a mi habitación, dibujé un perro con trineo en medio de una libreta y lo escondí en el conducto de la calefacción.

No sabía qué otra cosa hacer con esa sensación que me inundaba. En la chapa del perro, demasiado pequeña como para que pudiera leerse, ponía *Valeska*. Imaginé a una criatura que dormiría a los pies de mi cama y comería de mi mano, pero también podría arrancarle el cuello a cualquiera que entrara por mi puerta.

Sabía que era algo raro. Jamie me crucificaría por haber creado un animal de ficción basándome en el chico nuevo de enfrente, pero no iba a tener ninguna prueba. Lo cierto es que eso es exactamente lo que hice y, hasta el día de hoy, cuando estoy sola en un bar del extranjero y quiero parecer ocupada, mi mano sigue dibujando la silueta de Valeska en un posavasos con sus ojos de lobo o de príncipe encantado.

Tengo muy buen ojo para juzgar a la gente.

Cuando uno de los mimados mellizos rubios de los Barrett se caía en algún agujero, aparecía nuestro fiel Valeska. Sus bonitos y escalofriantes ojos examinaban la situación y, después, sentías sus dientes en el cuello. A continuación, su fuerza y el humillante tirón hasta dejarte a salvo. Tú eres una inútil y él un competente. ¿El descapotable de Barbie se ha roto? «Solo es el eje. Apriétalo.» ¿El coche de verdad se ha averiado? «Sube el capó. Prueba ahora. Ya está.»

No solo me pasaba a mí, la melliza hembra. Tom ha sacado a rastras a Jamie de peleas, de bares y de camas. Y en cada ciudad a la que he viajado, cuando por error me metía en un callejón oscuro y tenebroso, invocaba mentalmente a Valeska para que me acompañara el resto del camino. Y eso es raro, supongo. Pero es la verdad.

Así que, a modo de resumen, mi vida es una mierda y Tom Valeska está en mi porche. Está iluminado por la luz de la farola, la de la luna y la de las estrellas. Yo siento que se me despierta el estómago y llevo tanto tiempo hundida en un agujero que ya no noto las piernas.

Salgo del coche.

—¡Patty!

Joder, qué suerte que existen los animales pequeños y su forma de interrumpir las situaciones incómodas. Tom la suelta en el suelo y Pecas Patty sube por el camino de entrada con sus patas rígidas en dirección a mí. Cuando veo que no hay ninguna morena elegante que sale de las sombras, me pongo de rodillas y rezo en silencio.

Patty es una chihuahua de pelo negro, corto y brillante, con cabeza grande en forma de manzana. Sus ojos miran entrecerrados y críticos. Ya no me lo tomo como algo personal pero, madre mía, esta perra te mira como si fueses un zurullo echando humo. Se acuerda de mí. Qué honor estar grabada de forma permanente en su diminuto cerebro de nuez. La cojo en brazos y la beso las mejillas.

—¿Qué haces aquí tan tarde, Tom Valeska, el hombre más perfecto del mundo?

A veces, es un alivio ocultar tus pensamientos más sinceros dejándolos a plena vista.

—Yo no soy el hombre perfecto —responde—. Y he venido porque mañana empiezo con la casa. ¿No has recibido mis mensajes de voz?

—Mi teléfono está en el váter de un bar. Justo donde siempre debió estar.

Arruga la nariz, probablemente contento de que no le llamara para recuperarlo.

—Bueno, todos sabemos que, de todos modos, nunca contestas al teléfono. Ya conseguimos el visto bueno, así que empezamos… en fin, ahora.

—Aldo nos ha estado reteniendo por los motivos más tontos, ¿y ahora va a ser dos meses antes? Eso es… inesperado —comento. Los nervios se activan dentro de mí. Nada está preparado. Especialmente yo—. Si hubiese sabido que venías me habría abastecido de cola Kwench.

—Ya no la sirven —dice sonriendo y siento una fuerte chispa en el estómago que me sube hasta el corazón. Con tono confiado, añade—: No te preocupes. Tengo una bodega llena de botellas.

—Uf, esa cosa no es más que agua de plástico negro.

Siento que pongo una expresión rara. Me llevo una mano a la mejilla y estoy sonriendo. Si hubiese sabido que venía habría preparado una toalla de baño bien doblada, habría llenado el frigorífico de queso y lechuga y habría esperado en la ventana de delante hasta ver su coche. Si hubiese sabido que venía, habría puesto un poco en orden mis mierdas.

Recorro el borde del camino de entrada y noto que los ladrillos se tambalean.

—Solo deberías beberla en ocasiones especiales. Podrías tomarte un vaso de Kwench con tus bocadillos de queso y lechuga en tu ochenta cumpleaños. Ese sigue siendo tu almuerzo, ¿verdad?

—Lo es —afirma, y aparta la mirada a la defensiva y avergonzado—. Supongo que no he cambiado. ¿Qué comes tú?

—Depende del país en el que esté. Y bebo algo un poco más fuerte que una cola de marca blanca.

—Entonces tú tampoco has cambiado.

Sigue sin mirarme más de un segundo antes de apartar la mirada con un parpadeo. Pero no pasa nada, un segundo me parece siempre mucho tiempo cuando estoy con él.

Hablo con Patty:

—Recibiste mi regalo de Navidad, pequeñita —le digo refiriéndome a su jersey.

—Gracias. Le queda estupendamente. El mío también.

La vieja camiseta del Día de St. Patty que lleva puesta, probablemente por mera cortesía, le queda estrechísima y apenas le cabe. Si fuese una persona, sería un espectro agotado y estaría jadeando: «Por favor, ayúdame». Le queda de maravilla. Tanto que es como un sueño del que despiertas toda sudada y avergonzada.

—Sabía que no serías tan guay como para llevar una camiseta de Patty.

La vi en una tienda de segunda mano de Belfast y en ese momento volví a encontrar a Tom. Llevaba probablemente un par de años sin hablar con él, pero sentí que algo se encendía en mi interior. Era el regalo perfecto para él. Envié por correo aéreo un paquete con dos prendas dirigidas a *Thomas y Patricia Valeska*. Me estuve riendo durante mucho tiempo y, solo después, caí en la cuenta de que posiblemente sería su novia quien firmara la recepción. Me había olvidado por completo de Megan. Ni siquiera había metido un llavero para ella en el paquete.

Le miro la mano izquierda: todavía desnuda. Joder, gracias. Pero tengo que empezar a recordar la existencia de Megan. Justo después de decir esto otro:

—En fin, las camisetas buenas pueden morir y, después, ir al cielo.

Sonrío al ver su expresión: consternado, sorprendido y halagado. Todo se borra en un abrir y cerrar de ojos. Soy una adicta.

—Sigues siendo una niñata.

Con gesto remilgado y de reprobación, se mira el reloj.

—Y tú sigues siendo un abuelo atractivo —digo pulsando ese

viejo botón, y veo en sus ojos un destello de fastidio—. ¿Te has divertido últimamente?

—Te preguntaría qué entiendes por «diversión», pero no creo que pueda soportar la respuesta —replica soltando un suspiro de queja y clavando la bota en los deteriorados escalones—. ¿Quieres que te arregle esto o no, listilla?

—Sí, por favor. Mientras papi se pone serio nosotras nos divertiremos, ¿verdad, Patty? —La hago rebotar en mis brazos como si fuese un bebé. Sus ojos tienen un tinte azul lechoso—. No me puedo creer lo mayor que está.

—El paso del tiempo suele provocar ese efecto —dice Tom con frialdad, pero suaviza el tono cuando le miro—. Ya tiene trece años. Parece que fue ayer cuando le pusiste el nombre —comenta y se agacha para sentarse en el escalón de arriba con la mirada fija en la calle—. ¿Por qué acabas de pasar con el coche sin detenerte?

No dejo de mirar al espacio oscuro que hay detrás de él. Seguro que Megan está a punto de salir. Esta es la conversación más larga que Tom y yo hemos mantenido nunca sin que nos interrumpan. Necesito que Jamie atraviese la verja de entrada.

Nunca sé bien si el pelo de Tom es de color dulce de leche o chocolate. En cualquier caso, delicioso. Su textura es como la de una novela que se hubiese caído a la bañera y después se hubiese dejado secar: unas ondas levemente arrugadas y sensuales con algún que otro rizo y pliegue en las puntas. Quiero meter la mano dentro y tirarle del pelo suavemente.

Esos músculos... Creo que estoy empezando a sudar.

—Me has dado un susto de muerte. Creía que eras… —inmediatamente cierro la boca y muevo a Patty sobre mi rodilla flexionada—. En serio, qué bonita es.

—¿Quién creías que era? —pregunta con su voz ronca, que se vuelve más grave, y una sensación de pellizco y miedo me aprieta el vientre.

Los hombres grandes son despreocupadamente descarnados.

Miro el tamaño de sus botas y sus manos. Podría matar. Pero entonces, coloco sobre su silueta adulta el recuerdo de un niño de ocho años . Me acuerdo de Valeska y suspiro.

—Un tío al que he echado del bar. En serio, Tom, casi me provocas un infarto… —En ese momento, joder, clava sus ojos en mi pecho—. No —le advierto con firmeza, y él baja la mirada y se agarra el lateral de la bota. Conoce las normas. Está prohibido preocuparse por tonterías.

—Puedo preocuparme si quiero, Princesa —refunfuña mirando al suelo—. No me lo puedes impedir.

—Ya nadie me llama Princesa. ¿Te parezco una princesa?

Dejo a Patty en el césped. Él me mira durante un segundo, de arriba abajo, y aparta la mirada con la respuesta en su cabeza y media sonrisa en la comisura de la boca.

Dios, el deseo de sacarle esa respuesta es intenso. Probablemente sería necesario ponerle las manos encima y estrujarle.

Me pongo de pie despacio para evitar que el corazón se me dispare y, después, vuelvo a mirar la etiqueta que tiene pegada en el lateral de la furgoneta negra. Caigo en la cuenta. Me giro hacia él.

—«Servicios de Albañilería Valeska.» ¡Ostras! Eres libre.

—Sí —responde como si estuviese confesando algo, con un ojo entrecerrado mientras levanta la cabeza hacia mí.

—Lo has conseguido —digo sin poder ocultar la sonrisa que me recorre la cara—. Te has librado de Aldo. Tom, joder, estoy muy orgullosa de ti.

—No te sientas tan orgullosa —me advierte a la vez que baja la cabeza para que yo no pueda ver que está contento—. No he hecho nada todavía.

Cuando Aldo llegó a la ciudad para ver la casa, sugirió un sitio donde contratar una excavadora. Ese fue su nivel de tacto mientras hablaba sobre la casa de nuestra difunta abuela. Jamie se rio de la broma, así que también es ese su nivel de tacto.

Les recordé que en sus últimas voluntades y su testamento

Loretta decía que había que restaurar la casa y había estipulado que se apartara un presupuesto para ello. Las risas cesaron. Aldo soltó un suspiro y rellenó todos los documentos para solicitar el visto bueno del ayuntamiento mientras repetía varias veces que el bolígrafo no iba bien. Yo le puse otro en la mano y él me miró con sus ojos inyectados en sangre y entrecerrados.

—Esto va a ser un trabajo de amor —dijo Aldo—. Un gran error, caro y arriesgado.

—No me jodas, Sherlock —le contesté—. Sigue escribiendo.

¿Por qué puso Loretta la última condición de que Jamie y yo la vendiéramos? ¿Alguna vez se paró a pensar que quizá yo querría pasar aquí toda la vida, regodeándome en mi soledad? Con los mellizos todo tiene que estar repartido de forma justa.

—Supongo que Aldo te enseñó la lección más importante de tu carrera —digo, y espero un momento mientras Tom lo piensa—. Qué es lo que no hay que hacer.

—Es verdad —contesta Tom con una leve sonrisa y fijando los ojos en el cartel de su furgoneta—. Cuando tenga dudas, me preguntaré qué haría Aldo.

—Y entonces harás justo lo contrario. ¿Sabes que me agarró por el culo cuando Jamie y yo fuimos a verte a tu primera obra? Qué pedazo de mierda. Yo apenas tenía dieciocho años. Era una niña.

—No lo sabía. —La sonrisa de Tom desaparece en ese momento—. ¿Le apartaste la mano?

—Tienes suerte de que no te llamara para que enterraras un cadáver. Lo habrías hecho, ¿verdad? —pregunto sin poder evitarlo.

Quiero saber si todavía puedo contar con Valeska, aunque no deba. Ahora es de Megan.

—Llevo una pala en la parte de atrás —contesta señalando con la cabeza hacia la furgoneta. Siento una inquietante excitación al saber que no habla en broma. Si yo lo necesitara, él cavaría un agujero con sus propias manos—. Sé que era un gilipollas y poco profesional, pero me dio mi primera oportunidad. Yo no tenía muchas opciones, por así decirlo. No como Jamie y tú —dice, y enderezando la espalda y juntando las botas como un niño bueno añade—: En mi obra nadie va a tocarte el culo.

—Depende de quién lo quiera hacer —digo con tono pensativo, pero la voz se me rompe cuando veo la mirada asustada de Tom—. Ya sé, ya sé. Nadie es más profesional que tú. Mi culo está a salvo.

—Voy a hacerlo todo a la perfección.

Cuando éramos niños Tom ganaba los concursos de pintura. Esta casa va a ser su equivalente de adulto.

—Sé que lo harás —afirmo, y bajo la mirada a los hombros de Tom. Su camiseta está haciendo todo lo que puede. Se ha puesto muy grande desde la última vez que le vi. Siempre ha sido alto y musculoso, pero esto es otro nivel. Le está dando duro—. Bueno, ¿y a qué esperas? Apuesto a que tienes llave. Que empiecen las obras.

—Empezaré por la mañana, si no te importa —replica con una risa, gimiendo y estirándose en un solo movimiento, como si estuviese tumbado en una cama en lugar de sentado en unos viejos y desvencijados escalones—. Sí que tengo llave, pero sé lo que piensas sobre… la intimidad.

Lo dice como si «intimidad» fuese solo una de las opciones que podría haber elegido. Siempre hace lo mismo. Me suelta una migaja de lo que piensa de mí y, después, cierra el pico hasta que Megan hace tintinear sus llaves del coche y él desaparece durante otros seis meses.

Esa migaja me deja hambrienta y yo me coso la boca para no insistir ni pedirle algo más. Estoy sudando tanto que tengo la camiseta pegada a la espalda.

Miramos a Patty mientras se mueve entre las hojas que hay en el césped, con el hocico pegado al suelo. Se agacha un poco y cambia de idea. Tom suspira, agotado.

—¿Ahora vas a hacer pis? Ha tenido casi una hora para hacerlo.

—Bueno, ahora estoy más decidida que nunca a buscar mi pasaporte. No me cabe duda de que está en la casa, pero Loretta lo escondió —digo, y chasqueo los dedos para llamar a Patty—. Vuelve aquí, pequeña gamuza.

Me acerco a él para sentarme a su lado en el escalón.

—Quizá tengas que pedir uno nuevo —dice Tom con tono de reticencia.

—El viejo tiene todos los sellos. Es como mi álbum de recuerdos. Lo buscaré mañana cuando vaya a hacer las maletas.

Levanto los ojos al cielo y le digo a Loretta: «Necesito largarme de aquí. Devuélvemelo».

—Quizá ella quiera que te quedes por aquí, por una vez.

Se ha arriesgado añadiendo lo de «por una vez».

—Voy a fingir que no he oído eso —le advierto y él se limita a levantar la vista hacia el cielo estrellado y sonreír.

Al parecer, soy previsible. También mi estómago, que se llena de chispas.

Su constitución ósea es de las que me hacen soltar tonterías. Así que las suelto:

—Cada vez que te veo, me cuesta creer que ya no seas un niño. Mírate.

—Todo un adulto.

Su torso parece una tableta de chocolate, con los cuadraditos visibles bajo el envoltorio. ¿Y esa textura entre mate y brillante del chocolate? Pues así es su piel. Quiero arañarla entera con las uñas de los dedos. Quiero empezar mi atracón de Halloween semanal.

«Megan, Megan, anillos de diamantes». El conjuro no funciona del todo.

Él tiene ese tipo de densidad que hace que constantemente trate de adivinar cuánto pesa. ¿Los músculos pesan más que la grasa? Es un quintal. Mide dos metros y yo he visto cómo se ponía así de alto, pero resulta sorprendente cada vez que vuelvo a verlo. Es el cuerpo que tienen los tíos de primeros auxilios, como esos enormes bomberos que entran dando una patada en la puerta dispuestos a salvarte.

—¿Cómo te manejas con un esqueleto tan grande? —le pregunto y él baja los ojos, desconcertado—. Es decir, ¿cómo coordinas los brazos y las piernas y te mueves por ahí?

Mis ojos vuelven a clavarse en sus hombros y siguen sus líneas redondeadas, las partes planas, las depresiones, las zonas sombreadas, los pliegues de la tela de algodón... Puedo ver su cinturón, que no es consciente de la suerte que tiene por estar atado alrededor de esa cintura, y un delicioso centímetro de su ropa interior negra. Las mejillas se me encienden, puedo oír mi corazón y...

—Levanta los ojos, D. B. —dice. Me ha pillado. No es que yo haya sido muy sutil—. Mi esqueleto y yo nos manejamos bien. Bueno, ¿y qué pasa con este porche tambaleante?

Intento pensar en cómo explicarlo. ¿Qué le ha pasado a la casa? Pienso que la he cagado y la he tenido abandonada. Ese tablón suelto, por ejemplo. Debería haber buscado un martillo y haberle dado unos golpes hasta dejarlo liso.

—Mi teoría es que la magia de Loretta mantenía la casa en buen estado.

Me froto las manos con fuerza contra las piernas para alejar las ganas de llorar que sé que van a inundarme por dentro. Pero él siempre sabe cuándo necesito que cambie de tema.

—¿Y qué le ha pasado a tu pelo? Tu madre me dio la noticia.

—Creo que llamó a todos sus conocidos, histérica por un corte de pelo raro. «Ay, Princesa, ¿por qué?» —digo burlándome e intentando que mis movimientos parezcan despreocupados mientras me paso los dedos por el pelo.

Ahora noto como si fuese la cabeza de un chico. Cruzo las piernas y mis pantalones ajustados de cuero chirrían. Los aliso con una mano de uñas negras. Nunca he sido menos princesa. Si mi madre supiera que ahora tengo un *piercing* en el pezón, me soltaría un sermón sobre que el cuerpo es un templo. Lo siento, mamá. Me he metido un clavo en el cuerpo.

—Me llamó por teléfono llorando. Yo estaba subido en un tejado. Pensé que tú… en fin —calla por un instante y la frente se le arruga al recordar el momento—. Imagínate mi alivio al saber que Darcy Barrett simplemente se había cortado la trenza. ¿Fuiste a un peluquero?

—Sí, me lo hizo un viejo barbero. ¿Qué? No iba a ir a una peluquería de señoras. Me habrían hecho un corte a lo *garçon* o alguna cosa igual de nauseabunda. Yo quería específicamente un corte de piloto de la Segunda Guerra Mundial.

—Vale —asiente Tom, divertido—. ¿Y sabía cómo cortártelo?

Aplasto un mosquito con la mano.

—Sí. Pero cambió de idea y no quería hacérmelo.

Tom mira adonde antes estaba mi pelo.

—Era algo especial.

Yo no sabía que pensaba así. Joder.

—Se había olvidado de que el pelo de las mujeres es suave. Me suplicó no hacerlo, pero le obligué. El sonido de las tijeras atravesándolo… —recuerdo, y todavía me da escalofríos—. Era como si estuviese cortando un tendón. Maldijo en italiano. Fue como si me exorcizara.

Tom me mira con una sonrisa burlona.

—Haces que los hombres se asusten y se pongan a rezar. Está claro que no has cambiado.

—Amén —confirmo, extendiendo los brazos hacia el cielo, aunque mi ropa húmeda apenas se mueve conmigo.

Estar ahí sentada con Tom Valeska me ha hecho sudar como loca por la excitación. Las ganas de ir más allá siempre me abruman. Me pasa desde que los dos llegamos a la pubertad.

—Me encanta oírles rezar en italiano —susurro de forma sensual y él no me mira a los ojos—. Por favor, por favor, *signora* Darcy, no me obligue.

—*Signora* quiere decir que estás casada, ¿no? Tú no estás casada.

Su voz es débil y, cuando le miro de reojo, veo que se le ha levantado el vello de los antebrazos. Qué interesante.

—¿Quién iba a casarse conmigo? —suelto, y ahora me toca a mí encorvarme, tocarme la bota y cambiar de tema. Lo hago con torpeza—: Oye, ¿todos dan por sentado que algún día van a recibir una llamada diciendo que me he muerto de repente?

Él no sabe qué responder, así que supongo que es un sí.

—A mi madre se le dan bien las llamadas de teléfono dramáticas y enviar fotos. Recibí una llamada especial de mi madre sobre ti —confieso, y ahora no quiero mirarle—. Maldita sea, Tom. ¿Qué narices has hecho?

Sabe perfectamente a qué me refiero.

—Lo siento mucho.

«¡Tom se ha prometido! ¡Por fin! ¡Después de tanto tiempo! ¡Su madre está a punto de explotar! Dos quilates, ¿te lo puedes creer? Darcy, di algo, ¿no es maravilloso?»

Si hubiese estado subida a un tejado habría acabado en silla de ruedas. Pero salí y me bebí veinte copas a la salud de la pareja. Fue una borrachera que se había estado gestando durante ocho años.

Me desperté con una foto de un diamante del tamaño de un terrón de azúcar en una mano con una manicura perfecta y vomité. Llegué tarde a la boda en la que iba a hacer fotos ese día. Uno de los platos principales del banquete era lubina y la sala apestaba a embarcadero. Después de que la novia dejara clara su opinión sobre mi falta de profesionalidad, yo vomité en un paragüero que había junto a la puerta.

Y, mientras tanto, Loretta salía al jardín para que yo no viera sus ataques de tos y Jamie estaba solicitando trabajos en la ciudad y pasando menos tiempo conmigo. Aquel año fue una gran vomitona y su sabor permanece aún en mi boca.

—No acepto tus disculpas. No me llamaste tú, imbécil. ¿Es que ahora utilizamos a mi madre como forma de comunicación? ¿No somos amigos? —digo, y le doy una patada en la bota con la mía, que es más pequeña. Lo hago con más suavidad de la que pretendo—. ¿Me voy a quedar ciega por el anillo cuando lo vea?

Es lo más parecido a una felicitación que puedo pronunciar, o a un «¿Cuándo llega ella?». Eh, les envié una tarjeta. Probablemente se partieron el culo al imaginarse a Darcy Barrett ante el estante de Hallmark.

Tom abre la boca para responder pero le interrumpe un coche que pasa retumbando junto a la casa a paso lento. Es un coche muy potente, pesado y con el chasis bajo. Su motor suena con un fuerte zumbido y se acerca al bordillo.

Tengo el mal presentimiento de saber quién es. Alguien que a Tom no le gusta.

CAPÍTULO CUATRO

Tom empieza a ponerse de pie y el coche acelera y se aleja con un chirrido. Ay, si yo tuviera esa silueta grande y aterradora, la vida sería más fácil.

—¿Quién era? —Tom vuelve a sentarse.

Era Vince, que viene por aquí como un picaflor.

—Ni idea.

Me meto un malvavisco en la boca para no hablar más. Tom sabe que estoy mintiendo y cuando va a protestar, le meto otro malvavisco en la suya. Se enfada, pero se ríe. Siento sus labios en mi mano. Esta noche no está siendo tan mala.

Cuando clava sus ojos en mi bota, la farola crea una línea negra bajo su pómulo. Le haría una foto ahora mismo. Ahora, mientras me mira las piernas y sus pestañas forman una sombra oscura y curvada. Ahora, en el momento en que esos ojos miran a los míos y hay en ellos un destello y otro pensamiento sobre mí en su cabeza. Y entonces, aparta la mirada.

Un segundo basta para que mi ritmo cardiaco empiece a dar saltos como un pez dentro de una red.

—¿Puedo hacerte ya la foto? —pregunto de repente.

—No —contesta, con voz suave y paciente, como en todas las ocasiones anteriores.

No soporta verse la cara. Para la foto de Navidad hay que

arrastrarle y posa detrás de Megan con una sonrisa poco convincente que, más bien, parece de preocupación.

Bueno, está bien. Yo soy la principal candidata a hacerle fotos vestido con traje en el altar.

—No pasa nada. Lo cierto es que los rostros humanos no son últimamente mi especialidad.

Entrelazo los dedos y trato de recuperar un poco el control. «Tranquila, Darcy. No es culpa suya haber nacido con tu tipo de osamenta preferida. Es un ser humano dulce, tímido y que vale su peso en oro. El prometido de otra. Tú eres una niñata. Déjale en paz.»

Se ha quedado callado del todo. Nos estamos quedando sin tema de conversación. El trabajo es un terreno seguro.

—Así que, por fin eres tu propio jefe. ¿Cómo se lo ha tomado Aldo?

Tom suelta una carcajada de alivio.

—¿Cómo crees que se lo ha tomado?

—Va a tener que ponerse a trabajar de verdad. Sí, yo diría que se lo ha tomado mal —comento, y siento cómo me inunda una sensación de sobreprotección. Más grande. Más oscura—. ¿Voy a tener que ir a exigirle que se disculpe contigo?

Tom se ríe ante lo que sea que yo haya podido parecer.

—No te pongas gruñona.

—No puedo evitarlo. La gente se aprovecha de ti. Incluso nosotros.

Con lo de «nosotros» me refiero a los mellizos.

—Vosotros no os aprovecháis de mí.

Ahora se ha echado hacia atrás, con las manos apoyadas en el suelo y sus infinitas piernas extendidas. Yo también me inclino hacia atrás, solo para comparar nuestros cuerpos. Desde luego, mi mano es del tamaño de la de un chihuahua en comparación con la pezuña de Valeska. Mi bota queda a la mitad de su espinilla. Giro la cabeza. ¿Mi hombro? Es una taza puesta del revés colocada al lado de un balón de baloncesto. No soy una mujer especialmente menuda, pero él me hace sentir blanda, pequeña y ligera. Una princesa. Frunzo el ceño, me incorporo y me obligo a adoptar de nuevo una postura geométrica.

—Aldo quería dejar tu casa por una obra más grande y más fácil. Yo le dije que no podía seguir esperando. Si habéis cambiado de idea con respecto a la reforma, me vais a dejar un poco jodido —dice con poco tono de broma—. Me he llevado a la mayor parte del equipo conmigo.

—No te preocupes. Nos parece bien. Pon bonita esta casa y sácame de aquí —concluyo. ¿Se ha llevado al equipo? No me lo imagino haciendo algo tan fuerte. Miro de reojo su salvaje silueta y quizá sí pueda imaginarlo—. Te lo digo yo, es raro no tener una nómina —afirmo, y le doy con mi hombro un empujón en el suyo. Contengo el deseo de apoyarme en él—. Gracias por habernos elegido a nosotros antes que a él.

—Bueno, gracias a ti. Por... darme trabajo.

—Ah, ¿ahora soy tu jefa? —Siento que me inunda una oleada de dopamina y pienso en las muchas respuestas sórdidas y divertidas que podría darle, pero la imagen de la cara de Megan hace que me muerda la lengua. Provocarle es mi deporte olímpico favorito y solo puedo competir una vez cada cuatro años. Pero pronto va a ser el marido de ella—. Mejor pensar que somos socios.

Me mira de forma extraña.

—¿Estás bien?

—Claro, estoy bien.

Se pone de pie.

—Me estaba preparando para el típico chascarrillo de Darcy. ¿Cómo has conseguido resistirte?

Baja una mano y tira de mí hacia arriba con tanta facilidad que, por un momento, no he tocado el suelo. Suspiro. Otro de los placeres de la vida que se acaba.

—Me retiro oficialmente. Por razones obvias.

Subo un par de escalones para acercarme a la altura de sus ojos. Patty sigue dando vueltas por el jardín.

—Sube —le digo mientras me abrazo la cintura—. Me está dando frío.

—¿Qué es eso?

Tom ha visto la marca enrojecida de mi muñeca. Siempre sabe oler el peligro.

—Es solo una reacción a un perfume nuevo.

Tom va a agarrarme el brazo pero se detiene a un centímetro de mi piel. Abre la mano por encima de la marca y la observa. Está cabreado. Rabioso. Tiene la boca abierta ante la osadía. Me sorprende que el cielo no se cubra de negras nubes de tormenta ni haga estallar relámpagos.

—¿Quién te lo ha hecho?

—No montes ningún lío —le digo escondiendo el brazo tras la espalda. Después me meto más malvaviscos en la boca—. Parece peor de lo que es —afirmo entre la espuma de azúcar blanca. Qué frase tan terrible.

—¿Quién te lo ha hecho? —repite y sus ojos se vuelven de un color naranja sobrenatural.

Vuelve a mirar hacia la calle. Va a buscar el coche negro. Va a romperle el cuello a Vince. ¿Cómo es que nadie ve nunca la bestia que hay en su interior?

—No, no ha sido ese tío. Otro jodido idiota del trabajo. Sabe que no tiene que volver a hacerlo.

Ya tengo preparada mi siguiente réplica: «Sé cuidar de mí misma». Él lo sabe. Nos quedamos mirándonos como si nos odiáramos el uno al otro. Puedo sentir el resplandor de la energía que tiene dentro. Tiene pensamientos y opiniones, pero se las traga, y su sabor es asqueroso. Probablemente esté pensando en lo que le haría a cualquiera que le deje una marca a Megan. Le chuparía la sangre.

—Si necesita que se lo recuerden, dímelo —consigue decir por fin.

Ahora se está apartando de mí, dejando distancia entre los dos. Esto es algo que no le gusta de mí. Mi forma de vida oscura y desordenada hace que se cague de miedo.

Yo también me esfuerzo por contenerme, pero por otro motivo. No me importaría apostar que Megan es demasiado simple como para ser consciente de lo que tiene. Está en casa, embalsamándose, limpiándose las cutículas y lubricándose los folículos o lo que sea que hagan las mujeres que se cuidan. Al fin y al cabo, es esteticista y nadie puede fiarse de una que no cuide su belleza. Apuesto a que está mirando su propia cara en el espejo.

Mientras tanto, su prometido es como un pastel de manzana en el alféizar de una ventana y este mundo está lleno de adictas al azúcar, como yo. Es su maldita despreocupación lo que siempre me cabrea. Si fuera mío... no puedo permitirme pensarlo.

Me duele la mandíbula por no poder soltarlo todo.

—Vamos a entrar.

Valeska se quita la nieve del pelo y yo me la quito del mío. A continuación levanta en el aire un viejo llavero.

—Mira.

—Vaya, eso es una reliquia del pasado.

Es un llavero que Loretta le dio a Tom cuando éramos niños. Es de Garfield con auriculares y con Odie a su lado, con la boca abierta a punto de ladrar. Debajo, aparece escrito *El silencio es oro*.

Ese era el apodo con el que Loretta se refería a Tom: Oro. Yo era Dulce y Jamie era Salado.

Había apodos por todas partes cuando éramos niños, Príncipe y Princesa. El nombre especial con el que mi padre llamaba a Tom y que le hacía ponerse colorado y feliz era Tigre. Quizá mi padre sí era consciente de lo que habíamos llevado a casa aquella noche.

—Me encanta que tengas una llave —digo sin pensar, como si se me escapara—. Esta podría ser una pieza de coleccionista.

Utilizo su llave de Garfield para abrir la puerta y él rasca con la uña los agujeros vacíos donde antes estaba clavada mi placa metálica de «Fotografías de bodas Barrett». Probablemente esté pensando que no voy a hacer las fotos de su boda.

—Sí, sí. Lo siento —digo, pero no lo siento.

Empujo la puerta con la rodilla. Él está mirando ahora la otra placa que queda en la que pone «Maison de Destin» y que colgó Loretta para que sus clientes del tarot entraran en ambiente. «Ah. Algo sobre el destino. Qué bien.» Tiene una expresión nostálgica mientras usa el pulgar para comprobar si el tornillo está apretado.

—La echo mucho de menos —me dice, y los dos nos quedamos tristes y en silencio hasta que Patty pasa entre nuestras piernas con sus andares de martillo neumático soltando estornudos y bufidos. Gracias, animalito.

Enciendo la lámpara que tengo más cerca y lo primero que vemos es mi ropa interior. Encima de la chimenea hay una fila de sofisticados sujetadores negros colgados para que se sequen sobre los viejos clavos que antiguamente sostenían nuestros calcetines de Navidad.

—Vaya —dice Tom un momento después—. Eso le provocaría un ictus a Santa Claus.

Me río y lanzo las llaves sobre la mesa de centro.

—No esperaba compañía.

El eco del coche de Vince reverbera en la habitación como otra mentira. Patty se echa a correr con determinación por el pasillo.

—Si haces pis dentro te vas a enterar —le dice Tom a la espalda.

Descuelgo los sujetadores y los lanzo sobre el sillón.

—Dios, qué noche. Me alegra que hayas venido.

Saco la botella de vino y cojo el dobladillo de mi camiseta para abrir el tapón. Él levanta una mano. A él le resulta superfácil.

—Dame. Yo lo hago.

—Soy perfectamente capaz —digo pasando por su lado para entrar en la cocina a oscuras. Si no me muestro firme con él, va a empezar a querer hacerlo todo por mí, en modo princesa—. ¿Quieres? ¿O los chicos buenos como tú os tenéis que ir ya a la cama?

Frunce el ceño

—Los chicos buenos como yo nos levantamos a las cinco de la mañana.

—Las chicas malas como yo nos acostamos a las seis.

Sonrío ante su movimiento de cabeza con gesto de desesperación. Dirige la mano hacia el interruptor de la pared pero le detengo:

—Te va a dar calambre.

—¿En serio? ¿Te ha dado a ti?

Espantado, me mira el pecho. Dentro de él está lo único que no puede arreglar.

—No, porque aprendí del error de Jamie.

No puedo evitar sonreír. «¡Joder! ¡Ah! ¡Darce, deja de reírte! ¡Me ha dolido!»

—Sonríes al pensar que tu hermano se electrocutó. —Tom no quiere reírse, pero no puede evitarlo—. Eres una chica muy mala.

—La peor —asiento. Uso una cuchara de madera para darle al interruptor—. Vale, esto tiene mala pinta.

Veo cómo observa la estancia de arriba abajo: las manchas de humedad del techo, el papel de la pared lleno de burbujas, el suelo de madera que se mueve al pisarlo... Yo me he acostumbrado, pero ahora veo hasta dónde llega el mal estado de la cocina.

—¿Me puedes decir por qué te has peleado con Jamie? He oído su versión, pero quiero conocer la tuya.

Aparta los ojos para recorrer con la mirada la grieta de la pared. De espaldas a él me bebo toda la copa de vino en silencio. Cuando se gira, ya me he llenado la segunda copa. El crimen perfecto.

—¿Qué quieres que te diga? Mi genio sacó lo mejor de mí.

Doy un sorbo con gesto delicado.

—Vale.

Tom se ríe débilmente mientras abre el grifo de la cocina, que suelta un borbotón y le salpica encima. Cuando lo cierra, oímos un fuerte goteo y ve el cubo del fregadero que está en el armario de abajo:

—¡Uf, Dios!

Suena su teléfono y mira la pantalla con una sonrisa en la comisura de la boca. Responde al mensaje, probablemente algo como «No pasa nada. He llegado bien. Te echo de menos, Megs».

Noto algo caliente que me aprieta en la garganta. Quiero quitarle el teléfono y tirarlo por el desagüe. Tomo un trago de vino y me tranquilizo un poco.

—Bueno, el día que hice que Jamie se enfadara mucho... ¿Por dónde empiezo? Nos habíamos estado volviendo locos el uno al otro. Vivir en habitaciones contiguas resultaba fácil cuando éramos niños y te teníamos a ti en una litera para mediar entre los dos.

Pero sin un parachoques, nos poníamos nerviosos y discutíamos. Jamie quería que nos mudáramos a la ciudad. Yo quería quedarme. No podía comprar su parte porque, como dijo mi madre, Loretta quería que arregláramos la casa y nos repartiéramos el dinero. «Considéralo como un colchón para el futuro», dijo mi madre dándome una palmadita en el pecho.

Yo le dije que no quería ningún colchón. La forma en que me lo había ganado me resultaba imposible de soportar. Mi madre respondió con dulzura: «Lo siento, Princesa. Sé lo que ella significaba para ti. Esta es su forma de demostrarte lo que tú significabas para ella».

—Entonces, una mañana de sábado alguien llamó a la puerta. Jamie había salido a correr. Era temprano y yo estaba muy... cansada.

Tom fija la mirada en mi copa.

—Vale, eran como las once de la mañana y yo tenía una resaca tremenda. En la puerta apareció un tipo atractivo que me dio su tarjeta de visita. Pensé que estaba teniendo un sueño erótico.

—Hasta ahora, esto coincide completamente con la versión de Jamie —dice Tom mientras quita el seguro de la ventana de la cocina. La sube un poco y, después, la sacude para abrirla del todo. Solo alguien que prácticamente se ha criado en esta casa conocería ese pequeño truco—. Siempre quise arreglársela.

Su mirada es ahora triste. Nunca conoció a sus abuelos. A mí me alegra que pudiéramos compartir la nuestra con él.

—Loretta te habría dicho que esa ventana no estaba rota.

Noto el vino en mis venas como si fuera satén caliente. Sin darme cuenta, me estoy sirviendo la tercera copa. Tom cree que es la segunda, je.

—Así que, posiblemente estabas teniendo un sueño erótico… —dice Tom.

Me doy cuenta de que estoy de pie ante la luz de la nevera, con la mirada perdida. ¿Qué voy a darle de desayuno? Un cuerpo como ese necesita proteínas, un festín vikingo, jarras de cerveza, un fuego chisporroteando… una piel de animal envolviéndole la cintura. Me necesita a mí, tumbada como un pollo deshuesado en su brazo, pidiéndole todavía más.

Me lleno la boca de vino y cierro el frigorífico.

—Un sueño erótico —repite Tom.

Escupo el trago de vino de la boca sobre la puerta del frigorífico. La factura de teléfono atrasada es ahora una acuarela.

—Sí, y me hace salir a la entrada. Me dice lo mucho que siente lo de Loretta, bla, bla, bla. Me estaba hablando como si la conociera, aunque parecía estar flirteando. Yo sabía que no era un sueño erótico porque todavía estaba vestido. Me estaba dando la murga con el mal aspecto de la casa. Y entonces me di cuenta. Era un promotor inmobiliario.

—Douglas Franzo, de Shapley Group, ¿no?

—Sí. —Probablemente Jamie ya le ha contado esto cien veces. «¡El puto Douglas Franzo! ¡El hijo del director general! ¡Importante! ¡Rico! ¡Poderoso!»—. Le pedí que se fuera.

—Según tu hermano, te pusiste hecha un basilisco y él hizo trizas el documento con la oferta —dice Tom mientras suelta un gemido al tratar de bajar de nuevo la ventana atascada—. Luego, fuiste detrás de su coche hasta la calle Simons, descalza y vestida tan solo con una bata.

—Ese detalle sí lo recuerdas, ¿eh? —comento, e intento aguantarle la mirada con mis ojos de macho alfa pero, esta vez él no aparta sus ojos. Un segundo, dos. Tres. Bajo la mirada a mi copa de vino—. Ya sabes que odio que compares nuestras versiones. ¿Por qué me preguntas si ya sabes lo que pasó? Jamie apareció corriendo por la esquina con sus muñequeras gritando «¿Qué coño haces?» y el resto es historia.

Espero que mi hermano mellizo no le contara hasta el final. En esta cocina estalló la Tercera Guerra Mundial. Después de que Jamie se marchara, porque si se quedaba no se fiaba de no llegar a matarme, yo me puse de rodillas en el suelo de la cocina para recoger los trozos de la vajilla Royal Albert que habíamos destrozado. Nos la lanzamos el uno al otro, un plato tras otro. Otra cosa bonita que los mellizos Barrett no se merecían. «Además, ¿tú quién te crees que eres?»

Tom me mira con expresión de «no te irrites» mientras va tanteando los rodapiés con las botas haciendo que todo lo que toca se mueva y se suelte.

—No me creo todas las cosas que tu hermano me cuenta de ti. Siempre me parecen inventadas.

—Y luego descubres que son verdad y tus ilusiones saltan por los aires una vez más.

—No son ilusiones, precisamente. Te conozco desde hace mucho tiempo.

Me bebo mi tercera copa de vino hasta el fondo.

—Jamie se arrastró por toda la entrada recogiendo los trozos de la oferta. ¿Te lo puedes creer?

—Sí. El símbolo del dólar siempre le estimula.

—Concertó una reunión con aquel hombre, lo intentó todo. Literalmente, le envió una cesta de fruta. Pero yo lo había jodido todo.

—Conociéndote, seguro que no te arrepientes —contesta Tom.

Veo que adopta una expresión pensativa y yo me apoyo sobre el horno roto para observar cómo se mueve por la habitación. ¿Qué está buscando? ¿Lo único que se pueda salvar?

—Y ¿cuál es tu próxima aventura? —me pregunta.

—Voy a ayudar a embalar esta casa. Después me montaré en el primer avión que vea —respondo, y me encojo de hombros cuando él me mira escéptico—. Lo digo en serio. Probablemente buscaré algo bueno en algún sitio donde no se necesite visado. ¿Y cuál va a ser tu próximo gran destino?

No puedo decir luna de miel porque me va a salir como un eructo. Me imagino a Tom y a Megan tumbados en una playa. Después, saco a Megan de la imagen.

—Buscaré algo barato para reformar. Es lo que siempre hago después.

—¡Ya basta de trabajo! Asegúrate de que tu hotel tiene una piscina fantástica —le sugiero con los dientes apretados.

La Darcy adolescente se sentaba en el borde a contar sus largos. Perdía la cuenta, hipnotizada por sus rítmicos jadeos al tomar aire. Tardé unos cuantos años en darme cuenta de que me producían escalofríos porque eran increíblemente eróticos.

—Sigues nadando, ¿verdad?

Mueve instintivamente los hombros.

—No he tenido tiempo. Quizá desde hace dos años. ¿Adónde te vas a mudar después de esto? ¿Te vas a alquilar algo? —me pregunta arrugando la nariz—. Hazme un favor, busca una casa bonita.

—No sé. Apenas me he acostumbrado a tener una dirección de correo postal. Meteré mis cosas en un trastero y me quedaré en la casa de la playa cuando vuelva.

Espero que no suene a «Voy a estar viajando toda la vida como una niñata mimada y, cuando no viaje, estaré en casa de mami y de papi desayunando en la cama».

—He arreglado la cubierta de la parte de atrás. Era demasiado pequeña para ellos —me explica. Típico de Tom, dándose la paliza por los Barrett cada vez que le llaman—. Estoy seguro de que ahora mismo están en ella, besándose a la luz de la luna.

—Uf, que asco. Probablemente. —Mi madre y mi padre tienen química. Voy a dejarlo ahí—. ¿Ni siquiera nadaste en el mar cuando estuviste allí?

—Ni se me ocurrió —contesta un poco sorprendido—. ¡Vaya!

—El agua es tu medio. La próxima vez, hazlo.

Vuelvo a la sala de estar y me tiro en el sofá. Patty aparece de repente, pateando con más fuerza que un tiranosaurio y con un lápiz agarrado entre los dientes. Tengo que hacer las preguntas difíciles para quitármelas de encima.

—¿Adónde vais de luna de miel?

No hay respuesta. Vuelvo a intentarlo.

—Yo he estado por todos los sitios. Puedo ayudaros con el itinerario.

Evita mirarme a los ojos y me dejo caer en los cojines. Quizá si decido no ser su fotógrafa tendré suerte hasta de que me inviten. Me imagino a mi madre explicándomelo: «Algo pequeño, íntimo. Solo para sus familiares y amigos más cercanos.»

Joder. Ya está. No me van a invitar y está tratando de buscar el modo de decírmelo.

Tom pasa al comedor y se arriesga a encender la luz. Ahora es mi pequeño estudio fotográfico. Hay cajas de equipos junto a la pared.

—¿A esto te dedicas ahora?

—Sí.

Meto la mano en la bolsa de malvaviscos. Ha llegado el momento de llenar este doloroso vacío que siento en mi interior. Enciendo el equipo de música antiguo de Loretta y suenan The Cure. El vacío se hace más grande con una sensación deliciosa.

—Tazas —dice con voz dubitativa—. ¿Haces fotos de tazas para que se vendan en páginas web? Estaba convencido de que Jamie se lo había inventado.

—Es verdad —asiento, y me lleno la boca de espuma dulce y blanca. Luego doy un sorbo al vino para que se disuelva—. No solo tazas. No mires en esa —advierto a Tom cuando va a mirar en una de las cajas.

—¿Qué es? —pregunta abriendo la tapa de la caja—. Vale.

—Es sorprendentemente difícil conseguir la luz adecuada para un consolador púrpura de veinticinco centímetros.

—Estoy seguro de que no es imposible.

Está absolutamente escandalizado. Resulta adorable. Vuelve a mirar, incapaz de resistirse.

—No rebusques en esa caja sucia, Tom. Vas a tener que lavarte el cerebro con lejía.

Tengo una fuerte sensación de que eso es lo que quiere. Daría mi ventrículo derecho por saber qué piensa de toda esa silicona. ¿Le da asco? ¿Le parece interesante? ¿Está a la altura de lo que hay dentro de sus pantalones cargo azul marino? Resulta difícil saberlo cuando levanta la mirada. Vuelve a cambiar su expresión a la de remilgada desaprobación.

Dios, es siempre un chico bueno. Lo miro con sonrisa de tiburón.

—A veces dejan que me quede con algunas cosas —comento y le observo mientras se mueve entre las paredes y muebles de la habitación como si fuesen una gran máquina de *pinball*. Después le doy un respiro—: Tengo muchas tazas.

—Tazas —repite como si esa fuera la causa de todos los males de este mundo—. Yo no creo que eso sea muy… tú. Siempre has sido una retratista de primera.

—Al contrario. Los tristes retratos de juguetes sexuales son ahora mucho más propios de mí. —Me encojo de hombros al ver su expresión—. Oye, yo solo hago fotos de lo que me mandan. Me he encargado personalmente de cada fotografía de producto que hay en todo internet.

Mi voz se enturbia un poco por el alcohol y sé que él se ha dado cuenta.

—Nadie piensa en quién hace esas fotos. Simplemente pulsan y añaden el consolador al carrito.

Arqueo la espalda, me desabrocho el sujetador y vuelvo a echarme con un gemido. Desde el brazo del sofá lanzo el sujetador sobre todos los demás. Tom evita mirar. Pero, en cierto modo, siento que sí me ve hacerlo.

CAPÍTULO CINCO

No puedo evitar rascarme de nuevo en la herida. No siento que Tom me haya regañado. Merezco el sermón.

—Jamie dijo que incluso Loretta habría considerado una locura desperdiciar la oferta de ese promotor. Quizá yo habría reaccionado de otra forma de haber sabido que prácticamente iba a perder a mi hermano por eso.

Vaya. Ha sonado de lo más normal decirlo en voz alta.

—No le has perdido —contesta Tom con una voz tan dulce que me dan ganas de llorar—. No le has perdido, D. B. Solo le has cabreado.

—He sido testigo de cómo se vuelve frío con mucha gente a lo largo de los años… Nunca pensé que me tocaría a mí. ¿Te acuerdas de aquel con el que trabajaba? ¿Glenn? Le obligó a devolverle un préstamo cuando su mujer estaba en el paritorio.

—Sí, porque Glenn había conseguido el ascenso que él quería. Es muy bueno con la gente de su círculo…

Suelto un bufido.

—Un círculo diminuto.

—Pero si está enfadado o desairado o cree que le han «traicionado» se convierte en…

—En hielo. Es hielo. Igual que yo.

—Tú eres fuego —responde Tom sin pensar—. Sois opuestos.

63

Otra migaja. Otra opinión sorpresa que tiene de mí. Cualquier hombre que me haya visto esta noche en el trabajo habría dicho que soy fría como un témpano.

—Yo quiero ser hielo.

—Créeme, el hielo es lo peor. Por favor, sigue encendiéndote —me pide. Luego hace una pausa y suspira. Está triste por algo—. En fin, no creo que hicieras nada malo. ¿Te parecería bien que construyeran aquí un edificio de apartamentos? ¿Y no actuar conforme a los últimos deseos de Loretta?

—Claro que no. En fin, de todos modos, ya no va a ocurrir. Ahuyenté a ese tipo de tal modo que ya ha elegido otra calle. Digamos simplemente que ya no voy a poder ir a pedir azúcar a la casa de al lado. —Doy un trago a mi copa de vino—. Como melliza, el mayor problema ha sido que tomé una decisión por mi cuenta, sin consultar: un pecado capital.

—Le has enfadado muchísimo.

Tom conoce igual de bien que yo los puntos débiles de mi hermano. Hay tres importantes que se llaman *dinero, lealtad* y *decisiones*.

Los escasos restos de mi medicación para el corazón, de la última vez que me acordé de tomarla, se mezclan con el vino de una forma curiosa. Me he esforzado mucho para desarrollar tolerancia.

Me quito las botas.

—Sigo sintiéndome un poco ebria de poder por ser propietaria de algo al cincuenta por ciento con Jamie. No creo que haya ocurrido nunca.

Se acerca a la pared y empieza a apretar las burbujas del papel pintado.

—Claro que ha ocurrido.

—Venga, relájate —le digo señalando el sillón. Él se acerca al montón de sujetadores y se sienta. Puede ser deliciosamente obediente—. Jamie nunca me ha permitido tener de verdad la mitad de nada. Incluso cuando mi madre nos daba un trozo de tarta y nos decía que lo compartiéramos…

Tom termina la frase:

—Jamie lo cortaba en un sesenta-cuarenta.

—Decía que lo hacía porque él era más grande. Que merecía más —recuerdo. Observo ahora a Tom, sentado ahí, en ese sillón, como si fuese un trozo de tarta o alguna otra fotografía que nunca consigo hacer. Me gusta su cara a la luz de la lámpara. Me estoy emborrachando, pero no puedo parar—. Nunca conseguí que te compartiera conmigo.

Veo cómo reflexiona sobre esto. No puede negarlo. Pasamos toda nuestra infancia en los extremos opuestos de la mesa del comedor, con mi mandón y rubio hermano siempre hablando, riéndose y dominando cada situación. Actuaba como una cuerda que nos unía. «Deja a Tom en paz» era la letanía habitual. «No le hagas caso a Darcy». Que esté aquí sentado y estemos solos es una novedad.

Todos somos accionistas de Tom Valeska: Jamie, Megan y yo. También su madre y mis padres. Y Loretta y Patty. Todo aquel que le ha conocido quiere un poco de él, porque es la mejor persona que existe. Hago un rápido recuento de todas esas personas incluyendo a su dentista y su médico. Quizá solo sea mío en un uno por ciento. Con eso tendrá que bastar. No me queda más opción que compartirlo.

El vino va lavándome las venas con una ola cálida y agradable.

—¿Por qué tuvo que nacer primero él? Juro que si yo fuese la hermana mayor todo sería distinto.

—Tu padre siempre bromeaba con que Jamie era el prototipo —apunta Tom, y haciendo resplandecer su ingenio añade—: Eso quiere decir que tú eres el producto final.

—Un producto final un poco chungo, lleno de defectos.

Me doy una palmada en el pecho y siento que se sacude vergonzosamente.

—Quería preguntarte —dice Tom con cuidado, evitando cruzar la mirada con la mía, como si se estuviese acercando demasiado a un gorila—. ¿Qué tal va tu carrete?

Así es como llama a mi corazón desde que éramos niños. Ha pasado demasiado tiempo como para que pueda recordar el motivo. Para él, dentro de mi pecho hay un carrete de hilo de algodón. Este hombre cuenta con tantos métodos para manejar a los mellizos Barrett que resulta realmente impresionante. Su adorable eufemismo siempre hace que se me caigan las bragas.

—Mi carrete está perfectamente. Voy a vivir eternamente. Derramaré refresco de Kwench sobre tu tumba. Uf. Eso va a ser imposible de explicar a la anciana Megan. He cambiado de opinión. Moriré yo primero.

—Estoy preocupado por ti.

—A mí me preocupan los tontos grandullones y atractivos que hacen demasiadas preguntas y que están atrapados en una casa conmigo a altas horas de la noche.

Estiro las piernas y la camiseta se me resbala por los hombros desnudos. Me pregunto si el *piercing* del pezón estará haciendo lo que mejor se le da a través de la ropa: enfatizar lo evidente. A juzgar por el modo en que Tom me mira a mí, a los sujetadores y a la oscuridad de la calle, acaba de darse cuenta de que nuestros dieciocho años de amistad han alcanzado por fin un hito retrasado: estamos solos.

Miro sus ojos y siento de nuevo ese chisporroteo en él. Cualquier otro vería a una persona cariñosa y amable. ¿Lo que yo siento entre nosotros? Casi nunca es humano.

—Sabes por qué esto nos resulta tan raro, ¿verdad?

Se oye el chirrido de una puerta al abrirse y los dos damos un brinco. Si alguien tuviera un pasaje secreto tras una librería en esta casa sería Jamie.

Diana, la gata de Loretta, entra malhumorada y molesta, con sus ojos verdes fijos en Patty. Es otra de nuestras herencias. Personalmente no me gusta pero, una vez más, debo reconocer que los animales saben romper la tensión como por arte de magia.

Le chasqueo los dedos y me mira como diciendo «Joder, estás de broma, ¿no?».

—Odio ser cínica, pero ¿crees que Loretta tenía esta gata para darle más misticismo a su personaje de lectora de tarot?

Tom niega con la cabeza.

—No era ninguna estafadora. Creía de verdad en ello.

Él ha probado casi todo el contenido del menú de Loretta. A ella le fascinaba la palma de su mano. Como era de esperar, Tom tiene una línea del corazón tremenda. «Como si un cuchillo te hubiese atravesado», le dijo haciendo el movimiento de un corte. «Una incisión grande.» Su cara de niño se tiñó de sorpresa mientras se miraba la mano como si buscara sangre.

La especialidad de Loretta era el tarot, pero ofrecía de todo: hojas de té, I Ching, numerología, astrología, *feng shui,* palma de la mano, sueños, péndulos… También vidas pasadas, animales con poderes y auras. Siendo adolescente una vez vine y en la puerta me detuvo una nota que decía «Sesión de espiritismo. No entrar».

—Lo sé. Y creo que era una persona auténtica. Pero, joder, se acompañaba de mucha ambientación —comento señalando a nuestro alrededor.

El papel de la pared es de hortensias hiperrealistas de color rojo encendido. Las cortinas tienen flecos de cuentas negro azabache que resplandecen con la luz. La mesita de centro se transforma con bastante facilidad cuando se le pone encima un centelleante trapo grueso, y más aún con la bola de cristal. Es como estar sentado en el interior de la lámpara de un genio. Cuando el fuego chisporrotea en la chimenea y las lámparas de rubí están encendidas, puedes creerte cualquier cosa que te digan en esta habitación. El aire sigue aún cargado con el incienso típico de Loretta: salvia, madera de cedro, sándalo y un ligerísimo e incriminatorio tufillo de porro. En esta habitación es donde menos la echo de menos.

—Esa chimenea está entre mis cinco cosas preferidas del mundo —aseguro haciendo una señal con la cara hacia ella—. Estoy deseando que haga frío para volver a encenderla. —Cuento mentalmente las páginas del calendario—. Ah, bueno. Mierda.

Tom entrelaza dos dedos y se inclina hacia delante.

—Podemos volver a encenderla antes de…

Asiento y trato de tragarme la tristeza.

—Solo una vez más sería estupendo. Supongo que no he pensado en todas las cosas de las que voy a tener que despedirme.

Con un gesto desdeñoso y el hocico arrugado, Diana salta sobre el brazo del sillón de Tom y Patty se agita con rabia. Estos maravillosos y dulces parachoques…

—Le supliqué a Jamie que se la llevara.

Abro otra bolsa de malvaviscos, porque el vacío es cada vez más grande.

—Todo gobernante supremo malvado necesita de un gato peludo al que acariciar.

Tom le ofrece la mano y ella restriega con fuerza su mejilla blanca en sus nudillos, antes de mirarme con sus engreídos ojos de color verde ácido. Me parece justo. A mí me encantaría hacer lo mismo. Tom bosteza y se deja caer un poco, sin ser consciente de que mis tornillos se van soltando por segundos. Recuerdo algo:

—Bueno, la habitación de Jamie es un problema.

Aprovecha la oportunidad para salir de la habitación; supongo que está notando mi mirada. Le grito a sus espaldas:

—No es culpa mía. No sabía que ibas a venir…

—Darcy, en serio, llega hasta el techo —dice desde el pasillo.

—No tengo espacio de almacenaje y Jamie no va a venir a por sus cosas, así que… lo he apilado todo hasta arriba.

Estoy echando de nuevo más vino en la copa cuando él aparece. Me confisca la botella, colocándose de pie por encima de mí, y la levanta hacia la luz para ver el contenido.

—Ya es suficiente por esta noche —advierte, y me revuelve el pelo para suavizar la reprimenda—. No consigo acostumbrarme. Está muy corto.

Aún no ha dicho si le gusta. No le voy a preguntar, porque no sabe mentir. Megan tiene una preciosa y lustrosa melena negra. Incluso a mí me dan ganas de tocarle el pelo.

—Parezco un miembro de un grupo de música coreano, pero no me importa. Puedo sentir el aire en la nuca.

Me estiro cuando empieza a retirar la mano. Con suerte él no lo nota. Necesito el contacto físico más que la luz del sol. Y resulta vergonzoso. Un holograma de Vince se aparece ante mí y parpadeo para que desaparezca.

—Personalmente no sabía que tenías nuca. ¿Qué pasó con tu trenza? No la tirarías…

La idea le horroriza.

—La doné. Habrá alguien por ahí con una gran peluca blanca. Así que, ¿me parezco ahora a Jamie?

Se ríe y la habitación se vuelve más luminosa. No lo digo para que parezca bonito, sino que es la verdad. De pronto las lámparas dan más luz, como un subidón de electricidad… ¿o es que Loretta nos está espiando? Y sé por cuál de las dos opciones apostaría.

—¿Qué dijo tu hermano cuando tu madre le envió la foto?

—Que parezco una aspirante gótica a Juana de Arco y que me he desecho de mi único rasgo bonito. Me da igual. A mí me encanta.

Deja la botella y la copa fuera de mi alcance y, a continuación, coge la bolsa de malvaviscos que he estado sosteniendo sobre el pecho y la deja en la repisa de la chimenea.

—No te pareces a nadie.

—Me parezco a Ms. Pac-Man con un lazo en la cabeza. Soy como la versión en miniatura de él.

—No lo eres.

—¿Eso es un cumplido o un insulto? Mi hermano es guapo, ya lo sabes.

Niega con la cabeza con gesto divertido pero sigue sin decir nada. Llevo muchos años lanzando la caña. Se acerca y, con mucha suavidad, me toca la marca del brazo con la mano.

—Esto no está bien. Y voy a…

Se guarda el resto de la frase y tensa la mandíbula. Cierra los puños a los lados del cuerpo y los aprieta. Sé lo que haría. No tiene por qué decirlo. Lo noto.

Empiezo a acercar la mano para aflojarle los dedos cuando él decide retirarse al único lugar al que no le puedo seguir:

—Voy a darme una ducha —dice a la vez que sale y vuelve a aparecer con una maleta enorme.

—¿Qué es eso? ¿Vas a viajar a otro país?

—Ja, ja —contesta sin emoción.

No es muy viajero. Su imagen en el diminuto asiento de un avión, comprimido y agarrado nervioso a los brazos del asiento, me resulta rara. Y adorable. Y me entristece. El vino puede hacerle eso a una persona. The Cure también ayuda.

Me echo hacia atrás y cruzo las piernas.

—Esa ducha se ha vuelto un poco caprichosa. ¿Quieres que vaya a enseñarte?

Mantengo un tono franco, pero noto un color rosado en sus mejillas mientras abre la maleta.

—No, gracias.

Saca el pijama y la bolsa de aseo.

—Ah, espera —digo poniéndome de pie, y recorro el pasillo con Patty detrás—. Será mejor que mire…

—Darce, tranquila —dice detrás de mí mientras recojo los montones de ropa interior del suelo—. Prácticamente compartíamos baño cuando éramos niños.

No hace falta decir que además vive con una mujer. Ha visto de todo.

La habitación se reduce a la mitad. No me voy.

—Ahora vas a tener que salir.

Coloca las manos sobre el dobladillo de su camiseta. Después, tira de ella. Todo se retuerce. Veo un centímetro de su vientre y está teñido del color del dulce de leche. «Levanta los ojos, D. B.», me ruego a mí misma.

Sus nudillos se empiezan a poner blancos.

—Venga. Fuera.

No sé si me está hablando a mí o a Patty. Le rezo a santa Megan para que me dé fuerzas. Me empuja para que salga.

—¿Las toallas están donde siempre?

—Sí —respondo al tiempo que oigo el sonido del pestillo al cerrarse. Qué vergüenza. Qué prudente—. Siento ser tan rara contigo.

—No pasa nada —contesta. Al otro lado de la puerta, Tom se está desnudando. «Vamos, Maison de Destin, deja caer tus paredes»—. Te olvidas de que te conozco desde hace mucho tiempo.

—Y de que he sido rara contigo desde siempre.

—Sí. —Se oye un golpeteo y después un estallido. Suelta un aullido y comenta—: Estas cañerías…

Oigo que la cortina de la ducha se agita y me dejo caer sobre la pared. Parece que a Patty le ha salido una hermana gemela. Yo seguiré teniendo una cuando él se marche.

—Qué puta suerte.

El vino me ha dejado las piernas sin fuerza y quizá debería preocuparme. No he bebido mucho. ¿Me estoy muriendo? Siento que el corazón me late a un ritmo constante, avanzando con valentía. Miro las dos caritas que están a mi lado.

—Patties, esa ducha no sabe lo buena que es la vida ahora mismo.

Repasemos cómo ha resultado la noche: Tom Valeska tiene colocada su perfecta cara bajo la alcachofa de mi ducha mientras la espuma se desliza hacia abajo, enjuagándole su dorada piel. Los músculos le gotean. Le he visto salir de piscinas unos diez mil millones de veces, así que creo que sé cómo es. Casi.

Me subo el borde de la camiseta para secarme el sudor de la cara y el cuello. Tiene unas buenas piernas y un culo musculoso. Una cadera digna de sentarse encima a horcajadas. ¿Y esos hombros? Ahora les chorrea agua. La ducha se apaga y probablemente ahora una de las toallas de Loretta le rodea la cintura. Esas toallas apenas dan para envolverme a mí.

En mi mente están apareciendo imágenes que voy a tener que encerrar en esa caja de consoladores, como si fuese un sarcófago maldito.

No me creo que esté pasando esto. He debido de quedarme dormida en el sofá y estoy teniendo un sueño erótico delirante y húmedo. Pero si fuese un sueño, la puerta estaría abierta de par en par y el vapor saldría hacia mí. Si él me pidiera que entrara ahora mismo, arrancaría los clavos de las bisagras con los dientes y los escupiría sobre el suelo.

Digo esto con absoluta seguridad: ningún hombre ha hecho nunca antes que desee lamer un azulejo húmedo del baño. «Megan, Megan», susurro con unos diamantes blancos y glaciales tras mis párpados mientras me arrastro para ponerme de pie.

En mi habitación me froto los ojos con toallitas desmaquilladoras y me cambio para ponerme unas mallas y una vieja camiseta de un grupo de música. Esta noche no voy a lavarme los dientes. En este momento Tom aparece en la puerta, con otra camiseta ajustada y unos pantalones de chándal. Vuelvo a dudar de la realidad.

—Se te olvida algo —dice apuntando a la puerta de al lado—. Esa habitación. —Aprieta la mandíbula y contiene un bostezo. Mi hospitalidad deja mucho que desear—. ¿Dónde quieres que me meta?

—En mi cama. ¡No conmigo! Esta noche duermo en el sofá —aclaro y miro el cajón de mi mesita—. Espera, deja que incendie la habitación en un momento.

Se ríe como si entendiera la broma.

—Yo duermo en el sofá.

—No cabes en él. Ponte aquí.

Aparto las mantas, le agarro de las muñecas y le empujo hasta tumbarlo en la cama. Resulta curiosamente fácil. ¿No debería ser más difícil moverlo y empujarlo? Puede que yo ahora sea superfuerte. Puede como si él fuera ligero como una pluma o, lo que es más realista, que está agotado. Pero aun así, me mira de una forma que hace que la cara interna de mis muslos se estremezca. Y cuando sube el edredón, le queda por debajo de la cintura. Parece un vikingo hermoso y grande, incluso bajo las rayas de colores.

—No debería.

Se apoya sobre el cabecero y mira de reojo mi mesita de noche. No me preocupa mucho. Este es un modelo de virtud inquebrantable. ¿Y el mío? No tanto. Tengo que salir de esta habitación. De este país.

—Jamie me mataría si te dejara dormir en el sofá o en el suelo. Considérame la anfitriona perfecta.

Mi voz suena increíblemente borracha. Qué raro. De hecho, empiezo a sentirme muy sobria. Busco una colcha en la cajonera de madera que está a los pies de la cama. Oigo el incómodo chirrido del colchón. Ese sonido parece proceder de su alma. Le respondo con un chasquido de la lengua.

—¿Qué? Dormir en mi cama no es engañar a Megan. Y las sábanas están limpias, antes de que se te ocurra preguntar.

De reojo, veo que tiene la mirada fija en el espacio vacío que ocuparía Vincent con el rostro desencajado.

Evito mirarle mientras cojo una almohada; no me hace falta para saber que Tom queda de maravilla en mi enorme cama, como en esos sueños en los que terminas mancillada.

—Bueno, buenas noches.

Salgo marcha atrás por el pasillo, golpeándome los codos con todo, y me dejo caer en el sofá. Me acurruco, consciente de que por la mañana esta habitación va a ser una nevera y después decido marcarme un pequeño objetivo imposible. No es nada demasiado ambicioso. No implica buscar el valor de soltar las uñas del borde del sofá y volver a recorrer el pasillo. El contacto físico de piel contra piel llenos de sudor no entra dentro de lo posible. Ni ahora, ni nunca, ni con Tom.

Creía que contar solo con un uno por ciento del corazón de Tom Valeska era como ganar el premio gordo, pero creo que estaba equivocada. Ahora no es suficiente. Voy a conseguir tener un dos por ciento.

CAPÍTULO SEIS

Anoche no dormí mucho porque no dejé de pensar en aquella vez, hace mucho tiempo, en que Tom me dijo exactamente lo que sentía y yo no lo entendí. Aquella vez en la que posiblemente tuve el cien por cien sin saberlo.

Yo tenía dieciocho años. Me había puesto unas plataformas negras sobre las medias de rejilla para salir por ahí con malas compañías. Tom, apoyado en el quicio de la puerta, me pidió que no saliera. No era ningún secreto que no aprobaba que yo saliera con aquellos tíos vestidos de negro y que pasara fuera toda la noche. A mí me pareció un rollo «Valeska en el ventisquero», tirando de mí para alejarme del peligro.

Con mi carácter descuidado, le grité: «¿Por qué no? ¿Por qué no voy a ir?». Tom me respondió con voz serena y sensata: «Porque te quiero».

Sin pensar y sin tomarle en serio le contesté: «Lo sé», porque siempre lo había sabido. ¿Cómo no iba a saberlo? ¿Cuántas veces me había salvado? Habría tenido que ser una imbécil para no darme cuenta. Hasta el día de hoy sé que me quiere de esa forma antigua que pretende mantener a la familia unida.

Pero resulta que «Lo sé» no fue la respuesta correcta. Él se sintió avergonzado y se marchó. No se giró al bajar los escalones de la puerta ni al salir por la verja delantera. No se detuvo ni siquiera cuando yo salí a la calle detrás de él y me cerró la puerta en las narices. Aquella fue la primera vez que rompí en pedazos un ofrecimiento único en la vida.

Dejé colgados a mis amigos y, en lugar de salir con ellos, me fui a casa de Loretta. Cuando le conté lo que había pasado, me dijo: «Lo veía venir». ¿Qué otra cosa podía esperarse de una adivina? Negó con la cabeza. No era a eso a lo que se refería. «Ese chico daría la vida por ti».

Nos sentamos fuera y compartimos un porro. Y fue emocionante. «¡No se lo digas a tu padre! ¿Cómo he podido dar a luz a un mojigato como ese? Esto nace de la tierra, por el amor de Dios.» Me habló de su primer marido, mucho antes de que conociera al abuelo. Yo no sabía que había estado casada dos veces, así que aluciné.

«Yo solo era una niña», dijo pensativa, con los ojos entrecerrados mientras daba una calada. «Quizá si le hubiese conocido diez años después... Fue un terrible error. Le hice mucho daño, porque yo era demasiado joven e inmadura para amarle como debía. Todavía me arrepiento. Crece y vive la vida. Tú eres salvaje, como yo.»

Yo me reí y le dije que no había peligro de que me fuera a casar. Esto solo iba a dar lugar a unos besos entre Tom y yo, si es que no resultaba raro.

A Loretta no le hizo ninguna gracia. «Él te quiere más que eso. Veo que no te estás tomando esto en serio.»

Como si se tratara de una emergencia, me regaló mi primer billete de avión y me dio algo de dinero. Unos días después, al abrigo de la oscuridad, me llevó al aeropuerto. Fue un momento transformador. De repente, yo era completamente responsable de mí misma y no una parte de una pareja de mellizos. Fue como si todo el alboroto que yo había provocado saliera por una válvula de escape y supe que era eso lo que tenía que hacer.

Loretta se ocupó de las repercusiones que aquello tendría por parte de mis padres y mi hermano y yo lancé mi primera moneda a la Fontana de Trevi de Roma, completamente adicta a este nuevo y temerario anonimato. Nadie veía a una chica con una enfermedad de corazón y un hermano más eléctrico. Por primera vez me veían a mí y, lo que era aún mejor, podía alejarme de cualquier cosa que no me gustara.

¿Mi deseo al lanzar aquella moneda a la fuente? Que Tom no acabara muy herido por mi falta de tacto.

Ahora me voy quedando dormida en el sofá, con la colcha sobre la cara, mientras me imagino caminando por el puente enmoquetado desde la puerta hasta el avión. Esa es mi parte favorita: salir de la vida real para que todos aquellos a los que quiero puedan respirar tranquilos.

Solo que aquella primera vez que lo hice, me alejé demasiado tiempo. Cuando regresé, dispuesta a mirar a Tom a los ojos y dejarme llevar por lo que sentía, me detuve en seco ante aquella chica elegante y serena que estaba a su lado y que algún día llevaría su precioso anillo.

Y aquí viene la verdadera sorpresa: Jamie los presentó.

—¿Viva? —escucho encima de mí. Me despierto con un bufido, aparto la colcha y abro los ojos—. Uf.

Tom dice esto con tono compasivo, así que debo de tener muy mal aspecto. Deja sobre la mesilla un vaso con café para llevar y una caja de cartón al lado.

Intento hablar con la boca dormida.

—¿Te he dicho ya que eres la mejor persona del mundo?

—Unas cuantas veces. Gofres. Sigue siendo eso, ¿no?

Al igual que su almuerzo de queso y lechuga, mi comida para la resaca tampoco ha cambiado. Asiento y me levanto apoyándome sobre los codos. Me alegra saber que no es consciente de mi viaje por el baúl de los recuerdos.

—¿Qué hora es? —pregunto. El café está a la temperatura y

dulzor perfectos. Me lo bebo en pocos tragos. Soy un colibrí—. Ay, Dios mío —digo antes de tomar el último trago y lamer el borde interior—. ¿Cómo podía estar tan rico?

¿Todo sabe tan bien cuando viene de sus manos? Megan, eres una zorra con suerte. Tom podría hacer que la corteza de una tostada fría resultara jugosa, lo juro.

Le quita la tapa a su café, le echa unos cuantos azucarillos y me lo da. Qué obra de caridad. Qué bondad. Y yo lo rompí en pedazos. Lo rompí todo en pedazos.

—No llores. Solo son gofres —bromea con una sonrisa—. Es casi la hora de comer. Tengo que enseñarte unas cosas antes de llamar a Jamie —me dice justo antes de que su teléfono empiece a sonar—. Hablando del rey de Roma...

Le cojo el teléfono y lo pongo en manos libres. Todavía con lágrimas en los ojos y un nudo de remordimiento en la garganta, consigo decir:

—Hola, ha llamado al servicio de asesoramiento para micropenes.

Hay un silencio al otro lado y, después, un profundo suspiro que reconocería en cualquier lugar. Probablemente lo oía incluso antes de nacer. Tom sonríe con sus dientes blancos y esto me hace sentir mejor que si un estadio de fútbol al completo se riera a carcajadas. Es un dos por ciento mío. Ya es oficial.

—Graciosísima —dice Jamie—. Ella es simplemente graciosísima.

—A mí me lo ha parecido —responde Tom.

Yo sigo con el personaje.

—¿Es muy pequeño su pene, señor?

—No la animes —ordena Jamie mientras Tom empieza a reírse—. Darcy, ¿dónde está tu teléfono?

—En el baño de mujeres del Sully's. La segunda cabina empezando por el final.

—Pues cómprate uno nuevo, idiota.

—Tengo uno antiguo en el coche que te puedes quedar —dice Tom, que está lleno de soluciones, especialmente cuando su jefe Jamie le está oyendo.

—No, yo creo que prefiero seguir así —le digo.

Café, gofres, Tom, Patty apoyada en mi espinilla y mi hermano llamándome idiota otra vez. Tom lo ha arreglado todo.

—A ver, deja que adivine —dice Jamie—. Tiene tal resaca que es un fantasma.

—Eh, bueno… —responde Tom, porque no tiene ninguna mentira preparada.

Mi modo mentira se conecta con el piloto automático.

—Acabo de volver de dar un paseo.

Mi hermano responde con una carcajada, quizá demasiado larga.

—Claro. ¿Vas a dejar a Tom en paz mientras empieza con la casa?

—Estoy segura de que me habré marchado antes incluso de que abra su caja de herramientas, no te preocupes.

—Eso sería lo mejor —responde Jamie con tono sarcástico—. Escápate antes de que empiecen las dificultades. El pobre Tom va a tener que hacerlo todo él solo.

—El pobre Tom está aquí para hacer un trabajo que se le va a pagar —le recuerda Tom a Jamie.

Abro la tapa de la caja y hay dos gofres perfectos.

—Oye, yo tengo que meter toda la casa en cajas. Eso es bastante duro —digo untándolos en sirope.

Empiezo a romperlos con las manos. Le doy a Patty un trocito y cojo otro enorme para mí.

—Engatusarás a Tom para que lo haga él.

—No —espeto con la boca llena mientras me lamo los dedos.

Por encima de mí, la cara de Tom tiene una expresión entre dolida y divertida.

—Sí que lo harás. Vas a ser peor que nunca —se mofa Jamie—.

No me cabe duda de que tu solidaridad no ha sonado nada convincente.

—¿Por qué voy a ser peor? ¿Qué quiere decir eso?

Levanto los ojos hacia Tom. Él se encoge de hombros e interrumpe nuestra tonta conversación.

—Tenemos muchas cosas que hacer desde ahora hasta el próximo lunes, que es cuando llega el equipo. Darce tiene que embalarlo todo y yo quiero que los dos lleguéis a un acuerdo en cuanto al estilo de lo que vamos a hacer.

—Moderno —dice Jamie en el momento exacto en que yo digo:

—*Vintage*.

Tom suelta un gruñido y se deja caer pesadamente en el extremo del sofá. Yo quito las piernas justo a tiempo. Él se pellizca entre los ojos con la mano:

—Adiós, mundo cruel.

—Va a ir todo bien —le tranquilizo con mi bocado de gofre en la boca—. No te preocupes.

Arranco un trozo y se lo meto en la boca.

—Es fácil para ti decirlo —responde Jamie—. Estarás paseándote por cualquier país dando lametones a un helado mientras Tom y yo hacemos todo el trabajo duro. Por cierto, ¿cuál es el siguiente paso en tu viaje de reinvención personal? Ya te has puesto el *piercing* y te has hecho el corte de pelo. Lo siguiente será un tatuaje.

Esquivo ese tema porque Tom ya está buscando el *piercing*. ¿Nariz? ¿Oreja? ¿Ceja? No. Ahora desvía la mirada y su mente está considerando el resto de posibilidades.

Lanzo al teléfono una mirada asesina.

—Tu duro trabajo va a consistir en estar sentado en tu despacho y responder de vez en cuando a las llamadas y correos de Tom. Vas a elegir un grifo o unos azulejos por internet. ¿Eso es trabajar duro?

—Es más de lo que vas a hacer tú —contesta Jamie.

Algo se enciende dentro de mí. Quiero contestar como en los viejos tiempos: «¡Acepto el desafío!», pero mi cerebro resacoso busca qué decir y sale de vacío. ¿Podría embalar toda la casa superrápido?

—No hace falta que diga que yo hago el trabajo duro y que vosotros me pagáis por hacerlo —interviene Tom, que siempre hace de árbitro calmado—. ¿Te parece bien el cinco por ciento del precio de venta, Darce?

—Las matemáticas no son su punto fuerte —dice Jamie con crueldad al mismo tiempo que yo respondo:

—Claro.

—Ni siquiera sabes cuánto va a ser eso —contesta Tom, poniéndose sin querer del lado de Jamie—. ¿Conoces el mercado actual en esta zona?

Aparta un poco el teléfono y baja la voz.

—Asegúrate de saber a qué estás accediendo. Esta es tu herencia, Darce. He traído contratos que tenéis que firmar los dos. Aunque todos seamos amigos, todo se va a hacer como es debido. Los dos pasáis a ser clientes en el momento en que firméis.

—Los negocios son los negocios —se oye levemente decir a Jamie desde el teléfono—. Te he enseñado bien.

Yo habría aceptado un diez. Un cinco por ciento de su corazón. Lo que fuera.

—¿Qué problema hay? Yo me fío de ti. Estoy segura de que es lo justo, siempre que la casa quede arreglada. Eso es lo único que me importa.

—Tienes que empezar a preocuparte más por el dinero.

Tom no parece contento con que yo tenga fe ciega en él. Parece empezar a hartarse.

—¿Has oído eso, Tom? ¡Eres la única persona en el mundo en quien Darcy Barrett confía! —exclama Jamie con un tono demasiado exagerado y muy celoso.

Miro el teléfono con los ojos entrecerrados.

—Es el hombre perfecto —digo solo por burlarme de Jamie.

—Tienes que dejar de decir esas cosas —dice Tom con incomodidad. Y en voz baja añade—: Sin presiones.

—Le has contado todo, ¿verdad? —pregunta Jamie. Se produce un largo silencio. Infinito. Los hilos de algodón del cuerpo de Tom chirrían—. Ah, ya entiendo —continúa Jamie con tono especulador—. Sí, creo que ya sé por qué lo estás haciendo así. Muy listo.

Por primera vez siento una sombra de duda. Tom ahora no me mira.

—¿Qué narices estáis maquinando los dos?

—Nada —me responde Tom con un fuerte suspiro—. Vale, no estamos llegando a ningún sitio. Va a venir un tipo a ver los cimientos. Necesito de verdad que los dos os pongáis de acuerdo en el estilo antes del miércoles. Tengo que hacer pedidos.

—Haz que parezca exactamente igual, pero nuevo —preciso. Caso cerrado.

—Haz que se parezca a mi apartamento —le ordena Jamie—. Ocúpate de ella hasta que se marche y luego haz la habitual reforma moderna. Como la casa que hiciste el año pasado con esa pared gris tan chula. Haz algo que venda.

—¿Pared gris? Loretta está llorando de la risa ahora mismo —digo mirando el papel de pared de mi alrededor. Yo pensaba que podría fiarme de que Tom se encargara de esta casa—. Sabéis que una casa antigua como esta quedaría ridícula si se pone moderna.

—Vamos a tener que celebrar una reunión semanal para los presupuestos —insiste Tom—. Y cualquier cambio, una vez que definamos el punto de partida, tendrá que ser acordado entre vosotros dos. Yo voy a encargarme de que esta obra acabe pronto sin salirme del presupuesto.

—Sé que lo vas a hacer —asiente Jamie con poca confianza en la voz. Nunca le he oído hablar en ese tono—. Tengo una reunión. Tom, ponla moderna.

Jamie cuelga. Tom lanza el teléfono sobre la mesa de centro y se echa hacia atrás. Bajo la manta, mis pies se quedan atrapados debajo de su muslo.

—Moderno *vintage* —dice en voz baja—. Barrett contra Barrett. No sé cómo voy a salir de esta. Sabes que no os puedo contentar a los dos, ¿verdad?

—Solo tienes que decidir a quién quieres hacer más feliz. Pista: a mí.

Le sonrío. Al ver en su cara una expresión de duda, sonrío más, con más ternura, arrugando la nariz y valiéndome de todo el poder de hermanita mimada que tengo.

—Me gusta hacerte feliz —admite a regañadientes y yo subo un peldaño.

Tres por ciento. Me siento como el cliente un millón de unos grandes almacenes.

—¿Por qué ha dado Jamie a entender que hay algún secreto? Me lo puedes contar, ya lo sabes.

Me quita de las manos la caja de comida para llevar. Cojo el recipiente de sirope y me bebo lo que queda. A juzgar por su expresión, le ha parecido repugnante.

—Vas a tener diabetes —dice en voz baja—. O se te pudrirán esos dientes perfectos y se te caerán.

¿Perfectos? Ha merecido la pena.

—No hay ningún secreto sobre la reforma. Seré completamente franco con los dos.

Sus ojos se fijan en mi boca. Yo me lamo y todo me sabe a dulce. Todo es pesado. Él sigue sentado sobre mi pie y yo no sabía que eso era un fetichismo pero, oye, ¿qué sabía yo hace dos minutos? Siento un temblor en las abdominales y me doy cuenta del error, porque ahora estamos más cerca.

—¿Sigues mudándote a las casas que restauras?

—Sí. He traído mi equipo de acampada —anuncia. Transcurre un segundo y se pasa las manos por las piernas, como si se estuviese secando el sudor—. ¿Ha dicho Jamie que te has hecho una perforación?

—Sí. Y me dolió a rabiar.

No me va a preguntar dónde me la he hecho. Se niega.

—Creía que ya habías sufrido bastantes pinchazos en tu vida.

—Necesitaba uno más.

Fui muy displicente con eso, imaginándome mi próxima revisión del corazón y lo macarra que parecería. Me dolió como si me hubiesen perforado todo el cuerpo y el alma, y me encantó, porque en medio de toda aquella devoradora agonía no pude pensar en anillos de diamantes ni en la rabia de mi hermano.

Además, resulta sensual. El color plata y el rosa son una combinación bestial.

Él está pensando dónde lo tendré, lo sé. Es hora de que Megan vuelva a estar presente con nosotros.

—¿Qué opina Megan de que pases tanto tiempo fuera de casa? Lo odia —concluyo sin hacer una pausa.

—No le importa —responde Tom sin resentimiento—. Está acostumbrada.

—Si fueses mío —digo, y mis palabras parecen recorrerle la espalda porque se endereza—, no me gustaría. Pero ya sabes cómo soy.

—¿Cómo eres? —pregunta, y cuando le lanzo una mirada de «venga ya» añade: —No tengo ni idea.

—¿Con la mayoría de los tíos? No me importaría para nada si estuviesen vivos o muertos. Pero contigo...

Miro las dos tazas de café vacías. Siento la magnitud de su bondad y quiero corresponderle con la verdad. Pensar que un millón de personas se aprovechan de su bondad, yo incluida, me pone furiosa.

Quiero ir dos pasos por delante de él, allá donde vaya, apisonando el mundo para que le resulte más llano. Si él estuviese durmiendo en alguna de sus obras y fuese mío, yo estaría en esa tienda de campaña también. Toda la noche, cada noche, mientras el viento sopla y llueve a cántaros. Jamás dejaría que otra mujer se sentara tan cerca de él como yo estoy ahora mismo. ¿De verdad permite Megan estas vueltas por el mundo sin supervisión alguna?

Si yo fuese Megan, me mandaría a la mierda por sentarme tan cerca como para oler su piel. Tom huele a deseo de vela de cumpleaños. Jamás en mi vida he sentido por otro hombre un deseo de posesión, pero ¿por Tom Valeska? Es algo que tengo que mantener controlado dentro de mí, atado bien fuerte, porque no tengo derecho a sentirlo.

Quizá él no sea el único perro de trineo que hay por aquí.

Parte de esto puede verse en mis ojos porque parpadea y traga saliva. Está tratando de no hacer caso a la corriente subterránea que fluye entre nosotros. Eso es porque es un buen tipo. Mi cerebro no quiere que sea distinto, pero mi cuerpo desea que me levante del suelo y me ponga contra la pared. En el alféizar de la ventana. En el suelo. En la cama.

Tengo que salvar esta situación.

—Eh, vamos. Tú sabes mejor que nadie cómo soy. Bueno, ¿y me vas a contar lo de ese secreto?

—No sería una buena idea, créeme —dice con recelo, pero las pupilas le delatan, negras y narcotizadas.

Sé que quiere contármelo. ¿Por qué si no iba a dejar un pequeño resquicio para que yo insistiera? No ha dicho simplemente que no. Lo tiene en la punta de la lengua. Tengo que arrancárselo de un mordisco. Me pregunto si tendré poder de persuasión.

—¿Es sobre la casa?

Niega como si estuviese hipnotizado. Sus ojos marrones son mis favoritos. Con esta luz de la mañana son un tesoro escondido. Oro, arena, tumbas, monedas, fortuna. Pirámides egipcias, vida eterna. Sarcófagos bañados en oro. La vajilla de Cleopatra.

—¿Es sobre Jamie? —insisto, pero vuelve a negar con la cabeza. Yo sigo intentándolo—. Puedes contármelo.

Él parece darse una bofetada imaginaria y frunce el ceño.

—Déjalo ya.

—¿Dejar el qué?

—Lo que ha dicho Jamie. Deja de intentar engatusarme para sacarme lo que quieres —contesta. Está molesto—. Deberías dedicarte a lo mismo que hacía Loretta.

Si en alguna ocasión puedo hipnotizar a Tom, Jamie es capaz de hacer que camine sobre brasas ardiendo. Esta casa es una presa fácil en manos de mi tiránica copia genética, alguien que en toda su vida jamás ha tenido licencia artística alguna.

—Deberías dejar de ocultarme cosas. Voy a trabajar en la casa.

Al decirlo en voz alta, algo se coloca en su sitio dentro de mí. Es la réplica perfecta que debería haberle dicho a Jamie. La habitual sensación de culpabilidad cobarde se disipa como cuando se aprieta un grano. Voy a esforzarme para que se cumplan los deseos de Loretta para esta casa y voy a protegerla de quien no sepa apreciar la magia inherente de la Maison de Destin.

—Siento que, de haber alguna posibilidad de que Jamie vuelva a estar bien conmigo, me va a costar sangre, sudor y lágrimas. Voy a redimirme.

—No serán necesarias tanta sangre ni tantas lágrimas. Ni sudor —dice Tom, tras pensarlo—. Basta con que estés por aquí cuando yo necesite hablar con Jamie para tomar alguna decisión rápida. ¿Puedes mudarte y quedarte con Truly?

—Ni hablar. Voy a trabajar y me voy a quedar aquí, en una tienda de campaña, igual que tú. Voy a estar en tu equipo.

Sonríe ante la idea, pero luego la sonrisa se desvanece.

—Lo siento, pero no.

—¿Por alguna razón en particular? ¿No necesitas mano de obra gratis?

—No me puedo concentrar si estás cerca —dice con absoluta sinceridad y siento que en mi estómago se desata cierta excitación estelar. Su mirada es clara y no creo que esté queriendo decir otra cosa—. Pero es tu casa, así que no puedo impedírtelo. Puedes ayudar en alguna tarea ocasional, quizá con la pintura de la nueva valla delantera.

—No. No voy a hacer cosas de chica. Voy a usar herramientas.

—Nada de cargar peso, trabajos manuales, subir escaleras o tareas de electricidad... —de pronto Tom interrumpe el discurso. Apuesto a que me está imaginando con un dedo dentro de un enchufe. Tiene el ceño muy fruncido—. No creo que mi seguro cubra esto. Eres una carga.

Me quedo boquiabierta. El vacío de mi pecho se abre como un cañón y todo se vuelve un zumbido. «Una carga.»

—No lo decía en ese sentido —se disculpa. Es evidente que está horrorizado por lo que acaba de decir—. Darce, lo he dicho de la peor manera.

—Vale, no pasa nada. Es verdad. Haz lo que quieras con la casa. No me importa. De todos modos, se va a vender a algún clon rico de Jamie. ¿Qué importa?

Es un milagro que aún pueda hablar. Me levanto con dificultad y casi vuelco la mesa.

—A ti te importa —protesta pisándome los talones mientras me dirijo al baño. Entro, cierro la puerta y echo el pestillo—. Te importa muchísimo. No voy a hacer un trabajo con el que estés descontenta.

—No me importa. Voy a estar a unos diez millones de kilómetros de distancia cuando abras la lata de pintura. Haz lo que quiere Jamie, sin cargas.

Es hora de reordenar estos sentimientos como si fuesen hojas de papel sueltas, hacer con ellas un montón y meterlas en una máquina trituradora.

—Lo siento mucho.

Ha llegado el momento de irme antes de que haga algo que luego no pueda deshacer.

—Abre, por favor —dice Tom volviendo a llamar. ¿Es que no

tiene instinto de supervivencia?—. De verdad que ha sonado a algo que no quería decir. Por supuesto que no eres ninguna carga.

—Tú nunca mientes.

—Sí que miento. Todos los días.

Me miro en el viejo espejo moteado. Tengo un aspecto horrible. Debajo de cada ojo tengo una mancha púrpura. Las mejillas tienen color de vodevil. He observado a Megan en cada cena de Navidad que he estado en casa. No tiene ningún poro, lo digo en serio.

—Vete —suelto, porque noto que sigue ahí.

No puede seguirme hasta aquí. Me quito la ropa y miro mi extraño cuerpo, con articulaciones demasiado grandes y grasa en el vientre por tanto gofre. Ahora parece como si el *piercing* del pezón formase parte de un disfraz.

—Podría desatornillar las bisagras —dice con voz amable.

Pienso en mí la noche anterior, tumbada en el suelo al otro lado de la puerta, como un perro.

—Si lo haces te vas a llevar un susto de muerte. Me voy a dar una ducha.

—No vuelvas a meterte en tu caparazón. Es normal que te preocupes por esta casa. Y quiero saber cómo te la imaginas terminada —dice a través de la puerta, y cambia de tono para añadir—: D. B., por favor, vístete para poder darte un abrazo y decirte que lo siento.

—Ya has oído a tu jefe. Ponla moderna.

Mi voz suena aún más dura al rebotar contra los azulejos. Abro el grifo de la ducha y escupe agua y vapor. Después, me meto debajo del agua y al llorar las lágrimas se van limpiando. El crimen perfecto.

Estoy de pie en el punto exacto en que Tom Valeska ha estado desnudo… No voy a seguir pensando en cosas así.

CAPÍTULO SIETE

Después de comer llega un electricista, que entra y pulsa el interruptor que hay junto a la puerta de entrada. Se oye un pequeño estallido, las luces parpadean y maldice al tiempo que aparta la mano. La casa es hoy como una víbora. Quiere morder a alguien.

Esta taza lleva escrito *Gilipollas n.º 1*. Sería el regalo de cumpleaños perfecto para Jamie. Si es que para entonces nos hablamos.

Pulso el botón de la cámara, muevo ligeramente la taza sobre la pequeña base giratoria blanca, hago otra foto y, después, grabo un giro de trescientos sesenta grados. A continuación, paso los archivos digitales y los etiqueto con números de serie. Hago una señal en la lista. Si pierdo el hilo de cuál es cada taza me volveré loca. Es una tarea lenta, aburrida y meticulosa.

Si pienso que gané el Premio Rosburgh al mejor retrato cuando tenía veinte años, me tiembla la mano y tengo que rehacerlo todo. ¿Por qué ha tenido que recordármelo Tom? Había dejado ese recuerdo casi olvidado debajo de la cama de Jamie, junto con el lienzo impreso.

—Gilipollas número uno. Quizá necesite esta —le digo a Patty, que está dormida en un cojín—. Estoy bastante segura de que es mi taza.

La cojo y espío desde la ventana a Tom, que en este momento tiene un aire profesional y competente, vestido como requiere la ocasión, apuntando hacia el tejado con un obrero desaliñado que asiente a su lado.

He perdido la maldita cabeza en un corto periodo de tiempo. Si tuviese teléfono, miraría otra vez la foto del anillo de compromiso de Megan para recomponerme. Cierro los ojos y me lo puedo imaginar: corte redondeado y más frío que el hielo, con un botón en el lateral que se pudiera apretar para que saliera una espada láser blanca.

A mí no me gustaría una cosa así. Yo querría algo parecido al anillo de Loretta: un zafiro negro. Mejor dicho: quiero el anillo de Loretta, punto. El hecho de que se lo dejara a Jamie en su testamento me resulta inexplicable. Ella sabía que me encantaba. Me dejaba que se lo pidiera prestado durante varias semanas seguidas y me decía: «Ay, cariño, te queda de maravilla». ¿Fue su forma de castigarme por algo?

Me ofrecí a comprárselo en el aparcamiento del abogado, lo cual fue un error táctico. Los ojos grises de Jamie se volvieron azules. «No», respondió con satisfacción.

Ahora que sabe lo mucho que lo deseo, ese anillo vale más que la Mona Lisa. Por suerte para mí, nadie está lo suficientemente loca como para casarse con Jamie.

El sol se está poniendo cuando decido ser adulta y volver a la normalidad. Veo que Tom está solo en el patio de atrás, escribiendo en una libreta. Tiene la punta de la lengua apretada entre los dientes.

—Mírate, todo meticuloso.

—Seguro.

Saca una foto de los escalones de atrás con su teléfono. La verdad es que nunca antes me había fijado en ellos, pero tienen un bonito diseño rústico. Los bajo y noto que se mueven.

—Lo siento mucho… —empieza a pronunciar lo que probablemente es una disculpa ensayada.

Yo le hago una señal para que se calle.

—No pasa nada —respondo, y cojo su teléfono para mirar la última fotografía—. Podrías ganar un premio con esta foto. Qué fastidio. Debería haber sido yo la que lo viera. ¿Hay algo que no sepas hacer?

No estoy bromeando en absoluto.

—Muchas cosas. ¿Por qué no traes tu cámara y lo haces tú? O quizá podrías empezar otra vez a sacar fotos de gente —sugiere. Esto podría ser lo más cercano a pedirme que haga las fotos de su boda. Vacila, y sé que está a punto de decirlo. La petición a la que no podré negarme—. Si sacas una foto mía…

Le interrumpo inmediatamente con un movimiento de la mano que expresa un «joder, no me lo pidas», tan fuerte que casi me caigo.

—Estoy haciendo más fotos que nunca y no pienso volver a hacer retratos. Las tazas no se quejan. No tienen crisis nerviosas ni echan a perder el maquillaje. Tampoco escriben reseñas en internet.

—¿Alguien ha hecho eso?

A él nunca se le ocurriría buscarme en Google.

—Comentarios mordaces —es lo único que puedo decir.

Al parecer, soy muy merecedora de esos agujeros de tornillos que hay junto a la puerta. «Poco profesional. Con retrasos. Con resaca o posiblemente aún borracha. Distraída. Mala presencia. Antipática y mal educada con los invitados. Echó a perder mis recuerdos. Voy a llamar a mi abogado.»

Tom tiene la sensatez de guardarse en el bolsillo la petición que estaba a punto de hacer. No debería arriesgarse a que sus recuerdos también se echen a perder.

—Quizá si terminara el estudio podrías seguir haciendo retratos.

Mira ahora al edificio alargado y estrecho que está al otro lado del estanque, junto a la valla, y para el que tantos planes ha habido siempre. Una vez fue el refugio de carpintería del abuelo William y aún sigue oliendo a pino de Chipre. Loretta lo usaba para sentarse ahí dentro en una silla plegable mientras se bebía un café y pensaba en él. Iba a ser mi estudio de fotografía y, antes de eso, la sala del tarot de Loretta. Un verano Tom llegó incluso a revestir las paredes de dentro y poner moqueta antes de que Aldo le enviara a su siguiente obra. Y luego a la siguiente y a la siguiente. Un proyecto inacabado que suponía un gran peso para Tom.

—No te sientas mal —le advierto, pero creo que ya es demasiado tarde—. Has estado ocupado. No eres tú el motivo de mi cambio de trabajo.

Bueno, en teoría sí, pero no tiene por qué saberlo. Yo ya estaba cayendo cuesta abajo desde hacía tiempo.

—Si me hubieses llamado habría venido —dice con un leve tono de acusación—. Sabes que lo habría hecho.

—No te preocupes por eso. Has venido justo cuando más te necesito. Como siempre.

Patty está en el borde del estanque lleno de fango. Levanta una de las patas delanteras. Yo la cojo y le doy un beso en la cabecita. Desde la ventana del lavadero, la cara espantada de Diana es como la versión felina de *El grito*.

La levanto en el aire.

—Patty, vas a tener que dejar de flirtear con el peligro.

—Dice la chica que vive en una casa con cables que pueden salir ardiendo —apunta Tom. A continuación me da su cuaderno y empieza a desplegar una escalerilla—. No me puedo creer que Loretta viviera aquí. ¿Por qué no la arregló hace años? —Se está enfadando—. No debería haber vivido con todos estos problemas.

Tengo que soltar una carcajada.

—No iba a molestarse en hacer las maletas. Dijo, y cito textualmente: «Puedes encargarte tú».

Miro las últimas páginas de sus notas. Casi se me había olvidado cómo era su letra: bloques cuadrados, líneas rectas y unos símbolos que resultan intrigantes. Flechas arriba y abajo, medidas, cálculos de gastos… Una página tras otra con malas noticias.

—Ella pensaba que esos problemas eran extravagancias. Y lo son.

—Te pareces tanto a tu abuela que asustas —dice enganchando

la escalerilla al lateral de la casa—. Por favor, prométeme que no vas a tocar ningún enchufe. Y que no vas a leerme el futuro.

—Sé cómo encargarme de esta casa. He vivido en ella durante buena parte de mi vida, ¿te acuerdas? Todas y cada una de las temporadas de esquí.

Mis padres están obsesionados con deslizarse por colinas nevadas vestidos con monos acolchados y conjuntados. Me pregunto cómo será.

—¿Me odiabas?

Ocupó mi lugar en esas excursiones para esquiar. Yo me quedaba con Loretta, hacía fotos hasta que me quedaba sin luz y leía libros junto a la chimenea, con la mano metida en un cuenco lleno de caramelos. Precioso, pero sin pistas de esquí.

Niego con la cabeza.

—No, me alegraba que fueras.

Me alegro de que todos pudierais vivir un poco, libres de mis deficiencias.

—Te alegrabas por mí porque yo era pobre —dice Tom con tono irónico. Mira hacia la escalerilla y pone un pie en el peldaño de abajo—. Te alegrabas de que tus padres fuesen increíblemente generosos y me llevaran a todos los sitios.

—No, me alegraba por ti porque quedarse atrás es una mierda y yo no querría eso para ti.

Recuerdo que Loretta me dijo: «Despídete, por el amor de Dios. Podrían tener todos un accidente de avión. Te arrepentirías de no haberlo hecho». Ese tipo de declaración es aún más alarmante cuando la pronuncia una pitonisa. «Sonríe y deja que se diviertan.»

La única traducción que yo podía hacer de aquello era: ¿quién puede estar tranquilo junto a mí, que soy una bomba de relojería puesta en marcha?

—Me alegra que todos pudierais tener unas vacaciones del estrés que yo os generaba.

—No eran unas vacaciones de ti —dice Tom, sorprendido.

Empieza a subir por la escalerilla—. Loretta te hizo creer cosas que no eran ciertas.

Por un momento pienso que puede conocer mis confidencias con Loretta y que ella hizo que me largara de la ciudad. Pero es imposible. Nunca se lo he contado a nadie. Su mirada es afable y en ella no hay malos recuerdos cuando me mira.

—Si necesitas enchufar o desenchufar algo dentro, pídemelo. Te he escondido el secador.

—¿Eso quiere decir que lo has dejado en algún sitio en alto donde yo no pueda verlo? —Le miro el culo mientras va subiendo—. Por cierto, ¿qué vas a hacer ahí arriba?

—Solo ver este canalón de aquí.

—Yo también —le sonrío alegremente y él me mira con el ceño fruncido—. ¿Qué? Me interesa conocer el estado de mi casa.

Suena un extraño traqueteo. Tom ha agitado todo el canalón como a medio metro de la línea de cubierta. Unas hojas viscosas me caen encima. Tanto Patty como yo soltamos un ladrido, como si fuésemos focas.

—Gilipollas.

—Te lo mereces, por pervertida.

Vuelve a agitar el canalón.

—Siempre estás pensando en lo mismo.

—¿Quieres subirte tú a la escalera mientras yo me quedo ahí abajo mirándote el culo? Así ves qué se siente.

Otra vez me ha pillado. Si cada vez que le miro se da cuenta, estaré perdida.

—Yo no lo puedo hacer mejor, guapo.

—Desde luego, has estado escondida en la ducha mucho rato. No sabía que el calentador de agua podía aguantar tanto.

Se lleva la mano al bolsillo de atrás y saca un destornillador.

—El calentador es una caja de lata. Al final salía congelada.

Dejé que se enfriara para quedarme entumecida hasta los huesos y enfriar la extraña y agitada energía que sentía hasta que tuviera un nivel más manejable. Lo cierto es que nunca había necesitado darme una ducha por culpa de un chico.

Mira hacia el tejado del vecino y le veo de refilón tragar saliva. Está pensando: «Uf, qué asco». Darcy Barrett, una rata ahogada y tiritando, con su pelo de chico pegado al cráneo.

Tom se alza un poco más sobre el borde del tejado. Se produce sonido de raspadura y la escalerilla tiembla. Yo salto sobre la base de la escalera y la sujeto con todo mi cuerpo.

—¡Joder! Ve con cuidado.

Otra hoja empapada me cae en la cara.

—No pasa nada —dice mientras baja los peldaños.

Sin girarse, dedica un buen rato a bajar la escalerilla, doblarla y plegarla. Menos mal. Así puedo ocultar mi repentina sacudida del corazón.

—Creía que iba a tener que agarrarte.

Me acerco al estanque, de espaldas a él. El corazón se me sube a la garganta. Trago saliva una y otra vez, pero no cede. La sangre empieza a fluir al revés por mis venas.

El corazón me dice: «Eh, oye, ¿acabas de darte un pequeño susto? Estupendo, pues yo voy a reaccionar de forma exagerada». Y ahora, estamos bombeando. Palpitaciones, visión pixelada, todo se pone en marcha.

Rápido, piensa en otra cosa.

Aparte del estado de mi corazón, hay un patrón peor que no deja de repetirse: me burlo de Tom como siempre, él me llama la atención y me acuerdo de Megan. Me machaco por dentro como si fuese una lata de cerveza vacía. Entonces le miro, una alegre sensación se expande y todo vuelve a empezar otra vez.

Sé cuál es la solución a este problema e incluye un taxi al aeropuerto.

—Apuesto a que me agarrarías. Te quedarías… —dice levantando los brazos al cielo—: aplastada. ¿Qué te pasa? —pregunta de pronto al darse cuenta de que estoy inmóvil

—Nada —contesto con un lento suspiro.

El corazón se me va a salir del cuerpo. Está agitándose y forcejeando en la base del cuello. Siento las manos de Tom sobre mi cuerpo.

—Tu pequeño carrete de hilo —advierte con profunda empatía—. Está traqueteando ahí dentro, ¿no?

—Déjalo. No le des importancia —digo y me aparto, pero él me sigue—. Se me parará si consigo entretener la mente con otra cosa. Tus manos lo están empeorando.

Las deja caer como si se hubiese quemado.

Huele como siempre: a una vela de cumpleaños después de soplarla, un olor agudo a humo. Es ese olor que se te mete por las fosas nasales cuando cierras los ojos, piensas un deseo imposible y la boca se te hace agua por comer algo dulce.

—Respira —me sugiere, animándome igual que haría Jamie.

Cuando me permito alzar los ojos para ver su precioso rostro, su mirada desnuda me recuerda por qué me quedaba atrás en el aeropuerto cuando era niña. Soy estrés, miedo, inseguridad. Soy una carga.

Me obligo a fingir un fuerte bufido.

—No te preocupes. No es nada que no puedan arreglar unos días en alguna playa.

Él se aparta y el espacio que nos separa se llena de aire fresco. Yo me alejo más y, después, dejo que el estanque se interponga entre los dos. Me doy golpecitos en el pecho como si fuese un bebé que está eructando. Si lo hago con la fuerza suficiente, no noto los latidos descompasados.

Tom se siente un poco mal.

—Lamento lo que te he dicho antes. Lo sabes, ¿verdad? Esta es tu casa y tienes todo el derecho a trabajar en ella —concluye y vuelve a mirar sus notas, pero lo hace sin fijar la vista en ellas—. No creo que debas irte de viaje. Está claro que no estás bien.

—Llevo así desde hace años. No digas eso —le advierto.

Él suelta un fuerte suspiro.

—Así que mi escalera se tambalea, tú te lanzas sobre ella como si fuese una granada y entonces te conviertes en una estatua de cera, ¿y qué se supone que tengo que hacer? ¿Como si nada? —protesta. Una sabe que está al límite de su paciencia cuando se coloca la mano en la cintura—. Sigues unas normas con las que yo no puedo estar de acuerdo.

—Llevo toda la vida rodeada de gente preocupada —explico levantando la mano para agarrarme la trenza, pero no encuentro más que aire. Es un buen recordatorio de que ahora soy una persona nueva—. Tú preocúpate de esta casa.

—Me preocupo por ti —dice con tono de «déjate de gilipolleces»—. Dime lo que te está pasando de verdad. Nunca en mi vida he visto tantas botellas de vino vacías —indica señalando con el pulgar al cubo de reciclado que hay en el lateral de la casa—. No estás bien.

—No empieces.

Me dispongo a protestar, pero él me interrumpe.

—Bebes y sé que no deberías hacerlo. Tus medicinas son tan antiguas que han caducado, ¿no te has dado cuenta? Estás trabajando en un sitio donde los hombres te agarran, te dejan magulladuras, pasan de noche por delante de tu casa…

—No es así…

—Tienes el frigorífico vacío. No estás haciendo fotos de verdad —dice con tono trágico—. Y, como siempre, estás tratando de mantenerme alejado.

—¿Qué es lo que hago?

—Lo sabes muy bien. Jugueteas conmigo.

—¿Y qué se siente cuando jugueteo contigo?

No puedo evitar mirar cómo sus cortas y cuidadas uñas se hunden en la tela que le cubre la cadera. Estoy sudando. Necesito pasarme la manga por la frente, pero lo va a ver.

—¿Cuando Darcy Barrett juega conmigo? —Se queda pensando—. Es como si se burlara de mí, pero me da la sensación de que dice la verdad. Y yo nunca sé cuál de las dos cosas es la verdadera.

Vaya. Sí que me ha calado.

—Eres un tipo listo, lo terminarás sabiendo.

Se pone la mano en el pelo. Ese bíceps. Esas líneas. Es una obra de arte.

—¿Ves? Ya lo estás haciendo otra vez. Es tu técnica para mantenerme apartado. Así evitas responderme de verdad.

Se gira hacia la casa como si buscara apoyo moral. Patty sale en su ayuda echando a correr hacia él y alzándose para apoyarse en su pierna. Él la mira.

—Yo solo soy un juguete para morder, Patty. A la tía Darcy le gusta oír cómo crujo.

—Si fuese Megan me daría un puñetazo en la cara —digo, y a continuación cierro el puño y me asesto un suave gancho—. Lo siento, de verdad. No sé qué me pasa. Si te sirve de consuelo, no lo hago con nadie más. Tú eres… especial.

—¿En serio?

Veo que me mira con un brillo nuevo en los ojos. Esto hace que en mi mente surja un mal recuerdo de Keith. El corazón de Tom es el Peñón de Gibraltar, pero yo no debería ponerlo en peligro.

—No debería gustarte oír eso —le recuerdo—. Un puñetazo en la cara, ¿te acuerdas?

—A ella no le importaría.

Es lo mismo que ha dicho antes cuando le he preguntado por la tienda de campaña. Está tratando de decirme algo de ella y no sé si quiero oírlo. Es evidente que es tan estupenda como su diamante blanco y frío. Está segura de sí misma y tiene al hombre más digno de confianza del mundo.

Él lo confirma.

—No somos así.

—Ningún jurado de la tierra la condenaría —subrayo. Parece que estoy usando mi tono de estar jugueteando con él. Suena a burla, pero hablo en serio—. Si yo cazara a una belleza como tú, me volvería despiadada. Apuesto a que ella es igual.

Se ríe, pero no suena feliz.

—Supongo que no sirve de nada decir que ya eres bastante despiadada —dice y, tras una pausa, sigue con voz torpe—. Ella no se parece en nada a ti.

—Eso es bastante evidente —afirmo. Me paso una mano de arriba abajo por la cara y el cuerpo y él parece confundido—. Bueno, no voy a tentar a la suerte con ella. Como ya te he dicho, voy a buscarme a otro a quien atormentar. Quedas libre. Compadécete de mi pobre futuro marido.

Vuelvo a pensar en el anillo de Loretta y levanto la mano izquierda para mirarme los dedos desnudos.

Él suelta un bufido de incredulidad.

—Tú nunca te casarías.

—Sí que lo haría —replico disimulando el pequeño dolor que me provoca su tono de incredulidad—. ¿Por qué narices no me iba a casar? ¿Soy demasiada carga?

Me paso las dos manos por el pelo para que se me quede de punta. Espero que parezca como si tuviera cuernos.

—Es solo que nunca me lo he imaginado.

Suspira y su silueta se encorva mientras levanta los ojos hacia la casa, como si dentro de él se hubiese apagado algún interruptor. Doy unos pasos cautelosos hacia él. ¿Está triste? No me puedo imaginar qué mala noticia ha recibido hoy.

—¿Qué han dicho el electricista y el fontanero?

—¿Qué crees tú que han dicho? —Está desolado—. Van a hacer los trabajos más caros de su vida. Es demoledor. Hay que cambiar la mayoría de las tuberías. Nueva impermeabilización. Luego, nuevos azulejos. Después, nuevo cableado. Todo nuevo. No se me ocurre una sola cosa que no haya que sustituir.

—¿Quedará cubierto con el presupuesto de Loretta?

Habla con evasivas. Eso quiere decir «Probablemente no».

—Voy a tener que ponerlo todo en una hoja de cálculo para que lo veáis.

—Entonces, va a ser increíblemente caro. Tanto que vas a necesitar fórmulas y columnas. Y todo se va a destinar a cromados y pintura gris. Jamie se va a salir con la suya. Sabes que va a ser así. Eres suyo.

Tom me mira con gesto irónico.

—Está fuera de mi alcance.

—Eres cien por cien suyo —confirmo. Señalo la uña rosada de uno de sus dedos—. Quizá Jamie me permitiría disponer de una parte así de ti.

Se encoge de hombros.

—Ahora mismo no está aquí. Por tanto, te concedo esto —resalta extendiendo su otra mano, y me doy cuenta de que se refiere a su otra uña rosada.

Ahora tengo dos. Resulta ridículo, pero estoy encantada.

—Las guardaré siempre como un tesoro.

Entramos en casa y de camino cojo en brazos a Patty.

—¿Qué gano yo a cambio?

—Ya sabes, corazón, alma. Lo típico.

—Ay, Darce —dice suspirando como si no hubiese aprendido nada—. Vuelves a juguetear conmigo.

CAPÍTULO OCHO

Inexplicablemente, siento deseos de que Jamie esté aquí. Él entraría y llenaría este incómodo silencio cada vez más largo con parloteo, chistes e insultos. Siento como si estuviese dirigiéndome a toda velocidad a la absoluta implosión de mi relación con Tom. Cuando eso ocurra, habré perdido a otra persona.

Loretta, mis padres, Jamie, Tom, Truly. ¿Cuántas personas especiales más me quedan? Estoy deseando irme. Nadie podrá dejarme si soy yo quien se va antes. Este inquietante pensamiento hace que me falte un poco de aire en los pulmones. Loretta murió cuando yo estaba suspendida sobre el océano en un asiento de pasillo. Quizá mi estrategia sea una mierda. Quizá debería aferrarme a las personas a las que quiero con mucha más intensidad.

Tom mira el teléfono.

—¿Vas a estar aquí mañana por la tarde? Vamos a tener la electricidad cortada durante un rato.

—No estoy segura... —Miro el calendario del frigorífico. Resulta refrescante haber vuelto al mundo analógico—. Voy a ayudar a Truly a coser unas cosas a última hora de la tarde.

—Así que vas a coser mañana. ¿No irás a perder los nervios y salir pitando al aeropuerto?

Tom emplea un tono tan esperanzado que abre una pequeña grieta en mi viejo y duro corazón.

—¿Tan impulsiva soy?

—Eres la persona más impulsiva que conozco.

¿Qué ha dicho antes? Que le gusta hacerme feliz. Vamos a probar.

—No, sigo sin encontrar mi pasaporte —aclaro. Esto no alivia su tensión. Vuelvo a intentarlo—. Me voy a quedar un poco más.

Esto sí ha funcionado. No soporto cuando me mira así. Ahora mismo, en este momento, el resto del mundo desaparece. Estamos suspendidos dentro de una burbuja frágil y dorada. Sus ojos resplandecen de placer, iluminados como la llama de una vela.

Se aclara la garganta y vuelvo a ser su cliente.

—La verdad es que creo que voy a necesitar que te quedes hasta que hayamos acordado el aspecto que debe tener la casa.

Asiento.

—Empezaré a empaquetarlo todo mañana por la mañana. Quizá alguno de los chicos que vienen a trabajar pueda ayudarme a mover los muebles.

Ahora he alterado los iones del aire. Me mira la magulladura de la muñeca y responde con un gruñido grave:

—¿Estás de broma?

—La mayoría están bien.

—¿Quieres cavar mi tumba? —repite mi broma de antes sin ningún tono de humor.

—Sabes que sí.

Entro en mi dormitorio y me echo en la palma de la mano unas cuantas de mis pastillas blancas. Es verdad que han caducado. Estoy segura de que esto será mejor que nada.

—La cavaré muy lentamente para así hacer que mi viejo corazón de mierda empeore.

Detrás de mí, Tom sigue echando chispas.

—Yo moveré los muebles.

—Bueno, está claro que te entusiasma hacerlo, así que adelante.

Está en la puerta, apoyado en el quicio observando cómo busco en el armario.

—¿Adónde vas?

—A subir por esa escalerilla. Me voy a sentar en el tejado un rato.

Saco un vestido corto y lo aliso. Mi arrogante ocurrencia le ha calmado un poco.

—Ahí arriba va a hacer frío.

—Por supuesto, ese debía ser tu primer pensamiento.

Dibujo un círculo con el dedo. Él se gira sobre el talón para mirar hacia otro lado. Sabe lo que tiene que hacer.

—Nunca se te ha dado muy bien eso de cerrar la puerta de tu dormitorio —dice con aire de resignación—. ¿Y quién es ese tipo?

—¿Quién?

Rápidamente, me pongo el vestido, me calzo las botas y me echo unas gotas del aceite perfumado que me hizo Loretta. No usaba recetas, así que, es insustituible. En una etiqueta en la base de la botella está escrito de su puño y letra: *Dinamita líquida*».

—¿Quién es el tipo para el que te estás perfumando?

Se gira para mirarme de nuevo. Todavía no ha vuelto a adoptar del todo su forma humana.

—Me estoy perfumando para mí. No voy a desperdiciarlo con una nariz masculina. No es nadie —respondo con más contundencia cuando veo su expresión de frustración.

—Estoy tratando de mantener una conversación contigo sobre lo que está pasando en tu vida. ¿Con quién estás saliendo?

Lo dice como si lo estuviese leyendo en algún guion y a punta de pistola. ¿Le ha dicho Jamie que le mantenga informado?

—Con alguien que no te gustaría. Y yo no lo llamaría salir —contesto sin más antes de salir de la habitación por debajo de su brazo—. Puedes volver a dormir en mi cama esta noche. Me acostaré en el sofá cuando vuelva a casa. Hay un tailandés con servicio a domicilio, el menú está en el frigorífico. Saluda a Megan de mi parte.

Oigo detrás de mí sus botas siguiéndome. Cojo las llaves, el bolso y la chaqueta con fluidos movimientos de los brazos y sigo caminando. No pienso quedarme a seguir macerando esta incómoda tensión. Pillaré un taxi en la calle principal junto a la tienda. Salgo por la puerta al camino de entrada y sigue detrás de mí.

—Es como si estuvieses huyendo de casa, Darce. ¿Te preocupa tener que pensar en las botellas de vino y en tu corazón?

Si sigue presionándome voy a tener que decirle cuál es el problema: primero, que quiero bajarle los pantalones; segundo, que soy una persona de mierda por pensar eso de un hombre que está a punto de casarse. Y tercero: que estoy tan celosa de Megan que voy a ir con una cosechadora a toda velocidad a convertirla en un puto saco de cereal.

Pero estos han sido siempre mis problemas.

—Creo que deberías dejar de seguirme —le advierto girándome, y sigo caminando de espaldas—. A menos que quieras salir conmigo. Eso sería muy divertido. De hecho, es lo que se suele llamar vivir la vida.

Valeska está deseando que me quede tras la valla de estacas donde nada malo puede pasarme. Lo puedo ver en él: su cuerpo en tensión, los puños cerrados… Escoltarme y tirar de mí, eso es lo que quiere hacer.

—Tengo que empezar temprano. Darce, por favor, quédate en casa esta noche.

No pienso darle el gusto de someterme a su intención de sobreproteger a la princesa. Es demasiado suculento, demasiado encantador. No puedo quedarme a solas con él bajo el mismo techo.

—No.

—He prometido a todos que iba a cuidar de ti —insiste de nuevo antes de darse cuenta de lo que ha hecho. Al decir eso solo va a conseguir que yo corra más.

—No puedo —le respondo en voz alta—. Ya no me fío de mí misma.

Me giro a la vez que él se queda con la boca abierta. Ya solo se oye el sonido de mis botas. No tengo que mirar para saber que va a estar mirándome hasta que desaparezca de su vista.

Es lo que siempre hace.

Tom está escribiendo *Deporte Jamie* en una caja con la ropa deportiva de mi hermano. Estamos tratando de hacer lo imposible: vaciar su habitación.

—¿Y cómo te fue la noche? Debiste llegar bastante tarde.

—Sobre las doce. Supongo que es un poco tarde para un madrugador como tú.

—¿Lo pasaste bien? —pregunta con tono bastante formal.

—Claro.

No me divertí en absoluto. No vi a Vince ni a nadie que conociera. Viajo sola por el mundo, así que estoy acostumbrada a no tener compañía. Pero algo ha cambiado. Estaba deseando volver a casa. Quería tumbarme en el sofá con una película, escuchar las patas de Patty y a Tom dando vueltas por la casa, sentir sus dedos alborotándome el pelo y el tintineo de una cucharilla dentro de una taza.

Para sofocar esa extraña fantasía doméstica, me senté en un McDonald's a comerme unos *sundaes* con chocolate caliente y después volví en taxi a casa cuando supe que ya estaría dormido. Soy una McCobarde.

«Necesito otro sitio donde dormir esta noche», ha dicho Tom mientras yo me cepillaba los dientes esta mañana y me alegro de que en ese momento mi boca estuviese llena de pasta. Podría haberle contestado sin pensar: «No».

Tuvo anoche la generosidad de evitar ese momento incómodo. Eso se le da bien.

Yo intento hacer lo mismo:

—Jamie está sentado en su mesa, dando toques a una calculadora. Y mira yo, oficialmente trabajando más duro que él. No hay duda de que le encantan los libros de tíos que han caído en alguna encerrona del gobierno —comento mientras los voy metiendo en una caja.

—Libros de capítulos cortos y maletines de dinero —dice Tom mientras saca basura de debajo de la cama.

Ha leído muchos de los libros que Jamie desechó en su momento.

—Mujeres de labios rojos y brillantes. Lanchas motoras en Montecarlo.

Cojo uno con un revólver en la cubierta y se abre con demasiada facilidad en un párrafo sucio. Lo leo con la espalda apoyada en la cama. Tom deja de apilar mancuernas y me mira.

—Tu trabajo duro ha acabado pronto.

Le hago una peineta. Hay un orgasmo efervescente y lleno de gemidos. Arrugo la nariz.

—Ahora Jamie y yo hemos leído la misma escena sexual. Está en el cerebro de los dos. —Siento un escalofrío por todo el cuerpo—. ¿Por qué no puedo parar de provocarme malestar?

—Ni idea —responde Tom con una carcajada.

Coge el libro y, para mi sorpresa, lee también toda la escena, pasando la página con el ceño fruncido, como si estuviese estudiando para un examen. Veo cómo sus ojos se mueven de un lado a otro, con palabras tórridas en su mente.

El corazón se me retuerce, me provoca una nueva descarga de sangre y siento que se me sonrojan las mejillas. Si me escandalizo así solo por ver a Tom leyendo una escena sexual, será mejor que mi cerebro no dé el siguiente paso lógico.

Demasiado tarde. Miro sus grandes manos, los nudillos, que parecen nueces, y las bonitas y limpias uñas. Son el tipo de manos que quieres que te recorran el cuerpo. Y ahora me estoy imaginando el enorme embiste de su cuerpo apretándose contra mí, entrando al cien por cien…

Cierra el libro de golpe y me saca de mi ensueño también de golpe.

—Es tremendamente gráfico.

Lanza el libro a la caja y sus ojos no me dan ninguna pista. ¿Esa escena le ha parecido una propuesta razonable?

—Los tíos de estos libros perforan como si estuviesen en una mina de hierro.

Tom se ríe:

—Y en los que se escribían en los setenta siempre mencionaban un «sostén». Yo tenía por lo menos diecisiete años cuando supe que no era más que un sujetador.

—Eras un chico bastante inocente. Siempre hay cumbres de pliegues y nidos de rizos —digo refunfuñando a la vez que levanto una segunda caja medio vacía—. Y todas las mujeres llegan al orgasmo tras seis embistes. «¡Oh, Richard!». Por favor.

Escribo en la caja: *Libros de polvos de Jamie.*

Tom coge el rotulador y tacha las palabras de en medio.

—Creo recordar que a Loretta le gustaban los libros picantes.

—Mientras vosotros estabais fuera viviendo la vida sana y esquiando, yo estaba aquí deformándome el cerebro con sus novelas eróticas —digo con un bufido—. Eso explica muchas cosas, ¿eh? Era la persona con más probabilidad de acabar teniendo juguetes sexuales por valor de mil dólares en el comedor.

—Yo echaba un vistazo a sus libros de vez en cuando —confiesa Tom a la vez que la comisura de su boca se curva.

—No puede ser. —Me río encantada—. Bien hecho, Tom Valeska. Guarrillo.

—Cuando Jamie estaba en el baño o Loretta preparaba bocadillos, yo me leía un párrafo. Recibí mi educación sexual en esta misma casa —comenta mientras sigue metiendo basura en una caja nueva—. Un poco desordenada pero, al final, todo encajó. Aquello me provocó ciertas… expectativas poco realistas.

Me muero por saber a qué se refiere, pero me limito a decir:

—A ti y a mí, colega.

Me hago muchas fantasías imposibles de realizar. Un corazón

como el mío no me permite ser demasiado enérgica y los tíos que elijo no tienen ni idea. Escribo en la segunda caja de libros: *Fantasías retorcidas de Jamie.* Me subo la caja a la cadera y el borde se me engancha al *piercing* del pezón. Me agarro el pecho y doy un grito.

—¿Estás bien?

Ay, Dios. Cree que me está dando un infarto.

—Es el *piercing.* No importa el tiempo que pase, siempre le gusta recordarme que está ahí. Estoy segura de que está bien conectado al cerebro —digo, y miro cómo Tom procesa esta información. No sé si le desagrada—. Es un dolor que sientes en la raíz de los dientes.

—¿Por qué te lo has puesto? —me pregunta en voz baja.

—Es bonito.

Tom coge la caja de mis manos con una violencia inusitada. Sale al garaje y yo le sigo.

—No tiene sentido que sigas cansándote. Has embalado casi todas las cajas. Ni siquiera Jamie podría acusarte hoy de no haberte esforzado.

Vuelvo a entrar en la casa en busca de la otra caja.

—Yo la cojo. ¡Yo la cojo! —aseguro haciendo una rápida comprobación del sistema. El corazón está fuerte como una roca. Todo va bien, solo que Tom ha aparcado sus músculos en la puerta—. Quítate.

Él coge la caja.

—Sí, sí. Prefiero verte enfadada a inconsciente.

Sale de la habitación y, derrotada, lleno una caja con los zapatos de Jamie.

—Quizá sí pueda ocuparme de una caja de putos zapatos —le digo a Diana, que ha saltado sobre el alféizar de la ventana. Apuesto a que tiene la intención de dormir en la cama de Tom—. Aprovéchate, chica.

No me molesto en preparar la caja con cuidado. Es posible que

Jamie ya tenga todo un armario nuevo. Cuando se marchó solo se llevó una maleta. Se fue tan rápido para evitar cometer un homicidio.

Tom regresa.

—Gracias por dejarme tu habitación. Creo que hacía años que no dormía tan bien. Tu colchón es…

Ni siquiera se le ocurre qué palabra decir. Sé a qué se refiere.

—Si me caso con alguien será con esa cama. Por eso duermo tanto.

Cada vez me siento más agotada. Cuando viajo, tengo que pasar las tardes tumbada. Juntos, damos la vuelta al colchón del antiguo dormitorio de Jamie y hacemos la cama con unas sábanas limpias floreadas.

—Cuando viajo, echo más de menos mi cama que a la gente que conozco.

—Te debe de gustar mucho viajar como para dejar una cama como esta.

—Por mucho que te cueste creerlo, sí. Es verdad. Te juro que si Jamie me ha escondido el pasaporte no se lo voy a perdonar nunca.

—Te creo —dice Tom con tono vacilante. Tiene en su rostro una expresión de crudeza—. Estás exagerando, ¿no?

—Cualquiera que me conozca sabe que eso sería lo peor que me podrían hacer. Odio que me obliguen a quedarme —le aseguro. Ojalá mi hermano dejara de entrometerse en el tiempo limitado que paso con Tom—. ¿Vas a caber en esta cama tan pequeña?

Jamie no ligaba mucho cuando vivía aquí. De ahí lo de los libros.

—Estoy seguro de que sí. No olvides que voy a estar en la tienda de campaña cuando empiece la obra —dice Tom después de una pausa—. Oye, ¿qué es esto?

Está sacando un lienzo grande de debajo de la cama y lo apoyamos en la pared. Es el retrato por el que gané el Premio Rosburgh. De quién iba a ser sino de mi hermano.

—Esa noche le dio uso a su cuarto, como si fuera famoso —digo mientras miramos a Jamie y él nos devuelve la mirada.

Siendo objetivos, es una imagen impresionante. Yo pulsé el botón, pero no fue solo obra mía. Es la forma en que la cara de Jamie interactúa con la luz. La noche del premio estaba ebrio de su propia belleza y astucia. Y de champán, lógicamente. Yo sentía como si él hubiese ganado el premio, no yo. Tuve que conceder alguna pequeña entrevista como la ganadora más joven del galardón y ver cómo Tom se quedaba al margen. Megan le tenía agarrado del brazo.

—Aquella noche se acostó con dos camareras distintas. Dos.

Tom está perplejo, como si le resultara científicamente imposible. Pienso que Megan es la única para él. Tengo en la mano las llaves de la cosechadora, así que empiezo a balbucear.

—Bueno, si te empeñas en llevar tú las cajas, puedes coger esas cinco y prácticamente habremos terminado esta habitación. Probablemente Jamie no se va a creer que te he ayudado. Quizá debería empapar un pañuelo con mi sudor para que lo pueda verificar en un laboratorio.

—Estás obsesionada con demostrar que puedes trabajar más que él. Es una batalla permanente que no tiene fin —dice, y contempla el retrato con una expresión que no sé interpretar—. Sois muy duros el uno con el otro. ¿Por qué no probáis a llevaros bien? Cuando lo hacéis sois impresionantes.

Sonríe al recordar.

—Tengo que demostrar lo que valgo. Cada vez que llamo a alguien de repente me responden con un temblor en la voz: «¿Sí?», temiendo que llame de emergencia con la mano azul medio muerta. Por eso me gustan los tíos como Vince. No me tratan como si fuera una inválida.

—Vince —repite Tom al oír por fin su nombre. Le da la vuelta en su mente, como si se tratara de una de las cartas del tarot de Loretta—. Vince. No será Vince Haberfield, el del instituto.

—Sí. Vince Haberfiled. O no sabe lo de mi corazón o se le ha olvidado. Así que cuando salimos no supone ningún problema

—resalto. La verdad es que no me preocupa en absoluto la expresión de Tom, así que entro a la cocina y saco un menú de comida para llevar—. ¿Quieres que te pida una pizza antes de irme a casa de Truly? Una pregunta tonta. Por supuesto que quieres.

Ahora está sentado en su nueva cama.

—¿Estás con Vince Haberfield? ¿Cómo le ha ido a ese pedazo de mierda?

—Sigue siendo un pedazo de mierda. Y no estoy con él —aclaro. Extiendo la mano y la sostengo hasta que cae en qué es lo que quiero. Me da su teléfono. Pido una pizza que sé que le va a gustar y le devuelvo el teléfono—. Di algo.

Él se limita a quedarse ahí sentado. No sé qué está pensando, pero me parece que es demasiado. Le doy una palmada en el hombro.

—Ya veo que no estás precisamente contento. Una mala noticia que contarle a Jamie, ¿no?

—No voy a contarle nada —responde con la mandíbula apretada, pero sigue siendo él mismo. Cuando nos miramos a los ojos no veo en ellos esa expresión de lobo que pensé que vería.

—Oye, no me juzgues. Salir con tíos es una absoluta pesadilla. Alégrate de no tener que preocuparte por eso.

—Creía que no estabas saliendo con él. —Ahí me ha pillado—. Bueno, pues ahora sí que tendré que preocuparme.

Se frota la cara con una mano.

—No vas a cuidar de mí —le digo con el tono más firme que soy capaz de mantener—. Por más que quieras, no soy una posesión de la que debas cuidar.

Veo cómo toma forma algo parecido a una protesta silenciosa. Está gimiendo y escondiendo la cara entre las manos. Está destrozado. Le estoy destrozando el cerebro solo por el hecho de estar en esta casa.

Ha llegado la hora de salir de aquí. Un movimiento en falso y empezará a meter de nuevo sus cosas en la maleta, como hizo Jamie.

—Me voy a casa de Truly un rato. Guárdame un poco de

pizza —le pido. No tengo por qué cambiarme la ropa sucia. Llaves, cartera, zapatos y salgo por la puerta. Soy la reina de las salidas rápidas. Prácticamente estoy saliendo por una puerta para perros—. Adiós.

—Espera —me grita Tom desde la parte de atrás de la casa con tono de sorpresa.

Patty sale detrás de mí.

—¡Eh, vuelve aquí! —grito, y salgo detrás de ella por la acera hasta cogerla en brazos—. Mala.

Se acerca un coche, pero no es el repartidor de pizzas. Eso sí que sería el milagro de la pizza instantánea. Se trata de un coche negro y ruidoso. Lo conozco. Echo a correr de nuevo hacia el interior de la casa por la puerta delantera, con la sangre zumbándome en los oídos, y suelto a Patty en las manos abiertas de Tom.

—Adiós.

El coche negro se detiene al final del camino de entrada, bloqueando mi coche, y se apaga el motor. La puerta del conductor se abre.

Vince ha llegado en el momento oportuno o en el peor de todos.

CAPÍTULO NUEVE

Los momentos como este son los que hacen que esté segura de que Loretta está tumbada boca abajo en una nube, metiéndose palomitas de maíz en la boca mientras empuja el coche de Vince para que vaya un poco más rápido por la calle Marlin. Si hubiera llegado dos minutos después, yo me habría ido ya y Vince pasaría de largo.

Vince rodea el capó de su coche y nos ve a Tom y a mí. Da un pequeño traspié por la sorpresa, pero se recupera y se sienta en el capó del coche. Hablando del rey de Roma.

—Sigues sin teléfono.

Es la forma de Vince de decir: «Llevo un tiempo sin saber de ti, quería verte y esto resulta duro para mi ego».

Ahora le veo con una mirada nueva. La belleza franca de Tom ha estropeado mi gusto habitual. Vince es delgaducho, pálido, tiene el pelo oscuro y viste de negro de pies a cabeza. Está cargado de tatuajes. Tiene manchas oscuras bajo los ojos y aire de artista torturado. Rodea un cigarro con las manos, sacude un dedo y ahora está expulsando un penacho de humo gris.

—Se me ha ocurrido pasar —dice. Es evidente que a Vince le fastidian este tipo de momentos en los que tiene que justificar sus actos o mostrar interés por algo. Yo nunca se lo he pedido. Otra calada y sus ojos azules miran a cualquier sitio menos a mí—. Pero veo que ya tienes compañía. Tom Valeska, ¿no? No te veo desde hace años, tío. ¿Qué tal te va? Bonito perro.

—Muy bien —contesta Tom con media sonrisa y sosteniendo a Patty en el brazo. La perra tiene expresión de sapo. El humo le hace estornudar—. Estoy estupendamente.

—Y yo estoy bien —le digo a Vince con tono sarcástico.

Él se limita a sonreírme mientras me mira el cuerpo y la ropa.

—No voy a llevarte la contraria —comento, y a continuación mira la cara de Tom con los ojos entrecerrados, examinándolo—. ¿Has venido para reformar la casa?

—Sí —responde Tom.

—Ya era hora. Menudo cuchitril. ¿Y te vas a quedar aquí?

Vince está mirando la furgoneta mientras valora las posibilidades de que esto le afecte. Tom se estaría cruzando de brazos si no estuviese sosteniendo una chihuahua.

—Voy a estar aquí, cada día durante los próximos tres meses. Ella va a trabajar conmigo.

Vince le da vueltas a lo que ha oído.

—Me han dicho que anoche saliste a buscarme. Lenny me envió un mensaje y decía que te había visto en el Sully's —comenta. Después hace tintinear su llavero hacia mí y dice—: Vámonos.

—No te buscaba a ti. Esta noche tengo otros planes. Lárgate, gilipollas —le suelto señalando hacia la calle.

—Vaya. Menuda forma de hacerme sentir que me utilizan y abusan de mí —replica, y añade mirando a Tom con una taimada sonrisa—: Solo me quiere para una cosa.

En teoría, tiene razón.

Tom levanta la vista hacia el cielo como si suplicara tener fuerza. Como sigan así, voy a tener que cavar una tumba pequeña y delgada.

Durante los últimos años Vince y yo nos hemos utilizado el uno al otro repetidamente en los pequeños lapsos de tiempo que he pasado en la ciudad. Ni siquiera me molesto en decirle cuándo me marcho porque, ¿a quién le importa? A él no.

El sexo con Vince es como ir al gimnasio. Me siento un poco mejor después de haberlo hecho mientras el sudor se enfría en mi cuerpo, pero me pongo muchas excusas cuando pienso en los motivos por los que no debería hacerlo.

Tom se ha enfrentado ya a suficientes de mis chicos como para saber que la mejor respuesta es mostrarse exasperantemente cortés.

—¿En qué trabajas ahora, Vince?

Nadie podría imaginar que le ha llamado pedazo de mierda dos minutos antes. Es una mosquita muerta.

Vince mira de reojo el rótulo de la furgoneta de Tom.

—Ahora mismo estoy buscando curro. Estoy intentando que Darcy me encuentre trabajo en el bar, pero no quiere. Podría trabajar de albañil.

Se produce una pausa del tamaño de una oferta de trabajo.

Yo niego con la cabeza.

—¿Te crees que voy a hacerte de niñera en el bar? Puedes trabajar allí cuando me vaya.

Tom se queda mirando a Vince.

—¿Qué te parece eso de que vuelva a casa con una magulladura por trabajar allí? ¿Una magulladura hecha por un tío?

Vince me mira de arriba abajo pero no ve nada malo.

—Ella sabe cuidarse. Apuesto a que le dejó jodido —asegura, pero titubea al ver que Tom le está mirando y añade con incomodidad—: Pero ¿estás bien, Darce?

—Estoy bien. Y tienes razón. Sé cuidarme.

Me gusta cómo me ve Vince: indudablemente fuerte y sin necesidad de que me salven.

—¿Quién te lo ha hecho?

Vince tiene más curiosidad que rabia.

Resoplo.

—Keith. El idiota grandullón.

—Mierda —dice Vince, y suelta un silbido—. Está por ti, ¿lo sabes? Es bastante evidente. Todos los chicos se ríen por eso.

—Pues podrías haberme avisado. ¿Es que se ha caído un barril de Viagra en el suministro de agua? Porque por lo que sé yo nunca he sido irresistible.

Arrastro la bota por la gravilla. Me sigue dando vergüenza cada vez que pienso en cómo bromeaba con él sin caer en que tenía que mantener la guardia.

—Estaba intentando decirme algo que yo no quería oír. Me agarró del brazo para que le escuchara. Eso fue todo. No fue nada violento. Solo un momento incómodo.

Le estoy diciendo todo esto a Tom.

—Agarró del brazo a alguien del trabajo. Tienes una magulladura. No tiene disculpa.

Los ojos de Tom son del naranja Valeska. En mi mundo en blanco y negro este es el único color. Durante un instante de fuerte palpitación, deseo estar en sus brazos y que esas manos grandes me sujeten la cabeza. Nadie podría hacerme ninguna magulladura.

—Será mejor que no te enfrentes a él, tío —le aconseja Vince a Tom—. Es enorme. —Ha visto la expresión de Tom y mira hacia otro lado con una sonrisa, medio tapada por el humo—. Aunque quizá te vaya bien. Le has estado dando fuerte en el gimnasio.

—No.

—Este cuerpo es por el trabajo duro —le digo a Vince.

Empiezan a molestarme él y sus bromas ligeras, sarcásticas y sexis. Una conversación con Vince es como tratar de enganchar un gusano vivo en un anzuelo.

Luego me doy cuenta de algo que hace que se me pare el corazón: Vince es igual que yo. ¿Cómo es posible que Tom quiera tratar siquiera conmigo? Mierda. Sí que tengo un tipo: soy yo. El *piercing* que tiene en la lengua centellea con la luz del atardecer. El mío le responde con otro destello desde la copa oscura de mi sujetador. Somos tan parecidos que podríamos ser gemelos.

—En serio, tengo que irme —digo abriendo la puerta de mi coche—. Me estás bloqueando la salida.

—Se le da muy bien eso de marcharse, ¿eh? —le dice Tom a Vince en un inesperado arrebato de afinidad.

—Es toda una profesional. ¿Y qué más te cuentas? Me han dicho que te vas a casar con aquella morena tan guapa. Felicidades.

Vince se enteró en una de mis tristes borracheras en el Sully's. No pensé que me estuviera escuchando de verdad. A saber qué le dije.

Empiezo a sentir que la cara se me sonroja por la vergüenza. Mi llavero me está fastidiando, con todas las llaves torcidas y enganchadas entre sí. Las agito con fuerza. No soporto ni siquiera oír una sola noticia de la boda.

La voz de Tom se cuela entre el resto del ruido.

—No, hemos roto.

Me giro sobre mis pies y los miro a los dos con el ceño fruncido. Tom no miente nunca. ¿Por qué iba a hacerlo ahora?

—Ah. Lo siento.

Esta parece una mala noticia para Vince. Nos mira a los dos en un intento de estudiar la situación y, después, parece tomar una decisión. Aparta el trasero de su coche, aplasta la colilla del cigarro y se acerca a mí despacio con esas botas tan parecidas a las mías. Me rodea la cintura con la mano.

—Sí que eres un poco irresistible —susurra con un nauseabundo aliento a tabaco—. Ven luego. Voy a follarte bien.

Su labio de abajo me roza el lóbulo de la oreja.

Espero que Tom no tenga buen oído.

Vince me ha dicho cosas peores y mucho más explícitas, pero yo me aparto y le empujo.

—Paso.

Un coche de reparto de pizzas aparca junto al bordillo.

—Yo me encargo —dice Tom con brusquedad mientras busca la cartera en el bolsillo después de dejar a Patty entre las violetas.

—Eh, vamos. Deja que te convenza.

A Vince le gusta cuando me resisto. Es igual que los tipos esos del bar a los que les encanta que les trates como basura. Si me mostrase tierna y sensiblera con Vince estoy segura de que no volvería a verlo.

—Te veo luego, Darce —me dice Tom antes de entrar con su pizza.

Patty le sigue con el hocico levantado con gesto arrogante. Me preparo para oír un portazo, pero cierra despacio.

—No vengas más por aquí —le digo a Vince con tono amenazante—. Le cabrea.

Vince asiente y se mete un chicle en la boca.

—Me acuerdo de que en el instituto siempre estaba rondándote. Una vez se puso un poco agresivo conmigo —recuerda, y parece sorprenderse de repente. Me mira con una nueva expresión—. Oye, nos conocemos desde hace mucho tiempo.

—No, te equivocas. El agresivo era Jamie.

—No. Tengo claro que fue Tom. Ten cuidado no vaya a enamorarse otra vez de ti —dice con tono socarrón, pero sus palabras parecen ir en serio—. Destrozarías a un tipo así cuando te fueras. Te veo luego.

Antes de que pueda decir nada, se mete en el coche y acelera el motor sin necesidad. Da marcha atrás sin mirar por el espejo, hace un giro ostentoso y se aleja a toda velocidad. Yo me quedo ahí un buen rato, tratando de tranquilizarme.

¿Cómo es que no me había dado cuenta de que había estado follándome a mi doble masculino? ¿Equivale esto a una especie de rara masturbación?

Algo en el sonido suave de la puerta de la casa al cerrarse me preocupa. Apuesto a que ha pensado que yo iba a ceder, que me olvidaría de Truly y que me subiría al coche de Vince. Me he subido a infinidad de coches negros. Él siempre se queda en casa. Así somos. Si salir huyendo fuese un deporte yo estaría en el paseo de la fama.

«Enamorarse otra vez».

«Enamorarse otra vez de ti». ¿He estado ciega? ¿Incluso el imbécil de Vince lo sabía?

La llave entra en la puerta como si la mano de Loretta estuviese sosteniendo la mía. Recorro la casa sin pensar en nada, salvo que necesito encontrar a Tom y decirle que voy a hacerlo mejor. Que voy a estar mejor. Voy a dejarme de gilipolleces.

Esta casa es como un diapasón. No hay sonido, pero ahora se nota en ella una vibración, un sonido de fondo que siento en el estómago. Tom está de pie en la cocina, de espaldas a mí, con una mano a cada lado del viejo y hondo fregadero. Es evidente que mi vida personal es repugnante.

—Siento lo de antes —digo y él da un brinco, golpeándose la cabeza con el armario que tiene una grieta que está encima.

Suelta un aullido de dolor.

—Mierda. Perdona. Perdona —me disculpo, y corro hasta él. Baja la cabeza y le paso la mano por encima—. Ay, pobre Tom. Lo siento. Lo siento. No quería hacerlo, ha sido sin querer.

Las palabras salen a toda velocidad y ya no estoy hablando de su cabeza. Es un alivio poder decirlo.

—Normalmente oigo que te acercas desde un kilómetro de distancia —advierte Tom con dolor en la voz y moviendo los hombros. Cuando se incorpora mi mano se desliza hasta su hombro—. No entres con tanto sigilo.

Está apoyado sobre el fregadero y yo sobre él. No parece darse cuenta, perdido en su mundo propio de dolor, con la mano en la cabeza. Yo intento apartarme, pero su otra mano me aprieta por la cintura.

Desde esta nueva perspectiva, levanto los ojos hacia la curva de su garganta y su pesado bíceps. Se muerde el labio inferior con sus dientes blancos y perfectos. El dolor es muy parecido al placer. ¿Cómo puede parecer elegante a pesar de su enorme corpulencia? Miguel Ángel estaría pidiendo a gritos un bloque de mármol.

119

¿Y yo? Yo quiero mi cámara. Y ese es un deseo que no he sentido desde hace muchísimo tiempo.

Si estas fuesen mis vistas habituales y pudiera estar entre sus piernas siempre que quisiera, me quedaría ahí permanentemente. ¿Qué coño le pasa a Megan? Una fuerte palpitación me recorre el cuerpo. Está cometiendo el mismo error que cometí yo. No sabe qué clase de corazón tiene. Me pregunto si yo debería tratar de explicárselo de alguna forma. ¿Y cómo lo voy a hacer sin parecer una psicópata?

Noto el momento preciso en que el dolor de Tom se desvanece y se da cuenta de que nuestros cuerpos están juntos. Se apartaría, pero no puede. Me apartaría yo, pero ha apretado la mano.

He estado sentada hombro con hombro con este chico en viajes en coche, pero nunca hemos estado así de cerca cara a cara. Ahora lo puedo ver todo, el caramelo de sus ojos y la barba incipiente de color azúcar moreno del mentón. Es tan delicioso que siento que me duele la garganta.

Su forma de mirarme hace que me pregunte si estoy metida en un lío.

—Creía que ibas a salir.

—Quería volver para decirte que lo siento —le contesto, y bajo los brazos a su cintura para abrazarle—. Has cerrado la puerta de una forma que me ha dejado triste y quería decirte que voy a hacerlo mejor.

—¿A hacer mejor qué? ¿Y cómo he cerrado la puerta?

Me rodea los hombros con el otro brazo. Cruza el pie por detrás de mis talones y ahora me está abrazando con todo el cuerpo de forma cálida, suave y con fuerza. Yo pensaba que mi colchón era el paraíso, pero eso era antes de apoyarme sobre esta persona. ¿Cómo voy a poder despegarme?

Inhalo sus feromonas de vela de cumpleaños. Quiero saber a qué huelen sus malditos huesos. Que me deje empezar por la estructura de su ADN y, desde ahí, ir hacia fuera.

—Has cerrado la puerta como si acabaras de aceptar que no iba a volver —digo sobre sus músculos—. Voy a empezar a ser como tú: completamente sincera, al cien por cien. —Estoy asomándome a un precipicio y decido probar—: Este es el mejor abrazo de mi vida.

Su corazón bajo mi pómulo late diligente y de forma regular y yo necesito que lo haga eternamente.

—Sí, sienta bastante bien —asiente divertido.

No sé cómo apoyar el peso. Es él quien está haciendo todo el trabajo. Aprieto los brazos y me acerco más. Esa sensación de burbuja dorada vuelve a expandirse a nuestro alrededor. No he sentido esto con ningún otro hombre. Sé lo que es: placer. El peso de sus brazos es lo único que me impide flotar sobre el suelo. Tengo que volver a mover la cara para saber si él también lo siente.

Sonríe al ver mi expresión de asombro.

—¿Completa sinceridad de Darcy Barrett? No voy a poder soportarlo. Y yo no soy tan sincero como piensas.

Parte de su placer se disipa. Me aparto un poco.

—¿Por qué siempre estás tratando de convencerme de que no eres perfecto? Para mí lo eres. Absolutamente perfecto. Créeme, he realizado un censo a nivel global. Nadie llega a tu altura.

Su mano se desliza hacia arriba por mi espalda.

—¿Cómo es que soy merecedor de la absoluta sinceridad de Darcy Barrett y de su fe ciega? No soy perfecto. No sé qué voy a hacer cuando te des cuenta. —Traga saliva y hace un intento desesperado por cambiar de conversación—. Anda, tu cuello nuevo. Todavía no he podido acostumbrarme a tu pelo.

En mi nuca, su cálida mano se cierra y yo me enciendo.

Unas manos sobre mi piel son mi forma de recargar energía. Siempre me ha pasado. ¿Es cosa de mellizos? ¿Es porque estuve durmiendo una semana en una incubadora? No lo sé. Es cosa de Darcy. Sentir a otro humano apoyado contra mí hace que desaparezca la locura que llevo dentro y las grandes y curtidas manos de Tom son otro nivel.

Sé que probablemente mis ojos se van a nublar y a volverse locos, pero me aprieto contra su mano y suelto un extraño ronroneo. Su reacción es instantánea. Me aparta con una sacudida y mi piel se enfría. Parece estupefacto, como si yo acabara de escupir una bola de pelo.

—Perdona, perdona —me disculpo poniendo la mano donde estaba la de él y frotándome con fuerza—. Es mi obsesión.

—¿Los cuellos?

—Tengo una piel ansiosa. Lo único que deseo es que me toquen —explico. ¿Siento una magulladura imaginaria sobre mi vientre? ¿Me ha dado con su cuerpo un golpe bajo? Desde luego que no. Mira lo que estoy haciendo. Echando a perder un momento precioso—. Será mejor que me vaya ya a casa de Truly.

Abro la caja de la pizza y cojo una porción. La pizza es una estupenda herramienta para recalibrarse. Doy un mordisco, mastico y él no dice nada. Está completamente inmóvil.

—Di algo —digo después de tragar—. Dime que soy un bicho raro y olvídate.

—¿Por eso es por lo que necesitas a Vince? —Intenta aclararse la garganta pero le sale un gruñido—. ¿Tu piel está ansiosa? ¿Qué significa eso? —Doy un mordisco a la pizza mientras sostengo su mirada—. ¿Cómo has pasado de las novelas románticas de Loretta a lo de «mejor esto que nada»?

—Mientras tú estabas con una persona, viviendo la mejor etapa de tu vida, yo he estado sufriendo muchas decepciones. Y probablemente decepcionando a otros, si soy sincera. —Ayuda mucho a mi ego que él me mire como si no me creyera—. Vince no es tan malo.

Tom elige sus palabras con cuidado.

—¿Quieres saber mi opinión sobre tu ligue? Tengo un mazo en la furgoneta. Estaré encantado de demostrarle cómo se usa.

Una excitación erizada se desata en mi interior.

—¿Ves? Siempre dices la verdad. Yo voy a hacer lo mismo.

¿Cómo cojones es que Megan no te está abrazando constantemente? Das unos abrazos alucinantes —digo, y al pronunciar su nombre recuerdo la escena que he presenciado fuera—. ¿Y por qué has mentido antes a Vince?

Sabe exactamente a qué me refiero.

—No he mentido.

—Claro que no. Tú nunca mientes. Salvo con... Megan. No habéis roto. —digo separando la corteza de la pizza con los dedos—. Vince no se va a sentir amenazado ni le va a importar que estés viviendo aquí conmigo.

—Es la verdad. Hemos roto.

—Muy gracioso. Graciosísimo. Deja de tomarme el pelo.

Le ofrezco un poco de corteza a Patty y me limpio las manos en los pantalones. Espero y él no dice nada. Se limita a mirarme fijamente.

—¡Pero si vas a obligarme a que sea la fotógrafa de tu boda! Me lo vas a pedir y te voy a decir que sí. Los dos sois asquerosamente fotogénicos —afirmo. Me pongo la mano en la cadera y le lanzo una mirada asesina, pero no reacciona. ¿Está hablando en serio?—. ¿Exactamente cuánto tiempo lleva mi teléfono en el váter?

—Rompimos hace unos cuatro meses. Le dije a tu familia que te lo contaría en persona.

—Pero no es más que una pelea. Volverás a recuperarla.

—No —dice con suavidad—. No voy a recuperarla.

—Pero quieres que vuelva. Yo te ayudaré.

Él simplemente niega con la cabeza y, por un momento, yo pierdo la mía.

Me muevo de lado hacia la puerta de atrás. Necesito aire. Necesito cielo, estrellas y frío; necesito sentarme en los anillos de Saturno con mis botas colgando en el universo negro para estar sola, pero él me rodea sin esfuerzo y ahora soy yo la que está apoyada en el fregadero.

—Quédate aquí.

—¿Estás bien?

Quiero agarrarle por los hombros y buscar algún daño físico. Le abriré el pecho para comprobar el mal aspecto de su corazón.

—¿Yo? —Se queda pensando un segundo—. Lo que todos preguntan es si es ella la que está bien.

—Sí, porque acaba de perderte. ¿Tú estás bien? ¿Hace falta que vaya a darle una paliza?

Noto que uno de los armarios que tengo encima está abierto. Por hacer algo, levanto una mano y lo cierro. Cuando mis dedos se enganchan en el diminuto tirador, la fina bisagra se rompe. Ahora estoy aquí, con una puerta rota en la mano. La apoyo sobre mi pierna y trato de parecer tranquila, pero prácticamente estoy haciendo una prueba para un programa de lucha libre.

Él se ríe de mala gana.

Voy a golpear a Megan con esta puerta hasta que se dé cuenta de la cagada que ha hecho. Él sabe exactamente qué estoy pensando.

—Siempre has sido muy agresiva, D. B. —me dice, y en la comisura de su boca aparece una rara sonrisa mientras contempla el daño que acabo de infligir. Mi agresividad le excita—. ¿Cómo sabes que no soy yo el que merece que le den esa paliza? —Coge la puerta del armario de mi mano y sigue hablando, casi para sí mismo—: Esto no está yendo como yo pensaba.

—¿Te ha roto el corazón?

Levanto la mano y arranco la otra puerta del armario con un chasquido satisfactorio.

—Está... dolorido. No roto.

Levanta los ojos hacia la siguiente puerta del armario. Se le pasa por la cabeza algo parecido a un «A la mierda» y él mismo rompe la puerta.

—¿Quién de los dos ha roto?

«Crac». Otra puerta menos.

—Pues... he estado tratando de saberlo. Después de ocho años, ha sido más bien una decisión conjunta, como la mayoría de las cosas. Lo siento. Sé que ella te gustaba. Mejor dicho, no. Nunca sabré con seguridad si te gustaba.

Tiro de una de las puertas del armario de abajo y trato de romperla por la mitad con la rodilla. No puedo hacer otra cosa con esta energía. Está soltero. Por primera vez en ocho años. Y yo necesito rozaduras de alfombra en mis rodillas y una pared contra mi espalda y lamerle las gotas de la piel tras la ducha y darle de comer pizza fría en mitad de la noche para que siga conservando su fuerza.

Megan es una mancha roja que deja atrás mi cosechadora y hasta ahí llega mi compasión por ella.

Él intenta tranquilizarme colocando una mano sobre mi hombro.

—¿Por qué haces esto?

—Si no hago esto, tendré que hacer otra cosa.

Algo tan irreversible que no podremos mirarnos a los ojos cuando nos crucemos en el pasillo de la enfermería. A la mierda. Aquí viene esa completa sinceridad que he prometido. Me está subiendo por la garganta y sale a viva voz como una gran explosión aterradora:

—¿Vas a ponerme las manos encima o qué?

CAPÍTULO DIEZ

Tom se mira las manos mientras sujeta una puerta del armario. Intenta durante un buen rato componer alguna frase.

—¿Perdona? —consigue decir por fin.

—Porque te juro que necesito tus manos más de lo que nunca he necesitado nada.

Me paso la mano por la boca. A la mierda. Ya es mayorcito, puede soportar el aliento con olor a pizza. Mi cuerpo está tomando el control. Todo está saliendo de mí a borbotones: años de miradas furtivas, camisetas ajustadas y esa profundísima seguridad de que el animal que hay dentro de él también me desea.

¿Cómo si no puede hacer que me sienta siempre así? Más luminosa, más oscura, más hambrienta. Nadie más puede hacer que me meta bajo una ducha fría o que destroce una cocina con mis propias manos. Quiero hacerle gritar de placer. Quiero ser la única persona en quien pueda pensar.

—Quítate la camiseta y los zapatos. Yo haré el resto. —El deseo me ha roto la laringe. Mi voz suena áspera. Señalo hacia la puerta de mi dormitorio—. La cama. Métete en ella.

Estoy mirando el cuadrado de la hebilla de su cinturón.

—¿Te has vuelto loca?

Está aturdido.

Cuando extiendo los brazos hacia él, como una terrorífica

126

zombi sexual, él se aparta, casi encogido contra el frigorífico. Un hombre enorme aterrorizado ante mis manos extendidas. Levanta los brazos, tira de la persiana rota de la ventana y la lanza al suelo entre los dos, como si eso pudiera detenerme.

—Darcy, ¿estás de broma?

—¿Te parece que estoy de broma? —le pregunto. Veo cómo traga saliva y la mandíbula se le tensa, con los tendones como lazos. Pienso que parezco un depredador—. No estoy de broma. Te lo acabo de decir. A partir de ahora voy a decir la verdad. Te deseo, muchísimo. Siento cuánto me deseas tú. Así que, enséñame lo que tienes.

La respiración me sale entre jadeos, superficial y rápida.

—D. B., se te ha ido la olla. Deja de jugar conmigo.

Holly tiene razón. No soy romántica. Más tarde lo arreglaré.

—Tom Valeska, métete en mí.

Suelta un suspiro agitado y hay en sus ojos un destello de miedo. Soy una zorra siniestra. Él es un encanto tímido con las mejillas sonrosadas. No veo a Valeska por ningún sitio. Me asalta la primera duda. ¿En serio? Yo creía que ya tendría sus dientes sobre mí.

—¿Y bien?

Se empuja la hebilla del cinturón como si le molestara.

—Siento que te haya impactado tanto. Debería habértelo contado nada más llegar.

Gira la cintura y por fin estoy segura. Tiene una erección de hierro y es por mí. Va a ser mía, entrando un centímetro más con cada embestida hasta que no pueda ni pestañear. Esta casa se puede ir al infierno.

Mi forma de mirarle hace que la respiración se le agriete en los pulmones. No necesito un espejo para saber que debo parecer intensa de cojones. Le voy a conceder un segundo para que se recomponga.

—¿Por qué no lo has hecho? Dios, Tom. He quedado como una verdadera tonta. ¿Cuántas veces la he mencionado y no has dicho nada?

Voy a la puerta de la despensa. El muy cabrón... Es lo único que puedo hacer.

Crac. Tom la coge antes de que yo quede aplastada debajo.

—Muchas veces —asiente. Tiene expresión de dolor al colocar la puerta sobre nuestro montón de escombros cada vez mayor—. Es mucho más difícil mentirte de lo que pensaba. —Mira de nuevo a la puerta de mi dormitorio y niega ligeramente con la cabeza, como si tuviese agua en el oído—. ¿Me acabas de decir que...?

No puede terminar la pregunta.

—¿Le cuentas la verdad a Vince, pero no a mí?

—Me ha puesto furioso —dice sin ningún tono de humor.

Fuera actuaba como siempre. Le despacharía por su frialdad, pero cuando ahora vuelve a mirarme, su destello es más oscuro, más hambriento. Hay un imán que tira de los dos. Por fin.

—Dice el que lleva un mazo en el coche —comento moviendo la cabeza a un lado y otro y tiro de los botones del horno roto para lanzarlos a sus pies—. Tú eres la única persona que es franca conmigo, ¿lo sabías? Eres la única persona que dice la verdad. Y me has estado mintiendo desde que has llegado. ¿Por qué?

—Pensé que sería mejor contártelo después de la reforma.

Lo dice como si sonara sensato.

—¿Y eso por qué?

Una vocecita en mi cabeza me susurra: «Ay, no».

—Por esto.

Señala la habitación a nuestro alrededor y fija la mirada en mi boca. Yo me lamo un labio y pienso en el sirope que me he bebido. No va a salir de aquí con vida. Entonces, me devuelve a la realidad del modo más dulce y bondadoso del que Tom es capaz.

—Creía que sería más seguro no contártelo hasta que la casa estuviese terminada. Pensé que podría ocurrir esto.

Como si no pudiese evitarlo, mira instintivamente hacia la puerta de mi dormitorio. El pecho se le mueve al respirar.

Su mirada es profundamente inquieta. No va a meterse en mi cama porque no piensa en mí de esa forma. En absoluto. Y yo acabo de enseñarle todas mis cartas. Es como cuando le dije a Jamie que le quería comprar el anillo de Loretta en aquel aparcamiento, un minuto después de que él lo heredara. ¿Por qué no pruebo nunca a pensar en una estrategia? Todo sale por mi boca sin más como la erupción de un volcán.

—Pensé que sería más seguro mentir.

La sangre caliente y roja me recorre el cuerpo, subiendo por el torso y el cuello hasta la raíz del pelo. La humillación está disolviendo mi esqueleto. «Más seguro.»

—¿Más seguro? —pregunto, y mi voz me suena muy lejana.

Probablemente mis padres comprenderían la razón de su dulce mentira piadosa; sin duda Jamie la entenderá.

—Tengo que concentrarme en la casa —dice con mucha sensatez—. Nunca he dirigido yo solo un negocio. —Tiene brillo de sudor en la piel y aún está tratando de recuperar el aliento—. Te conozco desde que derretías tus Barbies con un mechero. Eres la hermana de Jamie. Les prometí a tus padres que cuidaría de ti.

Y sin más, lo entiendo. La vida solo consiste en buscar parachoques.

Megan era un parachoques, porque ha quedado claro durante años que en el momento en que desapareciera yo me abalanzaría. Dios, no he tardado ni un segundo. Qué mal se me da. Para ser una mentirosa habitual, parece que siempre meto la pata en los momentos cruciales.

Él tiene el primer proyecto de su propia empresa y no quiere andar besuqueándose como Pepe Le Pew. Yo soy la clienta. Soy la hermana de su mejor amigo. Soy la hija de corazón delicado del señor y la señora Barrett. Soy el lastre del que prometió cuidar.

Soy una psicópata destrozacocinas que va a arrancarle la ropa y a besarle hasta dejarle en los huesos. Y tengo que controlarme. Me obligo a reír y asiento:

—Vale. Es lo justo. Lo cierto es que probablemente sea lo más sensato.

Consigo ir hasta la puerta de la calle con piernas temblorosas y dejar que el aire fresco de la noche entre en la casa. Buscaré el mar más cercano y me meteré en él hasta llegar a la Atlántida y allí buscar una casa.

—La próxima vez que te vea no me hagas sentir mal por esto. Finge que no ha pasado. Pero ¿sabes qué? Creía que tenías más agallas.

Voy a la tienda de licores, compro algo barato y dulzón y después me dirijo a la casa de Truly. Abre la puerta y me mira pestañeando con sus grandes ojos.

—Necesito tumbarme un rato en tu sofá —le digo mientras me quito las botas—. Acabo de hacer una cosa imperdonable.

—Vale —contesta sin vacilar, como la estupenda amiga que es.

Nos hemos estado tumbando la una en el sofá de la otra desde el instituto. Seguiré haciéndolo hasta el día en que me muera. Pero resulta que tumbarme en el sofá no es una opción porque está abarrotado de ropa interior. Parece que Truly apenas es consciente de mi llegada. Vuelve a su máquina de coser, iluminada por una lámpara que tiene encima, y reanuda el zumbido.

Truly Nicholson es la reina de una marca de culto de ropa interior que se llama Underswears. Y no, su nombre no es ningún apodo. Bueno, al principio sí. La llamaron Truly en el útero cuando por fin hizo su aparición en una pantalla de ultrasonidos. Esa pequeña bebé era un «verdadero» milagro.

Miro su espalda doblada.

—Termina ya. Creo que ya has hecho suficiente —advierto. Dudo que haya comido nada desde hace varias horas, posiblemente días, preocupada por no mancharse los dedos de grasa. Las migajas, las manchas y las gotas son sus enemigos mortales—. Truly, necesito contarte la verdadera locura que acabo de cometer.

Wiiii. La máquina de coser recorre unos tres centímetros de diminutos puntos. Hay un chasquido y, después, wiiii.

Con movimientos robóticos, Truly levanta el pie de la máquina, vuelve a colocarlo, aprieta el pie y, después, wiiii. Tiene la mirada completamente perdida. Estoy segura de que se ha olvidado de que estoy aquí. Cuando veo que ha terminado de coser las bragas que estaba haciendo, apago la lámpara que tiene encima.

El terrible hechizo se ha roto. Se deja caer sobre sus brazos mientras yo voy a por un poco de batido de chocolate que no haya caducado. Aparto los montones de ropa de un sillón apenas usado, la siento en él y le meto una pajita en la boca.

—Un poco exagerada —susurra con voz ronca mientras sus ojos de color verde claro se mueven hasta fijarse en mí y se bebe todo el vaso.

Las manos ya no le sirven de nada. Su pelo rubio y fresa parece haberse quedado del color de la pajita y tiene las mejillas pálidas. Dice de sí misma que es de tamaño mullido. Tiene un pecho espectacular y un trasero en forma de corazón. Cada uno de sus contornos conectado a una articulación es curvo, como si la hubiesen dibujado con una pluma rosa. Ojalá las cosas fuesen distintas para así poder casarme con ella. Odiaré a cualquiera que ella elija.

Pero nadie va a casarse conmigo. Soy una loca.

Miro la ropa interior terminada. Diez en cada montón. Empiezo a contar. Fácilmente puede haber trescientos pares terminados. Probablemente más.

—¿Cuánto tiempo llevas haciendo esto?

—¿Qué hora es? ¿Y qué día?

No bromea.

—Martes por la noche.

Dejo el vaso a un lado y cubro su mano fría con la mía. Ella cierra los ojos mientras trato de estirarle los dedos con suavidad. Los tendones se me resisten como si fuesen alambres. Empiezo a frotárselos. No creo que ella pueda sentir nada.

—Te estás destrozando.

—Ha habido un problema en mi página web y he vendido el doble. Dos… cientos… cincuenta… y… cinco… ¡pares! Estuve llorando más de una hora. —Habla con tono ausente—. Quinientos pares en total.

La parte de Jamie de mi cerebro calcula cuánto dinero puede ser eso. Las matemáticas no son mi fuerte, pero es mucho.

—Deberías haber cancelado las ventas.

—Es que… no podía. La gente se quedaría decepcionada —explica. Aparta la mano de la mía y extiende la otra. Tiene los dedos cerrados y, esta vez, cuando los abro con suavidad gime de dolor—. Ay, ay, ay.

—No le debes nada a nadie. El dinero no va a valer de nada si las manos se te convierten en pinzas de langosta. El túnel carpiano no es ninguna tontería.

El deseo de preguntarle si ha ido al médico casi me vence, pero yo odio cuando la gente me lo pregunta a mí. Me muerdo la punta de la lengua y vuelvo a entrar en la cocina. Su frigorífico está casi igual que el mío. Encuentro pan en el congelador y meto algunas rebanadas en la tostadora.

—Si pudiera quitarme de encima estos pedidos… —dice desde la otra habitación con voz adormilada—. Terminaré este pedido, lo enviaré y después…

—Después se te ocurrirá otra palabrota o insulto y todo empezará de nuevo.

Underswears[1] es ropa interior de algodón orgánico de tiro alto, con corte grueso, sin costuras y refuerzo recio a prueba de balas. Estas bragas no se te meten por el culo. Yo llevo ahora mismo unas con la palabra *Cabrón* en letras de grafiti.

---

[1] Resultado de un juego de palabras entre *underwear* (ropa interior) y *swears* (insultos o maldiciones). (N. del E.)

Mientras espero las tostadas miro la nueva colección. Son bragas rojas con una tira azul marino y las palabras *Desecho humano*. Fotografié el prototipo hace unas cuantas semanas.

—Basura humana estilo náutico —susurro—. Necesito un par de estas. ¿Les falta algo?

—Unas anclas pequeñas —gruñe Truly—. ¿Por qué decidiría añadirles las anclas?

—Extravagancias. Siempre estás con extravagancias.

—Pues mi extravagancia significa quinientas anclas minúsculas. Eso es trabajo tuyo, por favor —dice señalando un paquete diminuto.

—Claro.

No es la primera vez que coso arreglos diminutos, plancho, empaqueto o arrastro cajas de ropa interior hasta la oficina de correos. El número de anclas me abruma por un momento pero no digo nada. Truly debe de sentirse mucho peor. Además, necesito borrar de mi mente lo que acabo de hacer.

Acabo de pulsar el botón rojo de arranque de Looney Tunes y he hecho estallar mi frágil amistad con una persona que realmente no se lo merecía.

El trabajo manual es precisamente lo que necesito: algo en lo que concentrarme con todo mi ser. Cualquier cosa por debajo de la perfección corre el riesgo de ser considerado un segundo puesto. Compruebo el color de la tela, mido el centro exacto de la cinturilla, enhebro una aguja y coso el ancla con cinco puntos no muy apretados. Un nudo diminuto y limpio, corte y al siguiente. Solo me quedan cuatrocientos noventa y nueve. Se lo enseño y ella asiente sin decir nada. Su teléfono se ilumina con varios mensajes.

—¿Quién es?

—Mi falso amante secreto —responde arrastrando las palabras mientras se mete el teléfono en el bolsillo de atrás.

Podría tener un amante de verdad si quisiera. Observo su expresión y me doy cuenta de que guarda un secreto; lo tiene escondido en la comisura del labio girada hacia arriba y en el destello de sus ojos. Alguien está haciendo que mi Truly se entusiasme.

—Voy a dejar que te guardes el secreto un poco más. Y luego lo escupirás.

—Seguro que sí. Es difícil mentirte.

Es la segunda persona que me dice eso esta noche. Sigo cosiendo e intento no mirar que la botella de vino tiene en el cristal una atractiva capa fría.

—Voy a pasarle tu número a Holly, una chica con la que trabajo. Creo que se le daría bien esto. Ya es hora de que tengas una esclava más fiable que yo —sugiero, y empiezo de nuevo. Cinco puntos, nudo, corte—. Y voy a comprarme un teléfono nuevo. La próxima vez, llámame.

—Lo siento. Es que me asusté y empecé a coser como loca.

La voz de Truly suena adormilada.

—Si vuelves a vender por dos, te redactaré un correo electrónico para que canceles los pedidos. Seré tu gerente antipática y sin rostro. Podrán superar su decepción.

—Es que necesito el dinero —dice Truly, cosa que es muy poco propia de ella—. Si quiero ampliar, tengo que conseguir un préstamo. Esto hará que mi cuenta parezca más atractiva.

Nos quedamos sentadas juntas y en silencio durante un largo rato, Truly con los ojos cerrados. Empiezo otra ancla.

—Tom está en la ciudad. Va a empezar con la reforma.

La boca de Truly se curva hacia abajo.

—Eso significa que no te vas, ¿verdad?

—No, voy a quedarme durante las obras. Voy a trabajar en la casa —le cuento y suelto un suspiro exagerado para que no sepa que voy a ponerme seria—. Es mi forma estúpida de disculparme ante Jamie por haberle roto su corazón de financiero. Y quiero asegurarme de que la casa queda a mi gusto.

Pienso un poco en el dinero. No me gusta. Pero ¿cómo puedo conseguir más para Truly? Jamie trabaja en un banco.

—Quizá Jamie tenga algún contacto que pueda ayudarte con el préstamo. O... —levanto los ojos— cuando venda la casa yo podría...

—No —Truly niega con la cabeza y los ojos cerrados—. Nada de contactos ni de salvación de los Barrett. Lo voy a hacer sola.

—Jamie no sería ningún salvador por darle tu nombre a algún compañero.

—Me refiero a ti.

—A mí.

Me río y me dispongo a coger la botella de vino. El cristal húmedo me moja la mano y hace que recule. No puedo arriesgarme a que se moje un solo hilo de la tela y fastidiar a Truly. Me seco la mano en la pierna.

—Ya pusiste mi capital inicial en su momento.

—Me lo devolviste.

Siento un pellizco de vergüenza en el estómago.

—Te encargas de hacer todas las fotografías sin cobrarme. Coses quinientas anclas diminutas...

—Solo he hecho cinco.

No va a escuchar mis protestas.

—Me haces la compra y me masajeas los dedos. Eres la mejor.

—Soy un desecho humano.

—Eres la mejor —repite hasta que sonrío y dejo de necesitar esa botella de vino—. ¿Y qué tal está Tom? ¿Sigue siendo un cachas buenorro?

—Tengo que ponerme un bozal cada vez que pasa a mi lado.

—Igual que en el instituto —dice Truly con un suspiro—. Esa enorme sombra de tu hermano siempre te ha gustado.

—Yo creía que no era tan evidente. Bueno, pues esta es la noticia: la boda se ha cancelado.

Cuento con cuidado los puntos esperando su exclamación de sorpresa.

—No me sorprende mucho.

—A mí me ha sorprendido tanto que he arrancado de las

bisagras las puertas de los armarios de la cocina. Ahora están amontonadas en el suelo. Después, le he dicho que se metiera en mi cama.

—Ja —espeta Truly con los ojos cerrados.

—No es broma. Le he dicho que... —hago una pausa para tragar el enorme nudo que tengo en la garganta—. Le he dicho que me la metiera.

Su cuerpo se agita entre carcajadas.

—Nunca me pareció que Megan estuviera muy enamorada de él —farfulla—. Resultaba extraño porque los dos son guapísimos. Eran más como hermanos. Apuesto a que ella nunca le ha ordenado que... —abre los ojos con un vívido destello verde— se la meta.

—Más vale que no —mascullo.

—Apuesto a que lo apuntó en su agenda: sábado, seis de la tarde, con una pegatina especial con forma de estrella dorada indicando «relación sexual completada». —Truly vuelve a quedarse medio dormida entre alguna que otra carcajada.

En mi diario, escrito en los pequeños lapsos de tiempo en los que dejo dormir a Tom, yo pondría: «Sexo, follar, chupar, casi morir, alimento necesario», con la tinta corrida y una mano débil. Yo y mi corazón romántico.

Siempre le defenderé.

—Nunca se sabe lo que pasa en una pareja cuando están a solas —comento estirándome, y suelto un gemido de tristeza—. Seguro que él es espectacular en la cama. Es tan... competente. Ella no ha debido de tener ni una sola queja.

—¿Alguna vez los has visto besarse? ¿Solo una? A mí me parecía raro. Me habría gustado verlos besarse.

Truly está arrastrando las palabras. Es evidente que la leche y las tostadas son fuertes opiáceos.

—Puede que ella no quisiera cuando yo estaba delante.

Porque probablemente yo me lanzaría a saquear, dar navajazos y prender fuego a lo que fuera. Vería desde una colina cómo su pueblo quedaba reducido a cenizas, con las llamas chisporroteando en mis ojos de vikinga. He hecho mal el ancla con la que estoy ahora, tengo que descoser y empezar de nuevo.

Truly me lee la mente.

—Me alegra tenerte en mi equipo. Serías una adversaria aterradora.

—Me estás confundiendo con mi hermano.

—Él no es tan malo.

—Es como el jefe al que te enfrentas en el último nivel de un videojuego. De todos modos, yo nunca he hecho nada para que Tom y Megan rompieran. He sido muy educada con ella.

—Con tus gigantes ojos grises mirándola fijamente durante todas las cenas de Nochebuena como si la tuvieses aplastada bajo la placa de un microscopio.

—Es preciosa —digo con un gemido mientras mi aguja entra y sale con movimientos mecánicos—. Creo que hasta he llegado a estar casi enamorada de ella. Su piel, su pelo son… preciosos.

No puedo describirla de otro modo.

—También el tuyo.

—¿Mi pelo? —pregunto mientras me llevo la mano a la nuca desnuda—. ¿De qué pelo estás hablando?

—Darce, eres un hueso duro de roer pero, Dios, menudo hueso —dice Truly como si yo fuese una ñoña—. De todos modos, ¿qué más da? A él no le importa el aspecto físico.

Paro, hago un nudo y corto.

—Tom es la mejor persona del mundo. El ser humano definitivo. Me había acostumbrado a la idea de que fuera para ella. Pero ahora… —Se me cae la aguja a la alfombra y maldigo mientras la busco—. Está soltero y siento que necesito salir disparada por un cañón hacia el espacio. Acabo de amenazarle sexualmente. —Me pincho el dedo y vuelvo a maldecir—. Le he asustado.

—¿De verdad?

Empieza a reírse como una loca. Luego entra en el baño, que

está muy cerca porque es un apartamento diminuto, y la oigo hacer pis durante una eternidad.

—Me ha mentido y no me lo ha contado. Tenía pensado contármelo cuando acabara la reforma. Ha dicho que era más seguro. —Esas palabras me dan escalofríos—. Más seguro. ¿Qué voy a hacer? ¿Atacarle? —Vuelvo a pensar en la cocina—. Vale, puede ser.

Truly escupe la pasta de dientes en el lavabo.

—Puede que no se fíe de sí mismo.

—Esa no es la cuestión. —Vuelvo a pensar en la cocina. Estuve muy segura de haber sentido una fuerte presión en el vientre desde una parte precisa de la anatomía de Tom Valeska—. Quiere terminar la obra sin que yo ande revoloteando alrededor tratando de olerle. Voy a tener que controlarme para superar estos dos próximos meses. ¿Puedo quedarme aquí contigo?

Me mira con una dulce sonrisa.

—No. Te vas a quedar con él.

La arrastro a su dormitorio y enciendo una lámpara. Le quito las zapatillas con dibujos de cerezas y se mete en la cama, todavía vestida. Empieza a llorar.

—¿Qué te pasa?

—Que estoy tan cansada que me duele el cuerpo al tumbarme —contesta entre sollozos.

Le acaricio el pelo sobre la almohada.

—Lo sé, pero vas a quedarte dormida en un momento. Voy a estar aquí cuando te despiertes para ayudarte a empaquetar.

—Apuesto a que Vince nunca ha hecho que destroces una cocina —dice Truly mientras cierra los ojos y las lágrimas le caen por las mejillas hacia el pelo.

—No. La verdad es que no.

—Interesante. Mejor no se lo cuentes a Jamie.

Durante un segundo de desconcierto no la entiendo y pienso que está hablando consigo misma. Truly es la única persona a la que he mantenido apartada de él de forma implacable. Es mía al cien por cien.

—Ni en broma. Montaría en el primer avión disponible, en preferente y en asiento con ventanilla. Todo rubio y arrogante, bebiendo vino con su traje, mirando el mundo a sus pies con el ceño fruncido, abalanzándose en picado para salvar a Tom de mis zarpas.

—Eso suena bastante excitante —farfulla mientras se va quedando dormida y gira la cabeza hacia un lado.

Dios mío. Deben de haberse caído en los embalses de agua varios barriles de Chemical X. El eco de Holly susurrando «Es muy guapo» reverbera en la habitación. Me pregunto si Jamie se habrá escondido en el cerebro primigenio de lagartija de Truly como una garrapata. Si lo ha hecho, le sacaré con unas pinzas.

En la sala de estar, vuelvo a sentarme con aguja e hilo. Echo de menos a mi horroroso y guapo hermano. Me pasa en momentos como este, a oscuras, sin música ni nadie con quien hablar. Su ausencia es el vacío que siento dentro y no sé con qué otra cosa puedo llenarlo. Y sobre todo, acabo de cagarla, a lo grande. Pienso en el lamentable error que he cometido con Tom. He sido demasiado sincera. Y estaba completamente sobria.

La botella de vino barato está ahí, apoyada en la alfombra, como un pingüino.

—¿Qué? —le digo—. Déjame en paz un rato.

Coso, con la mirada fija en la aguja.

No deja de mirarme.

Cedo después de unas cuantas anclas más, le quito el tapón y lo huelo. Doy un pequeño sorbo de la botella y, después, tragos más largos, como la cantidad de una copa. Pienso en Tom mirando mi cubo de reciclaje. Pienso en la tarea que Truly me ha confiado.

—Tengo que concentrarme —le digo seria a la botella y la guardo en el frigorífico de Truly.

Levantarme y sentarme un par de veces me ha provocado cierta agitación aterradora en el pecho. Se me ha olvidado la medicación en casa.

Por primera vez en mi vida, estoy preocupada por mí. Esto es peor que cuando dejé morir a mi Furby bajo la cama, gimoteando y llorando. ¿Cómo puedo corregir este descuido tan monumental? Me doy palmadas en el pecho.

—Aguanta ahí.

Lo cierto es que debería ir a hacerme una revisión y un electro, pero Jamie siempre viene conmigo a esas citas. Soy una bebé. No soy más que una princesa que juega a ser adulta y no lo consigue.

Voy a coser todas las anclas antes de que Truly se despierte. Soy como los duendes que ayudan al zapatero. Coseré sin parar. Quizá así aparte de mi mente la existencia de Tom, soltero y resplandeciente.

«Puede que consiga convencerle», me sugiere mi cerebro con tono optimista antes de que la aguja se me clave en el dedo.

¿Cómo voy a arriesgarme a hacerle daño y perderle solo por tener su cuerpo? Sería la peor persona del mundo. La más insensata y descuidada. Una chica despechada. Ah, espera. Ya lo soy.

—Desecho humano —me digo mientras sigo cosiendo y cosiendo y cosiendo.

CAPÍTULO ONCE

No he visto los colores del amanecer desde hace muchísimo tiempo.

En mi anterior vida, yo estaría cargando mi coche con equipo fotográfico aún más temprano y saliendo para una sesión, esclava de esta luz de crema de mantequilla. Todos salen guapos con esta luz. Da un tono que mi programa informático jamás podría conseguir. Le aporta rubor a todo lo que toca.

Pero, dicho esto: Me. Muero. Es. Muy. Temprano. Estoy tumbada en la cama mirando las vigas ahora expuestas que tengo encima.

He estado a punto de comprar una tienda de campaña, pero Tom dijo que no, que me cambiara al estudio del patio de atrás. «Quédate ahí con tus muebles, D. B.» Cuando lanzó mi colchón sobre el armazón de la cama con un gemido sexual, no nos miramos a los ojos. Ni siquiera los alegres estornudos de Patty pudieron romper la tensión. Lo siento, pequeña parachoques, la tía Darcy ha hecho una cosa muy mala.

Destrocé la cocina y destrocé mi más antigua amistad.

Mi voz resuena en cada silencio: «Tom Valeska, métete en mí». Suena cada vez más alto, hasta que ponemos una mueca de dolor y nos alejamos el uno del otro. Normalmente se le da muy bien borrar mis desvaríos, pero esto ha sido demasiado. Sin embargo, siento que esos ojos de luz dorada me están observando siempre. Algo muy dentro de mí, optimismo quizá, me dice que está dándole vueltas a mi propuesta y que la está examinando desde todos los ángulos, evaluándola y comprobando sus fallos. «Enséñame lo que tienes.»

Es nuestro primer día de reforma, el día para el que Tom se ha estado preparando de forma obsesiva. Ha trabajado muy duro y es por eso por lo que me he levantado tan temprano, para demostrar que estoy tan comprometida con esto como él. ¿Qué ropa se ponen los obreros de la construcción? No estoy del todo segura. Me decido por una camiseta de tirantes, unos vaqueros negros y ropa interior Underswears con las palabras *Tonta del pueblo* en el trasero. Maquillaje de panda. Pelo a lo Elvis. Me ato con fuerza las botas. Soy práctica.

Abro la puerta del estudio y salgo a la preciosa luz. Siento como si tuviera que estar arrastrando una maleta hacia el aeropuerto. Miro la hora en mi teléfono nuevo. Cinco y media de la mañana.

Hora de volver a ser adulta.

Tom está viviendo junto a la ventana de mi dormitorio, en la hierba, igual que el Valeska que me imaginé de niña. Nadie podría conseguir que esa tienda de campaña pasara la puerta de cristal de mi estudio. Ahora mismo, la tienda tiene la cremallera cerrada. Está muy silencioso ahí dentro.

Voy hasta la parte delantera y rasco suavemente con los dedos sobre la lona. Patty responde haciendo lo mismo.

—Tom, ¿el agua de dentro está cortada? Estoy que reviento.

Cada vez que voy a hacer cualquier cosa básica, está cortada. O no, pero no se puede utilizar. Es exasperante.

No hay respuesta ni se escucha sonido alguno. Abro la cremallera por una esquina solo lo suficiente para que salga Patty. Sale en estampida a la mata de hierba más cercana y hace un pis infinito. Yo casi estoy dispuesta a hacer lo mismo.

—¿Tom? ¿Estás ahí?

—¿Qué? —su voz suena adormilada. Hay una pausa—. Joder... —Se oye un crujido, unos gruñidos y, después, Tom sale de la tienda como si estuviese naciendo—. Joder. ¿Qué hora es?

Me mira de arriba abajo; el pelo, el maquillaje y la ropa negra.

—Las cinco y media.

Cualquiera podría notar mi tono de orgullo.

—Mi teléfono ha muerto. Me he quedado dormido. Joder.

Se pasa las manos por la cara y la camiseta se le levanta por encima del ombligo. Ahora su teléfono no es el único que se ha quedado muerto. Ese es el tipo de vientre plano y duro sobre el que podría firmarse cualquier documento importante con un bolígrafo.

«Más seguro», me recuerdo mientras mi cuerpo reacciona calentándose y sintiendo un pinchazo. «Más seguro.» Esas dos palabras me dan la fuerza para fijar la vista en otro sitio que no sea su cuerpo ni su cara.

—Gracias a Dios que te has despertado tú —dice y suspira como si le hubiese salvado la vida.

—No es para tanto.

—Tú... no acabas de volver a casa, ¿no?

Me mira el maquillaje y la ropa. Hay un pequeño destello de vulnerabilidad en esa mirada fugaz. ¿Se está imaginando que he estado con un hombre?

—Estuve trabajando hasta tarde en el bar y me puse la alarma como una persona adulta. He estado aquí. Siempre voy a estar aquí.

Eso hace que deje de contener el aliento. Baja los brazos y la pequeña franja visible de su vientre desaparece. Yo también dejo de contener el aliento.

—Una vez me dijiste que las chicas malas se acuestan a las seis de la mañana.

No voy a entrar al trapo.

—¿Hay agua en la casa o no?

—Sí, sigue habiendo agua —responde y, azorado, desaparece

dentro de su tienda—. Joder, mis hombres van a llegar en cualquier momento.

Se oyen sonidos de movimiento de ropa. Hoy en día hacen unas tiendas de campaña muy robustas.

Entro en mi dormitorio a por la batería que compré con el teléfono. Otro de mis lamentables esfuerzos por ser responsable.

—Enchufa tu teléfono a esto.

—Esto sí que es empezar bien —murmura, y extiende la mano para coger la batería—. Por favor, no le cuentes a Jamie que me he quedado dormido. No va a dejar de recordármelo.

—No te preocupes. Sé cómo es. Se pasará años repitiéndolo. Pero el trayecto que tienes que recorrer esta mañana es de unos treinta metros, así que no llegas tarde. No te va a pasar nada. —Resulta triste ver lo duro que es consigo mismo—. Aunque te quedaras durmiendo hasta las nueve, no pasaría nada.

—Sí que pasaría —responde desde su tienda con cierta irascibilidad en la voz—. Voy a hacerlo todo a la perfección.

Esa palabra suena como una carga. Fui yo la que se la aplicó. Todos lo hemos hecho.

Voy al baño y me lavo los dientes. Después recorro la casa vacía mientras la mágica luz de la mañana empieza a entrar de lado. Siento como si todo estuviese pasando demasiado deprisa. Con el ajetreo de empaquetarlo todo y evitar a Tom, había olvidado que todo esto está a punto de quedar en el pasado. No estoy preparada para despedirme. Voy a la pared y paso las manos por ella, sintiendo cómo chasquea el papel. ¿Cómo podré guardar esto para siempre?

—Te quiero —le susurro a la casa—. Gracias. Lo siento.

Me acerco a la chimenea. Me voy a asegurar de que la tapen con unas sábanas para que no se estropee. Cada clavo que haya puesto Loretta es un tesoro. Me pregunto cuántas pequeñas conexiones con ella estoy a punto de perder cuando esta casa quede desnuda. Me giro y me dan ganas de pedirle a Tom que lo cancele todo.

Si le mirara a los ojos y se lo suplicara él lo haría.

Oigo que llaman a la puerta de la casa. Abro y veo a tres hombres con polos impolutos que llevan bordadas las palabras *Servicios de Albañilería Valeska*. Me quedo muda por el orgullo. No me puedo creer que haya estado a punto de pedirle a Tom que echara a perder su vida. Vale más que ese viejo papel de pared. Es en eso en lo que me tengo que concentrar: esta es la gran oportunidad de Tom.

¿Abecé del camarero? Busca al macho alfa.

—¿Otra vez las exploradoras? A la mierda.

El calvo mira hacia la calle para comprobar que ha llamado a la casa correcta. El joven sonríe. El viejo frunce los labios. Ahí está.

—Era una broma. Soy Darcy. Tom está desnudo ahora mismo, pero ya sale.

—No estoy desnudo —indica Tom con fastidio a la vez que entra en la habitación.

Tiene aspecto de haber estado desnudo recientemente, con el pelo revuelto, una sombra de barba incipiente y una marca de la almohada en la mejilla. Delicioso.

—Darcy, por favor, compórtate.

Levanto las manos en el aire.

—No me hago responsable de lo que pueda decir antes de las seis de la mañana. Ni antes del café. Ahora, prestad atención. Quiero que cuidéis esta chimenea como si fuese un bebé.

Doy una palmada sobre la repisa de la chimenea y entro en la cocina.

—¿Te has quedado dormido, jefe? —pregunta el joven.

No espera a que le responda y sigue caminando detrás de mí. Es pequeñito, musculoso, lleno de juventud y revoltoso. Sin duda, en el bar le pediría el documento de identidad. Quizá sea un aprendiz, un Tom de la siguiente generación. El chico de los recados. Se apoya sobre la encimera.

—¿Has dicho café?

—Claro. ¿Quién quiere?

—Tenemos que desembalar el equipo —dice Tom.

—No se tarda nada en tomar un café —contesto mientras bajo unas cuantas tazas del estante vacío. Si hay una cosa que sé de esta vida es que la gente se siente mejor después de haber tomado un poco de líquido—. Yo creo que Tom necesita dos cafés —digo mirándolo con una sonrisa.

Si consigo animar el ambiente, no sentirá tanta presión.

—Desembalad el equipo —insiste Tom en un tono grave que nunca en mi vida le he oído.

Es el tipo de voz que debería decir: «De rodillas». Mis brazos se aflojan y mi cuerpo responde: «Vale».

Todos se dan la vuelta y salen. Tom me lanza una mirada asesina por encima del hombro antes de irse. Mi exhalación en esa habitación vacía es como un jadeo. Creo que es el único hombre en el que confiaría para que me follara bien.

Tengo que dejar de tener estos pensamientos.

—Bueno, no sé cómo pero la he cagado —le digo a Patty. Nunca he visto a Tom tan enfadado conmigo. Le pongo un poco de desayuno en su cuenco y veo a Diana sentada en la ventana del viejo lavadero—. Te hemos fastidiado la casa, ¿verdad, pequeña?

Diana no se gira hacia mí, sino que sigue mirando por la ventana rota, con el pelaje levantado y la cola recogida entre las patas. Ni siquiera me había asegurado de que tuviera dónde dormir anoche. Solo porque no me necesite ni le guste no quiere decir que deba dejar de cuidarla. Cojo su rígido y reticente cuerpo y la llevo bajo el brazo hasta mi nuevo dormitorio. La dejo allí con un cuenco de sus sesos de pescado preferidos y una disculpa.

Me pregunto si a Truly le gustaría tener un gato.

Aparte de Diana, lo único que debo arreglar es lo de mi pasaporte. He embalado toda la casa con mis propias manos y sigue sin aparecer. No tiene sentido. He mirado en todos los bolsillos, en todos los bolsos y en todas las cajas de zapatos. Es cada vez más real la posibilidad de que Jamie se lo haya llevado. Le he enviado dos mensajes al respecto. Ninguna respuesta.

Me preparo el café en mi taza *Gilipollas n.º 1* para recomponerme y, con Patty en los talones, voy en busca de los chicos. Están todos en el camino de entrada, descargando un montón de herramientas.

—¿Vas a presentarme a todos? —digo dando un sorbo a mi café y tratando de mostrar desenfado.

Tom está sacando unas escalerillas de la parte de atrás de una furgoneta.

—Sí, cuando saquemos esto y lleguen los demás.

Tiene una agenda en su mente.

—Deja que yo lleve algo.

Mira mi mano extendida con cierto gesto de incredulidad.

—Tú eres la clienta.

Después, me da la espalda, levanta dos escalerillas con un antebrazo y coge una caja de herramientas con la otra mano. Ni siquiera puedo imaginar cuánto debe de pesar todo eso.

—Quita de en medio, por favor —dice antes de recorrer el lateral de la casa.

Patty tiene mucha más experiencia que yo y se coloca a un lado del camino. Esta vez, no hay duda de que me está juzgando.

—Disculpa —dice el calvo, porque también me he puesto en medio.

El viejo se limita a mirarnos a mí y a la taza. Después, piensa «Exactamente» y resopla. Hacía mucho tiempo que no me sentía tan inútil. ¿Me he comprometido a pasar varios meses estorbando a todo el mundo?

—Puedes coger esto —dice el joven pasándome una pesada caja de plástico y yo me siento ridículamente agradecida porque me trate como a un ser humano.

Con la dignidad algo recuperada, les sigo por el lateral de la casa. Patty viene detrás.

—¿Dónde os vais a quedar? —le pregunto al joven.

—En el motel que hay en Fairfax. Soy Alex, por cierto —me dice cuando giramos la esquina.

Tom mira mi café, el chihuahua que tengo en los pies y la caja que llevo en la mano.

—Acabo de decir que ella es la clienta —reprende a Alex con tono de adulto paciente.

—Soy una empleada —le contesto—. Óyeme. Ahora formo parte de este equipo.

Mantengo la mirada fija en Tom, pero él no me mira. ¿Cómo es posible que mi mera presencia altere su calma habitual? Recuerdo que me dijo que no iba a poder concentrarse conmigo aquí. Supongo que decía la verdad.

—Chicos, vamos a empezar de nuevo. Soy Darcy Barrett. ¿Cómo os llamáis?

—Colin —responde el viejo tras aclararse la garganta.

—Ben —se apresura a decir el calvo, como si estuviésemos pasando lista en el colegio. Ben el calvo, me acordaré.

—Ya he conocido a Alex —digo señalando al joven—. Y sé quién es este gilipollas gruñón. Su nombre está en vuestras camisetas. ¿Dónde queréis que ponga a Patty?

—La voy a dejar en tu dormitorio —dice enseguida Tom. Lo de gruñón no le pega—. Van a venir más chicos. ¿Esas botas tienen puntera de acero?

—La verdad es que sí.

—¿Por qué no me sorprende?

El teléfono de Tom, que ha vuelto a cobrar vida y está enchufado a mi batería, empieza a sonar. A juzgar por su mirada de desesperación, está a punto de empezar mal la mañana.

—Oye. Esos ojos —le advierte Tom a Alex antes de responder al teléfono, y Alex pone cara de cachorro al que hubiesen abofeteado.

Mientras Tom habla por teléfono sobre la hora de una entrega, se acerca a mí y me mete meticulosamente el tirante del sujetador por debajo de la camiseta. Lo siento en todo el cuerpo. Es el primer contacto físico deliberado que ha tenido conmigo desde ese momento vergonzoso en que me tocó el cuello y yo emití un sonido de puma. Resulta sorprendente que la humillación nunca termine de desaparecer.

—No hagas eso —digo, y le aparto moviendo el hombro.

Veo que en los hombros de Tom, mientras se aleja, aparece una silueta que me es familiar. Está mostrando la bestia que hay en él.

Doy lentos sorbos al café y miro a los ojos a Colin, el viejo. Hace un valiente esfuerzo pero, tras treinta segundos —los he contado— aparta la mirada.

Aquí está tu nuevo alfa, zorrita.

—Quiero hablar con los tres —les digo mientras se disponen a ir detrás de su patrón. Es hora de mostrar cierto abuso de poder—. Como clienta, soy yo la jefa, ¿de acuerdo?

—Tom es el jefe —espeta Alex, asustado y deseando que vuelva su papá, a pesar de la reprimenda.

—Yo soy la jefa de él —aclaro. Todos me miran como si eso fuese una mala noticia—. Eh, que soy guay. Pero no me gusta que me traten como a una niña, que me ignoren ni que me den de lado. Vais a tratarme todos como a una más del equipo. Sobre todo tú —le digo a Colin, ese viejo cabrón resentido—. No tengo experiencia en esto, pero sí que tengo dos manos y sangre en las venas. Esta es la casa de mi abuela.

Esta parece la información que les faltaba. Todos adoptan ahora una actitud más relajada. Ahora tiene sentido la obligación de que la clienta esté en la obra.

—¿Vas a explicarle todo eso a Tom? —pregunta Alex mirando a Tom—. Porque está de mal humor. Y nunca lo está.

—Me conoce lo bastante bien como para saber que así es como van a ser las cosas —explico. Lanzo el resto del café al jardín y dejo la taza en la barandilla—. Y ahora, moved el culo y empezad a trabajar.

Pasamos junto a Tom pisando fuerte como un equipo y no hago caso de su mirada maliciosa cuando vuelvo con un cajón con cables eléctricos. Siento que mi corazón está bien. Me he puesto un recordatorio en el teléfono que dice: «Tómate la medicina, imbécil» y he atajado la ingesta de alcohol.

Sigue adelante, corazoncito, porque te necesito.

Seguimos desembalando. Tom pone fin a una llamada. Parece estar a punto de hacer una advertencia o una reprimenda, pero su teléfono vuelve a sonar de nuevo. Con un resoplido de frustración, responde.

—Jamie, ahora no puedo hablar. Estamos desembalando. Sí. Se encuentra bien. Te llamo a la hora de comer.

—Le tiene que estar reconcomiendo no estar aquí —le digo a Tom al pasar a su lado con más herramientas—. Si no tenemos cuidado va a tomar el siguiente vuelo.

Tom hace una mueca tan fuerte que apuesto a que le ha dolido por dentro.

—Eso sería una pesadilla. ¿Puedes, por favor...? —Se acerca para coger lo que llevo en las manos, pero el teléfono vuelve a sonar—. Tom Valeska —dice con un suspiro.

—... Está completamente agotado —termino la frase en voz baja mientras llevo mi carga al porche de atrás—. En serio, ¿qué le pasa? —Alex y yo nos intercambiamos una mirada de exasperación.

Empiezan a llegar coches y a aparcar en el bordillo. Leo todas las camisetas: electricista, cimentación, revestimientos, andamios, fontanería. Hay cigarros, tazas de café para llevar y voces de hombres por todas partes.

—No lo está pasando bien —comenta Ben en voz baja mientras miramos a Tom dando vueltas de un lado a otro con el teléfono en la oreja—. Siempre era Aldo el que estaba al teléfono. Tom era el músculo.

—Y menudos músculos —digo en voz alta sin pensar.

Colin no parece compadecerle.

150

—Tiene que aprender unas cuantas cosas. Esto es lo que quería y ya lo ha conseguido —comenta con una mirada de «Se lo dije»— Ahora está solo.

Su tono de cierto amotinamiento me pone furiosa.

—No está solo. Nos tiene a nosotros. Y si alguien no está de su parte puede irse por ahí —afirmo señalando al lateral de la casa— y no volver.

—Darcy —dice Tom detrás de mí con voz virulenta y de frustración. Joder, estoy metida en un lío—. Entrad todos a la cocina, por favor.

Cojo mi taza y les sigo. Posiblemente sea el primer destello de respeto que veo en los ojos de Colin cuando me mira. Suelto un suspiro para mis adentros. Tengo suerte de que no haya aceptado mi oferta de marcharse. Estaría muerta ahora mismo.

—¿Puedes traerme uno de esos polos? —le pregunto a Alex.

Me encantaría tener una camiseta de Valeska. Sentir en mi espalda las costuras de ese estampado de la parte trasera sería más agradable que la lencería.

—Claro. Tengo uno de sobra.

Bajo la mirada a la camiseta que llevo puesta. No veo nada de malo, aparte de los tirantes de mi sujetador asomando.

Estamos todos reunidos en la cocina. Me sirvo una segunda taza de café y noto al menos ocho pares de ojos mirando cómo lo hago. La habitación está cargada de calor por la presencia de tantos hombres y sus espantosos desodorantes, así que me dispongo a abrir la ventana de la cocina. Por supuesto, está atascada. La técnica de levantar y dar una sacudida no funciona. Tiro con más fuerza justo en el centro de la escena y todos se quedan en silencio.

—Vamos, puta miserable —susurro y todos se ríen.

—Buenos días —dice Tom, y se oye un sonido de botas en el suelo mientras todos se enderezan y prestan atención—. Gracias por venir habiendo avisado con tan poca antelación.

Levanta la ventana con dos dedos. La levanta y la sacude con una preciosa flexión del bíceps. A veces, esta casa es una verdadera estúpida conmigo.

—Ha venido mi equipo habitual… Colin, Ben y Alex —los presenta señalándolos. Son los tres a los que yo he amenazado a los diez minutos de llegar—. Dan y Fitz son los fontaneros. Alan se encarga del tejado. Chris es nuestro electricista, pero no llega hasta las nueve. En fin, tenemos mucho que hacer y contamos con un bonito lienzo en blanco.

Tom es más grande que ninguno de los hombres que hay aquí, tanto en musculatura como en altura y, a su lado, todos parecen unos desgraciados con barba de dos días y ojos inyectados en sangre. Empiezo a creer que siempre tiene ese resplandor de amanecer perfecto en la piel.

—¿Quién es esta? —dice uno de los hombres de detrás. Se refiere a mí.

—Darcy Barrett. Es la propietaria.

—Soy la patrulla de demoliciones. Esta es la que he hecho antes —digo mostrando los armarios sin puertas de la cocina.

Tom no deja de mirarme como si yo tuviera que dar un discurso. ¿Una llamada para reunir las tropas antes de la batalla? No tengo ni idea. Ojalá hubiera una barra de bar entre estos cretinos y yo.

—Esta casa perteneció a mi abuela Loretta. Nos la ha dejado a mi hermano, Jamie, y a mí. No soy muy sentimental, pero para mí esta casa es especial. Sé que está hecha un verdadero desastre, pero si pudierais evitar decirlo una y otra vez delante de mí, sería genial.

Ben se compadece:

—Es una casita estupenda.

Tom asiente.

—Lo que quiere decir es que no se trata de una casa vieja cualquiera. Darcy y yo vamos a alojarnos en el patio de atrás. Está prohibido ir más allá del estanque.

Me coge la taza de la mano y da un pequeño sorbo. Todos le

miran al hacerlo. Entienden lo que su jefe les está diciendo. Ahora noto en sus expresiones cómo especulan y yo aprieto la mandíbula para evitar quedarme boquiabierta.

—¿Tenemos que firmar alguna lista introductoria? —pregunta Colin.

—¿Para qué? —respondo.

—Tom quiere hacer las cosas bien —dice Colin con tono algo seco—. Dijo que quería hacer una lista el primer día para que el equipo firmara y así asegurarnos de que se ha enseñado a todos los obreros dónde está el botiquín, cómo informar de un accidente, qué procedimiento seguir si hay un incendio... ese tipo de cosas.

—Ya, para la seguridad de los trabajadores. Bien.

Levanto la vista hacia Tom.

—Ah —dice él, y noto en sus ojos un atisbo de pánico.

Deja la taza de nuevo en mi mano y coge su carpeta de cuero, que está llena de anotaciones arrugadas y una muestra grande de moqueta. Recuerdo vagamente que me preguntó si yo tenía impresora. No tiene tinta, como todas las impresoras caseras. Eso debe de estar reconcomiéndole, sobre todo después de las largas noches que ha pasado sentado con sus hojas de cálculo.

—Os la pasaré en el descanso para el almuerzo —contesto echándole un capote.

—No tenemos descanso para el almuerzo —responde un tipo con cierto tono de sarcasmo.

Le miro con una sonrisa exagerada.

—Me refería a mi descanso para el almuerzo. Estoy deseando aprenderme bien vuestra agenda, colega.

Arrastra su bota por el suelo con la mirada baja.

—¿Y los contratos de los subcontratistas? ¿Y los formularios para la declaración de impuestos? —pregunta Colin.

Está claro que o bien está intentando ayudar o bien desautorizarle. A estas alturas todavía no estoy segura.

Tom aprieta la mandíbula. Ha estado tan ocupado con los

pedidos de la cantidad adecuada de material básico que ha olvidado que ahora es el jefe.

Lanzo a Colin una mirada asesina y, para mi satisfacción, él se amedrenta.

—Nunca he conocido a nadie tan obsesionado con la burocracia. Pero, como ya he dicho, en el descanso para el almuerzo —sigo y miro a Tom—. Hacemos un repaso completo cuando llegue el electricista, ¿de acuerdo?

No tiene por qué saber que yo tengo un libro de *Obras en casa para tontos* en mi mesilla de noche.

Tom asiente con expresión seria.

—El suministro de agua y electricidad va a estar cortado durante la mayor parte de la mañana. En la próxima hora, más o menos, van a traer letrinas portátiles, así que aguantad. Una para hombres y otra para mujeres.

—Te tiene muy mimada, Darcy —brama Alex—. Espera a que pase una hora después del almuerzo y verás la cola.

Hay carcajadas de asco.

Tom está terminando.

—Os daré a cada uno vuestra tarea para hoy. Empezad a desembalar pero no entréis a la casa hasta las siete. Darcy va a hacer unas fotos. Después, haremos el repaso introductorio.

Los chicos empiezan a salir de la casa mientras lo manosean todo, dando golpes con las botas a los rodapiés y comprobando con las manos el estado de los marcos de las puertas.

Yo enjuago mi taza.

—¿Para qué quieres fotos?

Tom desprende ahora mismo mucha energía mientras me mira. Suena su teléfono y rechaza la llamada. Quizá esté a punto de decir: «Muchas gracias». Quizá yo sea una tonta optimista.

—¿Quieres decirme qué narices ha sido eso?

CAPÍTULO DOCE

Seco la taza.

—Te he salvado el culo. De nada.

Responde con incredulidad:

—No necesito que me salves.

—Pues a mí sí me lo parecía. Estarías todavía durmiendo de no ser por la buena de D. B. —Alex tenía razón. Tom nunca ha estado de este humor—. Tienes que acabar con ese Colin. Está tratando de desautorizarte.

Tom tiene ahora la mano en la cintura.

—¿Tú me hablas de desautorizarme? Muy bien. ¿Qué narices crees que acabas de hacer?

—Habías empezado a hundirte. Yo solo te he sacado un poco a la superficie —argumento. Voy a mi estudio y él me sigue como una sombra malhumorada—. Solo he visto en qué necesitas ayuda.

—¿Acabo de oír cómo amenazabas a Colin con despedirle?

Paso por encima de la danza de bienvenida de Patty y cojo mi cámara.

—Hay que recordarle qué nombre lleva puesto en la camiseta. Fíate de mí.

¿Es que no sabe que yo siempre voy a estar en el equipo Valeska?

—Colin lleva toda la vida haciendo lo mismo. Le necesito en

la obra. —Vuelve a sonar su teléfono y responde—. ¿Te puedo llamar después? Un minuto. Gracias.

—Te estás comportando como un verdadero imbécil. Por favor, no dejes que esto nos cambie —digo refiriéndome a la obra, pero mi voz se rompe un poco. He estado hecha polvo por lo que hice. Mi comentario de «métete en mí» en pleno ataque de sinceridad se ha convertido en un «aléjate de mí»—. Lo siento. Lo siento mucho.

—Creo que ya es demasiado tarde. Sí que nos ha cambiado —advierte y se lleva la mano al pelo—. Me estoy comportando como un imbécil porque estoy estresado y tú estás poniéndote en medio todo el rato.

—No me hagas caso.

—Es muy difícil no hacerte caso —dice mirando de reojo la casa con las cejas bajas—. Vale, esta es la situación. Estoy tratando de enfrentarme al primer día de lo que debería ser el resto de mi carrera y no me puedo concentrar.

—Porque quieres empujarme contra la pared y besarme. —Estoy provocando a esa cosa que tiene dentro y que siempre reacciona ante mí. Me protege y me persigue—. Y lo vas a hacer delante de todos. Te gusta tener las llaves en el bolsillo. Te ha pasado toda la vida. Quieres ser el único que tenga mi llave. —Cuento sus respiraciones—. ¿Tengo razón?

—No voy a responder a eso.

Pero su cuerpo sí que responde; lo encoge entero, como si le hubiese caído algo encima. Parece tan desesperado que me invade una sensación de remordimiento. ¿Qué le he hecho? Me gusta tanto ese animal que tiene dentro que le estoy impidiendo volver a la versión calmada y controlada que necesita ahora.

Yo siento que también me encojo. Vuelve a controlarte, D. B.

—¿Qué es lo que tengo que fotografiar?

—Todo —responde Tom con voz áspera—. Quiero que lo fotografíes todo.

Me empuja por la cintura hacia los escalones de atrás.

—¿Para qué?

—Por dos motivos. Para mantener informado a Jamie, porque si no lo hacemos va a venir. —Me coloca en la puerta de la entrada—. Y porque necesito contenido para mi página web. Una sección del antes y el después. Por suerte para mí, tengo a mano a una fotógrafa profesional.

La verdad es que no me importa el tono sarcástico con el que pronuncia lo de profesional. Acabo de meter la pata hasta el fondo delante de su equipo.

—¿Cuántas veces en mi vida me has rescatado? Ni siquiera puedo contarlas. Siempre haré lo mismo por ti. No voy a quedarme ahí sin decir nada cuando puedo ayudarte. Así es como actuamos.

Parpadea mientras trata de comprender lo que he dicho.

—Nadie hace eso por mí.

—Yo sí.

—¿Cómo puedo explicártelo para que lo entiendas? —Tom se coloca detrás de mí y alza las manos a ambos lados de mi cuerpo. Desliza los dedos entre los míos y levanta mis manos hasta que tengo la cámara a la altura de los ojos.

—¿Puedes hacer tu trabajo así?

Cuando apunto el visor hacia la entrada, él mueve nuestras manos. Hago una foto que, por supuesto, es una basura.

Intento apartarlo de mí. Él se acerca más y hunde su boca en mi cuello, esa boca que ha bebido de mi taza para decir a todos los hombres que estaban presentes que no se pueden acercar a mí y que soy intocable. Sigue estando demasiado lejos, en el bosque oscuro donde jugamos. Inhala el olor de mi piel. Siento un ligero roce de su barba incipiente en la curva de mi hombro y una interesante presión en mi trasero. Me siento como un animal al que está a punto de morder, suave y lentamente, como si fuera su compañera de apareamiento. Quizá lo haga con la suficiente fuerza como para dejar una marca. Cuando por fin exhala el aliento que ha estado aguantando, su aire cálido y celestial baja por el cuello de mi camiseta.

—Hay muchas cosas que haría si pudiera —dice.

—Pues me parece que no sirve de nada que me hables de eso.

Tom Valeska es un puto mentiroso. Sí que me desea, solo que no tiene agallas. En las muñecas solo siento señales en morse: «cama, cama, cama». Y me decepciona su falta de fe en mí. Nadie podría hacer nada teniendo cerca a la liante de Darcy Barrett. Eso es lo que he sido toda mi vida, ¿no? Una complicación.

Vuelve a moverme la cámara cuando yo intento hacer otra fotografía.

—Así de difícil me resulta hacer cualquier cosa contigo aquí —dice sobre mi oído, en voz tan baja que llega a convertirse en un gruñido—. ¿Esta casa? ¿Esta obra? A esto es a lo que me dedico. No vuelvas a meterte en medio.

—Apártate de mí. Más seguro, ¿recuerdas?

Mi tono es de resentimiento.

—Ah, ¿todavía sigues con eso? —El teléfono de Tom vuelve a sonar. Estoy dispuesta a lanzar esa cosa a un volcán en activo—. Creo que no entendiste del todo a qué me refería.

—Claro que sí, no soy estúpida —espeto y pongo toda mi concentración en el visor.

—Yo solo estaba… —Hay una pausa tan larga que creo que se ha ido. Hago unas cuantas fotografías—. Sorprendido. No sabía que era eso lo que pensabas de mí.

—No estabas sorprendido. Estabas traumatizado. Te oí alto y claro. A partir de ahora vamos a dejar de lado esto que hay entre los dos. Nos colocaremos cada uno un cartel de vendido y nos veremos en Navidad. Quizá. Hay un festival en Corea sobre esa época que siempre me ha interesado.

—¿Puedes decirme por qué lo hiciste? —Oigo que las tablas del suelo crujen bajo sus pies—. ¿Te sentías sola? ¿Enfadada? ¿Intentabas vengarte de mí por algo?

No ha terminado de entender que yo deseaba su cuerpo y su placer más que el comer y el beber.

—No voy a decirte nada —contesto, porque sé que eso es lo que más le va a fastidiar—. Ya te lo contaré cuando tengamos ochenta años.

Pulso el botón de la cámara y miro la pantalla. Cuesta rebatir la realidad y aquí está: esta habitación y su potencial relación con Tom. No es la versión con papel de pared floreado que tenía en la cabeza. Esta casa ya no es bonita y Tom ya no está a mi alcance. He caído hasta cero.

Su teléfono vuelve a sonar.

—Tengo que contestar.

Se dispone a alejarse, pero le detengo.

—¿Qué has hecho antes, en la cocina? —le pregunto, y hago un par de fotos más—. Con mi café. No vuelvas a hacer esa mierda.

—¿Qué he hecho?

Levanta la vista del teléfono, con el pulgar en el aire. Tiene el ceño fruncido. Es verdad que no se acuerda.

—Has dado un buen sorbo a mi taza. Ahora tus chicos nos miran como si fuéramos…

No puedo acabar la frase. Tom tiene la elegancia de parecer avergonzado.

—Supongo que no todos los mazos están hechos de lo mismo —suelta, y responde al teléfono—. Tom Valeska.

Debería salir de aquí a hacer mi trabajo. Debería aprovecharme de esta luz de batido de fresa.

Bajo al estanque y me acerco la cámara a los ojos. Probablemente lleve un año sin hacer una foto en exterior y no ayuda el hecho de que las manos me estén temblando. ¿Qué narices acaba de pasar?

—No sé qué fotografiar —digo a nadie en particular.

Siento una tirantez en el pecho ahora que estoy sola. ¿Hacerle fotos a la casa? Es demasiado real. Son fotografías de algo que voy a perder. Quiero mi caja de luz blanca y mis tazas.

—Hazle fotos a todo —dice un tipo que está cerca de mí desplegando una mesa de metal. Luego coloca una sierra circular sobre ella con un gemido—. Porque todo va a cambiar.

Rodeo la casa.

—Intenta hacer una y ya está —me susurro.

El primer clic es el más difícil y apenas miro por la lente. Hago fotos de la casa para ir orientándome. Al poco rato ya me siento lo suficientemente suelta como para apuntar a los pequeños detalles. Solo para mí, para poder guardarlos para siempre. Me apoyo en la verja y disparo a la torcida veleta, que tiene en lo alto un caballo galopando que no ha girado desde hace años.

Esto no es lo que Tom tenía en mente, pero hago fotos del musgo y la hiedra que se eleva por el lateral del muro y de la forma en que cuelga la madreselva, esparciendo por todos lados un polvo amarillo. Estoy fotografiando esta casa como si fuese una novia. Por mucho que me duela dejarla para siempre en ese broche congelado de rosas de cuento de hadas, sé que ha llegado el momento de dejarla ir. El único modo de poder hacerlo es dejándola al cuidado de Tom.

Dentro el tiempo pasa, así que hago fotos y cambio de lugar, enfocando a cada hortensia del papel pintado. Probablemente parezca una loca, pero hago una fotografía de la baldosa del baño que cambió Loretta, un cuadrado salmón rosado en un mar de agrietadas reliquias lechosas.

Voy a contrarreloj y los chicos se van apartando de mi camino, guardando un respetuoso silencio cuando yo doy un paso atrás para hacer una fotografía de la chimenea. No voy a permitir que ni una capa de papel de lija toque esa repisa.

¿Por qué no he hecho esto antes? ¿Por qué no he dedicado varios días a grabar y archivar estos recuerdos? Se me había olvidado por completo que es un talento que tengo, algo que se puede usar con un fin diferente a un cheque.

Empiezan a oírse unos fuertes golpes, como si el mundo exterior tratara de entrar a la fuerza. Creo que llevo más de veinte minutos y estoy un poco exhausta. Estoy deseando descargar las fotos en el ordenador. Miro la hora. He estado sumida en un estado de flujo creativo durante una hora. He hecho más de doscientas fotos. ¿Cómo ha pasado?

Levanto los ojos asombrada y cruzo la mirada con Tom. Me pregunto si tendrá siquiera una página web.

No sonríe, pero estoy segura de que está contento conmigo. Puede que no todo esté perdido.

—Buen trabajo, Darce. Ahora ponte unos guantes y empieza a trabajar.

Estoy muerta de cansancio y solo es miércoles. ¿Tres meses así? ¿Quitándome de en medio, tropezando con cables de electricidad y cubierta de polvo? Además, anoche tuve turno en el bar y acabo de terminar una sesión de fotos para Truly. Creo que hoy voy a necesitar acostarme a las seis de la tarde.

Estoy clasificando fotos de culos en ropa interior cuando me llama Jamie. Por una vez, soy yo la que responde al teléfono con el corazón en la boca. ¿Se está muriendo ahogado? Debe tratarse de una emergencia para que me llame después de tanto tiempo.

—¿Qué pasa?

Mi tono es de lo más relajado.

—Darcy la del buzón de voz está respondiendo al teléfono por una vez en su vida. Eso es lo que pasa.

Aun cuando mi móvil no esté bañado en orina, no se me da muy bien responder al teléfono. La mayoría de la gente quiere a su teléfono como si fuese un bebé, pero yo habría abandonado al mío en la puerta de una iglesia.

—Para todo hay una primera vez.

Jamie decide cómo actuar para una segunda.

—Me he enterado de una cosa.

—Debe de ser una sensación extraordinaria —contesto a la vez que sigo revisando las fotos que acabo de hacer—. Será mejor que se lo cuentes a tus empleados. Se van a alegrar de haberte dado una oportunidad.

Sonrío mientras su suspiro casi me deja sorda.

—¿Qué tal va la obra?

Yo no soy su empleada.

—Apuesto a que te sientes como me sentía yo en aquellos veranos en los que os veía a Tom y a ti cortando el césped de los vecinos para sacaros una pasta.

—Nos costaba nuestro sudor. Trabajábamos como mulas. Alégrate de que tú estabas sentada dentro con el aire acondicionado.

—Yo quería hacer lo mismo que vosotros, pero tenía que miraros desde la ventana. Igual que estás haciendo tú ahora mismo. —No albergo muchas esperanzas de que esté entendiendo lo que le digo ni por qué me parece tan importante contarle esto—. La obra va bien. Tom y yo nos estamos asegurando de que así sea.

—Sé que ya lo sabes. Lo de Tom y Megan.

—Ah, eso. Claro. —Pulso el ratón y descargo un archivo—. Somos colegas. Me cuenta sus cosas.

Eso es un poco pasarse. Estoy constantemente metiendo la pata por aquí.

—Claro que sí —contesta Jamie con cierto sarcasmo—. Pero la cuestión es que tienes que dejarle en paz.

—¿Qué quieres…?

—Que cortes el rollo. Cuando está en la misma habitación se te cae la baba, desde hace años, y resulta exasperadamente obvio. Por eso es por lo que él no quería contártelo. —Jamie confirma lo que yo acababa de esperar que fuese un lamentable malentendido por mi parte—. Ahora le da vergüenza estar cerca de ti. Nunca va a corresponderte.

Solo Jamie puede hacer que una palabra como *corresponder* suene como si estuviese sosteniendo un zurullo con unas tenacillas para la ensalada.

—Lo de que «se me cae la baba» es un poco exagerado. Pero sí, es muy guapo. A mis ojos les gustan las cosas bellas. Soy fotógrafa.
—Odio oír mi propia voz con un tono tan frívolo. Reducir a Tom a una cara y un cuerpo no está bien—. ¿A ti no te van las mujeres guapas?

—A mí me van las mujeres que están a mi nivel —dice Jamie con contundencia—. Y no me van las amigas de la infancia —suelta y se ríe un poco—. No me puedo creer que de verdad estemos teniendo esta conversación. ¿Tú y él? Nunca va a pasar. —Una pausa—. Así que ¿has decidido que vuelves a ser fotógrafa?

No voy a entrar en eso.

—Me dijo que había acabado del todo con ella. Parecía sorprendentemente conforme con esa idea.

—Está destrozado. ¿Lo sabías?

Siento que el estómago se me retuerce. No me paré precisamente a escucharle antes de empezar a romperlo todo en pedazos con mis propias manos.

—Ha estado tratando de encontrar el momento para verla, hablar con ella y volver a estar juntos —continúa Jamie—. Pero eso no lo sabes porque no es tu «colega» y tú solo piensas en ti.

—Te muestras curiosamente posesivo con tu amigo de la infancia. ¿Hay algo que tengas que contarme?

Esa idea se me ha pasado una o dos veces por la cabeza, pero Jamie no pica el anzuelo.

—Este tío me ha ayudado probablemente en mil ocasiones ya. Ahora me toca a mí. Quiero asegurarme de que consigue tener el futuro que se merece.

—Deberías dedicarte a las charlas motivacionales, Jamie. Eres toda una inspiración. Él ya tiene su negocio. Su sueño. Lo ha conseguido.

—Eso es solo la primera parte. Tom quiere algo de verdad, una casa, una verja de madera, una boda, llevar a sus trillizos a Disney y ese tipo de rollos. ¿Es que nunca has notado su obsesión con cuidar de las cosas y arreglarlas? Ya no somos tan jóvenes. Darce, él es un marido y un padre.

Maldita sea, odio cuando mi hermano tiene razón. No digo nada.

Jamie nota que he comprendido lo que dice y pronuncia su siguiente frase severa con un insoportable tono bondadoso.

—Es lo que él quiere. Ser el padre que nunca tuvo. Quiere una esposa y asegurarse de que su madre está bien cuidada, no un polvo de una noche con la reina de los polvos de una noche.

—Quizá yo quiera…

Me interrumpo. Nunca antes lo he pensado. Ese tipo de cosas son para las chicas como Megan.

—No, con él no. Megan no le ha devuelto el anillo. Él no quiere que se lo devuelva. Suma dos más dos, Darcy.

Siento ganas de vomitar.

—Vale, lo entiendo.

—Si haces que se involucre en tu drama y que se encapriche de ti para después marcharte, como hacías cuando teníamos dieciocho años, no volveré a hablarte nunca.

No debería sorprenderme que Jamie sepa esto. Pero me sorprende.

—Aquello fue complicado.

—Aquello fue algo que debería haber resultado evidente y la cagaste. Igual que con la oferta del promotor inmobiliario sobre la casa. —Jamie dice «Un minuto» a alguien de su despacho y después continúa conmigo—: Tengo a alguien en la obra que te está vigilando.

—Colin.

Su nombre sale de mi boca como una maldición.

—Puede que sí. Puede que no.

—Demuéstralo.

—Ayer se te cayó una pistola de clavos y se rompió. Ahora me tengo que ir. Es curioso. Normalmente eres tú la que dice eso.

Cuelga y yo dejo caer la cabeza entre las manos.

Por supuesto que va a volver con Megan. ¿Por qué no iba a hacerlo? Ha estado ocho años construyéndose toda una vida de forma meticulosa. Solo necesita volver a ella, encender las luces y pegar el número de la casa en el buzón.

Un minuto después, mi puerta se abre y oigo el cascabel del collar de Patty. Por primera vez en mi vida, deseo que Tom se dé la vuelta y se marche.

—Ah, estupendo, ¿qué he hecho ahora?

Sé lo que hice. La fastidié. Tom se deja caer en la silla del ordenador detrás de mí con un gemido de cansancio.

—¿Por qué crees que has hecho algo malo?

—Solo me hablas cuando lo hago.

Me paso las manos por la cara. No debería comportarme como una estúpida. No hay ninguna animosidad en su forma de sentarse. Está tan cansado que siento pena por él. A mi lado, mi telón de fondo blanco sigue levantado y hay batas y muestras de Underswears por toda mi cama. Puede que podamos empezar de nuevo por décima vez. Vamos a intentarlo.

—Acabo de hablar con mi queridísimo hermano.

—¿Qué quería?

—Solo amenazarme con que me comporte y recordarme mis fallos.

Ese es el nivel superior de sinceridad.

—Es muy duro contigo. —Tom está siendo mucho más empático de lo que merezco—. Bueno, tú sigue enviándole fotos de los avances y no tendremos ninguna visita sorpresa. —Tom gira la silla suavemente de un lado a otro—. Las que hiciste el primer día eran increíblemente buenas. Lo sabes, ¿verdad? Me alegra ver eso de nuevo —dice señalando hacia mi telón blanco, que está montado sobre la pared junto a la puerta.

—Ahora todo el mundo lleva una cámara en el bolsillo. Estoy anticuada.

No he tenido tiempo suficiente para ocultar las emociones que Jamie acaba de despertar. Tom ha entrado en son de paz. Debería aprovecharlo. Pero es difícil enfrentarse a estos dos extremos que hay entre nosotros. Me obligo a mostrarme agradecida por el silencio y el comportamiento civilizado, pero sé qué es lo que quiero: ansío su deseo como una droga.

Vamos a buscar un tema de conversación realmente civilizado.

—¿Qué tal esta tu madre?

Tom suelta un gemido con un suspiro.

—Me está estresando. No, su casero me está estresando. Hay una persona a la que podrías ir a dar una paliza de mi parte.

La madre de Tom, Fiona, es una señora dulce y en babia que siempre parece estar en medio de alguna pequeña crisis. Es una olla que está constantemente hirviendo y si Tom deja de mirarla durante un rato, el detector de humos se dispara. Me gustaría decir que se trata de algo reciente, pero ha pasado toda la vida tratando de cuidarla. A veces me pregunto cómo debió de ser el padre de Tom. Nunca llegué a conocerlo y creo que Tom tampoco. Debió de ser grande y guapo. Y un verdadero mierda, evidentemente.

—¿No puede mudarse? —pregunto.

—El año pasado se encontró una gata preñada y no pudo soportar buscar casa para las crías. Todas son blancas y negras. No tengo ni idea de cómo las distingue. —Se frota los ojos con la parte inferior de las manos—. Su casero me dijo que podía tener un gato. Ella aún no le ha dicho que ahora son seis. El agua caliente no le va bien y él no me devuelve las llamadas.

—¿Si compras seis gatos te dan uno gratis?

Señalo a la cama de Diana.

—Ni se te ocurra. El siguiente sitio al que lleve sus cosas será su última casa. No puedo volver a hacerle la mudanza. No sería capaz. Le prometí un hogar.

En un momento, Tom parece diez años más viejo.

A este ritmo, un hogar para mí será mi tumba.

—¿Para eso es para lo que estás ahorrando?

Tom continúa hablando como si no me hubiese oído en la silenciosa habitación.

—Los chicos no dejan de preguntarme dónde estás. Bueno, principalmente Alex. Tu perrito faldero no sabe qué hacer.

Fija sus ojos en los míos para ver mi reacción. Cada átomo de mi cuerpo sabe que Tom quiere ver indiferencia. Yo vuelvo a mirar hacia mi ordenador y me encojo de hombros.

—Ese zurullito se siente solo cuando no me tiene dándole patadas en el culo, ¿no?

—Me ha dicho que todo es más divertido cuando tú estás. Va a hacerse una idea que no es si sigues apoyándote en él. No sabe cómo eres.

—Yo no me apoyo en él —respondo, y después me acuerdo de que mi hombro estuvo tocando algo caliente. Alex y yo nos apoyamos el uno en el otro mientras veíamos cómo descargaban una excavadora enfrente—. Bueno, sí que me apoyé un poco.

—Te adora —asegura con tono cariñoso mientras levanta los ojos hacia la casa—. Me recuerda mucho a mí con esa edad.

—¿Adorándome? —desafío sin querer la orden directa de Jamie y, de inmediato, disimulo—. Pues qué bonito. El que de verdad quiero que me adore es ese viejo cabrón de Colin. Quiero que me bese los pies cuando esto termine.

—¿Debería estar celoso? —Tom responde a su teléfono—: Hola. Sí, tráelos aquí. Antes de las cuatro —dice, y luego cuelga.

Así son últimamente nuestras conversaciones. Todo queda interrumpido por ese maldito teléfono. No sé cómo mantiene la cordura.

—Celoso o no, no tiene nada que ver conmigo.

—Se me había olvidado, sí que he entrado para gritarte. ¿Quiénes eran esas? —Tom se refiere a las chicas que se han marchado hace veinte minutos—. No puedes dejar que la gente entre en la obra.

—Eran modelos —contesto, y paso algunas imágenes—. Acabo de hacer una sesión para Truly. Es curioso, Tom, la última vez que tuvimos una conversación de verdad tuve la impresión de que necesitabas que me mantuviera alejada de ti. Y sin embargo, aquí estás.

—Esta es mi reforma y estás haciendo una sesión de fotos en medio de ella —señala, y a continuación se apoya de lado para mirar al ordenador. Es un don Perfecto con labios fruncidos—. Deberías habérmelo dicho. Hay problemas de seguridad cuando la gente entra en una obra sin saber dónde se meten. Si les pasa algo…

—Vale, he vuelto a cagarla. No te pongas gruñón o no te daré tu regalo.

—¿Regalo?

Detrás de mí, cruje la silla del ordenador.

—¿Te lo mereces?

Estoy postergándolo porque no sé cómo va a recibir esta ramita de olivo. Ha quedado muy claro que no necesita ni quiere mi ayuda.

—He tenido que sacar a una rata muerta del agujero de la pared de la cocina. Sí que me merezco un regalo.

—Las ratas muertas son responsabilidad de Alex. Tú eres el jefe ahora —digo mientras clico en los archivos de mis fotos tratando de fingir despreocupación—. Estás sentado sobre tu regalo. Te he hecho un escritorio. He visto que te estaba resultando cada vez más difícil trabajar aquí dentro.

Esta es mi forma de disculparme por dejar una mancha de café sobre un informe bastante importante para el ayuntamiento.

—Y esa caja de manzanas de ahí abajo es para Patty.

Tom se gira y mira de nuevo el escritorio. No es más que la vieja mesa de la cocina, una lámpara y un tarro con bolígrafos, pero él pasa las manos por la superficie con expresión de placer.

—Estaba a punto de empezar a trabajar en el coche —dice, y enciende la lámpara—. Gracias, Darce.

—No estoy tratando de atraerte para que vengas aquí por ningún motivo.

Eh, ¿por qué he dicho eso? Giro mi taburete de tal modo que quizá pueda parecer siniestro.

Tom no hace caso de mi metedura de pata.

—Ah, pues me siento definitivamente atraído —reconoce. Se levanta y sale para volver a aparecer con su ordenador portátil y una carpeta abultada. A su paso va dejando un revuelo de tarjetas de visita—. No pienso renunciar a un escritorio.

Sale por segunda vez y regresa con un montón de muestras bajo el brazo: azulejos, moquetas, laminados… Patty salta sobre su nueva cama y mira a Tom, con sus grandes ojos de bicho iluminados con su habitual adoración por él.

Estoy contigo, Patty. Creo que podría quedarme aquí sentada durante horas mirando cómo amontona azulejos de baño con esa seria inclinación de la cabeza. Siempre ha sido así: un chico ordenado con la espalda recta y la mesa limpia.

Tachemos esto. Sigamos adelante.

Podría sentarme aquí y pasarme la eternidad observando a este hombre, su belleza, los destellos de su pelo y esas manos grandes y cuidadosas. La luz de la lámpara inunda sus ojos marrones y los vuelve de color miel. Su respiración es regular y tranquila bajo el peso gris plomizo de mi mirada, mientras forma tres montones de papeles.

Encuentra la vieja papelera de latón bajo su mesa con la punta del zapato y sonríe.

—Has pensado en todo, Darcy Barrett —me dice sin mirarme.

Me doy cuenta de que siempre ha sido consciente de que le miro, deslumbrada por la luz que emite. Probablemente haya notado esa mirada durante la mayor parte de su vida. Yo me siento enormemente agradecida por el modo en que está borrando aquel momento de locura de la cocina.

No voy a perderlo. Si me quedo aquí manteniéndome perfectamente concentrada y siendo cuidadosa, podremos terminar estos tres meses como amigos y despedirnos con un apretón de manos. Si consigo mantener la boca cerrada y no decir cosas como «Métete en mí».

—Esto me va a venir muy bien. Puedo estar organizado.

A continuación, suena su teléfono y coge un bolígrafo. Mientras escribe una nota y levanta los ojos hacia la casa mordiéndose el labio, pensativo y encantador, pienso en lo mucho que necesito que entre en mí. Y no solo en mi cuerpo. Quiero más que eso. Quiero que entre en mi cabeza. Creo que eso es a lo que me refería.

Ábreme, sube hasta mí y no salgas.

Cuando cuelga, me mira y yo finjo que estaba mirando la casa.

—Cada vez es más difícil pensar ahí dentro durante el día.

—Doce semanas es una locura de tiempo —dice con tono de disculpa. Vuelve a mirar por mi habitación y sonríe—. Me siento mejor teniéndote aquí ahora. Es muy agradable.

Baja la vista hacia el largo y estrecho espacio. Aunque la cama solo ocupa un cuarto del suelo, parece como si abarcara toda la habitación.

Dirijo de nuevo la atención a mi ordenador.

—Yo estoy en la gloria. Perdona, pero Truly tiene una reunión con una consultora de marcas y tiene que enseñarles un catálogo. Va a aparecer por aquí en cualquier momento diciendo: «Hola, ¿está ya?» Así que, vete.

—Llevo años sin verla. ¿Cómo está?

—Tan jodidamente adorable como siempre —aseguro, y sigo revisando las fotos. Trato de aplacar el pánico cuando miro el reloj—. Cree que poseo más talento para el diseño gráfico del que tengo en realidad.

—Para ella es una reunión importante, ¿no? Así que, eso son sus Underswears. —Se acerca a mi mesa y se ríe—. ¿Quién lleva la palabra *Imbécil* en el culo?

Me pongo a la defensiva.

—Yo, cada día del año. Es la mejor ropa interior del mundo.

—Voy a sentir curiosidad por lo que ponga cada día en tu ropa interior.

—No podrías soportar lo que llevo escrito en mi ropa interior.

Resulta difícil no hacerle caso cuando está apoyado en mi banco, probablemente mirándome la nuca. Puedo sentir el calor de su cuerpo y, por el rabillo del ojo, veo que la camiseta le cubre el abdomen como glaseado de *fondant*.

Se hace aún más difícil cuando levanta una mano y me toca la piel.

CAPÍTULO TRECE

—¿Haces todo esto gratis? —me pregunta tocándome el hombro de nuevo para colocarme el tirante de la camiseta en su sitio. Inmediatamente se me vuelve a caer y su suspiro de derrota acaricia toda mi piel—. Quédate ahí —le dice a mi camiseta con tono de fastidio.

—Me paga en ropa interior y chucherías. En este clima económico se hacen necesarias divisas alternativas. Jamie me soltaría un sermón con que debería cobrar lo que merezco. Pero ¿qué más da? Si es así como la puedo ayudar, lo hago.

—Eres una buena amiga —dice Tom con tal admiración en la voz que le miro sorprendida—. Eres muy generosa, Darce.

—Sí, claro.

Vuelvo a mirar a la pantalla. Esto se está volviendo muy difícil. Tira de mí con toda la intensidad de sus uñas y sus dientes y luego se espera que me quede sentada como una monja. Soy una psicópata detrozacocinas pero, al menos, soy consciente de ello y actúo como tal.

El problema con Tom es que no sabe lo que es. No del todo. Sería de lo más interesante hacerle la pregunta «¿quién te crees que eres?», porque yo sé que daría una respuesta equivocada.

—Quiero que sepas que cuando iba a hacer la reforma de la casa con la empresa de Aldo, estaba pensando hacerla gratis —confiesa y veo por el rabillo del ojo cómo retuerce sus grandes dedos—. Me siento muy mal por quedarme con el cinco por ciento.

—Te mereces cada penique —le digo, igual que mi madre le decía—. No te agobies por eso, Tigre. —Añado el apodo que le puso mi padre, por si acaso. Aun así, el recuerdo de mis padres no funciona. No se aparta de mí como creí que haría—. ¿No tienes que volver al trabajo?

—No quiero volver ahí afuera —confiesa, con tono algo juguetón—. Alex tiene razón. Todo es siempre más interesante cuando estás tú.

—Estoy segura —contesto, porque en mi pantalla aparece un culo. Pero cuando levanto los ojos, él me está mirando y veo ternura en sus ojos.

—Últimamente he sido muy duro contigo. Lo siento. —Rechaza una llamada con un movimiento experto—. Lo siento por todo. ¿Podemos estar bien ahora?

Su teléfono vuelve a sonar. Me necesita. Lo sé.

—Lo único que tienes que hacer es pedírmelo —le digo, aunque intuyo que no sabe a qué me refiero. Pero baja la mirada a mi boca. El pulso se me acelera y me apresuro a aclarar lo que digo—. Pídeme que te ayude.

—¿En qué me puedes ayudar?

Ahora me mira a los ojos y ahí está esa sensación de zumbido cálido. La habitación se vuelve más pequeña. Estamos envueltos por paredes y aire y no puedo contenerme. Apoyo la mano en su brazo, solo para sentir su piel.

—Te ayudaré en todo lo que pueda —declaro. Aprieto y noto que sus músculos también lo hacen. Por encima de mis ojos, veo que traga saliva—. Me pienso partir la maldita espalda por ti.

Coge mis manos entre las suyas. Va a decir algo importante.

—Sí, lo sé. Pero es muy importante para mí hacer esto solo.

Las palabras de Colin resuenan en mi mente y, de nuevo, me enciendo por dentro.

—Nunca vas a estar solo. Yo estoy aquí. Estoy contigo.

Mira mi carita gruñona con una nueva conciencia en sus ojos.

—Sí. Es verdad —asiente. Después mira de reojo a mi mesa y ve algo entre el desorden. Lo único que yo esperaba que no viera—. ¿Solicitud de pasaporte? —pregunta, y me suelta las manos.

—Admito mi derrota. Jamie ha debido de llevárselo. Pero no tiene sentido. Sé que lo tenía después de que él se fuera. Comprobé la fecha de expiración para una cosa. Me pregunto si Vince lo habrá vendido en el mercado negro.

Me río «ja, ja» para que sepa que ha sido una broma. A él no le parece gracioso.

—Vas a recibir mucho dinero cuando se venda la casa. Nunca vas a volver.

Truly abre la puerta.

—Hola, ¿está ya? Un viejo me acaba de gritar al entrar en la casa.

De pronto nota lo cerca que estamos y titubea.

—Hola —sonríe Tom, y lo hace con el suficiente encanto como para que me den ganas de romper en pedazos la solicitud del pasaporte. Me ruborizo—. Colin tiene razón, ya no puedes pasar por aquí.

Truly le mira de arriba abajo sin disimulo y no puedo culparla. Es espectacular desde la cabeza hasta la suela de las botas. Es un milagro grande, resplandeciente y musculoso. A medida que el silencio se eterniza, su ceño se frunce con desconcierto. Lleva tiempo sin mirarse en el espejo.

Truly vuelve a poner en funcionamiento su cerebro.

—¡Hala! ¡Míralo! ¡Cuánto músculo! ¿Has enterrado ya el hacha con Darce?

—Justo estaba en pleno proceso —responde Tom.

Su teléfono no para de sonar. Lo mira con expresión de cansancio. Sé por experiencia que una vez que empiecen a acumularse los mensajes de voz, escucharlos será como usar una pala en medio de una tormenta de nieve.

Vuelve a metérselo en el bolsillo y se concentra en Truly.

—¿Cómo estás?

Se abrazan tímidamente. La cara de Truly me mira con una exagerada expresión de «oh» y absoluto placer por encima de la curva del bíceps de Tom.

—Apuesto a que solo por esto ya ha merecido la pena el viaje —digo con voz extremadamente gélida—. Ahora soy yo la celosa, pero los abrazos son poco frecuentes por estos lares.

Me inclino sobre el portátil como una gárgola y empiezo a editar. Desde el abrazo completo de Tom en la cocina me he sentido frágil y fría.

—Ay —canturrea Truly, y se acerca a mí para envolverme con sus brazos desde atrás. Sus brazos son el paraíso. Ojalá me abrazaran los dos a la vez—. Tom, ya sabes cómo es nuestra Darce. Es como un Tamagotchi.

—Soy una mascota digital. Suena muy bien.

Apoyo la espalda contra ella y cierro los ojos. Juntamos nuestras sienes y, justo en ese momento, soy cristalina por dentro.

Tom vuelve a apoyarse sobre mi mesa.

—Sé exactamente cómo es.

—Necesita más cariñitos de los que es capaz de admitir —dice Truly abrazándome con más fuerza—. Y sin ellos se muere. —Me suelta con un beso en la mejilla—. Ah, y chucherías, claro. Funciona con azúcar de todos los colores —dice, y empieza a soltar bolsas de caramelos a mi lado.

—Casi tengo la sensación de que me estás dorando la píldora por algo.

Cojo la bolsa que tengo más cerca y la abro con los dientes.

Tom sonríe a Truly.

—Es un animal, ¿verdad?

Truly levanta un paquete hacia él.

—Tú puedes tomarte estos si me dices que has hecho que se sienta mejor, porque sé que está forzando su pobre corazoncito por ti.

Es una forma bonita de decir: «Darcy se queja constantemente de cada pastilla y cada metedura de pata».

He girado mi taburete. Me pongo de pie y, despacio y de forma deliberada, Tom me aprieta contra su cuerpo.

—Me pongo a sus pies. A cada minuto del día. Solo que ella no se da cuenta.

Coloca la palma de la mano sobre mi nuca y todo mi mundo queda invadido por sus músculos y el olor de su camiseta. El olor a cera dulce de las velas de cumpleaños, un deseo y, uf, voy a sufrir cuando me suelte. Disfruta todo lo que puedas, D. B. Suficiente suerte tienes de que quiera volver a hablar contigo.

Me aprieta hasta que me quedo sin aire y, después, me vuelve a dejar en mi taburete. Necesito eso otra vez y que sea aún más largo y más lento. Que dure quizá un mes. Debería decir algo, pero no puedo. Truly me entrega su pago en golosinas sin decir nada. Pero cuando me ve la cara pone una expresión divertida.

Tom coge unas tijeras de su escritorio nuevo para empezar a usarlas. Nada de morder a lo loco. Qué civilizado.

—¿Qué tal va el negocio? ¿Se gana dinero con la ropa interior?

Coge unas cuantas prendas suculentas, deliciosas y rosas. Las quiero. Babeo por ese sabor en su boca. Uno de los obreros le llama desde fuera; suena al balido de una oveja sin pastor.

—Sí, por extraño que parezca. Estoy forrada —admite Truly, y busca en su bolso—. De hecho, he traído un regalo para Darce. Mira.

Le pasa a Tom un par de prendas de Underswears: las náuticas de rayas de su última colección. Sin duda él tiene unas grandes manos porque, cuando coge la cintura por los dos lados, las bragas parecen diminutas. Sé muy bien que cuando yo me las ponga me quedaré sin ombligo y me cubrirán media espalda.

Truly sonríe.

—Sé que eso es prácticamente un cumplido. Va contra los estatutos de mi empresa pero…

—A ver. Ah, qué bonito —dice él al ver el pequeño adorno del ancla.

Mi ropa interior está en sus manos. Le da la vuelta y los dos vemos que ha puesto *Para nada* por encima de *Desecho humano*.

Recupero por fin la voz.

—Sí que lo soy. Gracias. Otro par único.

Las guardo en el cajón de arriba, junto con todos los demás pagos en forma de prendas. Tom mastica mientras ve la lista de palabras malsonantes que voy pasando en la pantalla.

—Lo cierto es que había pensado que hacías una colección más… edificante.

Truly sabe qué quiere decir.

—Ah, ¿te refieres a bragas lila y muy cortas con la palabra *Diosa* cosida con lentejuelas? Pero entonces no llegaría al público objetivo: chicas mordaces, como Darce, que no quieren un calzón chino.

Suena el teléfono de Truly y se queda mirándolo un buen rato. Noto en ella una expresión de contrariedad y frustración cuando se lo guarda.

—¿Por qué dicen todos que debería hacer bragas bonitas?

—Probablemente porque eres un encanto —responde Tom con tono despreocupado.

Truly se sonroja hasta el tuétano y mis huesos se vuelven de color verde neón. Eso es algo que yo nunca seré: un encanto. ¿Cómo les resulta tan fácil a estos dos?—Yo no merezco golosinas —añade a la vez que se mete el resto de la bolsa en la boca—. Últimamente he sido un gilipollas. Me merezco llevar un insulto en el culo.

Truly parpadea.

—¿Estás loco? Para eso es para lo que he venido a dorarle la píldora a Darcy. La consultora de marcas quiere que incluya una muestra para hombre en el catálogo.

—Los tíos no llevan ropa interior divertida —me río.

—Acabo de decir que yo sí me la pondría —asegura Tom doblando el paquete de golosinas vacío.

Truly asiente, encantada por su apoyo.

—Yo también creo que podría haber un mercado. He estado trabajando en un par durante un tiempo y tengo un patrón. Este es el primer par para hombre de la historia. Y ya sabes lo que voy a necesitar ahora, Darcy.

Se acerca furtivamente a mí a la vez que abre otra bolsa de golosinas. Yo abro la boca como un pajarillo y me mete por el pico unas gominolas de piña.

—No me obligues —advierto, y finjo gimotear entre el azúcar—. No.

—¿Qué problema hay? —Tom se acerca a la puerta—. ¡Sí, dame un minuto! —grita hacia la casa.

Hay un millón de cosas de la casa que tiene que hacer, pero se está enredando.

—Deja de entrometerte —le digo. No tiene sentido que malgaste su tiempo conmigo—. Vuelve al trabajo.

—Buscar modelos masculinos es su peor pesadilla —le dice Truly—. Cada vez que ha pedido modelos masculinos ha recibido fotos de pollas como respuesta.

—Es verdad. Una polla tras otra —asiento. Miro el ordenador, mi reloj y, después, la cara de Truly. No hago caso a los brazos cruzados de Tom—. ¿Voy a tener más tiempo?

—No —responde con tristeza.

—¿Puedo hacer una composición cenital? —pregunto, pero antes de terminar de decirlo niego con la cabeza—. No, va a parecer una mierda junto a las fotos de los modelos. Vale, deja que me encargue. Ya lo arreglaré.

—¿Seguro que no te vas a fatigar? —me pregunta Tom y sus dedos vuelven a tocar mi hombro. Mi camiseta desobedece y el tirante se cae de nuevo—. Creo que ahora mismo estás durmiendo menos que yo.

—Ojalá tuvieras a alguien de la reforma para hacerlo —me dice Truly, despacio y con tono cómplice. Se gira y mira a Tom—. Alguien muy cercano. Alguien en buena forma que lleve una XL.

Le mira la cintura entrecerrando los ojos. Tom no va a dejarse convencer para este disparate. Le salvo del bochorno de decir que no:

—Está demasiado ocupado para esto.

—Tom… —empieza a decir Truly con voz cariñosa.

Él no sabe qué decir. Se está poniendo colorado.

—Mi culo es demasiado plano para esto, Truly. No estoy seguro de que esté a la altura de lo que buscas.

—Joder, debes estar de broma —digo, incrédula. En serio, ¿alguna vez este hombre se ha tocado ahí detrás y ha notado lo que tiene?—. Vamos a dejar que vuelvas al trabajo. Voy a provocar un tsunami de pollas.

Truly se apresura a apaciguar a Tom.

—Espero que no te importe que te lo diga, pero lo cierto es que eres el mejor para este trabajo. Por favor, deja que Darcy saque una foto de tu culo y te invitaré a cenar un bistec.

—¡Hum! Bistec —dice Tom. Creo que está intentando no reírse. Probablemente tengo pinta de estar a punto de gritar—. ¿Qué tengo que hacer?

—Es fácil —responde Truly rápidamente—. Solo ponerte ahí. Ni siquiera tendrás que meter tripa. En mi página solo hay cuerpos reales. Los modelos que usamos no son de tallas diminutas. Y Darce solo hace arreglos mínimos de Photoshop. Cuerpos reales —repite con énfasis a la vez que le mira la ingle.

—No creo que este pueda considerarse un cuerpo real —digo en tono bajo. Tom sonríe como si estuviese absolutamente encantado. Sé que mi cara está colorada porque él se está mordiendo el labio para no reírse—. Oye, ¿estás burlándote de mí?

—Un poco. Me gusta.

Se escucha otro balido fuera.

Truly decide traicionarme.

—Darcy fue el culo de algunas de las colecciones del año pasado cuando no encontramos modelos a una tarifa razonable.

Las orejitas Valeska de Tom se ponen de punta.

—¿Darcy es modelo de ropa interior?

No hay duda de que ahora está divirtiéndose. Yo estoy tan roja que voy a estallar y mi corazón entra en erupción dentro de mi pecho lanzando lava por mis venas.

—Te prohíbo que mires.

—Tiene un culo estupendo para la ropa interior. Los dos podríais ser la pareja potente de Underswear si te lo pones, Tom. ¿Qué opinas? ¿Quieres bistec?

—A mí nunca me has invitado a cenar bistec —me quejo.

—Vale —dice Tom, riéndose como si no se creyera lo que está diciendo. A continuación, añade su advertencia habitual—. Pero solo si no se lo contáis a Jamie —advierte mirando el teléfono y, después, de nuevo a la casa—. Y tiene que ser un bistec bien grande. Ahora sí que tengo que irme. Me ha alegrado verte, Truly. Por favor, firma luego un formulario para que yo pueda estar más tranquilo si andas por la obra —le pide. Luego mira su escritorio nuevo y con voz dulce añade—: Puedo arreglar esa impresora.

—No, tiene que ser ahora. Toma —dice Truly y le pasa unos calzoncillos.

Él los desdobla. En el culo pone… *Gilipollas irracional.* Estalla en una carcajada.

—Bueno, es muy apropiado —dice y al mirarla se da cuenta de que ella va en serio—. Ahora no puedo. Es una locura.

—O lo haces tú o busco a otro talento —advierte Truly con rotundidad—. Ese joven que está en la casa lo haría, me apuesto lo que sea.

Sabe que ha sabido pulsar uno de los botones de Tom y retiene una sonrisa cuando él se gira para mirarme con el ceño fruncido.

—Es verdad que lo haría —digo sin poder evitarlo porque, ay, Dios, quiero ver su piel.

Truly se aparta y agarra el mango de la puerta.

—Estaré aquí afuera vigilando. Echa las cortinas. Serán dos minutos. Te quitas los pantalones, te pones esto, Darcy hace sus fotos y habremos terminado —explica, y después grita a alguien de la casa—: ¡Sale en tres minutos!

La puerta se cierra.

—Hace que parezca muy fácil —dice Tom. Tiene la mano en el botón de los pantalones—. ¿Por qué me lo estaré pensando?

—Porque Truly emite a su alrededor una especie de campo magnético extraño. No puedes evitar decirle que sí. Pero si haces esto, no voy a permitir que me trates después como una mierda. Querías entretenerte. Has entrado aquí. Eres una persona adulta y yo no pudo retenerte si no quieres. Asiente para que yo sepa que lo admites.

Asiente:

—Si no soy yo, será otro.

—Vamos a acabar con esto. Imagina que es tu bañador.

Cierro las cortinas y enciendo las luces. Me giro en mi taburete.

—Ponte ahí —le indico señalando la pared blanca.

Cambio el marco y, después, limpio la lente. Pasa lo que parece ser una eternidad entre sonidos del cinturón, tela que se estira y movimiento detrás de mí y, a continuación, Tom se coloca. No le había visto las piernas desde que estaba en el equipo de natación. Las echaba muchísimo de menos.

El pobre parece aterrorizado. Ha pasado de jefe de obra a musculoso modelo masculino en veinte segundos. Está aturdido. No es el único. Esos calzoncillos bóxer elásticos parecen estar hechos para él.

—¿Necesitas un cigarro? ¿Algún último deseo? En serio, parece como si estuviesen a punto de acribillarte.

A veces me encanta lo ingeniosa que soy.

Parece encantadoramente vulnerable con las manos en la cintura y la camiseta retorcida. Es un chico bueno en el cuerpo de uno malo. Es un cuerpo de ropa interior.

Dios, hace demasiado calor en esta habitación.

Loretta insistía en que él había sido vikingo en una vida anterior. Y tenía razón. Acaba de cruzar remando el mar Báltico y ahora está aquí, con su pecho respirando con fuerza ante mis ojos.

—Vale.

Intento no mirarle la piel, ni las piernas, ni el pelo. ¿Y ese estómago es una broma? Veo grandes tiras cada vez que se retuerce y se coloca la camiseta. Tengo la boca tan seca que me bebería el agua del cuenco de Patty. He hecho fotos a modelos, pero nunca he visto nada así.

—¿Estás bien? —pregunta.

—Tienes buena pinta —digo con voz de madre que anima a su hijo en un partido de fútbol. Golpeo el suelo con la bota. Le ahorraré la vergüenza de obligarle a quitarse la camiseta. Necesita un poco de dignidad—. Ponte de espaldas a mí. Levántate la camiseta. Más. Sí.

No puedo decirlo. Voy a explotar si no lo digo.

—Tienes el mejor culo del planeta.

Pongo la cámara en alta velocidad y empiezo a hacer fotos de su culo como si fuese una *paparazzi*.

—¿Está ahí Tom?

La voz de Colin suena aterradoramente cerca. Es el topo de Jamie, sin duda, y está a punto de pillarnos ganduleando de la forma más rara posible. Tom y yo nos quedamos inmóviles.

—Está teniendo… una conversación con Darcy.

—Dile que salga. Están descargando la madera pero no ha contratado un montacargas, así que, no podemos moverla —explica Colin en voz alta para que Tom pueda oírlo.

—Mierda —dice Tom—. ¡Un segundo! ¡Solo tardo un segundo! Rápido, Darcy.

—No pasa nada, se ha ido —avisa Truly abriendo la puerta y descorriendo unos centímetros las cortinas—. Ah, te quedan bien, Tom.

La quiero mucho, pero me levanto, coloco de nuevo la cortina y la echo. La rabiosa loba gris que llevo dentro no quiere que nadie más vea este cuerpo. El ruido de la obra disminuye.

—Nadie más que yo va a verlo —refunfuño en voz baja—. No me puedo creer que hayas tenido la valentía de hacer esto. Sobre todo, después de... lo que hice...

En la cocina, cuando traté de abalanzarme sobre ti.

—No podía seguir alejado de ti. Creía que tenerte aquí iba a impedir que me concentrara, pero no verte es aún peor.

—Te aseguro que no la voy a fastidiar aquí dentro.

—Te echaba de menos —dice y mueve la cabeza como negando—. ¿Cómo llamas... a lo que hiciste en la cocina?

—Por lo que recuerdo te dije que te metieras en mí —confieso intentando mantener un tono ligero y divertido—. Creo que te asustaste al ver lo que pasa cuando D. B. está a punto de perder el control.

—¿Eso pasó cuando aún te quedaba un poco de control?

Su voz suena incrédula.

Vuelvo a la madera rota, al momento de señalar hacia la puerta del dormitorio, a la burda sinceridad. Pero lo cierto es que podría haber sido peor.

—Bueno, sí —asiento. Bajo la cámara. Respiro tan fuerte que la pantalla se me nubla. A este ritmo, voy a destrozar la lente—. Si hubiera perdido todo el control habría... —Pulso el botón de la cámara solo para provocar algún ruido—. Probablemente habría...

—Me tapo la boca como si tratara de aguantar un eructo. No lo puedo decir. No puedo.

—Dímelo —dice por encima del hombro con esa voz grave de primera hora de la mañana en la obra, cuando dijo «Desembalad el equipo» y los chicos salieron corriendo con el rabo entre las piernas. Es una voz a la que no puedes decir que no.

A la mierda. Si quiere sinceridad, se la voy a dar.

—Te habría desatado el cinturón, me habría puesto de rodillas y te habría hecho creer en Dios.

—Dios —dice sin resuello.

—Sí, habrías gritado su nombre, sin duda.

Cruzo una pierna sobre la otra para controlar la reveladora pesadez que estoy sintiendo. Estoy llegando al punto álgido de mi vergüenza. Podría decirle casi cualquier cosa y él tendría que quedarse ahí, de espaldas a mí, y escucharlo.

—Por suerte para ti, me queda un poco de control. Solo un poco.

Mueve sus enormes hombros y suspira con tristeza.

—Vamos, date la vuelta y terminamos. Podrás volver con tu rebaño.

Me giro a un lado y otro, lo cual no ayuda a mi estado de excitación. Me vendría bien tener un orgasmo sin querer sobre un taburete de Kmart.

—Pero no lo entiendo —dice un momento después—. ¿Por qué?

—¿Cómo que por qué? —pregunto con tono de incredulidad—. Eres espectacular. Lo sabes. —Cuando me mira por encima del hombro, sus ojos muestran ternura e inseguridad—. Lo sabes, ¿no? No puedo describirte lo bueno que estás. Tendría que enseñártelo.

Se mueve de un pie a otro pero no se gira para mirarme.

—Ahora ponte de frente y habremos terminado. Treinta segundos. Vamos, Tom, date la vuelta —le pido, pero no hace nada—. Tom. Tierra llamando a Tom.

Responde con un leve suspiro.

—Tengo un problema personal.

—Sí, tú y yo. Los dos. Tengo un paquete de pilas con mi nombre —digo. Siento los vaqueros como si hubiesen encogido diez tallas y la costura está a punto de cortarme por la mitad—. Vamos a acabar.

—Dame solo un segundo —dice angustiado.

—Date la vuelta —le ordeno, desesperada por terminar con esto.

Con expresión de renuencia, obedece y se tira de la camiseta hacia arriba. Su estómago está acolchado en seis preciosos bloques.

—Hooooootia puta —salto.

Me quedo boquiabierta y apenas puedo levantar la cámara.

—¿Ves a lo que me refiero? —dice con la mandíbula apretada.

La ropa interior parece distinta de cómo debería quedar por delante. Muestra una curva deformada. Incontenible. Un ángulo que debería terminar, pero… no. Mis entrañas se contraen. «Sí, por favor.»

—No me extraña que no te impresionara mi caja de productos sucios —consigo decir mientras controlo mis manos y enfoco—. Creo que no voy a poder iluminarte bien.

—Eso es muy gracioso —dice con enfado, a la vez que trata de coger sus pantalones—. Siempre tienes que decir algo, ¿no?

—No, espera. Necesito una foto para Truly. —Bajo la cámara—. No te preocupes por eso. Estas cosas ya han pasado antes. Una vez hice una sesión de cama para el aniversario de una pareja y…

Se frota los ojos con la mano.

—Deja de hablar un maldito segundo —dice. El horror se dispara dentro de mí. Jamie nunca deja de hablar. Jamás. Después añade—: Tu voz es tan sensual que no puedo soportarlo. A la vista está.

—Ah. —Me giro en el taburete para darle la espalda—. No lo sabía.

En la habitación hay un silencio atronador.

—Claro que lo sabes —responde con furia—. Nunca he oído hablar a una mujer como lo haces tú —dice, y oigo cómo traga con fuerza—. Debes tener más cuidado con lo que les dices a los tíos.

—Jamás en mi vida le he dicho nada parecido a otro hombre y me ofende lo que estás insinuando.

Miro un poco hacia atrás. ¿Puede acabar ya este momento tan insoportable? Una diminuta imagen más y el cerebro me va a explotar. Ahora está en la caja fuerte. Y es una caja fuerte muy grande.

—Esto es humillante. —Chasquea la lengua y resopla—. ¿Eres así de obscena con cualquier tipo de aspecto medio decente que se te cruza por el camino?

—Soy así de obscena contigo. Solo contigo. Y no eres «medio decente». He visto el David de Miguel Ángel en Florencia. Tú haces que parezca un duende de jardín con una polla de alfiler.

—¿Habéis acabado, chicos? —grita Truly.

Muevo la mano en el aire con un gesto de pánico.

—¡Casi! Vamos a hablar de algo neutro, como la reforma de la casa. ¿Cómo está yendo? Háblame de eso.

—Vale —contesta, con tono más animado.

—Habla de los desagües o de los conductos de ventilación. Esa mancha grande de humedad del techo de la cocina, ¿cómo está yendo? O de… —ahondo más—, los enrejados. Las cañerías. Los arquitrabes y los remates y…

Me interrumpe, desesperado.

—Creo que escuchar cómo pronuncias palabras arquitectónicas al azar lo está empeorando.

—Eres un bicho raro.

Oigo ahora mi voz un poco distinta. ¿De verdad es una voz sensual? Estoy bastante segura de que la mayor reacción que he provocado en Tom ha sido que se le dilaten las pupilas. Ahora estoy compartiendo habitación con su polla dura.

«Más seguro. Haz que se sienta más seguro.»

Pasa otro minuto.

—Vale —dice tenso—. Hazlo.

Hago unas diez fotos y antes siquiera de decirle que hemos terminado él ya se está agachando y metiendo las piernas en los pantalones, todavía con el Underswears puesto. Sale a toda velocidad de la habitación y casi empuja a Truly al suelo.

—Me debes más que una cena con bistec —le dice Tom mientras se aleja corriendo—. Me debes una cena con bistec en un crucero.

Truly entra.

—¿Qué le has hecho?

—La verdad es que no estoy segura —contesto, mientras me seco el sudor de la frente—. Pero no creo que podamos recuperar esos calzoncillos.

CAPÍTULO CATORCE

Información actualizada de la situación: estoy tan cansada que probablemente me voy a morir. Y solo estamos a jueves.

Estoy de pie en el baño con las manos en la cintura y mirando a la pared. Nunca antes he destrozado una habitación deliberadamente.

—Ben, ¿puedes hacerme un esbozo de lo que se supone que debo hacer?

Las palabras más extrañas me devuelven de inmediato a la sesión de fotos para Underswears, palabras como «esbozo».

Ben es el único en quien puedo confiar para que me aconseje y yo no termine metiendo la pata en algo. Alex solo sabe cargar con cosas pesadas y hacer chistes. Colin sigue estando en mi lista negra y estoy casi segura de que es el topo de Jamie. Le he estado dando información falsa en un intento de delatarlo.

—Quitar los azulejos de las paredes sería un buen comienzo. Usa… —Intento no mirar la cabeza brillante de Ben mientras busca entre su caja de herramientas—. Esto. —Me da una palanca corta—. Ve con cuidado. Es fácil hacer un agujero en la pared si golpeas con fuerza.

Me alcanza una caja de cartón vacía con el pie.

—Son afilados. Ponte también gafas de protección. Hay un cubo fuera, pero Alex lo levantará. Y luego, saca las baldosas del suelo.

—Bien, gracias.

Resulta maravilloso tener una tarea claramente definida. Me remeto la camiseta ancha por la cintura de los vaqueros y tiro un poco de ellos hacia arriba. Me pongo los guantes y me coloco las gafas sobre la cabeza.

Tom pasa junto a la puerta y se detiene. Nos miramos a los ojos y, después, él ve la palanca que tengo en la mano. Parpadea y da un tropiezo, como si acabara de ver algo que no puede soportar. ¿Estoy ridícula? ¿Está pensando que me voy a hacer daño?

De pronto recuerdo cómo se puso cuando le hablé de arquitrabes. Muevo la palanca en el aire.

—¿Este atuendo te parece bien?

Traga saliva y asiente.

—Ah, sí.

Desde lo alto de la escalerilla, Colin nos mira con gesto de cansancio y moviendo la cabeza de un lado a otro. Nunca aprenderemos.

A estas alturas, este pequeño círculo se está volviendo algo repetitivo: Tom pasa y yo le distraigo y algo en otra parte de la casa se fastidia. Soy una maldición humana.

Doy una sacudida con el pulgar.

—Sigue tu camino —le digo, y me obedece nervioso.

—No creo que se espere que vayas a hacer la demolición de verdad —dice Colin.

—Pues yo creo que le he explicado varias veces que formo parte del equipo, ¿no? —Me limpio el sudor de la frente con el brazo. He tenido que aceptar que siempre estoy sudorosa—. ¿Le has dado tu información tributaria a Tom?

—Todavía no —responde refunfuñando.

—No me digas, señor burocracia.

Estoy a punto de ordenarle que lo traiga antes de las cinco. Pero no lo voy a hacer. No voy a traspasar el límite que Tom me puso.

No puedo evitar ver que Colin tiene un aspecto que me gusta, ahí subido con la pared blanca de fondo. Cojo la cámara y le hago una foto rápidamente. Miro la pantalla con el ceño fruncido. Puedo hacerlo mejor.

Cambio los ajustes y el encuadre y la segunda foto sale mucho mejor. Mucho.

—¿Qué te parecería ser mi muso? —le pregunto a Colin.

No se molesta ni en mirarme. Dejo a un lado la cámara. Dos fotos de un rostro humano entre enchufes eléctricos y rodapiés rotos. Tom podría sentirse orgulloso de mí por ello. Qué extraño me resulta que haya sido el viejo y desagradable Colin quien me haya inspirado.

Aprieto la palma contra el primer azulejo de la fila. Me parece un verdadero sacrilegio, pero coloco el borde de la palanca en la parte superior del azulejo y sin más… sale. Soy demasiado lenta para cogerlo y se rompe en pedazos a mis pies.

La cabeza de Tom aparece casi al instante por la puerta.

—Ten cuidado —me advierte. Se va a arrepentir mucho de esto—. Sí, espera —le dice a otra persona.

Es un verdadero e impresionante juego de malabares tener que supervisar en persona toda una obra y además cada uno de mis movimientos.

—Estoy bien —le aseguro. Hago que unos azulejos caigan sobre mi mano y los tiro a la caja de cartón—. Ahora soy uno de los obreros, ¿vale? —le digo a Colin, que se ríe sin ningún humor y responde con un «claro»—. Adiós, Tom. Hasta luego.

Él capta mi poco sutil indirecta y se vuelve a ir.

La improvisada sesión de Underswears echó por tierra la pequeña tregua de abrazos y golosinas que habíamos alcanzado. Cuando acompañé a Truly a su coche, había obreros que llevaban a mano maderas por el lateral de la casa. Colin tenía los brazos cruzados y Tom estaba furioso. Había admitido que su participación era voluntaria y que había prometido no culparme por ello, pero yo tenía la desagradable sensación de que era otro ataque contra mí.

Traté de ayudar a llevar la madera también, pero en el momento en que me agaché, él me levantó como si me hubiese colocado demasiado cerca de un precipicio.

Está empezando a ser más Valeska que hombre. Debe de ser el estrés, que le está convirtiendo en un animal. Si hablo con alguno de los repartidores, se acerca por el camino delantero con un gesto de gruñido. ¿Y si preparo otro bocadillo para el tonto de Alex, que se ha olvidado de su almuerzo todos los días? Tom está apoyado en el banco, mirándome de perfil con ojos celosos hasta que saco el queso y la lechuga.

Los obreros empiezan a ponerse de lado cuando se cruzan conmigo. Empiezo a sentirme como una mina antipersona. Si Tom me toca de nuevo, es probable que explote sobre él. De ahí mi permanente sudor febril.

—Conozco a Tom desde que teníamos ocho años —les digo a los obreros del baño—. Pero hay días que no sé si volverá a hablarme después de esto.

—Las reformas son muy estresantes —responde Ben con diplomacia—. Y también poner en marcha un negocio propio. Aldo le ha estado poniendo las cosas difíciles a Tom, sobre todo para contratar personal.

—No me lo ha contado.

Me pregunto qué más le habrá estado quitando el sueño.

—Nóminas, seguros, seguridad de los trabajadores, subcontratistas, contratos… —enumera machaconamente Colin desde la escalerilla.

Chasquea los dedos hacia mí y sé que significa que le acerque el taladro inalámbrico. Yo apenas estoy un peldaño por encima de Alex en el orden jerárquico.

—Yo no respondo a eso —le digo chasqueándole también los dedos—. Usa la boca.

—Seguridad de la obra, proveedores, alquiler de equipos, facturas, presupuesto… —Colin me lanza una mirada cargada de complicidad y termina con—: Trato con el cliente. Pásame ese taladro.

Se lo paso.

—Lo has dejado muy claro. Lo tiene todo controlado.

—Yo creo que no. Está muy distraído —dice Colin entre molestos zumbidos del taladro. Me pasa un conducto y el pelo se me llena de polvo—. Basura.

Con cierta sensación de persecución, lanzo el conducto a la caja de Alex.

—Quiero demostrarte que lo tiene todo bajo control, pero recientemente me han advertido que no es asunto tuyo.

Vuelvo a mis azulejos, inquieta. Tom estaba sentado anoche en el escalón de atrás con la cabeza entre las manos. En cuanto oyó mis pasos acercándome, lo volvió a esconder todo tras su competente fachada.

¿Es la obra o Megan lo que le está atormentando?

Recupero de nuevo mi ritmo. Golpe, hacer añicos. Golpe, hacer añicos. Se me está dando bien la palanca. Debería darle a Alex un descanso con su tarea de los escombros.

Me agacho a levantar la caja y mi corazón decide cagarse en los pantalones.

Es como una oleada de palpitaciones que parecen burbujear hacia arriba, por dentro de la garganta, hasta nublarme la visión. Apoyo el hombro en la pared. Vale, ya está. Creo que necesito ir a que me hagan una rápida revisión del estado de mi viejo corazón, pero Jamie siempre viene conmigo. Sigo siendo la pequeña Darcy, demasiado asustada como para ir sola a una cita de chica adulta.

Es extraño. No me he acostumbrado a la ausencia de Loretta en mi vida, porque la siento muy cerca. Casi me esperaba mirar por la ventana y verla dando órdenes a todos.

A veces, es como si hubiese sido Jamie el que ha muerto, porque su vacío se va haciendo cada vez más grande. Y mi corazón late más irregular que nunca.

—Alex es el que debe levantar pesos. ¿Estás bien? —dice Ben a mi lado—. ¿Llamamos a Tom? Nos dijo que le avisáramos si no te sentías bien.

—Ah, ¿sí? —Me incorporo y al instante me pongo una mano en la cadera. Con los dientes apretados y con el cosquilleo de las lágrimas a punto de salir por los ojos, me apresuro a contestar—: Solo estoy descansando. No le hagas caso.

—¿Que no le haga caso? —dice Alex desde la puerta—. Al jefe hay que hacerle caso.

También él entra.

—Tú respira tranquila y profundamente —dice Colin frunciendo el ceño a Alex con expresión de «Cierra el pico».

Colin está tan preocupado que baja de la escalerilla, evidenciando en cada movimiento dolor y artritis. Debe de parecer que me estoy muriendo—. ¿No deberías sentarte?

Niego con la cabeza.

—No me pasa nada.

No pienso compartir con este vejete nuestras respectivas dolencias. Se aleja como un sabueso, con el hocico en el suelo en busca de su jefe o, lo que es peor, en busca de un lugar tranquilo desde donde llamar a mi hermano con las últimas noticias.

—¿Te da vueltas la cabeza? A mí me pasa —me dice Alex. Siempre se puede contar con él para pasar alegremente por alto lo que sea que esté ocurriendo. Me gusta eso de él—. Sobre todo cuando tengo resaca —añade con cierto fanfarroneo en la voz.

Me cae bien este chico. Ya se me ha quejado de lo aburridas que son sus noches, atrapado en la habitación de hotel barato entre don Vejete y don Calvito.

Pienso en el estímulo que sentí cuando Tom me dijo que los chicos me echaban de menos, que era divertido tenerme aquí. Alex es el sector joven al que tengo que ajustarme.

—Oye, mañana por la noche lleva a todos al bar donde trabajo. Tendremos una pequeña fiesta para celebrar la primera semana.

Os pondré copas baratas. Tendrás que enseñarme tu documento de identidad.

Ahora entiendo lo de elevar la moral y la unión de todo el equipo. Tintineo de vasos. «¡Salud!»

—Es que quiero que disfrutéis de este proyecto —le digo, y todo vuelve a la normalidad. Lo malo ha pasado. Me aparto de la pared—. Pero eso no significa que esté enamorada de ti. Todos están invitados.

—Ya lo sé —dice. Por un momento se queda sin aliento y se pone colorado—. Ya lo sé.

Ben decide poner en peligro su vida.

—Es bastante evidente de quién está enamorada.

Yo finjo darle un golpe con mi barra de hierro, él finge caer herido y todos sonreímos. Enciendo la radio y todos empezamos a movernos al compás de la música. No sé qué me pasa, pero podría hacer esto toda la vida.

Me hablan de su último trabajo, una casa grande de verano en lo alto de un precipicio. Tom trabajó toda la noche volviendo a lijar algunos suelos que no habían quedado como él quería. Me cuentan lo que yo ya sé: Tom es un perfeccionista incansable. Creo que me están haciendo una advertencia. Así que trabajo más duro, con más orden, decidida a hacerlo a la perfección. Seré impecable.

—Quizá puedas responder a esto —dice Alex—. ¿Qué pasa con esa chihuahua? Nunca lo hemos sabido.

Se dispone a coger mi siguiente caja llena de baldosas.

—¿A qué te refieres?

—Un tío así debería tener un perro grande —contesta Alex con un gruñido que le sale al levantar la caja—. Hemos pensado que era de Megan.

—¿Un tío así? Tom tenía trece años cuando la encontró y nunca le importó que se burlaran de él. Escogió al perro que más le quiso. Y yo le puse el nombre, años antes de que Tom conociera a Megan.

Es evidente mi tono de jactancia, pero no puedo evitarlo. Espera. Eso no era jactancia. Sonaba más a posesión.

—Oye —agarro a Alex por la manga cuando pasa a mi lado. Miro a Ben y a Colin. Los dos están preocupados. Con tono suave les digo—: He conocido a muchos hombres en todo el mundo y Tom es el mejor. Sin ninguna duda, es el mejor de todos. Intenta parecerte a él.

Alex asiente mientras asimila el consejo de la abuelita Darcy.

—Un tío así —me repito en voz baja a la vez que retomo el trabajo.

Quiero decir a Alex que vuelva para soltarle todo un sermón sobre todas las razones por las que Tom es el ejemplo al que debe aspirar.

Tom tuvo ayer una reunión informativa con algunos de los obreros con Patty sentada entre sus botas. Un tío así es fuerte de un modo que va más allá de los músculos y los huesos, porque luce su ternura por fuera. Creo que conocí a mi hombre ideal a los ocho años y nadie más ha estado nunca a la altura.

—Un tío así...

Esta vez, cuando me inclino sobre las baldosas es porque estoy pensando en Tom de una forma que hace que se me corte la respiración. Si pasara ahora mismo por aquí y asomara la cabeza por la puerta, no creo que fuera capaz de mirarle con una expresión neutra.

Vuelvo a mi tarea con la cara encendida. El siguiente es el azulejo rosa. Lo quitaré con cuidado y lo guardaré como posavasos. Golpe. Le doy la vuelta y veo una carta del tarot bajo la capa de pegamento.

—¿Qué? —grito con una carcajada—. Mirad, chicos. Mi abuela me ha dejado algo.

Ben y Alex me rodean como si hubiese encontrado oro.

—Pero ¿qué es? —pregunta Alex; es encantadoramente ingenuo en muchos aspectos.

—Mi abuela era vidente. Esta es la carta del tarot que significa Fuerza.

Una mujer vestida de blanco mantiene abiertas las fauces de un león. Podría tratarse de una imagen violenta pero, por el contrario, solo refleja paciencia y estabilidad. Es como Valeska y yo.

—¿Qué significa?

Intento recordar. Trató de enseñarme a leer las cartas, pero yo siempre estaba demasiado ocupada. Demasiado cansada. Con demasiada resaca. Demasiado lejos.

—Creo que refleja la perseverancia y la valentía. Pero tendré que mirarlo.

—Puede que haya más cartas escondidas por la casa —dice Ben—. Es una señal. Dile a todos que estén atentos —le ordena a Alex, y el hecho de que no lo descarte como una tontería de chicas me hace sonreír.

Acabo con los azulejos de la pared a media mañana y, aunque tengo algún vuelco más del corazón, aguanto bien. Colin me ha estado observando como un buitre esperando ver un animal muerto. Me olvido del almuerzo y de beber y no tengo idea de la hora que es cuando quito la última sección de baldosas del suelo y me seco la cara sudorosa con el borde de la camiseta.

—Vaya —dice Tom junto a la puerta—. Vale.

Mira por la habitación como si no la hubiese visto antes.

Yo estoy destrozada.

—No sé cuánto tiempo debo de haber tardado con esto, así que no sé si estás de verdad impresionado.

Estoy nerviosa mientras sus ojos perfectos recorren las paredes y el suelo, y luego suben por mis piernas hasta la cara.

—¿Lo has hecho tú sola?

Está sorprendido.

—Es una máquina —dice Ben, y me mira con una sonrisa cómplice antes de volver a su tarea.

Tom se acerca y me mira fijamente.

—¿No te has esforzado demasiado?

Me agarra de la muñeca para sentir el pulso. Con la otra mano me aparta el pelo de la cara. No debería gustarme esa forma de preocuparse. Debería apartarle las manos. Pero quizá debería mostrar yo también un poco de ternura por fuera. Me inclino sobre su mano.

—He estado perfectamente bien —afirmo, y veo los labios apretados de Colin. Al menos no se ha chivado—. Mira, Tom. Loretta nos ha dejado una cosa. —Le enseño el azulejo del tarot.

Se ríe y el sol de la tarde convierte las partículas de polvo que flotan en el aire en una purpurina a nuestro alrededor. Sus ojos se vuelven del color del whisky y me emborrachan. ¿Un tío así? Es el único que hace que el estómago me dé un vuelco.

—Siempre le gustó hacer que las cosas se pusieran interesantes —dice envolviéndome con los brazos. Me aprieta y habla por encima de mi cabeza—: Lo has hecho bien. Estoy muy impresionado.

Yo le rodeo la cintura con los brazos y respiro profundamente sobre él, con mi mejilla sobre su pecho abultado y sintiendo un placentero pellizco del *piercing* del pezón. En cualquier momento voy a fastidiar esto. Será mejor que lo disfrute mientras dura.

—¿Y mi abrazo, jefe? —pregunta Alex cuando vuelve a aparecer.

Tanto Ben como Colin se ríen. Dios mío, ¿qué me pasa? Me está dando fuerte esta sensación de formar parte del equipo.

—Ella tiene privilegios especiales. Ya lo sabéis.

Cuando me echo hacia atrás, veo que Tom también sonríe. Me suelta y da con la punta del pie sobre las marcas adhesivas del suelo antes de decir:

—Vamos por delante de lo previsto. Buen trabajo a todos.

Yo estoy tan eufórica que me sorprende no estar elevada a medio metro del suelo. Hacer que Tom se sienta orgulloso es como inhalar un arcoíris. No puede durar mucho.

—Esto se le da bastante bien. —Alex recoge la última caja de azulejos rotos—. Y trabaja en un bar. El viernes por la noche va a ser genial —dice, y se va caminando con dificultad.

—¿A qué se refiere con lo del viernes? —Tom me mira fijamente a la cara—. ¿Qué va a pasar?

Ben y Colin se alejan diciendo «baño» y «agua», respectivamente.

Y sin más, mis pies vuelven a tocar el suelo y he vuelto a fastidiarlo todo.

CAPÍTULO QUINCE

—Acabo de decirles que les pondría unas copas baratas el viernes por la noche en el bar.

Me doy la vuelta para coger un trozo roto de azulejo que sigue en la pared, pero Tom me pone la mano en el codo.

—¿A quién se lo has dicho?

—Le acabo de decir a Alex que se lo cuente a todos los que pueda apetecerles —le explico, y doy un trago a mi botella de agua—. Lo siento, pero tú no puedes venir. Eres el jefe. Nadie va a poder relajarse si no.

Cierra la puerta de golpe con la bota.

—No puedes evitarlo.

Siento cómo todo mi cuerpo da un brinco. No quiero ponerme la mano sobre mi sobresaltado corazón. Utilizar la carta del corazón no está bien.

—Ah, estupendo. ¿Y ahora qué he hecho?

Tiene una mirada furiosa y los brazos cruzados.

—Tengo que estar muy encima de todos para que acaben esta casa. Cuando terminemos podrán beber. Por ahora, trabajan.

—Pero lo que hagan en su tiempo libre...

—No quiero verlos metidos en el torbellino de Darcy Barrett. Créeme, una vez que entras no puedes salir —dice. Suena su teléfono pero rechaza la llamada con la fuerza suficiente como para romper el cristal—. Es la primera semana, Darce. Deberías haberme preguntado antes.

—Lo único que he hecho ha sido sugerir que…

—Has invitado a todos los obreros a un bar en el que les va a poner copas baratas la «sexy» dueña de la casa —dice haciendo el símbolo de las comillas con los dedos de una forma que resulta insultante—. Cancélalo. La mitad de ellos tienen que trabajar el sábado por la mañana.

—Parece que he cabreado a mi «sexy» albañil —digo haciendo el mismo gesto de las comillas con los dedos—. Tú no puedes decidir qué hacen en su tiempo libre. Son adultos. Y a mí me han dicho que traigo diversión.

¿Sabía él que iba a picar el azuelo con eso?

—Todo esto es cosa mía —explica haciendo un movimiento con la mano que, al parecer, abarca toda la casa y lo que hay dentro de ella—. Yo soy el jefe de todos. Incluso el tuyo. Pregúntame antes de cometer otra estupidez como esta —me advierte, y saca la cabeza por la puerta para decir—: Lo del viernes queda cancelado.

—Qué mierda —oigo decir a Alex cuando vuelve a cerrarse la puerta.

—Estás siendo un gilipollas. La verdad es que no te va nada.

Esto aplaca un poco su fuerza pero la recupera un segundo después. Me habla en voz baja:

—Si no tienes cuidado, toda esta reforma se va a la mierda. Tengo que ser el jefe inflexible de estos tíos. Y ahora parece que también de ti.

—Bueno, si todo este sermón es lo que recibe cada empleado nuevo cuando comete un error inocente, es que no eres un buen jefe —le digo. Es un golpe bajo—. Solo porque tú no tengas vida no quiere decir que el resto de nosotros debamos quedarnos en casa.

Me mira con incredulidad.

—Si no tengo vida es porque estoy tratando de vender tu casa.

—No tenías vida desde mucho antes. ¿Cuándo fue la última

vez que saliste a tomar una copa, a cenar o a una cita? ¿Cuándo fue la última vez que fuiste a nadar?

—No tengo tiempo.

—Siempre dices lo mismo. El Tom que yo conocía no podía vivir sin el cloro.

—Pues la Darcy que yo conocía hacía fotos de cosas reales y por propia voluntad. No finjas delante de mí como si tu vida fuese muy gratificante —recalca, y se lleva una mano al pelo—. No puedo pensar con claridad contigo aquí.

Hace una larga pausa y veo en sus ojos una expresión familiar. La he visto muchas veces, justo antes de decidir ponerse de parte de Jamie.

—Creo que toda esta idea de que trabajes aquí ha sido un error.

—Joder, no te atrevas a sacarme de aquí. Estás exagerando a lo bestia.

—Es que me pones muy… —Tom cierra los ojos. Mueve los hombros. Como si estuviese volviendo a entrar en su cuerpo—. Míralo desde mi perspectiva. Estos tíos de la obra saben que soy el jefe. Tú eres la propietaria. Ahora somos un equipo. Creía que había conseguido que lo entendieras.

—Sí, pero eso no significa que no podamos ser simpáticos con ellos.

Se apoya sobre la pared y se le llena el hombro de polvo.

—Antes yo era amigo de todos, pero he pasado al otro lado. Supongo que eso ya lo sabes. —Veo vulnerabilidad en su rostro antes de que desaparezca con un parpadeo—. Se supone que debo tener todo bajo control.

La lista de Colin de obligaciones fastidiosas sigue dando vueltas de fondo sin parar y yo estoy a punto de abrir la boca para preguntarle si va todo bien. Pero no puedo. Me soltaría un gruñido. Mi encendido sentido del orgullo ha desaparecido ya del todo.

—Ahora estaba disfrutando de verdad. Estaba deseando que vieras lo que había hecho. ¿Y llegas y me dices que ni siquiera debería estar aquí? Muy bonito.

Tiro de la ventana para que entre aire. Por supuesto, la muy zorra no se mueve.

—Déjalo. Yo lo hago —dice. Con él esa puta cosa probablemente se deslice hacia arriba como la seda. Voy a coger la palanca del suelo pero Tom pone su bota encima—. He dicho que quites los azulejos de la habitación, no que la derrumbes.

—Otra cosa, Tom. No le digas a la gente que me vigile. Resulta de lo más insultante. ¿Saben todos lo de mi...?

Me voy una palmada en el pecho.

—Solo lo saben estos tres. Dudo que mi seguro cubra que estés haciendo esto. Es un riesgo que estoy corriendo por ti. Y ahora tengo que irme a buscar a otro contratista para el tejado —dice con los ojos entrecerrados.

—¿Y eso por qué es culpa mía?

—Le he despedido.

Tom podría tener un mazo ahora mismo en la mano. Bueno, al menos ya sé quién es el que me ha llamado lo de sexy entre comillas.

—Has estado macerando aquí demasiada testosterona. Yo solo estoy haciendo mi trabajo —explica. Sus ojos se encienden—. Y por eso es por lo que no tengo paciencia con los hombres que hablan así de las mujeres en el trabajo. Le habría despedido por decir eso de cualquiera, no solo de ti.

Cada vez que Tom da la cara y me muestra quién es de verdad es un alivio. Aldo se habría partido de risa. Miro por la ventana.

—¿Qué es lo que ha dicho exactamente?

—Te ahorraré los detalles.

Me pongo una mano en la cintura.

—Pero ¿cavo una tumba o no?

Se ríe sin mucho entusiasmo.

—Haz una muy profunda. Ese hombre era una de mis últimas opciones, uno de los pocos con los que no ha hablado Aldo. A este ritmo tu casa no va a tener tejado nuevo.

Señalo hacia arriba.

—Estoy segura de que este está bien.

—Ay, Darce. Si supieras las cosas que yo sé, no pegarías ojo. Ni siquiera en una cama como la tuya.

Mi colchón ha causado impresión. Está pensando ahora mismo en él. Las pupilas se le están dilatando. Desearía encontrar el modo de poder echar algo de agua fría para el calor cada vez más intenso que hay en esta habitación.

—A Megan debía de encantarle cuando te ponías así.

—Ella nunca ponía un pie en mis obras. Nunca cogió una palanca ni mucho menos ha derramado una gota de sudor —resalta. Sus dientes blancos se muerden el labio inferior—. Yo nunca he sido así, como quiera que sea.

La bestia que me había imaginado de niña y que me ha seguido en cada paso que he dado alrededor del mundo, la que habría dormido a los pies de mi cama y habría cortado cabezas, está aquí, en esta habitación, pero no tengo miedo. Si me colocara frente a él y extendiera la mano, él apretaría la mejilla contra ella. Pero este no es el momento de explicar lo que es Valeska.

—Siempre has sido así. Créeme.

—Solo cuando estás tú. Nunca con Megan. —Sus ojos se mantienen fijos en los míos hasta que el pellizco de culpa que haya podido sentir se disipa—. Veo que te gusta oírlo.

Probablemente le haya mirado con ojos de loba.

—Claro que sí. Soy una zorra celosa. ¿Nunca iba a visitarte? ¿Ni siquiera una vez con un vestido y una cesta con la merienda? —Niega con la cabeza—. Vaya. Si tú fueses…

Me interrumpo de repente. Sus cejas oscuras se arquean.

—Si fuese tuyo, ¿qué?

Suelto un resoplido con una carcajada de incredulidad. Se está poniendo intenso. Su forma de mirarme ahora es como si fuese a lamerme, solo para conocer mi sabor.

Me acobardo.

—Mejor que no sepas lo que iba a decir.

—El problema es que sí quiero saberlo —dice con deliberada lentitud.

—Usa tu imaginación.

No tengo nada. Estoy sobrepasada y lo sabe. Me mira con ojos divertidos y se le ve la punta afilada del colmillo cuando retrocede hacia la puerta.

—Eso he hecho. Por eso estoy tan jodido.

Abre la puerta como si eso fuese a mantenernos a salvo. Una diminuta parte de la tensión se escapa de la habitación en medio de una nube de vapor rosa, pero no es suficiente. Todavía podríamos saltar el uno sobre el otro y ofrecer un espectáculo a los que están en el pasillo.

Vuelve a acercarse y con un dedo me desliza el tirante de la camiseta sobre el hombro. Me habla con una voz tan baja que casi no le oigo:

—Me estás volviendo loco con tu piel y tu sudor —dice. Cuando ve que retrocedo, rectifica y el estómago me da un brinco—. Es verdad que no sabes lo sensual que eres, ¿no?

—No —consigo contestar—. Es decir, me lo han dicho… —Su mirada se vuelve intensa—. Pero no tú. Nunca me lo has dicho tú.

—Te equivocas —protesta—. Te lo he dicho de todas las maneras que he podido. Incluso cuando no debía. Tuvo que ser divertido para ti poder burlarte de mí cada vez que pasábamos treinta segundos a solas.

Los ocho largos años de Megan se extienden tras nosotros como una carretera por el desierto. ¿Cree que para mí fue agradable o divertido estar junto a una hoguera mientras él estaba sentado con Megan apoyada en sus rodillas? ¿O beber hasta que la punta de la navaja que sentía dentro de mí se suavizaba?

—Tuvo que ser agradable para ti comprometerte sin que te importáramos una mierda mi piel y yo. Oye, voy a tomarme la tarde libre.

Cojo el azulejo rosa del tarot, paso por debajo de su brazo y salgo al pasillo, por encima de cables y botas de hombres. Cruzo el patio de atrás y entro al estudio. Las patas de Patty suenan por el suelo pero yo estoy demasiado desanimada como para mirar su carita de girasol feliz.

Él me ha seguido, claro.

—Necesito que sigas trabajando.

—No me necesitas. Soy un adorno. Nadie me toma en serio. Cada vez que cojo una herramienta siento como si todos pensaran «¡Ah, qué mona!». Soy una puta perrita.

—Sabes que eso no es verdad. Has trabajado como una mula.

Dejo la carta de tarot sobre el banco.

—No hago otra cosa que estresarte. Soy una carga. Tú mismo lo dijiste. Voy a hacerte un favor y desaparecer un rato.

Tom se apoya en el marco de la puerta de mi dormitorio, pero no la atraviesa ni un centímetro. Probablemente sea para mantenerse seguro.

—Jamie se apostó cien pavos conmigo a que abandonarías en la primera semana, pero yo dije que no lo harías. ¿Vas a dejar que gane?

—No abandono. Solo… me voy —aclaro, y señalo hacia la casa, donde cada vez hay más público—. Están todos esperando al gran jefe.

Se rinde.

—Debe ser estupendo marcharse cuando las cosas se ponen difíciles. Algunos no tenemos esa suerte.

Vuelve a la casa, donde está rodeado de hombres que necesitan soluciones, respuestas, firmas, organización.

Empiezo a rebobinar. Copas baratas. Bar. Disfrutar de esta obra. ¿De verdad es como para echar por tierra la reforma de toda una casa? Yo creía que estaba haciendo algo bueno, pero ahora el remordimiento se va encendiendo dentro de mí, caliente y mareante. Y lo anula todo; incluso la oleada de placer que me ha provocado saber que le afecta mi presencia queda manchada. No es algo que él desee. Lo peor de todo esto es que Jamie tenía razón: altero tanto a Tom que no puede hacer su trabajo ni disfrutar de su nuevo desafío de ser jefe. Está completamente atormentado.

Cojo el sobre que tiene dentro la solicitud del pasaporte. Voy a echarlo al buzón y después llevaré a mi decrépito corazón a pasar el día bebiendo. ¿A quién quería engañar? No soy físicamente capaz de hacer este trabajo ni estoy mentalmente preparada para ser una jefa.

Tengo cinco nombres en la lista de contactos de mi nuevo teléfono: mamá, papá, Tom, Jamie y Truly. Los únicos cinco que importan y, a este paso, podría perder a Tom del todo. Mi estúpido dedo sigue pensando que es un mellizo, porque elige primero el contacto de Jamie. Vuelvo a pasar por la lista y marco el de Truly. Responde a la primera señal de llamada.

—¿Puedes venir a recogerme? Mi coche está atrapado por unos cien camiones.

Me miro en el espejo. Estoy hecha un desastre, un desastre sudoroso con la cara sonrosada y los ojos manchados. ¿Sexy? Tom ha pasado demasiado tiempo en esta isla desierta.

Cuando Truly contesta sé que tiene alfileres en la boca.

—Claro. Puedo estar ahí enseguida. ¿Qué pasa?

—Lo de siempre. Mi corazón casi ha estallado, he estado a punto de morir por malnutrición, he invitado a los obreros a unas copas y, luego, la cabeza de Tom ha explotado.

No le oculto a Truly lo de mi corazón porque ella no me suelta sermones por ello. Oigo el sonido de una máquina de coser al otro lado.

—¿Copas? ¿Ya? ¿No van a pasar ahí varios meses?

—Sí, pero estaba intentando traer un poco de diversión.

La máquina se detiene y vuelve a empezar.

—Ibas a hacerles creer a todos que toda esa obra es fácil y divertida cuando no lo es. No se la tomarían en serio.

—Quiero crear espíritu de equipo.

—Probablemente se te ocurran otras formas de hacer que todos se sientan contentos de participar en esa obra sin que les tengas que ofrecer copas. Eso forma parte de tus ajustes predeterminados.

—Soy camarera.

Esto no está yendo como me había imaginado.

—No necesitas estar en modo camarera todo el tiempo cuando no estás trabajando. Limítate a… ser tú misma por una vez. La verdadera Darcy. ¿Sabes lo que hago yo cuando cometo un error con la costura?

—Tienes una crisis mental y emocional completa. No, espera, esa soy yo —asumo. Me siento en el borde de la cama y suelto un suspiro—. A Jamie le encantaría que me fuera.

—Cuando cometo un error, lo descoso y sigo con la costura. ¿Y sabes, Darce? No eres camarera. Eres fotógrafa. Ojalá volvieras a creértelo.

Levanto penosamente los ojos hacia el grupo de hombres que se está formando alrededor de Tom.

—Siempre estoy tratando de ayudar pero al final termina mal. Empiezo a pensar que lo mejor sería mantenerme lo más apartada de la obra posible.

Truly suspira.

—Estoy de tu parte, por siempre jamás, pero este trabajo consiste en que te quedes de verdad por algo que es importante y terminarlo. Te quiero, pero no eres famosa precisamente por eso.

Me siento herida.

—He hecho bodas durante… ¿cuántos años? Siempre estuve presente en ellas.

—Pero tienes que empezar a mirarlo todo desde una perspectiva más general. ¿Dónde está ahora tu negocio? Pulsaste un botón y se derrumbó, solo porque la fastidiaste una vez y aquella novia te puso por los suelos en internet. —Más ruido de costura—. Se te partió el alma con aquello y debes perdonarte a ti misma.

Me muerdo la uña del pulgar y me resisto a contestar.

—Ve a descoser tu error y sigue cosiendo. Él no puede con

todo, Darce. Eso resulta tristemente obvio. Averigua qué puedes hacer por él y hazlo.

Abro la puerta corredera y el sonido hace que la mitad de la cuadrilla se dé la vuelta. A la mierda. A ver si puedo descoser esto.

—Eh, chicos, una cosa rápida.

Intento no fijarme en que Tom se ha cruzado de brazos y que en su rostro aparece una expresión cautelosa y neutra. Está esperando ahora mismo un gran destello de gloria.

—Antes me he precipitado. Al parecer tenéis una fiesta de fin de obra cuando de verdad lleguemos al final de la reforma —anuncio. Hay carcajadas—. Error mío. Pediré pizzas para todos mañana, para comerlas aquí sin ningún tipo de alcohol. Después todos volveremos a partirnos el culo trabajando. Esa es mi mejor oferta.

No hay gruñidos. De hecho, responden con un gran «¡Bieeeen!». Eso es porque la pizza es un valioso recurso natural. Puede curar el agotamiento, el mal humor, el desánimo y las pocas ganas de vivir. La pizza vuelve a alinear los chacras del corazón. Puede hacer que Tom descruce los brazos y los deje caer. Puede hacer que en sus ojos haya un destello de humor. Sonríe y niega con la cabeza.

Hace que me mire como si me quisiera de nuevo y por eso la pizza es lo mejor.

—Vale. Fiesta de la pizza el viernes. Ahora moved el culo y a trabajar. Y eso va también por ti, Darcy.

A última hora de la tarde Tom se acerca a mí. Está cansado y lleva unos documentos en las manos. Su teléfono no ha parado de berrear toda la tarde como un bebé.

—Voy al gimnasio a darme una ducha.

Yo quiero darle las gracias por la imagen que aparece en mi mente.

—El gimnasio tiene piscina, ¿verdad?

—No tengo tiempo.

—Métete en el agua. Aunque solo sea diez minutos. Es lo que necesitas.

Necesita tiempo. ¿Cómo puedo ofrecerle yo más tiempo? Vamos, Loretta, dame una señal. ¿Qué puedo hacer? ¿Cómo puedo infundir algo de calma en su vida?

Su teléfono empieza a sonar y resulta tan evidente que me dan ganas de darme una bofetada. Le rodeo la cintura con los brazos y le saco el teléfono del bolsillo de atrás.

—Servicios de Albañilería Valeska. Le habla Darcy. Sí, puedo responderle a eso —contesto. Me saco un trozo de papel del bolsillo de atrás y escribo: *¿Color de azulejo?*—. Sí, por la mañana. Adiós.

Se queda mirándome. No tengo ni idea de si está a punto de gritarme.

El teléfono vuelve a sonar.

—Será mejor que compre una libreta. Servicios de Albañilería Valeska. Le habla Darcy. ¿Qué? Alex, a partir de ahora yo respondo al teléfono de Tom. Si te has dejado aquí el tuyo, se queda aquí hasta mañana. ¡No lo sé! Ponte la tele. Sí. Adiós. —Cuelgo—. No es necesario comunicarte ningún mensaje.

—No eres una secretaria, eres mi cliente.

Tom va a cogerlo cuando vuelve a sonar. Yo levanto un dedo y respondo de nuevo.

—Claro, pero tendrá que ser por la mañana —digo, y escribo: *Confirmación de alquiler del equipo*—. Ha terminado por hoy. Adiós.

Me guardo su teléfono en el bolsillo de atrás. Es como si ese fuese su sitio.

—Vete. Si no vuelves apestando a cloro, me voy a cabrear. Yo me ocuparé de tu buzón de voz y te haré una lista de las preguntas. Les devolveré las llamadas. No va a pasar nada malo.

—Darce…

Su voz está rota por la gratitud y su cuerpo se encorva por el agotamiento. Parece estar deseando ponerse de rodillas y besarme la punta de la bota.

—No llores —le digo dándole una palmada en el hombro—. No son más que unos cuantos mensajes.

CAPÍTULO DIECISÉIS

Después de mi turno en el bar es bien avanzada la noche del viernes cuando me encuentro a Tom trabajando todavía en su mesa. Solo verle sentado en la misma habitación donde está mi cama hace que mis sinapsis chisporroteen y que desaparezca mi cansancio.

Levanta la vista y sus ojos no cambian de expresión. Está agotado.

—Hola. Por casualidad, ¿devolviste a Terry la llamada? —me pregunta, y aprieta la mandíbula para reprimir un bostezo.

Estoy bastante segura de que me quedé completamente alucinada en aquel momento en que me dijo que yo era sexy.

—Sí. Ese tío es un imbécil.

Me quito los pendientes y lanzo la chaqueta sobre la cama. Me duelen los pies. Mejor dicho: me duele todo. Me pregunto si nos quedarán restos de pizza de nuestro segundo viernes de fiesta de la pizza en la obra. Soy toda una leyenda por estos lares. Creo que si no vuelvo a comprar pizza esta semana romperé algún corazón.

Se gira en la silla con expresión de disculpa.

—Lo sé. Por eso no me gusta llamarle.

—Por suerte se ha encontrado con la horma de su zapato y le he camelado. —Consulto mi cuaderno—. Ha dicho que nos va a hacer un descuento. Yo creía que habíamos terminado con la demolición.

—Hay cosas de especialista que no podemos hacer nosotros. Sí —dice mientras ve que me giro y arrugo la nariz—, he ido otra vez a nadar. No sé cómo lo hueles siempre. —Se huele el brazo—. Me ducho al terminar, en serio.

—Entonces, es por eso por lo que casi vuelves a ser el de antes. Te lo juro, tu estado natural es el de estar empapado en agua. Y pensar que no sabías nadar cuando te conocimos. Menos mal que Jamie te enseñó.

Está recordando.

—Vi vuestra piscina y pensé que más me valía aprender rápido. Jamie solo estuvo como unos cinco años burlándose de mí por eso, pero bueno. —Su boca se eleva con una sonrisa—. Lo cierto es que me enseñaste tú.

—No, fue Jamie.

—Mientras él estaba ocupado presumiendo de lo bien que buceaba, tú eras la que de verdad me enseñaba cómo tenía que hacerlo. Debajo del agua, para que él no pudiera vernos, me tirabas de la mano. —Suelta un suspiro—. Joder, Darce, te conozco desde hace mucho tiempo.

El pasado aparece delante de mí. Es mucho lo que se puede perder. Por eso debo andarme con cuidado para que no nos hundamos.

Él sabe que necesito cambiar de tema de conversación.

—Hablando de volver a ser el de antes, he estado viendo tu cámara.

—Ah. Vale. —No me gusta su mirada de culpabilidad—. Me parece bien. Son solo fotos de los avances de la obra para Jamie.

—No es lo único que hay en ella. Has estado haciendo fotos de la gente. ¿Esa en la que Colin está mirando por el agujero de la pared? Eres muy buena.

Sonríe. Tomo aire.

—Gracias. Es decir, solo eran para divertirme un poco. Resulta raro, pero creo que Colin es mi muso. Tiene los rasgos muy marcados.

—Es la última persona que se me habría ocurrido para inspirarte. Estaba seguro de que sería Alex.

Mi amistad con Alex le molesta.

—La cara de Alex no tiene huesos —explico. Observo a Tom mientras lo piensa—. Sin huesos ni sombras, Darcy no se inspira.

—Pero te has inspirado. Eso es bueno.

—Tú estás nadando por mí. Decidí intentar hacer algo por ti. —Abro un archivo del ordenador para enseñarle a Tom mi nuevo proyecto—. ¿Qué te parece esto de que haga fotos de cosas reales y por voluntad propia?

En mi media hora de descanso en el bar, hice un carrete interesante de barbas, tatuajes y miradas arrugadas de los moteros. Resultó asombroso lo rápido que estos hombres de aspecto peligroso accedían a mi petición de hacerles una foto.

—Me di cuenta de que es mucho mejor hacer fotos de rostros que han presenciado momentos duros. No voy a acosarte nunca más. Eres demasiado guapo.

Se ríe al sentirse halagado y su camiseta me roza la espalda mientras mira las fotos. Voy pasándolas despacio.

—Voy a dejar de trabajar allí pronto, pero me alegra haberme dado cuenta de que tenía que hacer esto antes de irme. Este me dijo que nunca nadie había querido hacerle una foto.

Giro la cabeza hacia arriba y miro a Tom mientras observa la intimidante cara que está en la pantalla. Esta es la parte de mi vida que él odia. Ese lugar desagradable, sucio y siniestro. El protector que hay en él está deseando sacarme de allí, pero se obliga a sí mismo a soltar el aire de sus pulmones.

—Estoy seguro de que hay unas cuantas fotos suyas entre los registros policiales —contesta Tom mientras se rasca el mentón—. Mira a la cámara como si ninguna chica guapa le hubiese pedido nunca hacerle una foto.

Mi corazón da un respingo. Puede que dos.

—Voy a sacar algunas fotos al atardecer con tíos que hay por el aparcamiento. ¿Sabías que sus insignias tienen significados, como si fuesen códigos? Quiero fotografiarlas. No sé por qué. Me apetece… coleccionarlas.

—Ten cuidado, D. B. Sé que sabes cuidar de ti misma, pero… —Se detiene—. No tengo por qué decírtelo. ¿Para qué podrías usar estas fotos?

—Supongo que para una exposición.

Noto la reticencia de mi propia voz. Ganar el premio Rosburgh y ver cómo Jamie se movía entre la gente me ha arruinado esa posibilidad de verme en una sala llena de gente. Mi logro, podría decirse que el cénit de mi carrera, fue el resultado de la presencia de mi hermano. Eso de verle posar bajo su propio retrato rompió algo dentro de mí.

—Me acabo de dar cuenta de que ganar aquel premio fue lo peor que me ha pasado. Me hizo pensar que no puedo hacer nada sin Jamie.

Tom se inclina hacia delante y ve uno de los catálogos de Underswears de Truly. Han quedado bastante bien impresos. Lo pone sobre el teclado.

—Bueno, sabemos que eso no es verdad. ¿Y si haces un libro de arte?

Me quedo pensándolo. Tom es muy listo.

—Podría empezar publicando algo en las redes sociales, conseguir seguidores y, después, tratar de publicar un libro. Podría fotografiar distintos locales de todo el mundo.

Me abraza rodeándome la clavícula con el brazo. Es como un movimiento involuntario, como algo que tiene que hacer.

—O podrías centrarte en este local y volver cada noche a tu propia cama.

—No te preocupes. Sigo sin pasaporte. —Mis dedos tocan el sobre cerrado—. No tengo sello.

Me permito inclinar la espalda sobre él. Solo un poco. Siento el placer que vibra desde él hacia mi interior, y es increíble lo que podemos crear juntos cuando dejamos de esforzarnos. Coloco la mano sobre su brazo y cierro los ojos.

—¿Sabes que nunca había vivido tanto tiempo en un mismo sitio desde los dieciocho años?

—Sí que lo sabía. ¿Qué se siente al vivir en un solo sitio?

—Es agradable. Pero no quiero admitirlo. —Abro los ojos—. Tú tampoco vives en un solo sitio.

—No. Y probablemente no lo haga durante una larga temporada.

Desliza el brazo para apartarlo de mí y siento frío.

Cambia de conversación de forma abrupta.

—No vas a trabajar mañana por la noche, ¿verdad? Hace poco alguien dijo que no tengo vida.

—Yo tampoco la tengo. No te dejes aconsejar por alguien que no puede subir dos tramos de escaleras ni comer verduras crudas antes de que se pudran.

Puedo admitir la verdad bajo esta media luz. Me pongo de pie y trato de huir de esta incómoda confesión. Quizá podría darme un chapuzón en el estanque para enfriar mi sonrojo, pero él me aprieta contra su cuerpo con un abrazo delicioso.

—Estoy muy preocupado por ti —susurra sobre mi cabeza.

—Estoy bien —digo sobre su corazón perfecto, que late con fuerza bajo mi mejilla.

—Lo único que quiero es cuidar de ti, pero me lo pones muy difícil.

—Lo sé. Pero si me voy a sentir así de bien, quizá sí deba dejar que te preocupes por mí. Solo un poco, a veces, cuando nadie nos mire.

—Más te vale que no te burles de mí. —Me aprieta con más fuerza, enhebrando el brazo por encima de mi espalda y colocando la mano sobre mi cabeza—. Sé ver una oportunidad única cuando la veo.

Siempre ha sido más inteligente que yo.

—Pero solo puedes ser tú el que se ocupe de mí —susurro—. Nadie más.

—Me va a resultar difícil ocuparme de ti cuando estés en otro hemisferio.

Pienso en la terminal de salidas del aeropuerto y no siento el mismo cosquilleo. En mi imaginación se despliegan viajes en autobús, tren o avión desde cada aeropuerto internacional al que he llegado. Lo único que siento es cansancio.

—¿Tú no quieres visitar otros lugares?

—No soy tan valiente como tú, Darce. Cuando me tome unas vacaciones, empezaré por algo pequeño. —Sonríe como si se sintiera estúpido—. La playa delante de la casa de tus padres es lo más cerca que he estado de unas vacaciones desde hace años. Y ni siquiera me metí en el agua. Supongo que para alguien como tú parecerá triste. —Se aparta de mí—. Puede que podamos tener una vida juntos en algún momento antes de que te vayas.

Eso no me lo esperaba.

—¿Qué quieres hacer?

—No sé. No he hecho nada de esto desde hace mucho tiempo, pero eres la mejor persona que conozco para enseñarme. Salgamos a tomar una copa para celebrarlo. Llevamos dos semanas de obras. Necesito hablar contigo de una cosa importante.

Me pongo rígida con una sensación de miedo.

—Joder. Dímelo ya.

Niega con la cabeza.

—Confía en mí.

Ha llegado nuestra falsa cita nocturna. Tom quiere hablarme de algo. Pienso que será algo importante y relacionado con la nube sexual que nos rodea. Nunca he estado tan nerviosa mientras espero a un hombre.

Está hablando con unos trabajadores en el lateral de la casa.

Todos miran hacia el tejado. Cuesta acostumbrarse al hecho de que mi casa sea ahora un proyecto grupal. Uno de ellos dice algo que hace que Tom gire la cabeza hacia mí.

—Sí, no es de esas chicas a las que se les hace esperar —oigo que contesta—. Llamadme si tenéis algún problema.

—No me obligues a arrastrarte —le grito.

—Lo haría —dice él con una carcajada.

Se dan apretones de manos y ahora viene por el camino de entrada hacia mí con su ropa limpia de «tener una vida». Pienso en lo bien que le sienta ser un adulto.

De adolescente era dulce y honesto, sin conciencia alguna de su atractivo cuando salía de la piscina mientras las chicas (y algún chico) que estaban en las gradas ponían en pausa su música y se inclinaban hacia delante. Ahora que lo pienso, yo estaba loca por él.

Ahora tiene esta enorme figura a la que no logro acostumbrarme, toda perfectamente embutida en la ropa. El vientre queda plano bajo la cintura de sus bonitos vaqueros y, a cada paso que da, el tejido se le pega a los muslos. Tiene que dar muchos pasos a lo largo del camino de entrada. Cuando llega hasta mí necesito un desfibrilador.

—¿Estás bien?

—Sí. Estoy bien. ¿Qué van a hacer? —Veo cómo despliegan unas escalerillas sobre el lateral de la casa—. ¿Han venido un sábado? Qué raro.

Me obliga a avanzar por el camino.

—Solo van a hacer una tasación. No hace falta que estemos aquí.

—Pues menos mal, porque te voy a sacar para que vivas la vida.

Es divertido. Casi me siento como si Loretta estuviera aquí ahora mismo. Si giro la cabeza un poco, la veré en la puerta de la casa, mirándonos. Un pellizco de rabia me sorprende. Me dijo que debía dejarle marchar. Me compró un billete de avión. ¿Qué había en mí tan malo como para que tuvieran que quitarme de en medio para no hacer daño a esta persona buena y pura?

—Vamos en taxi. Creo que nunca te he visto lo más mínimamente borracho.

Intento imaginarme cómo será sin tanto autocontrol. ¿Sabe bailar? ¿Sabe besar?

—Mañana madrugo —advierte, como cada noche de su vida.

Ha colocado las manos en mi cintura. Me va a llevar en coche y a ofrecerme el asiento del pasajero. Cuando recupero la respiración por el contacto físico, ya estamos avanzando por la calle Marlin.

Me mira.

—Por favor, no me digas que vamos a ir a tu bar. Esta noche me gustaría salir vivo.

Apunto con el dedo y mira en la dirección que señalo.

—Vamos al Sully's. Podemos tomar una copa y flirtear con algún desconocido. Después podrás pagar la fianza para sacarme de la cárcel —digo. Se ríe y cambio la radio sin parar. Todas las canciones son de amor—. ¿Has tenido noticias de mi hermano hoy?

Tom suspira.

—Claro que sí. Muchas veces. Tus fotos son lo único que hace que no tome un avión.

—¿Qué vas a hacer si aparece?

Me giro en mi asiento solo por ver su perfil. Estamos en un cruce y le observo mientras espera, con una mano sobre la palanca de cambios. Qué lujo poder cerrar los ojos y sentir el giro cauteloso del coche; sin chirrido de las ruedas y sin tener que clavar las uñas en el lateral del asiento.

—Si aparece… —Tom se piensa la respuesta—. Haré lo de siempre. Lidiaré con él.

—Esa es una cosa que nunca he entendido. O sea, sé que es divertido cuando está de humor. Pero ¿merece la pena el estrés al que te somete? ¿Cómo has seguido siendo amigo suyo tantos años?

No espero ninguna respuesta y él no me la da.

Sus dedos me rozan la espalda mientras caminamos entre la gente en busca de dos taburetes en la barra. Hay un concierto en directo con versiones de viejas canciones de los ochenta y los camareros no tienen que maltratar a nadie. El Fin del Diablo es un estercolero en comparación con este sitio.

Intento mantener la atención en la tarea que tengo entre manos: enseñarle a Tom a divertirse. Es difícil, porque estoy nerviosa y él no deja de mirarme.

—Vale. Tener una vida. Primer paso: pedir una copa.

—Eso creo que sé hacerlo —responde antes de pedir una cerveza para él y una copa de vino para mí.

La camarera parpadea cuando ve su magnificencia y me lanza una mirada de felicitación.

—Yo invito.

Me muevo, pero él paga antes.

—Apuesto a que sueles pagar muchas veces. Pero me toca a mí. Deja que mime un poco a Darcy Barrett. —Coge su cambio—. Permíteme saber qué se siente.

Cedo y cojo mi copa. Noto cómo se desprende de él una felicidad extraordinaria y resplandeciente. Mira el teléfono, escribe un mensaje y lo pone en silencio. A continuación, dirige su atención hacia mí.

—Mírame, viviendo una vida de verdad después del trabajo. —Me sonríe y la sala se desvanece—. No me puedo creer que no tenga que llamar a nadie. ¿Estás bien? Pareces nerviosa.

Es guapísimo. Le deseo. Resulta difícil mantener una conversación cortés cuando esos son los únicos dos pensamientos que hay en mi mente. Pero él está notando mi estúpido silencio y tengo que hacer un esfuerzo.

—Estoy nerviosísima. Querías hablarme de algo. No se me dan bien las situaciones de misterio.

Me siento curiosamente joven y fuera de lugar. Siento la débil y mareante adrenalina en la sangre. Él decide seguir actuando como si esto fuese algo que hacemos siempre juntos.

—Jamie me ha enviado una foto que se hizo tu madre después de que te cortaras el pelo.

Pasa el dedo por alrededor de un millón de mensajes de Jamie y me muestra a mi madre con una lágrima cayéndole por la mejilla. Me río y el nudo de la tensión desaparece.

—Ojalá no hubiese aprendido nunca a hacerse selfis. Imagínatela, intentando permanecer completamente inmóvil con la lágrima en su sitio mientras toqueteaba el teléfono. —Niego con la cabeza—. Me ha enviado uno esta mañana para enseñarme su maquillaje, pero mira a mi padre en el fondo. Voy a estar traumatizada toda la vida.

Se ve la impresionante obra de arte de mi madre con el perfilador de ojos en el enorme baño blanco. Al fondo de la imagen, mi padre está en el váter, con los pantalones en los tobillos y cara de puro sufrimiento.

—Tu padre está en el trono —dice riéndose—. No sé cómo conseguí entrar en una familia tan regia.

Me estiro contenta sobre el taburete y balanceo las botas adelante y atrás. Nunca he estado tan feliz. ¿Podría ser así la vida durante los próximos tres meses? Sería de lo más llevadera.

—Los tigres son animales muy nobles —le recuerdo.

El apodo que le puso mi padre ha sido siempre algo que le ha hecho sentir una mezcla de vergüenza y placer, con los ojos entrecerrados para concentrarse en algo y la cara girada hacia otro lado.

—Soy afortunado —es lo único que logra decir, tocando con los dedos el reloj labrado que lleva puesto.

Sé que está deseando que cambie de conversación.

—¿Podemos hacer esto todas las noches mientras dure la reforma? —sugiero, y sonrío al ver cómo me lanza una mirada fulminante de reojo—. Ya, ya. Pero merecía la pena intentarlo.

Siento que el hombro de la camiseta se me resbala por décima vez y ya no me molesto en subírmelo. Este tirante del sujetador es suficiente para el mundo real.

Coge mi teléfono y mira de nuevo la foto de mis padres.

—Hicieron que me diera cuenta de que las cosas no iban bien con Megan.

—¿Qué te dijeron?

Estoy indignada.

—No dijeron nada. Ya sabes cómo son —contesta con una mirada de cariño.

Sí que sé cómo son. Cuando era niña la consigna extraoficial de los domingos por la mañana era «¿Puerta cerrada? Oídos tapados».

—Fue cuando estaba terminando su cubierta. Tu madre me estaba preparando un bocadillo y tu padre apareció por detrás de ella y fue como si… le oliera el cuello. —Se siente avergonzado—. Olvídalo.

—No. Continúa —digo con reticencia.

—Es evidente que a él le encanta cómo huele. Las cosas entre Megan y yo no iban bien desde hacía tiempo. Es decir, lo del anillo sirvió de ayuda durante un tiempo, pero decidí que la próxima vez que estuviera en casa me acercaría a ella por detrás y le olería el cuello, para ver qué pasaba. Quizá eso reavivaría la llama.

Muy propio de Valeska eso de acercarse a hurtadillas y oler.

—¿Y? No, espera, no sé si quiero saberlo.

—No me gustó su olor. No era malo, pero… no me gustó. Me apartó y me dijo que estaba sudada. Fui consciente de que ya no iba a funcionar. Nunca íbamos a ser como tus padres, jubilados pero todavía enamorados. Nunca conseguí… electrizar a Megs. Y se lo merece. —Es evidente que ha estado guardándose esa confesión—. Estuvimos hablando toda la noche y llegamos a un acuerdo. Lo cierto es que ella estaba más triste por el anillo.

—¿Te lo devolvió?

Jamie me había dicho que no, pero Tom asiente. Ahora no sé a quién creer. En condiciones normales no habría ninguna duda, pero ahora mismo él aparta la mirada hacia la gente para no mirarme a los ojos.

—Debes echarla mucho de menos. Sé lo que es perder a alguien que ha formado parte de ti durante mucho tiempo. Bueno, obviamente no es lo mismo —digo, y siento un pequeño escalofrío. La verdad es que no le he mostrado mucho apoyo—. ¿Te sientes bien desde que has roto con ella? Puedes contármelo, lo sabes. Como amiga, siempre que quieras.

—Tú no has perdido a tu hermano. Y sí. La echo mucho de menos. Pero es lo normal. —Se queda pensando un momento—. Ya está saliendo con otro.

—¿Qué? —pregunto con demasiada fuerza y rabia. Mi mente se inunda de avispones furiosos. No hay nadie más aparte de él que merezca la pena. Pero tengo que moderarme—. Vale. ¿Y tú cómo te sientes?

—Me siento… bien. Sé que debería sentir algo cuando pienso en ella con él, pero no es así.

Recuerdo el momento en que tomó aire en mi hombro aquella primera mañana en la obra y cómo lo contuvo. La cálida exhalación que cayó como un soplido por mi camiseta. ¿Le gustó el olor? Decido seguir adelante con nuestra velada.

—Te dije que esta noche íbamos a ligar con desconocidos, pero ¿qué está pasando? Nadie nos quiere. Eres muy guapo, Tom. —Me pregunto si podré soportar verle hablar con otra mujer—. Y es verdad que he podido equivocarme con este corte de pelo.

Veo que la zapatilla de Tom está apoyada en la barra de abajo de mi taburete y que su pierna supone una clara barrera.

—Qué raro —dice con expresión socarrona. Pero su humor se desvanece y una nueva preocupación se filtra en su rostro—. Ligar con desconocidos. ¿Se supone que me voy a acordar de cómo se hace?

—Tú lánzate. Sé el Tom perfecto de siempre.

Le aparto el pie. Tengo que intentarlo. Tengo que darle la oportunidad de que vea cómo es la vida después de Megan.

Nos giramos cada uno hacia un lado hasta que la clientela se vuelve a mezclar, nuevas caras se acercan y una chica le mira. Es bajita y una monada. Le sonríe y él le devuelve la sonrisa con timidez.

No. No voy a soportarlo. Cruzo la mirada con la de la sonrisa y le gesticulo un «Lárgate». Lo hace.

—Vuelve a colocar el pie —le ordeno. Responde con una carcajada y un destello en su expresión como de estar encantado, hasta el tuétano.

—Pequeña animal —me dice al oído, y no como si fuese algo malo.

Me meto vino en la boca.

—Practica ligando conmigo. Así no acabaré en el corredor de la muerte.

Tom ve algo o a alguien. Frunce el ceño y, a continuación, se vuelve a girar hacia mí con una idea en su mirada. Coloca una mano entre mis piernas y arrastra el taburete hacia él hasta que quedo entre sus piernas abiertas. Es el mejor asiento de todo el maldito local.

El calor de su piel me abruma y el ruido del local disminuye. Coloca la palma de la mano en mi mandíbula; mi cara está inclinada y él me habla al oído.

—No mires.

CAPÍTULO DIECISIETE

Por mí, el bar podría estar inundado de humo rojo y payasos. Mi cara está en su mano y no la voy a mover.

—¿Que no mire qué?

—Vince está aquí. Con otra. Una rubia de veintipocos. Nos ha visto.

Tras deslizar los dedos por mi cuello, me da mi copa de vino. Es el suave movimiento de un consumado donjuán. Por eso sé que está fingiendo.

—Ah —digo un segundo después. Me vengo abajo porque sé qué está haciendo Tom. Es un buen amigo que está colocando un cojín protector sobre mi ego. Una montaña de músculos con los que flirtear. Un rascador de un gatito—. Sí, este es su bar. Viene aquí casi todas las noches.

—¿Es por eso por lo que me has traído?

—Tranquilo, encanto —le digo a la vez que entrelazo mis dedos entre los suyos y los aprieto—. No formas parte de ninguna trama vengativa. Eres el guapo e irremplazable Tom Valeska y yo soy la mujer más afortunada del mundo por estar sentada entre tus piernas. —Noto una punzada de triunfo cuando cambia su expresión de preocupación por otra de diversión y baja la mirada a nuestras piernas—. Considérame electrizada.

Pongo una mano en su bíceps y lo aprieto. Si no tengo cuidado, la voy a deslizar. Vale, huy, se está deslizando. Demasiado tarde para solucionarlo. Me observo a mí misma subiendo hasta su hombro, clavándole las uñas negras y, después, siguiendo por la curva de su clavícula.

—¿Por qué coño iba ese a querer estar con otra? —Mira otra vez de reojo—. O sea, seguro que ella es simpática pero…

Vuelve a mirarme con los ojos encendidos y sé cuál es el final de esa frase: que yo no tengo nada que envidiarle a ella.

Muestro la indiferencia que sé que anhela:

—Puede hacer lo que quiera con su tiempo. No es mío.

—¿Alguna vez ha habido alguien que fuera tuyo? —Sus dedos están en mi hombro y mi cerebro se vacía—. No me respondas.

—Claro que no. —Siento un escalofrío por todo el cuerpo—. Cuando alguien sea mío lo seguirá siendo, al cien por cien, para siempre. Ya sabes cómo soy.

Se inclina hacia abajo y ladea la cara sobre la curva de mi cuello para hablarme por encima de la música. Solo está actuando ante nuestro público.

—Si tuvieras a alguien no estarías aquí sentada con un tipo cualquiera encima de ti.

—Tú no eres un tipo cualquiera —respondo. Casi le digo: «tú eres el único», pero, por suerte, aún me queda en las venas un poco de aquella humillación del «más seguro»—. Estaría aquí sentada con mi chico y me lanzaría sobre él.

Se aparta y nuestras narices se rozan. Estamos angustiosamente cerca de darnos un beso. Frunce el ceño al ver mi expresión.

—¿Y si él no quiere que lo posean, ni en cuerpo ni en espíritu? Mi confianza chisporrotea.

—Supongo… Supongo que yo esperaría que…

Todo vuelve a cobrar sentido. Estamos hablando de un hombre que no es Tom. Intento girarme hacia la barra pero él aprieta las piernas.

—Eh —dice y me acaricia la clavícula con el pulgar—.

Perdona. Le encantaría. Solo querría que tus manos le acariciaran —asegura. Vacila y después se zambulle—: Ser el centro de atención de Darcy Barrett es alcanzar otro nivel, permíteme que te lo diga. Es algo intenso.

—Sí, ya lo sé. Tan intenso como para destrozar una cocina. —Cojo mi copa de vino—. Espero que quien sea que termine siendo mío sepa de antemano dónde se está metiendo.

¿Metiendo? Eso se parece mucho a «métete en mí». Necesito que esta conversación sea algo más retórica.

—¿Qué tipo de hombre aprobarías para mí?

Decir esto debería ser perfecto. Es ligero, neutro y cubre todo lo que se ha estado formando dentro de mí de una manera tan confusa. Pero no he dicho lo que debía. Todo su cuerpo se tensa. Sus grandes piernas se ponen rígidas, los dedos de la mano se cierran y la mandíbula apenas permite que le salgan las palabras:

—Ninguno.

Aunque esté celoso, no tiene sentido. Miro por el bar. Ahí está Vince con la chica rubia. La cara de ella está iluminada de azul por la pantalla del móvil. Le saludo con la cabeza y él me responde, taciturno.

—Ja, ja, está pasando una noche penosa.

No hay el menor atisbo de emoción en mí.

Nada más volver a mirar a Tom, no existe nadie más. Empiezo a pensar que va a ser así toda la vida. Por eso es por lo que debería esforzarme en buscar mi medalla de plata.

—Por favor, dímelo. ¿Qué tipo de hombre?

Tom responde como si estuviese poniendo a prueba su paciencia.

—No existe en el mundo nadie que pudiera elegir para ti. ¿Sigue mirando? —Entrelaza los dedos en el tirante de mi sujetador—. Te pones cosas muy sofisticadas en mi reforma.

Tira del encaje y lo siento por todo el cuerpo.

—Solo por arriba. Por abajo solo llevo algodón recio con un insulto.

—¿Qué pone ahora mismo?

—Ah, bueno. Pone... —Me inclino hacia su oído—. No es de tu incumbencia.

—Tus vaqueros son tan ajustados que casi se te distingue.

Sus dedos están ahora en mi cadera, deslizándose por dentro de las presillas del cinturón. Me da un tirón diminuto que hace que me balancee un centímetro más hacia él. Estoy excitada, en público y sobre otro maldito taburete.

—Eh, te estás ruborizando. Estás bastante sonrojada.

Me da un beso en el pómulo, vuelve a su sitio y sonríe con suficiencia en dirección a Vince.

Cada segundo que pasa, va cambiando la luz sobre los planos del rostro de Tom y cada vez va pareciéndose más a un desconocido. No me importa en absoluto si Vince está mirando.

—Te juro que si sigues jugueteando conmigo...

Sus ojos se iluminan con un recuerdo y responde con mis propias palabras:

—¿Y qué se siente cuando jugueteo contigo?

—Se te da muy bien. Estoy empezando a sudar —suelto un suspiro—. En serio, no intentes esto con ninguna otra esta noche. Le puedo partir la cara.

—Si de verdad se me diera bien, te diría lo que haría cuando te llevara a casa.

Es evidente que está controlándose. Se coloca más erguido al coger la cerveza. Le da un sorbo y mira el reloj. Mientras tanto, mi cuerpo va asimilando lo que acaba de decir y necesita una respuesta.

—Vuelve aquí. No pares.

Coloca la mano sobre mi hombro desnudo y da un lento y cálido apretón. Siento un pellizco en los pezones. Él lo ve todo, a través del encaje y la seda. Sé que es así porque sus ojos de rayas naranjas se están volviendo negros.

—Me estaba preguntando cómo debe de ser sentir la piel ansiosa.

—Es como empezar a sentirse vacía y sola.

Siento la boca tan seca que tengo que coger la copa de vino y vaciarla por completo en mi boca. El roce me provoca alivio, pero también desasosiego. Hay demasiada gente aquí. Son todos un montón de imbéciles que no paran de reír y beber y no saben que tienen que salir de aquí. Este espacio y esta persona son míos.

Él observa su mano mientras me acaricia. Es insoportablemente sensual.

—No me gusta la idea de que estés tan ansiosa.

Alguien me empuja y Tom le mira por encima de mi cabeza. Transmite una advertencia masculina: «No la toques». El aire por detrás de mí se enfría rápidamente, sus piernas cubiertas por los vaqueros me estrechan suavemente. Vuelve a fijar la atención en mí. Resulta embriagador estar metida en su burbuja dorada, tan a salvo.

Necesito de verdad seguir el ritmo de esta conversación.

—Me pongo malhumorada y furiosa. Qué sorpresa. Sé que siempre estoy así. Pero es que necesito sentir que otra persona… hace que se suavice la dureza que siento dentro. El ansia de la piel es una sensación real. He leído un estudio al respecto.

—Creo que es porque tienes un hermano mellizo —dice Tom, y levanta la mano haciendo que sienta frío—. Estuvisteis los dos apretados en el útero durante mucho tiempo.

Un diminuto holograma de Jamie está flotando en algún lugar, en plan princesa Leia, alrededor nuestro.

—No, no. Vuelve aquí.

Aprieto su mano sobre mi piel y, aunque en su boca hay un atisbo de desaprobación, me acaricia de una forma que parece una alabanza.

—Como un pétalo de rosa, D. B.

Los dedos se arrastran con más ternura de la que yo podía imaginar. Está pensando en lo suave que soy y eso me vuelve loca. Le está dando vergüenza. Entonces, mira como si nada y de reojo hacia Vince. Cuando vuelve a mirarme noto intensidad en sus ojos.

—Si fueses mía, sería cuidadoso contigo. Apuesto a que no estás muy acostumbrada a eso.

Mi corazón se derrumba por el hueco de un ascensor. Esas palabras, dichas en voz alta y de su boca, provocan chispas entre mis sinapsis y siento que nunca he estado más viva que ahora mismo. Soy un corazón latiendo y unos pulmones llenos. «Si fueses mía.» Qué pensamiento tan espectacular ha cruzado su mente. Jamás pensé que ocurriría.

—¿Qué más harías?

Tengo esa voz áspera que a él le gusta.

El animal que hay dentro de él es sincero conmigo:

—Todo. Si fueses mía, lo haría todo.

Nuestra burbuja dorada se cierra y un pequeño universo la inunda. Las posibilidades son infinitas.

—Tengo una enorme imaginación. ¿Podrías ser más específico?

Pongo la mano en el lateral de su cuello y le acaricio la dura clavícula. Su piel es satén caliente. Su pulso me golpea.

Mío, mío, mío. Cien por cien mío hasta el fin de los tiempos. Parece estar de acuerdo.

—Haría todo lo que quisieras o necesitaras.

Es increíble que sepa decirlo de forma limpia, pero suena muy sucio. Eso es lo que pasa con los chicos buenos.

—Quiero y necesito muchas cosas.

Ahora me mira con una gran sonrisa blanca.

—No me digas. Bueno, yo soy un trabajador entregado.

Necesito llegar a la razón por la que estamos aquí esta noche. Es demasiado evidente. Estamos a punto de establecer unas normas básicas antes de irnos a casa y destrozarnos el uno al otro.

—Entonces, ¿vamos a tener nuestra charla? —Como no dice nada, hago una señal con mis dedos—. Esta burbuja queda oficialmente levantada.

Mira a un lado, como si fuese algo que pudiera ver. Siempre me ha seguido la corriente con mis imaginaciones. Cuando volvemos a mirarnos, ve el cariño que siento, pero lo que he dicho le ha confundido y no sabe qué contestar. Intento hacer que entre en la conversación.

—Está bastante claro de qué tenemos que hablar.

Pone la espalda recta y suelta un suspiro. Sus ojos expresan preocupación y hay cierta incomodidad en sus manos cuando coloca bien el posavasos.

—Quería hablarte de tirar la pared que hay entre la cocina y la sala de estar.

Se me da muy bien soltar una carcajada de forma automática cuando me siento decepcionada. Y ahora lo hago. Probablemente conozca ese pequeño tic. Cojo la copa. Está vacía.

—Vale, no hacía falta que saliéramos para hablar de esto. La respuesta es no.

La farsa se ha vuelto real. Yo me había creído que teníamos una cita, que quizá podría ser suya. Por suerte, él ya no me mira. Me siento acalorada y avergonzada. Con un bolígrafo dibuja algo en el anverso de su posavasos. Es un plano de la casa.

—Los compradores quieren espacios abiertos. Estas casas viejas siempre se construían con pequeñas habitaciones para que se pudieran calentar, pero las paredes bloquean la circulación y la luz. Creo que esta pared tiene que desaparecer.

Dibuja una línea para enseñármela.

—Eso es la chimenea. ¿Dónde va a colgar los sujetadores la nueva dueña?

—En el tendedero. Esta pared no es de carga. Si la quitamos, la luz llegará desde tres sitios. Cuando entren los compradores, lo verán todo hasta la puerta de atrás y pensarán que es una casa grande y luminosa. —El que habla ahora es el Tom profesional—. Los suelos quedarán igualados, desde la puerta hasta el fondo, y habrá sensación de fluidez.

—Sé a qué te refieres, pero no. Esa chimenea es un gancho comercial. —Estoy sentada en una reunión de trabajo. ¿Qué narices me esperaba?— Ni siquiera me puedo creer que me lo estés preguntando.

—Aunque los compradores quieran una chimenea, esa tiene graves problemas. Los ladrillos del interior se están cayendo. He recibido el presupuesto del tipo de la chimenea. Costará una fortuna arreglarla. Tendríamos que demolerla y volver a hacerla.

—Apuesto a que tú podrías hacerlo. No son más que ladrillos. Acabas de decir que lo harías todo. Eso es lo que quiero.

—Entonces tendré que rehacer el techado, volver a enlucir, pintar. Si la quito, quedan resueltos muchos problemas.

Parece como si estuviese entrando en pánico. No puede razonar conmigo.

—¿Qué dice Jamie?

—Dice que confía en mi criterio. —Examina mi cara—. ¿Es que... te he ofendido?

O yo soy increíblemente transparente o él muy perspicaz. Creo que conozco la respuesta tras haber pasado toda una vida juntos. Prácticamente puede sentir el nudo apretado que tengo en el fondo de la garganta.

—No —contesto. Le miro con el ceño fruncido hasta que queda en parte convencido—. Pero me sorprende que hayamos recorrido dos tercios de nuestro camino hacia el derribo de una pared y tú estés intentando engatusarme para que acceda.

—Engatusarte —protesta con un rubor de culpabilidad en los pómulos—. No estoy haciendo eso. Solo te recomiendo la mejor opción para la venta. —Por un momento está pensando en cómo vendérmela a mí—. Imagina que te despiertas en el sofá de la sala de estar después de una siesta. Es domingo por la tarde y estoy en la cocina cortando patatas sobre la encimera de mármol. Darce se despierta gruñona y necesita comer.

—Hablar de planos de casas no está en los primeros puestos de mi lista de vicios —digo alzando la mirada al techo—. Pero... sigue hablando.

Arruga los ojos.

—Abres los ojos y puedes verme. No hay pared. Solo hay luz que fluye por la casa y hay flores sobre una mesa de comedor entre los dos, lirios orientales rosas que te he regalado porque sí.

Puedo imaginármelo: lleva vaqueros caídos y una camiseta blanca ajustada en los hombros. Está encorvado sobre la encimera. El olor a polen llena mis fosas nasales. Las chicas como yo mantienen en secreto cuáles son sus flores preferidas, pero él lo sabe.

—¿Qué más puede ofrecer este plano imaginario de la casa?

—Yo te miro y digo: «Eh, te has despertado» y tú te estiras y contestas: «Tom, cuánto me alegro de haber accedido a tirar esa pared. Ha mejorado el espacio más de lo que jamás me habría imaginado» —dice, y se arriesga a sonreír.

—Estoy bastante segura de que diría algo distinto a eso, algo como «Joder, esos vaqueros. Ven aquí».

Me imagino dando unas palmadas al sofá. Él se acerca con media sonrisa y una mano en el cinturón, olvidándose de las verduras. Es una bonita fantasía y solo consigue que sea consciente de lo muchísimo que deseo un hogar, volverme casera, ocuparme de la cena, una mesa con flores… ¿Quién querría eso conmigo?

—¿Ha sido idea de Jamie? ¿Irte de copas con una clienta difícil? La próxima vez hazme preguntas sobre la casa allí mismo. Esto es poco profesional. —Me giro y hago una señal al camarero—. Tu segundo peor whisky, por favor.

—Esto es lo que ha pasado. —Me agarra de la mano—. Estoy sentado junto a Darcy Barrett, lo suficientemente cerca como para oler su perfume, y ella me está mirando con una pregunta en los ojos. Yo sé cuál es la pregunta. Entro en pánico y lo echo todo a perder. No soy tan valiente como tú, Darce.

—Ya estoy harta de ser la valiente, porque no tiene nada de estupendo estar colgada de este precipicio yo sola. La siguiente cosa valiente tiene que venir de ti. No eres el único que tiene algo que perder.

—Por eso me estoy esforzando tanto con esto.

—No me refiero a la casa. Voy a perderte a ti. Voy a joderlo todo contigo. —Apoyo los codos en la barra y escondo la cara entre las manos—. Vale, lo cierto es que esta ha sido la última cosa valiente que te digo.

—No puedes joderlo todo conmigo.

Lo dice como si fuésemos familia, como si tuviera que perdonarme sin importar lo que yo pueda hacer. Le miro de reojo.

—Los amigos y la familia son las únicas personas que puedo mantener para siempre. Y eso es lo que quiero. Tenerte siempre.

Asiente como si no hubiese dicho nada demasiado intenso ni extraño.

—Eso es lo que quiero yo también.

—Debemos tener ochenta años y estar juntos en un crucero partiéndonos el culo de risa pensando en este día. «Oye, Tom, ¿te acuerdas de aquella vez que nuestros jóvenes cuerpos intentaron mandarlo todo a la mierda?» Tu mujer estará allí y es alguien que me gusta, porque de lo contrario no podré tenerte para siempre… —Me detengo y lo siento, justo en mi pecho. Ese viejo tictac—. Si es que consigo llegar a los ochenta.

Él se queda con la boca abierta.

—Por supuesto que llegarás.

—Sé que no era tu intención, pero cuando me dices cosas que nunca van a pasar ni en esa casa ni contigo, me duele. Bueno, a la mierda. Si es tan importante para ti, echa abajo esa maldita chimenea.

Cojo la copa de whisky y la hago entrar hasta lo más hondo de mi ser.

No puedo soportar su mirada y me voy al baño. Paso unos minutos mirándome al espejo sin más. Me limpio el lápiz de labios y me meto los dedos en lo que me queda de pelo. Imagino a Megan superpuesta sobre mí y los ojos se me llenan de lágrimas. Quiero ir al segundo cubículo empezando por el final y tirar mi corazón por el váter. Si en esto consiste ser valiente, prefiero ser una cobarde el resto de mi vida.

Cuando me tranquilizo, vuelvo a salir a la música y las risas y Vince me agarra del codo.

—Eh.

Me suelto.

—He venido con Tom.

—Ya lo he visto —contesta Vince. No está celoso porque el acuerdo que tenemos es una pérdida de tiempo que no vale nada—. ¿Qué te he dicho de que él se puede enamorar de ti?

—Eso no va a pasar. —Puedo oír la pura tristeza de mi voz—. No puedo tener a un hombre como él.

—Pero podrías tener a uno como yo —dice Vince con una sonrisa—. La chica con la que he venido no deja de hablarme de los conejos que ha rescatado. Vámonos de aquí. Envíale un mensaje cuando salgas. Sálvame de que me den una paliza.

—No voy a hacerle eso. —¿De verdad cree que soy ese tipo de persona?—. ¿Crees que me iría sin más y le dejaría aquí?

—A mí me lo has hecho. Darcy, estás muy buena, pero eras una verdadera zorra.

Lo dice como si tal cosa.

—Eh —dice Tom apareciendo a nuestro lado. Nos está mirando a los dos con una expresión imposible de descifrar—. Lárgate.

—No hace falta ser maleducado —contesta Vince, pero no lo dice con tono agresivo. Corre el peligro de que lo pisoteen como si fuese una colilla.

Tom se coloca detrás de mí y me rodea el cuerpo con los brazos. Siento que me hundo diez centímetros en el interior de su caja torácica. Nos estamos fundiendo. Envolviéndonos. Métete en mí.

—No te acerques, no la llames. Ni te molestes —dice Tom por encima de mi cabeza con esa voz de macho alfa que hace que se giren varias cabezas por todo el bar—. ¿Entendido? ¿O quieres saber si hablo en serio?

—Ella se va a marchar, tío —responde encogiendo el hombro—. Se ha ido de la ciudad y me ha dejado hasta seis veces. Por lo menos.

—Sí, se va a ir —dice Tom, y sus palabras retumban dentro de mi cuerpo—, pero voy a tenerla todo el tiempo que pueda antes de que se marche.

Nos damos la vuelta y nos alejamos con sus brazos rodeándome el cuerpo. Somos una brújula que señala hacia una cama. Vince se ha quedado ruborizado detrás de nosotros. La gente se aparta para que pasemos, mirándonos a mí y a Tom alternativamente. Las mujeres parecen celosas, los hombres apartan la mirada.

Cuando nos detenemos para dejar que un grupo de despedida de soltera pase junto a nosotros con una sucesión de tiaras y boas de plumas, echo la cabeza hacia atrás. ¿Cómo puedo sentirme tan poderosa envuelta en sus músculos? Porque ahora es mío.

—No me has dicho lo que me harías cuando me llevaras a casa.

—No puedo decírtelo —contesta Tom. Tropiezo entre la gente cuando estamos cerca de la puerta y su cuerpo se aprieta aún más contra mi espalda. Busca con la mano el borde de mi camiseta y la desliza por dentro hasta colocar la palma sobre mi vientre—. Sabes que no puedo.

—Solo necesito alguna pista.

Enseguida estamos en la acera y el aire es tan frío que quema. Me giro en sus brazos, pero él ya está apartándose y su calor se va desvaneciendo. El reloj que lleva en la muñeca, regalo de mi padre, sigue avanzando.

—Te diría buenas noches —dice con evidente dificultad. Está volviendo a controlarse y duele ver cómo lo hace. Le cuesta respirar y la parte interior de sus brazos son cuerdas—. Y me aseguraría de que tu puerta queda bien cerrada.

—No lo creo. —Ha vuelto el zumbido grave de mis huesos. Ese deseo de querer romper cocinas—. Te pediría con muchísimo cariño que me des lo que quiero. Todo —le recuerdo.

Sus dientes blancos se muerden el labio inferior y aparta la mirada hacia la calle. En sus ojos hay demasiado dilema. Por fin, se da por vencido.

—Si pudiera, probablemente lo haría —dice, rudo y tierno, con las negras pupilas rodeadas por un aro de violencia.

Le conozco de casi toda la vida, pero no conozco al hombre que es ahora. No hasta que lleguemos a la piel, al sudor y a los besos. Eso es todo lo que siempre he querido de él. Quiero esos dientes blancos y perfectos. Quiero esa posesión masculina con ojos entrecerrados, ese «no la toques», esa barrera que creó con su cuerpo para mantener al resto del mundo fuera. Su puño agresivo abierto y sus dedos deslizándose suaves por mi piel. Quiero provocarle y burlarme de él hasta que se entregue a mí, duro y tierno.

No queda ningún mueble dentro de Maison de Destin, así que supongo que nos conformaremos con las paredes, alféizares y bancos. No vamos a llegar a mi cama. No me importa si esto nos destroza a nosotros o a la casa. Necesito sentirle muy dentro. No quiero volver a sentir ansia nunca más.

Quiero besar a Tom Valeska hasta que todo se desmorone.

Es como si hubiese dicho todo esto en voz alta porque él cierra por un momento los ojos y, cuando los abre, son como llamas.

CAPÍTULO DIECIOCHO

Avanzo rápidamente por el destrozado camino de entrada porque me estoy acobardando como nunca.

En el trayecto hasta casa ha podido mascarse la tensión. En cada semáforo en rojo nos hemos mirado y hemos tenido que agarrarnos al coche. Estoy dolorida de todo el esfuerzo. Y ahora es posible que vaya a poner la boca sobre mi amigo de la infancia, la única persona que queda con la que no puedo meter la pata. ¿Soy la primera mujer con la que va a estar desde su épica historia de amor de ocho años? ¿Voy a ser la segunda persona con la que se acueste mientras que mi cuerpo ha ganado puntos como viajera frecuente?

Necesito un minuto. Tengo que olerme las axilas y lavarme los dientes. He conseguido llegar hasta la puerta de casa cuando siento la mano de Tom en el brazo.

—Ven por el lateral de la casa —sugiere, y mira al cielo de reojo—. Creo que va a llover.

Lo dice como si fuera una muy mala noticia.

—Quiero despedirme de la chimenea.

No estoy de broma. Quiero apoyar la espalda en ella, sentarme allí y pensar en Loretta para pedirle consejo mentalmente.

—No es seguro entrar ahí —advierte agarrándome los brazos—. La electricidad está cortada. Vamos.

Resulta raro y demasiado insistente. Empieza a tirar de mí y mis sospechas se esclarecen.

—¿Qué hay aquí dentro?

Me giro y meto la llave en la cerradura. Abro la puerta con el pie y, por fin, veo por qué me estaba reteniendo: mi chimenea no está.

Quien sea que la haya quitado no ha hecho un trabajo especialmente habilidoso. Han dejado un montón de ladrillos y un agujero en el techo cubierto con una lona. Lo peor es que Tom tenía razón. La casa parece enorme expandida hasta la puerta de atrás. Ahora entiendo a qué venía todo esto.

—¿Te ha dicho Jamie que lo hicieras y que pidieras perdón después? —le pregunto sin girar la cabeza. Conozco la respuesta—. Demolición realizada por especialistas, ¿eh?

—Tenía que tomar una decisión en ese momento. Esos hombres no podían venir hasta dentro de otras dos semanas, así que... —Me coge por la cintura y me gira hacia él—. Lo siento. Esperaba que no lo vieras hasta mañana. Iba a levantarme temprano...

—Y me ibas a decir que habían venido unos obreros al amanecer. Y yo diría: «Vaya, ¿cómo lo habéis hecho tan rápido?». Chasqueo los dedos y mi deseo ha sido concedido —digo chasqueándolos delante de su cara—. Tú solo serías el hombre bueno que se ha limitado a hacer lo que te había pedido.

—Sí. Ese era mi plan —asiente, y su mirada se vuelve un poco maliciosa—. Ese es mi papel en tu familia, ¿no? Tengo que conseguir lo que sea que vosotros necesitéis, al instante y en perfectas condiciones. O me quedaré fuera.

—¿De qué estás hablando? —¿Qué es eso tan extraño que está diciendo?—. No me puedo creer que me hayas sacado de la casa mientras esto estaba pasando. —Intento soltarme de él—. Contabas con el hecho de que puedes hacer que yo acceda a lo que sea.

Qué vergüenza, joder.

—Contaba con que entraras en razón y confiaras en que este es el mejor modo de seguir adelante —replica agarrándome con más fuerza. Yo le empujo—. Hay cosas por todo el suelo. Estamos en una obra. Háblame. Grítame.

Oigo un ruido fuera. Por una décima de segundo creo que es el coche de Vince. Hay destellos de luz y me doy cuenta de que es una tormenta y que viene hacia nosotros. Los dos miramos al nuevo agujero del techo. La lona se levanta con el viento.

—Joder —susurra Tom—. Esto no estaba previsto.

—¿Se va a inundar?

Me aparto de sus manos.

—Si lo han hecho bien, no debería ser muy grave —responde, pero hay duda en sus ojos mientras baja la mirada al trabajo sucio y a medio terminar, los ladrillos y el polvo. Me suelta—. Voy a subir a mirar.

—Claro, como si yo fuese a permitir que subieras a un tejado de noche cuando está a punto de echarse a llover. Ahora tendrás que aguantarte. —Siento una enfermiza satisfacción cuando veo su expresión—. Creías que podrías conseguir un pequeño permiso retroactivo para algo que ya estaba hecho, así que vamos a quedarnos aquí a ver si se cuela el agua. Espero que sí.

—Eso no tiene sentido. Esta es tu casa.

—Soy muy insensata. No me puedo creer que ni siquiera me hayas permitido despedirme de ella.

Una nueva oleada de rabia e incredulidad me asfixia.

—¿De una chimenea?

—Sí, de una chimenea. Sabías que me encantaba. Sabías lo mucho que significaba para mí. Dijiste que la encenderíamos de nuevo antes de vender la casa.

—Has estado pasando aquí largas temporadas durante varios años. Podrías haberla encendido en cualquier momento. —Apoya un hombro en el marco de la puerta y me mira desafiante—. Pero así eres tú. Te crees que puedes coger algo y dejarlo y que siempre va a estar ahí.

Siento un pellizco en mi interior y busco algo que poder hacer.

—Aparte de no tener carácter y de bajar la cabeza ante Jamie, como siempre, has sido poco profesional —suelto. Me agacho y agarro dos ladrillos—. Y lo sabes.

—Tenía la conformidad de un propietario. —Se distrae viendo cómo me muevo por la habitación—. ¿Qué haces?

—Voy a amontonarlos. Al fin y al cabo, ya no me queda nada que demoler.

Vuelvo y cojo otros dos, pero él me agarra de las manos, las pone hacia arriba y me las limpia. Modo princesa activado.

Me sorprende un deseo de darle una bofetada en la mejilla.

—Esperaba algo mejor de ti. Si hubiese abierto la puerta y la chimenea hubiera estado aún ahí, habría sido la prueba de que soy tu socia igualitaria en este trabajo. Pero es evidente que solo soy otro trámite que cumplir. Siempre vas a elegir a Jamie. Siempre.

—He visto un modo de conseguir más dinero por la venta. El presupuesto es... —deja sin pronunciar el resto de la frase—. Sé que a ti te da igual el dinero, pero ahora mismo a mí es lo único que me importa.

—Antes has dicho que éramos un equipo. Así que vamos a esperar aquí, como equipo —afirmo. Un poco de lluvia salpica en el porche y una ráfaga de viento atraviesa la casa como si viniese directamente del mar—. Vamos a ver lo mal que se pone esto.

Esta noche, en el bar, el momento en que estaba empapada de su atención y su amor fue un destello de lo que nunca tendré.

Veo que su mandíbula está adquiriendo esa terquedad tan familiar.

—Te he dicho que lo siento. Quería adelantarme y sabía que esto era lo mejor para la reforma. Haciendo esto el suelo podrá acabarse antes. No estoy acostumbrado a sentir ninguna emoción hacia una casa en la que estoy trabajando ni a tener a más de una persona a la que preguntar.

—Siento haberte incomodado con mis sentimientos. —Me

agacho, cojo ladrillos y los añado al montón—. Debe resultarte duro tener que trabajar conmigo y con los agotadores recuerdos de mi abuela. —Me doy cuenta de que los tablones del suelo situados delante de donde estaba la chimenea están visiblemente desgastados. Es por lo mucho que nos poníamos allí. Y ahora ya no está—. No era tuya como para que pudieras tirarla, Tom.

—No entiendo esa conexión con una chimenea. Yo nunca voy a heredar nada. Mi madre está arruinada. Y mi padre, en fin… —Suelta una débil carcajada que resulta amarga—. Duró unos tres meses tras la prueba de embarazo. Considérate afortunada por haber tenido siquiera una chimenea. —Intento interrumpirle, pero él no me deja. Lo que necesita decir lleva guardado en su interior desde hace mucho tiempo—. Yo tengo todas esas emociones y recuerdos que flotan dentro de mí, pero no tengo derecho a ninguno de ellos. —Es lo más cerca que Tom ha estado de quejarse de su situación en la vida—. A mí se me ha contratado para hacer esto. Piensa lo que debe suponer para mí.

Cojo otro ladrillo.

—Por lo que a mí respecta, ella también era tu abuela.

—Lo único que tengo para demostrarlo es un viejo llavero de Garfield. —Es una declaración dolorosamente cierta. Para él no quedó nada en el testamento. Se da cuenta al instante de cómo ha sonado eso y añade—: Pero no esperaba nada. Al fin y al cabo, no soy un Barrett.

Me persigue hasta la puerta, hasta la zona segura y rayada junto a la farola.

—Deja de hacer eso.

Me golpeo el corazón.

—Yo siempre he sido una molestia, toda mi vida. ¿Recuerdas lo desesperado que estaba Jamie por ir a Disney y que yo no estaba lo suficientemente bien para ir?

—Sí —responde Tom con empatía.

—Yo me quedaba acostada en la cama, enfadada con mi corazón.

Si hubiese cooperado un poco habría sido más fácil. Jamie habría estado contento. Todos habríamos ido a disfrutar de unas vacaciones fabulosas —titubeo a pesar de mi tono enérgico.

—Darcy, esto no ha sido por ti. Ha sido por mí y por mi insana necesidad de hacerlo todo a la perfección, con antelación y ciñéndome al presupuesto.

—Yo no espero perfección —contesto, pero él se limita a reírse con amargura.

—¿Qué es lo primero que me dijiste cuando llegaste a casa y me encontraste aquí? «¿Qué haces aquí, Tom Valeska, el hombre más perfecto del mundo?» —me recuerda, y apunta hacia el techo—. Aquí tienes la respuesta. No lo soy. Tú me exiges un nivel que me resulta imposible de alcanzar. Pero llevo años intentándolo. Créeme.

—No tienes que seguir intentándolo. Limítate a ser tú. Haz lo que puedas. Mete la pata si quieres.

Puedo ver la presión a la que ha estado sometido. Se ve en lo apretados que tiene la mandíbula y los puños. Siempre es la calmada piedra angular que lo mantiene todo unido, desde niño, haciendo la compra y sacando la basura. Todos los obreros de Aldo le abandonaron menos Tom. Apaga cada fuego que ve a su alrededor y hace que parezca fácil. Y no lo es.

Niega con la cabeza.

—Tienes un agujero en el tejado y lágrimas en los ojos. Siempre me quedo corto.

—Creo que vamos a tomar la decisión de no seguir diciendo eso —contesto, y una ráfaga de aire sopla entre nosotros y hace traquetear la puerta de atrás—. Ya no eres perfecto.

—Cuando creces siendo muy pobre y eres adoptado como un perro de una perrera, haces lo que sea para encajar en donde se te necesita. Y yo la estoy cagando. Es así, Darcy. La he cagado con las cuentas.

Noto una sensación de miedo en su expresión de desolación.

—¿En qué la has cagado?

—Les dije a los chicos que en mi empresa tendrían un sueldo mejor. Y cometí un error en la hoja de cálculo, un error muy básico que tenía justo delante de mis narices. Y tengo que pagarles la tarifa que les prometí más el alojamiento, así que va a salir de mi parte. Yo voy a trabajar gratis, prácticamente —asume suspirando con resignación.

La parte sobreprotectora que hay en mí se antepone a todo lo demás. La rabia y la traición quedan ahora en segundo y tercer lugar.

—Yo...

—No digas que lo vas a arreglar. Es problema mío, yo lo arreglaré. Si Jamie se entera de esto, estaré acabado. Nunca dejará que lo olvide.

—¿Por qué te importa tanto lo que mi hermano piense de ti?

Su boca se mueve con una sonrisa burlona.

—Tu hermano mellizo.

Estamos lo suficientemente cerca como para poder mirarle la boca. Solo una mirada rápida. Otra ráfaga de viento pasa entre mi ropa y me estrecha entre sus manos.

—¿Por qué te esfuerzas tanto por nosotros?

—Porque no quiero saber lo que es quedarme fuera. Nunca más —afirma con una mirada de pura sinceridad—. Haré lo que haga falta. No olvides que antes yo era la pieza que sobraba.

—Tú siempre has encajado a la perfección. He comparado contigo a cada hombre que he conocido. Ninguno se puede comparar a ti. Eso me lleva asustando mucho tiempo porque ¿qué puedes hacer cuando es imposible tener al hombre de tus sueños? No dice nada, pero por dentro está encendido. Lo noto.

—Eres perfecto, Tom Valeska. Perfecto para mí. ¿Tú me deseas aunque apenas valga nada?

Hay un relámpago.

—Te he deseado toda mi vida.

—Entonces, tómame. Elígeme.

Da una última puñalada para disuadirme:

—La he cagado. No soy la persona que esperabas que fuera.

—No importa.

Sus inolvidables ojos son lo último que veo antes de que tire de mí para ponerme de puntillas y ponga su boca sobre la mía. Un trueno estalla sobre nosotros y el mundo queda en silencio.

En una dimensión paralela, siempre hemos estado justo aquí, en esta puerta, desde aquella noche en que yo era una estúpida de dieciocho años y contesté aquello de «Lo sé». En esta otra línea de tiempo, él se tragó su dolor y decidió ser paciente una última vez. Llamó a la puerta de la casa del destino, puso su boca sobre la mía y, desde entonces, nos hemos estado besando.

Hemos sobrevivido en esa realidad alternativa, retroiluminada por tormentas y días de verano. Los fuegos artificiales de los días de fiesta iluminan nuestros rostros. Allí hemos pasado varios años, bajo la luz del día y en la oscuridad. El pelo me ha crecido hasta llegar al suelo. Las hojas del otoño se amontonan junto a nuestros tobillos y las estaciones han pasado como un caleidoscopio detrás de nosotros.

Nunca hemos padecido el contacto de otra persona ni hemos tenido que separarnos. Este es el lugar donde mi verdadero corazón ha existido siempre, palpitando con firmeza y a la perfección, y ha estado seguro porque estaba con él.

Ahora estamos acercándonos a través de una finísima capa a esta dimensión y nos estamos fundiendo con estos cuerpos más antiguos. Cualquier otro beso que he dado en mi vida ha sido un error. Siempre lo he sabido. Por eso nunca me quedo con otros hombres, nunca duermo con ellos y nunca me enamoro.

Se aparta de mi boca y habla con incredulidad.

—¿Así es como besas?

Antes de que se me ocurra qué responder, él mete una rodilla entre mis piernas y me eleva un poco. Vuelve a mis labios con un gruñido en su garganta. He encontrado algo que me gusta más que el azúcar y me he vuelto una adicta al instante o, lo que es peor, una yonqui. He estado toda mi vida subsistiendo a base de miradas que duran un segundo y ahora su boca está sobre la mía. Sé qué soy capaz de hacer para mantenerlo a mi lado. Debería asustarse.

La primera caricia de su lengua me afloja las rodillas y agradezco que él me esté agarrando. Suspiro al estremecerme. Él lo inhala, cambia nuestro ángulo y lo vuelve a exhalar hacia mí. El aire es mejor al salir de sus pulmones.

La palabra «mío» es ahora algo que necesito hacerle entender.

El segundo contacto de su lengua es un deslizamiento hacia dentro y no está calculado para seducirme. Está lamiéndome para buscar mi sabor. Siento la punta de su diente y el rasguño de su mentón sobre el mío. Hay por un momento una pausa de deliberación y, a continuación, siento cómo el placer sale estremeciéndose de su cuerpo. Mi piel lo absorbe. Ha probado mi sabor y estoy perfectamente bien.

Pienso que el chico bueno aparece en el área empañada de su cerebro que se ocupa de la lógica. «Está demasiado húmeda para tratarse de un primer beso, demasiado ansiosa, demasiado animal. Comprueba que está bien.» Así que intenta poner fin al beso con un suave apretón sobre mi cintura.

—No te atrevas —le advierto—. No te pongas en plan niño bueno conmigo.

Él obedece al instante y vuelve a dejarse caer sobre mí con una sensación de alivio. Aprieta sus labios contra mí sin ninguna vergüenza y el hecho de ver lo mucho que me desea hace que yo jadee. No va a ser bueno conmigo esta noche.

—Nadie más va a volver a besarte —me dice con un susurro coloquial sin apartarse de mí—. Tu boca es mía.

Esa idea es más de lo que él puede soportar. Ahora nos estamos retorciendo la ropa el uno al otro y el beso es como una conversación sin palabras, cada vez más fuerte, hablando el uno por encima del otro: «Escúchame». «No, escúchame tú.» Y al unísono: «Voy a matar a cualquiera que te toque».

Estamos cambiando el cielo e influyendo en el aire. Cuando la nube que tenemos justo encima rebosa y la lluvia cae con más fuerza, yo apenas me doy cuenta. Un fino rocío va posándose sobre nuestra ropa.

Mi respiración suena como si mi capacidad cardiaca fuera absolutamente nula. Voy a quedarme sin fuerza alguna aquí mismo, en esta puerta, pero no pasa nada. La persona a la que estoy besando cuidará de mí.

«No me falles ahora, corazón.» Este pensamiento hace que pierda el ritmo y él sube los dedos por mi cuello y nos devuelve a los dos a la suavidad, a la dulzura, a una ligereza suficiente como para tener la oportunidad de volver a recuperar el equilibrio entre mi cuerpo y los latidos de mi corazón.

Vuelvo a ser consciente de los sonidos. Ahora la lluvia cae con fuerza, golpeando el techo de chapa del porche. El rugido de los truenos que suenan sobre nosotros es ensordecedor, pero es un diminuto aullido de lobo lo que hace que nos separemos. Nos miramos el uno al otro y decimos a la vez: «Patty».

No nos importa el desorden; es lo más rápido, así que atravesamos entre tropiezos la destrozada casa a oscuras. Cada vez que tropiezo, sus manos me sostienen. Como humanos malvados y egoístas, nos detenemos en la puerta de atrás y volvemos a besarnos para recobrar fuerzas para la carrera a través de las rebosantes alcantarillas. Su lengua me promete más, si es que consigo llegar hasta el estudio. Sería capaz de atravesar a nado el Canal de la Mancha si tuviese que hacerlo.

Cuando nos quitamos los zapatos y cerramos la puerta de cristal del estudio estamos empapados hasta los huesos. El interruptor de la luz no funciona, la pantalla de mi despertador está apagada y Patty no está por ningún sitio. Desde encima del armario, Diana nos mira antes de volver a meterse en su cajón.

Tom habla con evidente tono de disculpa.

—Patty, ven aquí. —Su cara se asoma para mirarnos desde debajo de la cama—. Lo siento mucho.

—No lo sabías.

Lo intentamos un minuto más hasta que sale con la panza pegada al suelo y se mete en su cama. Yo le echo una manta por encima y la remeto entre su cuerpo. Cuando nos ponemos de pie, hay un destello de relámpagos y él se me queda mirando. Veo su camisa mojada pegada a su cuerpo. Los dos hacemos un idéntico movimiento de parpadeo cargado de deseo y jadeamos de forma simultánea mientras la habitación vuelve a quedar a oscuras. Y entonces, nos reímos.

—¿Todo este tiempo tenías un beso así dentro de ti?

Empieza a desabrocharse los botones de la camisa, hablando de manera rápida e irreflexiva, como si estuviese a punto de zambullirse en una piscina. Va casi por la mitad cuando se rinde y se acerca a mí. No puede soportar un segundo más que su cuerpo no esté en contacto con el mío.

—Creo que voy a tener que actualizar la póliza de mi seguro de vida.

—Más vale que les llames ahora.

Se ríe dentro de mi boca porque estamos besándonos de nuevo. Noto algo plano en mis omoplatos. Estoy apoyada contra la pared. Solo toco el suelo con la punta de los pies. La burbuja dorada está ahora pegada a nuestra piel. Cuando giro la cabeza a un lado, su boca pasa a mi cuello y puedo ver el vapor que se eleva de sus hombros mojados. La máquina de su pecho está funcionando a toda marcha.

Durante años he mirado la boca de Tom mientras él hablaba y he sabido cómo serían sus besos: sinceros, sensuales y primitivos. Cada embiste de deseo es para saber lo que me gusta, pero se está dando cuenta de que me gusta lo que hace sea cual sea la forma en que lo haga. Suave, lento, con los dientes o con la lengua. Rápido y brusco. Puntos extra si me pone la mano en el cuello. Cuando me aprieta el culo con la mano, me estremezco y me siento hipersensible. Siento las costuras de la ropa como espadas. Cuando mi pecho está en su mano, nota el *piercing* de mi pezón contra su palma.

—La cama —dice con su voz alfa, y mis Underswears pierden su elasticidad.

Yo le he dicho exactamente lo mismo. Me pregunto si yo he hecho que se sienta así.

—Por fin me has alcanzado. —Me está llevando hacia atrás sin ningún tipo de esfuerzo por mi parte. Siento cables eléctricos bajo las suelas de mis pies pero no se me enganchan ni me hacen tropezar. Él me tiene agarrada—. Destrocé una habitación y te dije que te metieras en mi cama pero tú no…

Me echa sobre la cama.

—Voy a recompensártelo. Te lo prometo —dice con una sonrisa en la voz.

CAPÍTULO DIECINUEVE

Sus rodillas se apoyan en el colchón, una y dos, a un lado y otro de mis pantorrillas. Es una figura enorme en la oscuridad que está sobre mí. Sus manos se apoyan a un lado y otro de mi cabeza, una y dos. Siento el movimiento hacia dentro de su cuerpo y su respiración sobre el lateral del cuello.

—Dime que huelo bien —digo levantando la voz hacia el techo.

Él nota la inseguridad que subyace en mi brusca orden.

—Hueles como si fueses la única persona.

Yo exhalo.

—Joder, menos mal.

Levanto las manos sobre mi cabeza y él me quita la camiseta.

—Tu obsesión con el encaje ha acabado con mi cordura. ¿Sabes que siempre se te ve el sujetador, te pongas lo que te pongas? Es como si en realidad tu ropa no quisiera vestirte. —Me da un beso en el cuello que me da ganas de lamer y morder—. Eres como un plátano que se pela solo.

Empiezo a reírme.

—Así es como me siento cuando estoy contigo.

—Me jode ver que los tíos te ven el encaje sobre la piel.

Ese pensamiento hace que vuelva a mis labios y sus celos tienen sabor picante.

Sé cómo se siente. Voy a mantener mis manos sobre esta piel durante el resto de su vida, para que nunca quepa ninguna duda de quién es su dueña.

Me coloca entre una tenue franja de luz que entra por un hueco de las cortinas. Admira mi encaje, lo elogia, lo frota contra su mejilla y, después, desaparece como un tirachinas en el rincón oscuro de la habitación. Desliza sus manos fuertes y aplicadas por todo mi cuerpo.

El *piercing* de mi pezón es un punto que despierta tremendamente su interés. Se deja caer apoyado en su codo para investigarlo y, por fin, se da cuenta de todo el potencial de ese metal penetrado en un lugar tan sensible. Otros hombres han intentado sintonizarlo como si yo fuese una radio pero Tom sabe qué hacer. Me estremezco y tiemblo mientras él va poniendo a prueba mis reacciones.

Me pregunto si le gusta.

—Entonces, ¿te van las chicas duras y con *piercing*?

—Dios, sí —contesta con él dentro de la boca—. ¿Cómo puede ser tan dulce este metal?

Su lengua lo acaricia mientras habla y yo estoy levitando sobre el colchón. Se ríe, encantado, y sigue haciéndolo.

—Cada vez que he pensado en este misterioso *piercing* he terminado chocándome contra una pared. Arquéate —añade con el adecuado nivel de autoridad en la voz.

Desliza el brazo por debajo de mí y yo me doblo hacia arriba para que él juegue conmigo hasta que me pongo una mano sobre el botón de los vaqueros.

Él se aparta para hablar.

—¿Esto está pasando de verdad? ¿O es que me he chocado contra una pared con demasiada fuerza?

—Sí, por fin está pasando de verdad.

Le desabrocho el resto de botones de la camisa. Se abre y paso las manos por su torso. Abre y cierra los codos y su cadera se sacude hacia delante. Las reacciones involuntarias de su cuerpo son sublimes.

Sus camisetas ajustadas no mentían. Cuerpo, cuerpo, cuerpo. Es la mezcla más espectacular entre liso y curvado. Músculos bien torneados. Líneas y cadera y tantas horas de trabajo manual que casi siento pena por él. ¿Por qué tiene que esforzarse tanto? A su cuerpo le encantan mis manos.

—Está pasando de verdad, a menos que esté teniendo otros de mis vívidos sueños eróticos con Tom Valeska, en cuyo caso no podré mirarte mañana a los ojos.

Él contesta divertido:

—De todos modos es probable que no lo hagas después de todo lo que pienso hacer contigo. —Nota que aprieto las piernas y vuelve a besarme. Le encantan mis labios—. D. B., esta noche voy a conseguir conocerte.

—Ya me conoces bastante bien.

Me estremezco y él niega con la cabeza.

—No de la forma que quiero.

Nota cómo respondo elevando la cadera y sus manos tiran de mis vaqueros hasta las rodillas. Todo se detiene. De pronto habla tratando de recuperar la compostura:

—Pero ahora es un buen momento de preguntar si quieres continuar. Y si no, no pasa absolutamente nada.

Mi corazón se inunda de amor. Es el mejor hombre del mundo, el hombre perfecto, y estoy en una cama con él. Tengo tanta suerte que siento ganas de llorar. Intento sentarme, pero mi cuerpo está ahorrando fuerzas.

—Por favor, por favor. Un sí entusiasta. Una súplica lastimosa, etcétera. No estoy de broma. Libérame de este sufrimiento.

—Darcy Barrett me está suplicando en la cama. Debo de estar delirando.

Suelta una leve carcajada y siento cómo me envuelve el tobillo con la mano. Después me pone boca abajo. Cuando tira de mi cadera, siento por dentro un brinco por la sorpresa. Por un segundo espero sentir un dolor al tirar del elástico y una contundente presión que me abra en dos, quizá que incluso me deje marcas en la cadera al apretarme con las manos. Es un recuerdo de mal sexo y estoy temblando.

—Controladora —dice.

Al momento lo entiendo. Solo está leyendo lo que hay escrito en mi Underswears. Le quiero tanto que lo único que se me ocurre es reírme y ponerme las manos sobre la cara.

Ahora está frotando su mentón sin afeitar por mi espalda. Siento que su frente me presiona el hombro.

—Tu piel tiene un brillo plateado y lo único que quiero hacer es…

Me lo demuestra. Algo que tiene que ver con su lengua y sus dientes. Mis gemidos quedan amortiguados por el colchón. Usa la palma de la mano para darme la vuelta. Me mima, me calma y quiere conocerme. Siento que registra cada temblor de pestaña y cada exhalación. Pasa los dedos sobre mí, buscando y provocándome escalofríos.

—Tú y tu preciosa piel me habéis obsesionado desde hace años. Una Navidad te saludé con un beso en la mejilla. Me sobrepasó… Tuve que ir a meterme en el coche. —Le vuelve a pasar ahora y niega con la cabeza como si no pudiera creérselo—. Fue el mejor regalo que he recibido —confiesa, apretándose una y otra vez contra mi pómulo—. Gracias.

Está siendo muy dulce y franco. ¿Cómo podría corresponderle? No tengo experiencia con esta franqueza y esta ternura en la cama, pero tengo que intentarlo.

—Tú eres encantador —digo metiendo los dedos entre su pelo—. Pasé cada Navidad esperando el abrazo de despedida. Sí —suspiro mientras él me aprieta contra su cuerpo, una pausa deliberada que hace que sienta como si estuviese pronunciando mi nombre dentro de su cabeza—. Ay, Dios, es aún mejor ahora que estamos tumbados.

—¿Tú pasabas cada Navidad esperando a decirme adiós? —pregunta con tono de dolor, aunque esté bajándome la ropa interior—. D. B., voy a tener que recompensártelo.

—No te preocupes. Me aseguraré de que lo haces. —Siento cómo vacila. Se ha vuelto tímido. Me muerdo el labio para reprimir una sonrisa. Tomo su mano y la deslizo por mi pierna hacia arriba—. Empieza ahora.

Me siente, inhala y nota que estoy preparada y ahora volvemos a ser salvajes.

Me muerde el lóbulo de la oreja y me inmoviliza mientras me pone a prueba y juega, con sus dedos relajados y seguros. Se le da muy bien resolver problemas. Mi cuerpo se estremece atrapado por el suyo. Su aliento en mi oído suena inhumano. Me tenso. Él me aprieta más. Me relajo y él me recompensa. Quiere que me muestre obediente y tierna. Me quiere líquida y sedosa.

—Como no bajes el ritmo me voy a correr —reconozco y, a continuación, me empiezo a reír, incrédula—. De verdad que nunca he dicho eso antes. —Tiro con desesperación del cajón de mi mesita de coche—. Suerte que estoy en la cama con el mejor trabajador del mundo.

—Será mejor que vaya despacio contigo.

—¿Por qué? —Apenas hay luz suficiente para ver el destello de sus ojos cuando muerde el envoltorio de aluminio como si fuese el de un caramelo. A continuación, me acuerdo de algo y me río—. Ah, es verdad. Se me había olvidado tu polla.

—¿Se te había olvidado? —Se ríe y me da un pequeño cachete en la nalga—. Muchas gracias D. B.

—En serio, ¿cómo he podido olvidarme? —Su mano vuelve a estar entre mis piernas y me acaricia con el pulgar con un roce suave y tierno—. Todo en ti es magnífico. Te he deseado tanto que me dolía. Tom Valeska, métete en mí.

Siempre me da lo que le pido.

No puedo cerrar la boca para silenciar mi gemido.

—Joder. Te siento como el hombre más perfecto del mundo.

Se está riendo a pesar de que su interminable y suave embiste se convierte en un fácil movimiento adelante y atrás entre los dos. Es más grande que nadie con el que haya estado antes. Siento odio por la intrusión de ese pensamiento. ¿Cómo se atreve mi cerebro siquiera a pensar en ningún otro? Pero soy consciente a la vez de cómo me está cuidando y no hay nada más excitante que eso.

—Gracias —dice con cariño—. Eres un sueño hecho realidad.

Mi cuerpo se ilumina de placer. Hay en sus movimientos cierta reserva. Si consigo que Tom Valeska pierda la cabeza conmigo, moriré feliz.

—Ni hablar. No vayas despacio.

—Solo… deja que vaya con cautela.

—No quiero cautela. Quiero sinceridad. —Por fin esa primera falta de control de su parte. Es tan bueno sentir que su cuerpo se vuelve auténtico que el cerebro se me derrite—. Voy a querer esto todos los días. Más adentro. Tom, quiero que le des más fuerte.

Automáticamente, bajo una mano entre los dos. Mi orgasmo es responsabilidad mía. Solo que, al parecer, no lo es.

—Para eso me tienes a mí, tonta —me reprende entre jadeos de brazadas de estilo libre. Me roza con los dedos, aunque se está conteniendo—. ¿Tu corazón está… bien?

Es la primera vez que un hombre me pregunta eso en la cama, porque nunca ninguno lo ha sabido. Contengo el «claro que sí» automático y me examino. Mi ritmo cardíaco es un flojo y atenuado tambor en mis oídos.

—Estoy bien, pero si me excito demasiado o si me empujas hacia abajo voy a marearme y a sentir claustrofobia. Después vienen las palpitaciones y no podré…

Mis partes pudendas se cerrarán y no podré liberar esta excitación tan angustiante.

Se aparta de mí, largo y exuberante. Yo escarbo con mis piernas.

—Vuelve. ¿Acabo de estropear el momento?

—No, por supuesto que no. ¿Qué te parece… —pregunta con tono pensativo— esto?

—No tienes que cambiar nada —le suplico, pero me está colocando de lado y me está enroscando el cuerpo entre el suyo.

Resulta cómodo para dormir, como una pareja de enamorados platónicos que hacen la cucharita desnudos. Las mantas están apartadas y siento en la piel el aire frío. Durante un espantoso momento, pienso que se ha rendido.

Pero estoy equivocada. Como siempre, ha encontrado una solución. Está besándome la nuca mientras vuelve a entrar en mi cuerpo. Ahora, se balancea contra mí, con una mano sobre mi cintura.

—No te preocupes por nada —me sugiere mientras desliza la mano hacia abajo—. Tú relájate y respira.

Jamás se me habría ocurrido que la preocupación podría resultar excitante. Le contesto hablando en medio de la oscuridad:

—¿Te puedo hacer una confesión? —Siento que asiente sobre mi hombro y la suave fricción se relaja—. A veces, cuando me corro se me dispara el corazón y esta vez va a ser espectacular. Así que, si eso ocurre, no te lo tomes como algo personal.

—Intentaré no hacer estallar todos tus circuitos. —Gime cuando yo aprieto—. ¿Quieres que pruebe para que veas cómo lo hago?

¿Alguna vez me han hecho una oferta más deliciosa?

—Quiero que te metas en mí. —Aprieto mi mejilla contra su bíceps para apoyarme mientras sus caricias me van acercando cada vez más al precipicio—. Más adentro. Más fuerte. No como si sintieses pena ni te preocupases por mí. Quiero que entres en mí como si lo hiciésemos todos los días, a partir de ahora. Toda la vida.

La sangre caliente me provoca hormigueos bajo la piel y estoy preparada para enfrentarme a lo que pueda pasar. Él hace exactamente lo que le digo. Me da todo lo que tiene.

El orgasmo me golpea como si acabara de darme de cara contra un muro de ladrillos.

Me contraigo y oigo mi propia inhalación interior. Todo se enrolla en un bucle y yo exhalo. Caída libre. Y aunque apenas puedo oír nada por encima del ruido que hay dentro de mi pecho, me siento segura en estos brazos, con alguien que me conoce de palmo a palmo.

No tengo que preocuparme por fingir normalidad. Justo cuando estoy pensando en lo mucho que me ha gustado, él empuja dentro de mí con tanta fuerza que ahora tiemblo con las réplicas y me oigo como si estuviese gritando. Pero él es listo y no afloja. Ahora estoy soltando espasmos por la presión, con lágrimas en las mejillas que contribuyen a la incongruente retahíla de «más, sí, más». Sus manos tienen que apretarme contra él para no acabar en el otro extremo de la cama.

—Ahora, ahora —le ordeno, y él obedece.

Tom está compartiendo conmigo esta parte secreta suya. Estoy llena de mordiscos, abierta, sujeta, y nunca me han deseado con tal intensidad. Matará, vivirá y morirá por mí. Es muy grande lo que siente. Lo único que sé es que ahora soy suya. Coloco una mano en su nuca mientras él me besa el hombro.

—Sí, eso era lo que estaba esperando —dice tras un largo rato tratando de recuperar la respiración—. Al final los libros de Loretta no me han provocado expectativas irreales. —Sale de mí con dificultad y me habla en medio de la oscuridad—: Así es contigo, pura… electricidad.

Noto cómo se levanta de la cama y siento unas manos suaves sobre mi cuerpo. No estoy en absoluto cansada. Necesito otro beso. Necesito sentir su piel sobre la mía para no volver a sentir ansia nunca más. Oigo un sonido de cartón en la oscuridad y unos rasguños. ¿Está guardando la caja de condones?

—Te dije en el bar que ser el centro de atención de Darcy Barrett es algo intenso. No tenía ni idea de qué estaba diciendo. Esto sí que ha sido intenso. Vale, veo que hay cuatro más de estos —dice Tom refiriéndose a los condones. Yo siento un escalofrío que me llega hasta el tuétano—. ¿Quieres que veamos hasta dónde llegamos?

No me puedo resistir.

—¿No tienes que levantarte temprano?

—Muy lista. Será mejor que me ponga manos a la obra.

Su boca roza la mía, tomamos aire y empezamos de nuevo.

Me despierta un chihuahua que está arañando la puerta del estudio. Tom no está, apenas hay luz fuera y las sábanas están frías. Me envuelvo en una bata de seda negra y el destello de mi despertador de nuevo encendido marca la medianoche una y otra vez. Lo único que sé es que volvemos a tener luz y que es tremendamente temprano.

—Sí, sí —le digo a Patty—. ¿Dónde está papá?

Qué decepción. Nunca me he despertado con un hombre y esperaba que esta también fuera una primera vez. Con cada paso que doy hacia la puerta siento el eco de lo que me dio anoche. Estoy agotada, maravillosamente agotada. La de anoche fue una pelea de mentira fuerte y tierna.

«Deja que mime un poco a Darcy Barrett. Permíteme saber qué se siente.»

Ha sido la mejor noche de mi vida. Me pregunto si se quedaría espantado si lo supiera. Por fin tengo a la única persona con la que no tengo que fingir ser guay. Si se lo contara, sonreiría. Después, pondría esa voz de jefe que tanto me gusta: «Quítate esa bata».

Abro la puerta.

—¿Tom? —grito. En lugar de ir a su habitual parte de césped, Patty sale con paso decidido. Se dirige al lateral de la casa con la única intención de buscar a su dueño—. ¡Patty, vuelve aquí!

Los zapatos que tengo más cerca son un par de tacones que dejé junto a la pared. Me los pongo con dificultad. Me estremezco por dentro cuando las suelas se resbalan en el barro y veo un asqueroso caracol aplastado. Noto que los músculos de los muslos se me estiran y siento un calambre que me hace soltar un aullido.

Resulta que los chihuahuas pueden alcanzar una velocidad olímpica. Ahora es una cola que desaparece por la esquina de la casa. Está avanzando por el camino de entrada cuando entra un vehículo. Patty tiene el instinto de supervivencia de un lemino. El corazón se me sube a la garganta. Parpadeo y los ojos me engañan. Me parece verla pasar por debajo de la rueda. Vuelvo a parpadear y está bien, moviendo su cola como una bandera en un recibimiento.

—¡Cuidado! —grito con el poco aliento que me queda y muevo el brazo en el aire para llamar la atención. Cuando la camioneta frena, veo que es Tom. ¿Adónde ha ido tan temprano? Ni siquiera ha salido el sol.

Apoyo las manos en las rodillas. Ojalá pueda recobrar el aliento… Uf, uf, uf. Desde luego, no estoy en tan baja forma. El corazón me late con una fuerza que no es normal, cada vez más rápido, hasta que sé qué es lo que está pasando. Siento como si pudiera ponerme la mano en el pecho y sacármelo como si fuese un hámster. Me aprieto sobre él, deseando que reduzca la velocidad. Se abre la puerta del conductor, levanto la vista y Tom está completamente paralizado.

La puerta del pasajero se abre también y veo un corte de pelo rubio igual que el mío. Cierro los ojos y me obligo a recomponerme, porque este es el peor momento posible para que esté ocurriendo esto.

Reconocería el olor de mi hermano en cualquier parte: ropa cara y una estirada fragancia italiana que huele a piel de limón mezclada con limpiacristales. Se supone que debe resultar atractiva para las mujeres, y así sucede con la mayoría. Me coge por un codo y Tom por el otro, hablándome los dos a la vez. Tom está frenético. Unos dedos me aprietan la muñeca y, cuando Tom se aparta, intento seguirlo.

—Va a por tu medicación —me dice Jamie y yo me dejo caer sobre él.

¿Mi corazón? Sigue pensando que es un mellizo porque se pega a mi hermano como un imán hasta que Tom me coloca en la mano una dosis y una botella de agua. Yo me la trago.

Todo se ha vuelto gris. Todo se ha puesto mal.

—Estoy bien —consigo decir, pero parece que no puedo separarme de Jamie.

Tengo los puños cerrados. La visión se me nubla como si estuviera a punto de desmayarme cuando la voz acerada de Jamie me trae de vuelta:

—Ni te atrevas, Darcy.

—¿Llamo? —Tom ha levantado en el aire su móvil—. Jamie, ¿llamo?

Está desesperado. Yo niego con la cabeza con fuerza. Jamie hace lo mismo. Se muestra seguro y está más cualificado que un paramédico.

—Eres demasiado importante —me dice Jamie con un susurro, como si fuese nuestro secreto y ni siquiera Tom pudiera oírlo—. Eres lo más importante para mí. Venga, vamos, respira y deja que ese corazón se tranquilice.

Me está abrazando de una forma que solo él puede hacer. Le he echado tanto de menos que estoy temblando. Qué puta mierda. Me he esforzado mucho, pero ahora soy su hermana melliza, más que nunca. Hasta que uno de los dos muera, estamos pegados el uno al otro.

Pasan uno o dos minutos más antes de que las palpitaciones empiecen a ir más lentas. Tom ha puesto las manos sobre mis hombros y yo consigo embutir de nuevo mi propio molino de viento en la caja de seguridad de mi pecho. Intento apartarme de Jamie pero vuelvo a dejarme caer de espaldas sobre Tom.

—Enhorabuena por haberme provocado un infarto —dice Jamie, y así es como sé que ya estoy bien—. Podríamos haber compartido un nicho en el cementerio para ahorrar en gastos.

—¿Hay espacio para mí ahí dentro? —dice la voz de Tom un poco por encima de mi cabeza.

—Patty ha salido y ha echado a correr —explico, y los brazos de Tom me abrazan con fuerza por la cintura. Puedo sentir la tensión de su cuerpo, saliendo con evidentes oleadas de temblores—. Creía que la ibais a atropellar.

—Y precisamente por esto es por lo que he venido. Lo sabía.

Jamie está furioso y estoy segura de que nos ha descubierto. Estoy echada sobre Tom vestida con una bata y él me rodea con los brazos. Pero, a continuación, añade:

—Ahora no puede estar corriendo detrás de una chihuahua. Dos semanas trabajando aquí y casi se muere.

—Lo siento —replica Tom encogiéndose detrás de mí como si esto fuese culpa suya—. Dijo que estaba bien…

—Te ha mentido —afirma Jamie, y me agarra por los hombros para apartarme de Tom y colocarnos uno al lado del otro, como Barbie y Ken—. Mírala. ¡Sabía que algo pasaba! —Da unos pasos hacia el coche y después se gira hacia nosotros—. Tú eres la única persona en la que puedo confiar para cuidarla. La has cagado.

Mi hermano, cuando está enfadado, es bastante espectacular, de los que hacen que se te hiele la sangre y sientas terror. Me dan ganas de ir a por mi cámara para enseñarle cómo se pone.

Tom suspira pero no lo niega.

—Él no la ha cagado. ¡Acaba de llegar! Mi salud es cosa mía.

Jamie está más que exasperado.

—Sabes que eso no es verdad. Tú eres cosa nuestra. Ponte algo de ropa. ¿A qué hora llegan los hombres? Bata y tacones…

Mira de nuevo a Tom como si fuese también culpa suya.

—Vamos a calmarnos todos —dice Tom con ese tono suyo y una cadencia en las palabras que siempre suena exactamente igual.

No sé por qué, pero siempre funciona con los mellizos Barrett. Así ha sido todos estos años. Soltamos a la vez un suspiro de furia y, a continuación, Jamie empieza a reírse.

—He estado a punto de ser el único dueño de esta casa —dice Jamie con una sonrisa.

Está aliviado… pero también es un gilipollas.

Tom le lanza una mirada asesina.

—¿Estás bien de verdad, Darce?

Tiro de mi zapato, que está hundido en el barro.

—Sí, solo me he asustado y eso ha hecho que se me dispare. Y sí, hay espacio para ti en nuestro nicho del cementerio. Quedas invitado.

—Gremlin, vas a matar a mi hermana —le dice Jamie a Patty, y ella se levanta sobre sus patas traseras y apoya las delanteras llenas de barro sobre sus pantalones caros. En el fondo, la quiere. Le hace cosquillas tras las orejas y ella saca la lengua. Entonces, él se acuerda de sus pantalones—. Bájate.

—¿Has venido hasta aquí solo porque tenías un mal presentimiento?

—Sí. He notado un hormigueo en mi sexto sentido de hermano mellizo. Tenías razón —afirma Jamie. Creo que es la primera vez que me dice algo así—. Ver cómo pasa todo esto a través de una ventana no es divertido.

Me cierro más la bata, pero al hacerlo por un lado se abre por el otro. Pierna, cuello, una y otra vez. Tom tiene razón, mi ropa no quiere taparme. El recuerdo de la pasada noche me recorre como un impacto y, por primera vez, nos miramos de verdad a los ojos.

Tom tiene el pelo despeinado, los labios sonrosados y las pupilas dilatadas. Eso le delata. Parece como si hubiese estado dando vueltas en la cama conmigo. Parece como si yo le hubiese lamido y besado y llevado hasta el límite una y otra vez, convirtiendo los minutos en horas, jadeando y gimiendo, «por favor, por favor». Quién sabe el aspecto que tendré yo. Probablemente muy parecido.

Tom tiene puesta la atención en mi cuello. Después levanta los ojos al tejado con expresión seria y concentrada.

—Vamos, vístete. Quiero ver la casa —me dice Jamie. Va al coche y saca un bolso de equipaje—. Gracias por ir a recogerme.

—¿Sabías que venía? Joder, Tom.

Tom recoge a Patty.

—Sí que te lo dije. —Está increíblemente tranquilo, dadas las circunstancias—. Estuve levantado hasta bastante tarde comprobando las goteras del agua y vi el mensaje de don Impulsivo. Siempre tienes que tomar los vuelos de noche, ¿no?

—Más barato —es lo único que responde Jamie.

—¿El título de tu autobiografía?

Sonrío cuando sus ojos grises se cruzan con los míos.

—No empieces. ¿Qué coño estuviste haciendo anoche? —Jamie me pasa las manos por el pelo y lo alborota con dedos expertos. Está arreglándome el pelo como si fuese el suyo. Me doy lástima, porque me hace sentir de maravilla—. Tengo la sensación de que mi hermanita ha estado haciendo ejercicios horizontales, a juzgar por ese chupetón. ¿Seguro que no estabas yendo detrás de algún tío por el lateral de la casa?

—Ja, ja —respondo.

Jamie mira a Tom.

—Esa era una de tus obligaciones: deshacerte de los hombres hasta que yo le buscara un buen marido. Ya veo que no estuviste en tu puesto de vigilancia anoche. No te culpo —asume refiriéndose a la tienda de campaña y la lluvia. Ahora está mirando el barro de mis zapatos—. En serio, ve a cambiarte. Esa bata es muy vulgar.

Jamie coge su bolso y va hacia la puerta de entrada mientras busca la llave en el bolsillo.

Yo consigo recorrer la mitad del lateral de la casa antes de que mis zapatos queden hundidos del todo.

—Estoy varada.

Tom me agarra pasándome un brazo alrededor de la cintura y me acompaña los últimos metros hasta mi cuarto de baño. Cuando estuvo acabado, dibujó una figura de mujer en la puerta con un rotulador. Le amo por eso. Me deja en las escaleras de metal mientras sigue sosteniendo a Patty con el otro brazo. Sinceramente, es la única forma de moverse.

Su piel huele diferente y maravillosa.

—Gracias —digo.

La bata se ha abierto de manera obscena y él trata de cerrarla con una mano y poco éxito. Gracias a la escalera, estoy al nivel de sus ojos, al nivel de sus labios… Me inclino hacia delante pero él me evita.

Se rinde:

—Por favor, ¿me dejas que te compre una bata nueva?

—Eso sería un detalle muy romántico. Que sea corta y sedosa.

Sonrío ante su expresión de exasperación.

—¿Más corta y más sedosa que esta? Por favor, no vayas así por ahí no vaya a ser que los chicos lleguen temprano.

—Esto ha sido por una emergencia y lo sabes. No me digas qué tengo que ponerme. No me gusta. —Me apoyo en la puerta que tengo detrás y me muerdo el labio—. Oye. Olemos el uno al otro.

Me hace callar con desesperación. Cruzo los pies, desnudos por los tobillos, y miro su cuerpo mientras mi cerebro se llena de pensamientos de agradecimiento y recuerdos eróticos, hasta que él encuentra las palabras para responderme.

—En serio, tienes que dejar de mirarme así. Te desperté para decirte que iba al aeropuerto. Tuvimos toda una conversación al respecto. Estabas en estado comatoso. —Sonríe a pesar de su estrés—. Y dijiste: «Vale, Valeska. Ve a por él».

Oímos la voz de Jamie resonando en el espacio vacío. Podría estar al teléfono o simplemente hablando en voz alta él solo.

—Te lo juro, hablaba incluso cuando estábamos en el útero. Tom, apenas puedo andar. A cada paso que doy te siento. Mi cuerpo no para de… encogerse. Ahora que has estado dentro de mí lo único que siento es vacío.

Sus pestañas aletean y traga saliva.

—Si llega a venir en taxi...

—Estaríamos besándonos en una nube del cielo justo ahora. No pasa nada. Hablaremos con él.

—¿Qué? ¿Ahora?

El pánico hace que ponga ojos de loco.

Entro en el baño y cierro la puerta.

—Sí, claro, ahora. ¿Crees que voy a renunciar a más de lo de anoche solo por culpa de mi hermano? Lo cierto es que me sorprende lo calmada que estoy.

Me lavo las manos y me las seco con una de las toallas de mano de Loretta. Mi bolsa de maquillaje está aquí, pero me miro en el espejo lleno de vapor y concluyo que no lo necesito. Tengo los ojos humeantes, los labios del rosa de los malvaviscos y una marca púrpura en el cuello. Pelo de chico y cuerpo de chica. Estoy de lo más sexy.

—Este aspecto me sienta bien. ¿Podrías ensuciarme el maquillaje cada mañana?

Él no dice nada. Espero que siga ahí.

—Este ha sido un bonito detalle —digo al abrir la puerta, y me señalo el cuello.

Levanto una mano para arreglarle el pelo, pero él se aparta.

—No podemos decirle nada. No podemos.

—Ya eres mayorcito —le digo con brusquedad, aunque mi seguridad empieza a fallar—. Yo soy mayorcita. Ninguno de los dos tenemos ya ocho años. Vamos a hablar con él y lo solucionamos. —Levanto los ojos hacia la casa—. Quizá se alegre. Normalmente odia a los tipos que elijo. Tú eres como la opción prémium.

En mi cerebro resuenan las palabras de Jamie a tal volumen que me estremezco: «Un buen marido».

—Escúchame —dice Tom con una voz fría como el acero—. No se va a alegrar. Va a cortarme las pelotas.

—Yo te protegeré. Me gustan demasiado tus pelotas. ¿No te lo dejé bastante claro anoche?

Su expresión dice que sí.

—Si se lo contamos, la reforma de la casa va a ser un verdadero fracaso.

Vuelve a mirar hacia la casa. Los primeros rayos rosas del amanecer anuncian que los obreros aparecerán pronto. Tom tiene más asuntos de los que ocuparse, más roles con los que hacer malabarismos, empleados y recibos por pagar y una herencia que asegurar.

—Ahora te estoy ayudando yo, tonto. Somos un equipo.

—Si se lo contamos a Jamie se va a enfadar y se va a sentir herido. Cree que lo sabe todo, pero nunca se ha imaginado esto.

Yo no siento ningún remordimiento.

—Lo superará.

—Lleva ya bastante tiempo trabajando en la ciudad y sospecha que todos le pueden clavar un puñal en la espalda excepto yo. Soy la única persona en la que confía. Igual que tú confías en mí, completa y ciegamente —dice y añade suavizando un poco el tono—: No sabes lo que es sentir ese tipo de responsabilidad.

—Quizá sea un romántico en el fondo —intento responder, pero resulta ridículo pensarlo.

—Se va a sentir tan traicionado que se enfrentará a nosotros por todo, por principios. Si queremos pintar la casa de azul, él se empeñará en el rosa. Querrá que volvamos a levantar esa pared. Tendré que cancelar cada uno de los pedidos que he hecho. Es la persona que puede hacer que mi vida sea un infierno.

—Quizá yo sea la segunda. —Le lanzo una mirada de exasperación—. Más vale que me vista para poder ayudarte en esta crisis mental y profesional.

—Tómate esto en serio. A ti te va a perdonar hagas lo que hagas, Princesa. —Los ojos de Tom tienen ahora una expresión de rabia—. Pero yo estoy completamente jodido.

Tom deja a Patty en el suelo y me rodea con el brazo. Me levanta fácilmente, como si fuese una perrita a la que llevara por encima del suelo sucio. No se ve en él ningún esfuerzo mientras gira la esquina de la casa, pasa junto al estanque y sigue por el camino hasta mi puerta.

—Ya sabes cómo es. Por favor, Darce, tenemos que mantener esto en secreto hasta que la casa esté terminada. Si no conseguimos una buena venta…

Se detiene antes de seguir hablando y me deja en la puerta del estudio. Después me mira la bata. No he visto jamás a un ser humano más inseguro. Debe lamentar el día en que los Barrett le encontraron. Mis pies están limpísimos. Patty camina detrás de nosotros, llena de barro y molesta.

—Tú nunca tuviste que preocuparte por el dinero. Yo sí.

—Y yo. ¿Por qué crees que trabajo en el bar?

Suelta un bufido ofensivo.

—Seguro que eso no da ni para tus gastos en vino.

—Da para mi seguro de salud —le espeto con rabia—. Crees de verdad que soy una princesita perezosa que vive de sus padres, ¿no? Yo no recibo un céntimo de ellos.

—Pero si les necesitaras, te darían lo que fuera. Eso no es nada malo —dice, con tono más suave—. Es lo que me ayuda a dormir bien por las noches. Siempre estarás bien cubierta.

Es cierto. Por debajo de mí hay montones de redes de seguridad. Si perdiera todo lo que tengo aquí, solo tendría que alojarme en uno de los muchos dormitorios vacíos de la casa de mis padres. Probablemente mi madre me llevaría el desayuno a la cama y abriría las puertas de la terraza para que yo pudiera ver el mar.

—Y estás a punto de heredar. Tu situación económica pinta bien. Mientras que yo necesito dinero —reconoce, y un esbozo de sonrisa se dibuja en su boca—. ¿Crees que me parto la espalda cincuenta semanas al año en reformas como esta solo por diversión? —Suelta un largo suspiro—. No creo que pueda soportar que mi empresa fracase antes de empezar.

Hago una mueca de dolor como gesto de compasión. Bajo ningún concepto querría que él viviera con la espantosa mezcla de fracaso y vergüenza que yo siento cada vez que miro los agujeros donde estaban los tornillos junto a mi puerta de entrada. Después, pienso en que las tres últimas ocasiones en que he actuado de forma impulsiva no han funcionado: romper en pedazos la oferta del promotor inmobiliario, intentar comprar el anillo de Jamie y el incidente del «métete en mí», apenas un minuto después de saber que Tom estaba soltero.

—Vale, vale. Estoy dispuesta a esperar y a que pensemos en una estrategia conjunta. Sabes que haré lo que sea por ayudarte. Ese estúpido de Jamie... —Me veo el *piercing* por el escote de la bata. Tom le ha dado vida. El roce de la bata de seda contra mi piel me resulta insoportable—. Literalmente jamás se toma un descanso en el trabajo.

—Está aquí y es tu oportunidad para que vuelva a ser tu mejor amigo.

—Ese eres tú —aclaro, y Tom niega con la cabeza.

—¿Cómo es que nunca te das cuenta? Eres tú. Eres tú su mejor amiga y él ha estado destrozado sin ti. Si no sois conscientes los dos ahora de esto y superáis esta insignificante pelea que habéis tenido, quizá sea demasiado tarde. No lances eso por la borda por mi culpa. Vosotros sois mellizos y yo el vagabundo del otro lado de la calle.

—¡Tú no eres eso! —afirmo. Ahora puedo entender la dimensión completa de lo que está tratando de conseguir estando aquí: la rehabilitación de la relación de los mellizos—. Esto es muy típico de ti: sacrificarte, arreglar las cosas y echarte a un lado, quedarte en un segundo plano. No pienso permitirlo, joder.

—¿Dónde estáis, chicos? —Jamie está en la puerta de atrás—. Tom, ¿qué narices ha pasado con el techo de la cocina?

—¿La cocina? —pregunta Tom con desaliento—. Ahora mismo voy. Por favor, Darce —dice entre susurros—. Por favor, ayúdame a mantener la calma.

—En ese caso, dame tu teléfono —contesto y él lo desliza

dentro del diminuto bolsillo de mi bata—. ¿Dónde narices está ese Chris? Se supone que ya debería estar aquí. ¿Quieres que le llame para darle una patada en el culo?

—Te estaría muy agradecido —responde Tom.

Cuando se abre la puerta de atrás se separa de mí unos pasos. Esto hace que se me desate una sensación de *déjà vu*. Creo que siempre hemos estado un poco cerca de más.

—Deja de hacerle perder el tiempo —me espeta Jamie mientras baja los escalones de atrás con estrépito—. Hay mucho que hacer. Espero que arregles estos escalones, Tom.

Vemos cómo Jamie va hacia el retrete portátil. Abre la puerta del de los hombres.

—Joder, no —protesta, y entra en el mío.

—Ese es mi baño. Tengo más ganas de gritar que nunca.

Suelto un suspiro y me tapo los ojos con la mano.

Tengo la intención de confiar en Tom y contemplar todo esto desde su perspectiva. Ahora veo con más claridad todo lo que él puede perder en comparación con mis posibles pérdidas. Siempre va a llevarme en brazos. Nunca va a tropezar ni a dejarme caer. Pero no puedo evitarlo. Ya me he sentido así antes, en muchas ocasiones. Mi yo inseguro y susceptible dice:

—Entonces lo de anoche fue algo puntual.

—Por supuesto que no. Pero mientras él esté aquí, no puedo tocarte. No puedes mirarme. No somos… nada.

—Vaya, así que no somos nada —expreso mi asombro con un susurro mientras el dolor empieza a centellear—. Es curioso, porque a mí no me pareció que no fuésemos nada. Más bien me pareció sentir anoche cada magnífico centímetro de Tom Valeska. En repetidas ocasiones. Una y otra vez hasta hacer que me corriera más que en toda mi vida.

Mis palabras provocan una reacción en cadena. Mi cuerpo se mueve, el suyo también y los dos miramos hacia la cama. Está toda desecha. Deseamos estar tumbados o inclinados sobre ella.

Cualquier versión es válida. Queremos estar en movimiento hasta lo más hondo.

Tendría sexo con él sobre un dibujo a lápiz de esta cama.

Me pongo de puntillas, le agarro del cuello y acerco su boca a la mía. Es instantáneo. Él me lo da todo en un parpadeo, con una intensidad tan fuerte que pierdo la capacidad de distinguir los colores. Siento una superficie bajo mi culo; estoy en el filo de mi mesa de trabajo y él está entre mis piernas. Diez segundos. Juro que a él le bastarían otros diez segundos para volver a estar dentro de mí. Tiro de su cinturón de cuero y le abro la hebilla.

—Métete, métete, métete —le ordeno cuando cambia el ángulo de nuestro beso.

Pegado a mí, siento que un temblor le recorre el cuerpo. Lo de anoche no sirvió para relajar las cosas entre nosotros. Las empeoró. Mucho. Pero se aparta de mí y levanta los hombros.

—¡Mierda! —dice con un bufido—. ¿Ves a qué me refiero? No podemos estar haciendo esto por toda la obra.

—Pues sí, es una mierda —asiento, y me pongo la mano en el cuello, donde se me ha subido el corazón como si fuese una rana—. Si no tenemos cuidado estaré embarazada de tres meses de tus trillizos gigantes cuando coloquemos el cartel de vendido.

Le tiemblan los hombros y los mueve en círculo. Se gira sobre el talón y sé que va a retroceder para terminar lo que acaba de empezar. Duro. Todo él está en tensión. Dios mío, sus ojos. Por un segundo siento terror. He provocado algo que no sé si voy a poder controlar. Pero él tiene una fuerza de voluntad de la que yo carezco y veo cómo vuelve a guardárselo todo.

Cruzo las piernas e intento en vano taparme más con la bata.

—¿Crees que vas a poder dejar de hacerme eso durante otros tres meses? ¿Crees que vamos a poder fingir sin más?

Su cuerpo dice que no. Pero su respuesta es otra:

—He estado fingiendo a tu lado desde que llegué a la pubertad. Podré seguir haciéndolo unos meses más. Oye, yo creía que

teníamos tiempo y anoche no dije mucho. —Está arrepentido—.
D. B., eres muy especial para mí, ¿vale?

—Sé que me quieres —contesto sin pensar. Anoche rompió mi
mundo en dos. Su amor está pegado a mi piel y sus besos dentro de
mis células—. Es imposible que no me quieras.

Responde con una carcajada.

—Esa es la seguridad de los Barrett que tanto me gusta. —Decide arriesgarse y se acerca para darme un cauteloso beso en la mejilla—. Sí, te quiero. Pero no sabes cuánto.

Le agarro la mandíbula suavemente y le doy otro beso en la
mejilla.

—No te preocupes. Lo sé. Siempre me lo has dicho, de una u
otra forma.

Es probable que Jamie se esté secando ya las manos o rebuscan-
do entre mi bolsa de maquillaje. Quizá aplicándose antiojeras bajo
los ojos. No me extrañaría en él.

—No, no lo sabes, Princesa. Tú eres la chica que ni en un millón de años pensé que conseguiría —confiesa, y me deja un beso
en la sien—. Aguanta por mí un poco más, por favor.

Oímos la voz de Jamie.

—¡Tom!

Cierra la puerta al salir y se va.

Me dejo caer sobre su sillón de despacho. ¿Qué es esta cosa
tan bonita y complicada que desatamos anoche? Quizá no sea una
burbuja lo que tenemos. Un globo aerostático de seda desinflado
invade este espacio. Es de todos los colores. Puede flotar y llevar-
nos donde sea, pero una simple costura suelta podría terminar
con él.

Aun así, tengo que aprender a ser optimista. Al fin y al cabo
Tom no acaba de terminar con lo nuestro. Me ha pedido que le es-
pere. Me quiere. Me estiro placenteramente con ese pensamiento.
Es mío, va a ser mío para siempre, hasta que me muera.

Mientras repaso esa pequeña parte de la conversación, me doy cuenta de algo que me provoca náuseas. He cometido el mismo error de cuando tenía dieciocho años. ¿Él me quiere? «Lo sé.»

No hago otra cosa que recibir, recibir y recibir. Nunca hablo de mis sentimientos con un hombre con el que me he acostado. Mi cerebro no emprende el camino lógico de contestar del mismo modo.

—Joder —digo en voz alta. Patty inclina la cabeza hacia mí y nota la desesperación de mi voz—. Patty, no le he dicho que yo también le quiero.

CAPÍTULO VEINTE

Escucho a escondidas cuando entro en silencio por el pasillo de atrás, con dos tazas humeantes en la mano y Patty acompañándome unos pasos por delante, ajena a los problemas que me ha causado esta mañana.

—Entonces, ¿se ha asustado? —pregunta Jamie.

Su voz resuena en la habitación gracias a la decisión de Tom.

—Sí. No pienso volver a hacerlo —contesta Tom mientras se oye cómo mueven unos ladrillos—. Me dio una patada en el culo. En serio, ¿por qué te hice caso?

Jamie responde como si se tratara de una pregunta estúpida:

—Porque le das todo lo que quiere. Si le hubieses preguntado antes, ella te habría mirado con esos ojos grandes y tú estarías construyendo de nuevo una chimenea que sabes que nos costaría dinero de la venta. Vamos, esto parece enorme ahora. Lo superará.

—Sí, sé a qué ojos te refieres. Se le da bien ponerlos. —Ladrillos y un resoplido—. Sí que creo que lo de quitar la pared ha sido lo mejor para la reforma, pero no podemos saltarnos su opinión.

—Yo creo que sí —responde Jamie con su habitual malicia.

Tom contesta con un gruñido:

—Ella es también propietaria. No voy a volver a hacerlo. Apártate, Patty.

—Vale —asiente Jamie unos segundos después—. Más vale que le digas ahora lo del comedor.

—No voy a decírselo —responde con exasperación—. Se lo voy a preguntar.

—¿Preguntarme qué? —Entro como si tuviese el don de la oportunidad—. ¿Y bien? ¿Qué? Chris va a estar aquí en quince minutos. ¿Qué aspecto tengo, jefe? —Miro a Tom con una amplia sonrisa—. Por fin estoy vestida con el uniforme.

—Un poco grande —dice Jamie con tono despectivo.

Le lanzo una mirada asesina.

—Truly me la va a arreglar.

Tom se queda mirando mi camiseta de Servicios de Albañilería Valeska y me da la sensación de que se le rompe un vaso sanguíneo o que se atraganta, algo instantáneo y doloroso. Es un enorme polo fluorescente con una mezcla de tejidos que no me importa en absoluto de qué son. Lo llevo con el cuello desabrochado y se me ve la parte de arriba del sujetador. Este sujetador provoca un diez en la escala de Richter. Soy una mala persona. Mientras él me mira, yo agarro el filo y me lo anudo a la cintura.

—Te queda bien —dice Tom automáticamente, pero me sorprende mucho que no se acerque a mí, me suba sobre su hombro y me saque de la habitación.

—¿Quién es Chris? —A Jamie no le gusta no estar informado—. ¿Y por qué va a estar aquí en quince minutos?

Le paso a Tom la segunda taza que tengo en las manos.

—Va a reforzar los cimientos de la parte que está en pendiente. Y llega tarde. Le he dicho que nos traiga donuts como disculpa por su retraso.

—Necesito eso con desesperación —le dice Jamie a Tom con un ligero temblor en la voz. Extiende las manos hacia la taza de café—. Dámela.

El azúcar es mi grupo sanguíneo. El de Jamie es la cafeína. Es la muleta que le mantiene en pie y en funcionamiento. Tom se limita a responder dándole un sorbo. Bien hecho.

Jamie suelta un bufido.

—¿De dónde lo has sacado?

—Tiene una cafetera en su dormitorio —responde Tom y, después, se queda inmóvil, como si se hubiese delatado.

—Vale, treinta segundos. —Jamie va directo a la puerta trasera—. Más vale que haya una tercera taza.

—¿No podrías haberte tapado eso con maquillaje? —Tom está mirándome el chupetón del cuello—. Voy a tener que tratar con hombres que van a estar mirándote eso todo el día, pensando en ti.

—Un recuerdo eclipsa sus ojos. Presiona levemente el chupetón con el pulgar y no me cabe duda de que nota mi pulso—. Soy yo el único que tiene que verlo.

No puedo evitar acercarme de puntillas para darle un beso en la mandíbula. Siento su barba de dos días como cristales de azúcar en los labios. Se ha olvidado de mi hermano. Se ha olvidado de cualquiera que no sea yo.

—Que lo vean. Yo sé quién me lo ha hecho.

—Ellos también lo van a saber. No son tontos. —Mira hacia la puerta trasera y sus siguientes palabras son apenas audibles—. No me puedo creer que Jamie no se haya dado cuenta. La ropa se te cae cuando estás delante de mí. —Pasa el dedo por el bordado con el nombre de la empresa—. ¿Soy un completo animal porque me guste ver mi nombre en tu pecho?

—Tú siempre has sido un completo animal, Valeska. Algún día te lo explicaré —le digo, y me pongo de puntillas para alcanzar su oreja—. Cuando lleve esto puesto sin nada más.

Estoy perdiendo el tiempo. Solo tengo un minuto. Nunca le he dicho a un hombre que le quiero y este es el único al que se lo voy a decir jamás. ¿Cómo hacerlo bien?

—Oye, eso que has dicho antes… —¿Cómo se lo digo? Me da miedo abrir la boca y gritárselo a la cara. Trago saliva y suelto un suspiro—. Quería decirte que…

—Lo sé —me interrumpe tranquilamente y yo bajo de mis puntillas.

¿Lo sabe? ¿O no quiere oír mi vergonzoso intento de declaración? Sabe que soy emocionalmente retrasada y está tratando de ahorrarme el mal trago. Qué bochornoso resulta no ser capaz de corresponder a su ternura y profundidad.

Pasa la mano por el cuello del polo para colocármelo pero termina tirando de mí. Se inclina para olerme el cuello.

—Más vale que Alex haya lavado esta camiseta.

—Lo ha hecho. Creo.

Esto es lo que resulta más fácil entre nosotros. La excitación.

La idea de que lleve sobre mí el olor de otro hombre hace que vuelva a su versión más básica. Es evidente. El aire se vuelve eléctrico y yo estoy desesperada por sentir sus manos en la piel. Noto sobre mí lo duro que está. Si estuviésemos solos, me pondría contra la pared y entraría en mí.

Oímos a mi hermano refunfuñar y Tom se separa un metro de mí.

—No sé cómo eres físicamente capaz de esto —le digo mirando la parte delantera de los pantalones—. ¿Qué hace falta para dejarte agotado?

Él sigue mirando su nombre sobre mí.

—Probablemente sea imposible.

Una de mis rodillas flaquea ante esa idea.

—En fin, ¿qué más da? ¿Ni una gota del enorme agujero del techo pero hay una gotera en la cocina? —advierto señalando hacia el pesado bulto marrón del techo de la cocina.

Tom se encoge de hombros, impávido.

—Bienvenida a mi mundo.

—He contado cuatro envoltorios de condones en el suelo. Estoy impresionado, Darce. —Jamie lo dice tan alto que oigo el aleteo de las palomas del tejado y Patty suelta un ladrido.

Tom se derrite entre los tablones del suelo.

—Casi fueron cinco —le susurro a Tom—. Pero… prioridades.

Recuerdo su mano retorciéndome el pelo, tirando de él, suplicándome. «Darce, Darce, no, así, sí.» Casi me siento mal por atormentarle. El café se le está derramando en un delgado goteo sobre la bota. Suenan unas pisadas por los escalones de atrás, más pesadas que las mías, pero con la misma cadencia. Se oye la puerta mosquitera y Jamie ha vuelto.

—Joder, tíos, ni siquiera yo soy tan prolífico. Le felicitaría si no tuviera que darle una paliza. No me extraña que hayas estado al borde de un paro cardiaco. —Jamie entra arrastrando los pies con un café en la mano—. Mejor será que dejes que esta mañana se recupere, Tom.

—Sí, Tom. Quizá no deberías pasarte conmigo.

Doy un sorbo a mi taza, tan apropiada en este momento. Sé que toda esta situación es de lo más seria, pero casi no puedo contener la risa.

—El barco de la virginidad zarpó hace muchas lunas. No entiendo por qué te empeñas en mostrarte tan macho y protector. Eso no va a impresionar a Tom.

—Oye, no veo que ahora mismo esté aquí ese tipo misterioso —Jamie me lanza una mirada de malicia pero yo no me dejo derrumbar por ella—. Cualquier tío que te deje aquí después de ese tipo de esfuerzo es un pedazo de mierda. ¿No puedes buscar a alguien que te saque a desayunar unos gofres al día siguiente?

—Sí que lo haría. Solo que… está ocupado. Espera, ¿eso es lo que tú haces?

Ni una sola vez he visto a una chica desayunando en esta cocina. Puede que Jamie se haya vuelto un romántico después de mudarse a la ciudad.

Jamie se pone una mano en la cintura:

—No te quepa duda de que lo hago. Y estoy seguro de que Tom trataría a una mujer mejor que eso. ¿Qué harías si vieras a un tipo saliendo a hurtadillas de la habitación de madrugada?

Le lanzo una mirada asesina.

Con satisfacción, Jamie le hace a Tom una señal con la cabeza.

—Búscate a alguien decente, Darce. Tom y yo queremos emborracharnos en tu boda y trajinarnos a tus damas de honor.

Empieza a bailar con movimientos lentos y sensuales, con la taza levantada por delante de él. Supo cuando tenía cinco años que a las mujeres les encantan los hombres que bailan y decidió aprovecharlo.

—Mirad cómo se mueve este cuerpo.

Es bueno. Ni siquiera se le derrama el café. Tom y yo nos reímos y eso le anima aún más. Esto es lo que pasa en las fiestas: Jamie se deja llevar, le rodea un círculo de gente que le aplaude y termina besando a una chica contra la pared al lado de los baños.

Hago un gesto de negación.

—Si haces un baile sorpresa en mi boda te mato, Jamie.

—Sí que lo haría —asiente Tom con expresión de cariño.

Ama a mi ridículo hermano.

Jamie está sonriendo.

—Lo pienso hacer con tu amiga más atractiva. ¿Quién es?

—Ya sabes quién es —afirmo, pero espero y espero hasta que me veo obligada a contestar—: Truly Nicholson, del instituto. Es un bombonazo. Si yo fuera gay o el hermano mellizo, me casaría con ella.

Jamie se atraganta. Creo que prefiere a las mujeres un poco delgadas. Se acabó la diversión.

—Bueno, pues queríamos decirte… No, espera. Tom, díselo tú. A ti se te da bien pedirle las cosas. —Jamie me mira, pensativo—. Apuesto a que dirá que sí a cualquier cosa que le pidas.

—Seguramente tengas razón —dice mi boca sin mi permiso.

Aprieto los dedos de los pies por dentro de los zapatos. Tom reinicia su ordenador central durante un largo sorbo de café.

—Ahora que esto ya no está —dice refiriéndose a la pared—, he pensado que deberíamos convertir el comedor en un tercer dormitorio. Esta es una casa de dos dormitorios, lo cual no resulta tan atractivo para una familia compradora. Si quisiéramos, podríamos hacer aquí el dormitorio principal y añadirle un pequeño baño privado. Una habitación adicional y un baño adicional.

Jamie termina la frase:

—Y más dinero. Mucho más.

—Claro —respondo, y me termino el café de un solo trago.

—Espera, ¿qué? ¿Acabas de decir que sí? —Jamie viene detrás de mí mientras entro en la cocina.

—¿A qué te refieres con que acabo de decir que sí? Yo soy la razonable cuando se me piden las cosas como es debido.

Miro a Tom y él pone una mueca de dolor como disculpa.

Todavía quedan azulejos en la pared donde antes estaba la encimera de la cocina. Agarro la palanca y los saco con movimientos pequeños y limpios, porque quiero presumir.

—Es una buena idea —le digo a Tom—. Pero si vamos a quitar todos los arbustos, las luces de los coches van a entrar en esa habitación por la noche. Necesitaremos unas buenas persianas. Y quiero que mantengamos la chimenea de ahí dentro. Aunque solo sea decorativa.

—Vale —contesta Tom. Hay en su voz un tono de incredulidad.

—Espera, espera, espera —dice Jamie—. ¿Estamos todos de acuerdo? Esta casa va a estar terminada en nada de tiempo —Luego mira la palanca—. Déjame probar.

—No.

Intento sujetarla pero no sirve de nada. Mi hermano es la versión de mí mucho más grande y musculosa. Me la arranca del puño con dos dedos. Yo levanto la vista hacia el techo.

—Estos daños por la lluvia tienen mala pinta.

—Tom lo arreglará —responde Jamie sin pensar.

Cada vez que decimos cosas así con tanta seguridad, la presión sobre Tom aumenta.

—Lo arreglaremos todos juntos.

Coloco una mano sobre el teléfono que está en mi bolsillo. Me pregunto qué más podemos hacer Jamie y yo para ayudar a Tom a respirar un poco más.

—Tú no vas a hacer nada más —me dice Jamie—. Eras un fantasma hace apenas media hora y llevas despierta tooooda la noche. Estás despedida.

—Me he tomado la medicación. Tom, ya estoy bien. Díselo.

Jamie golpea la barra de hierro contra su mano.

—No, cuéntale tú lo de que te mareaste en el baño y prácticamente te desmayaste después de pasar un día sin comer nada. Estabas completamente pálida por el bajo nivel de azúcar en sangre. Mi topo me pasó la información.

—No fue así —aseguro mirándoles a los dos—. Tom, apenas fue nada.

La mirada de Tom cambia cuando entiende mi pequeña traición del tamaño de un corazón.

—Incluso cuando no estoy aquí, sé cuándo pasa algo importante. —Jamie me aparta a un lado y empieza a golpear los azulejos. Está dejando grandes esquirlas intactas en lugar de sacarlas enteras—. Estoy protegiendo mis inversiones. —Mi hermano está demostrando ser un chapucero con una sonrisa en la cara. ¿Por qué iba a hacer algo con cuidado o a la perfección? Nació hombre—. Contactos más sentidos compartidos entre mellizos igual a Jamie lo sabe todo. Y sé que los dos os estáis haciendo muy amiguitos.

No me permito mover ni una pestaña.

—Deja que lo siga intentando.

—No —replica Tom. Está enfadado conmigo por mentir—. Se acabó el trabajo físico.

Patty me está mirando con ojos más penetrantes de lo habitual, apoyada en el triángulo de su brazo.

—Estupendo. Menos de una hora desde que ha llegado mi hermano y se me echa a patadas de mi propia obra.

Tom mira su reloj:

—En uno o dos minutos el teléfono va a empezar a sonar y no va a parar, créeme. Tengo que ocuparme de un montón de equipos de alquiler y presupuestos que no he terminado de revisar. Sabes que es para eso para lo que te necesito.

—Eh, y también tiene una cafetera —añade Jamie.

—No estás despedida —dice Tom lanzando una mirada asesina hacia la espalda de Jamie—. Se te ha asignado una nueva tarea. Concéntrate en el cartel de vendido, no en una caja de azulejos rotos. Céntrate conmigo en la visión global, D.B.

Necesito apartarme y redefinir la visión más global y más bonita de besar a Tom Valeska cada minuto de cada día hasta que los dos muramos de agotamiento. No tiene sentido raspar el papel pintado si estoy demasiado muerta para estar con él después de que nos den el cheque de la venta.

Tom está hablando como si Jamie no estuviese aquí.

—Nunca he dirigido mi propio negocio, pero tú sí. Es en eso en lo que necesito ayuda. Servicios de Albañilería Valeska no puede funcionar sin ti.

La bestia protectora que hay dentro de mí no puede negarse.

—¿Mi cargo puede tener un nombre?

—¿Subdirectora de obra de Servicios de Albañilería Valeska? —sugiere con un destello en los ojos cuando se fijan por un momento en el polo. Le provoca más efecto que un tirante de sujetador—. Sí, ese cargo te queda bien.

—¿Has oído eso, Jamie? Me acaban de ascender.

Me pregunto si habré conseguido el ascenso por haberme acostado con el jefe.

—Tiene una debilidad por ti de más de un millón de kilómetros de ancho —refunfuña Jamie—. Y tú te aprovechas de eso, doña subdirectora Darcy.

Supongo que en mi boca se ha dibujado una sonrisa porque Tom me lanza una mirada que dice: «No».

—¿Cuál es tu siguiente trabajo? —Jamie no espera a que Tom

responda—. Voy a comprar esa casa de la calle de atrás de mis padres. No está en primera línea de playa pero sigue siendo una buena ubicación y está muy barata. Es un antro. Necesito que la conviertas en algo habitable.

—Podría ser —contesta Tom con evasivas.

Sé que está pensando en su error de cálculo con el presupuesto.

—Después de esto, Tom no va a hacernos más favores —anuncio, e intento recuperar la palanca—. Queda libre de obligaciones.

Jamie está haciendo un destrozo con los azulejos. Decide en silencio que ya convencerá a Tom y lo deja estar. Siguiente tema:

—Tengo que ver si consigo estar libre para la cita de tu cardiólogo. Dime la fecha.

—¿Cómo es que te acuerdas de esas cosas? No es necesario.

—Navidad, Semana Santa, corazón de Darcy. He ido contigo todas las veces desde que nacimos —contesta Jamie balanceando la barra de hierro a un lado como si estuviese pensando en golpearme con ella en la cabeza—. Ya te has saltado dos años. Esa maldita cosa puede estar a punto de petar. Aunque, en teoría, ahora mismo no nos hablemos, pienso ir.

¿Tomaría un avión para ir conmigo a la cita con el médico?

—¿Por qué?

—Soy tu donante de órganos parlante. Más vale que esté disponible.

—Solo tienes un corazón, idiota.

—Ya lo sé —contesta Jamie—. Lo estoy manteniendo calentito para ti.

El idiota de mi mellizo me sigue queriendo. No puedo evitarlo: le rodeo con mis brazos y aprieto hasta que siento que le crujen las costillas. Él hace lo mismo conmigo y ahora estamos enmarañados en el clásico estrangulamiento de los Barrett. Cada vez más apretado.

—Eh, eh —grito cuando mis botas dejan de tocar el suelo y Jamie empieza a agitarme y darme vueltas como a un perro—. No te pases, Jamie. Bájame.

Patty está dando saltitos alrededor de mis pies, ladrando y mordisqueando. Oigo a Tom reírse. La vida es maravillosa. Voy a vivir eternamente.

—Envíame la información de la cita —repite Jamie a la vez que me deja en el suelo.

Está sonrojado y sonriendo. Estoy segura de que yo también.

—¿Y si tengo a otra persona que me acompañe también?

Quizá la presencia de Tom en la cita con el médico ayude a que esa maldita cosa se ponga a latir en condiciones por una vez.

—¿Quién? ¿Don Chupetón? Preséntamelo y me lo pensaré. —Jamie mira a Tom y le sonríe con intención de que se una al juego de burlarse de Darcy. Me empuja para que deje de abrazarle, pero no con malicia—. No sabía que por fin le habías contado lo de tu estado cardiaco a algún chico. Debéis de ir en serio.

—Quizá te lo presente. Te gustará.

—Lo dudo. ¿Has visto tú a ese chico, Tom? Deja que adivine. Es un eterno adolescente con una navaja en el bolsillo.

Tom no puede aguantarse. Empieza a reírse a carcajadas. Jamie se da por satisfecho y empieza a golpear el resto de los trozos de azulejos que hay en la pared.

—Voy a presentarte a un tipo con el que trabajo. Un ser humano adulto de verdad. Será una novedad para ti, Darce —dice Jamie, y sonríe a Tom para ver si se ríe con esto—. Se llama Tyler.

—No me digas más. Suena repugnante.

—No es culpa suya que sus padres le llamaran así. Es alto, le gusta pasear, los animales y todas esas mierdas que a las chicas les encantan. Tiene una moto y es atractivo. —Se gira hacia mí para hacer hincapié en ese gancho de venta tan importante—: Una moto.

Detrás de él, Tom se cruza de brazos.

—Va a venir por aquí la semana que viene para una conferencia. Le he dado la dirección. Va a recogerte y podréis daros una vuelta. En su moto. —Jamie guiña un ojo a Tom con gesto de complicidad—. Uno de mis planes infalibles.

Doy una patada a mi hermano en la espinilla.

—No. Si aparece le echaré con la manguera del jardín. Deja de meterte en mi vida amorosa.

—¿Vida amorosa? —Jamie se ríe—. En tu vida has pronunciado esas palabras. ¿Vida amorosa? Más bien será tu enérgica vida sexual. —Acerca la mano a mi cuello para tocarme el chupetón y no se da cuenta de que Tom está cambiando de expresión detrás de él—. Espero que eso se te vaya antes de que venga Tyler.

—Nada de planes. Olvídate de lo de ese tipo —le sugiere Tom a mi hermano bajando la voz a ese tono que tanto les gusta a mis ovarios—. ¿Qué acabo de decir? Le destrozaré.

—No hace falta —digo dirigiendo rápidamente la conversación de nuevo hacia mi hermano—. ¿Sigues con esa galga tan alta?

—¿Con Rachel? Rompí con ella. No dejaba de arrastrarme por delante de escaparates de joyerías. Ya me he fijado en otra. —Jamie se da cuenta de algo y se queda boquiabierto. Espero que ese sea mi aspecto cuando sonrío—. Probablemente sea yo el que la arrastre por delante del escaparate de alguna joyería.

Por un momento, se vuelve del color de una vidriera y sus ojos se iluminan con un azul aciano. Ojalá tuviera mi cámara. Después, se acuerda de algo y vuelve al golpeteo de la pared con poco entusiasmo.

Suelto un suspiro.

—Bueno, me alegro de que no se quede con el zafiro de Loretta. Joder, menos mal. Supongo que no…

—No. Me lo dejó a mí. Es para mi futura esposa.

Jamie pronuncia lo de «mi futura esposa» con una estúpida voz de falsete. Que el cielo asista a quien quiera que sea por la que finalmente se decida.

—Al menos, deja que me lo ponga. O que lo mire.

Según Loretta ese zafiro se volvió negro por haber estado enterrado en una maceta durante la guerra. No estoy segura de qué guerra sería. ¿Es cierto? No lo sé. Mi anillo favorito en todo el mundo está ahora viviendo un destino peor que el de una maceta: está en la caja fuerte de Jamie.

—Ponle precio. —No puedo mantener la boca cerrada—. Supongo que mil millones.

Nunca va a ceder en esto.

—Algún día voy a necesitar ese anillo. Los mellizos ya no son unos niños. Ha llegado el momento de que encontremos a un par de desgraciadas víctimas que se ocupen de nuestras mierdas toda la vida.

—Estoy segura de que «tu futura esposa» preferiría algo de Tiffany. Deja que me quede con el anillo, por favor. Puede que… puede que yo no siga viva tanto tiempo.

Dejo que mi voz se vuelva más débil para jugar la carta de mi corazón de mierda y Jamie se da cuenta. Incluso Tom se ríe un poco, aliviando su resentimiento posesivo.

Suspiro y me rindo:

—Asegúrate de que es alguien a quien no odie y que vaya a estar sentada con mi anillo mientras todos vamos de crucero cuando tengamos ochenta años. Se tomará unos cócteles Old Fashioned conmigo antes del almuerzo y quizá deje que me lo pruebe.

Si Tom tiene una mujer y no soy yo, la haré salir del camarote por la noche y empujaré sus viejos huesos por la borda.

—¿Vamos a ir de crucero cuando tengamos ochenta años? Lo estoy deseando. Voy a estar forrado. —Jamie sonríe, claramente encantado al pensar en su futura cuenta corriente. Entonces, se acuerda de algo—. No tengas muchas esperanzas. Ella cree que soy un desastre. Pero, sí, se tomaría unas copas en un crucero contigo.

Se trata de un punto sensible y yo estoy deseando apretarlo porque, por una vez, Jamie está yendo detrás de alguien. La amo, quienquiera que sea.

—Pues parece que te tiene calado. ¿Cómo se llama?

—No.

Las orejas se le han puesto coloradas. La frustración se me

agarra a la garganta. A juzgar por su lenguaje corporal y la palanca que tiene en la mano, será mejor que me aleje. Antes yo lo sabía todo sobre mi hermano. ¿Cómo podré volver a ocupar ese lugar si él me deja fuera para siempre?

Me pregunto si Tom lo sabe. Niega con la cabeza y se encoge de hombros.

—Estoy deseando embarcar en ese crucero contigo y tu anciano esposo Tyler —intenta burlarse Jamie, pero yo le paro los pies frunciendo el ceño.

—Entonces, ¿estamos de acuerdo en que esto es un dormitorio?

Tom está en la entrada del comedor y también de su propio infierno. Sé qué es lo que ha susurrado sobre Tyler, a oscuras y dejándome sin aire con movimientos acompasados. Ese cabrón no va a conseguirme.

Se está abrochando algo alrededor de la cintura, despacio, como si se tratase de una venganza. Es un cinturón de herramientas de los de verdad. Lleva un martillo a un lado. Le queda por debajo de la cintura y yo no puedo soportarlo. Entro en ebullición por dentro y el suelo vibra bajo mis pies, los huesos se me agitan y el corazón me golpea en el pecho. Las costuras de la camiseta que llevo puesta se desatan, el corazón se me vuelve de algodón y no puedo aguantar pasar diez segundos más sin besarle. Me pongo la mano sobre el chupetón y me muerdo el labio. Tenso todo el cuerpo para no provocar ningún sonido.

Anoche me convenció de que soy hermosa. Por lo que vi en sus ojos, yo le convencí de que es un genio del sexo. En sus labios aparece una levísima sonrisa.

—¿Darce? Quieres un dormitorio, ¿no?

Toso para aclararme la garganta.

—Haz una habitación propia de una princesa. Con papel pintado, una chimenea y una cama con dosel. Haz que alguien se enamore de esa habitación.

—Claro, como si fuese tan fácil —me responde Jamie con cierto sarcasmo en la voz—. No es tu esclavo.

—Ah, ¿porque es el tuyo? —El teléfono de Tom suena en mi bolsillo—. Tom, es tu madre. Vaya, es bastante temprano para ella.

Le paso el teléfono. Después, me giro hacia mi hermano. Hay en el aire esa sensación tan familiar. Una batalla de los Barrett.

—Así que, hiciste que Tom derrumbara mi chimenea.

Sé que esto no está bien, que no va a llevar a nada bueno, pero tengo que empezar a hacer que Jamie se acostumbre al hecho de que Tom va a elegirme a mí antes que a él a partir de ahora.

—Le dije que confío en él. ¿No es eso lo que haces tú? ¿Confiar en él? ¿Por qué no ahora? —Jamie coloca el pie justo donde estaba la chimenea y extiende los brazos—. Esta habitación es enorme. Ahora es posible hacer que parezca moderna.

Tom está hablando al teléfono con tono tranquilizador y sale por la puerta de la casa.

—Va a terminar destrozado —digo al verlo salir—. ¿Cuánto más va a poder soportar? Estoy intentando ayudarle.

—Tú nunca le vas a ayudar. Jamás. Eres un mono enganchado a su espalda. —Jamie espera que eso me duela. Al ver que no, vuelve a probar—. Solo está aquí porque yo se lo he pedido.

—Solo está aquí porque yo estoy aquí.

Acabo de soltar lo que no debía y esta vez Jamie no malinterpreta lo que quiero decir. Se ríe y me mira de arriba abajo como si yo no fuese nada especial.

—¿Quién te crees que eres? —pregunta con dulzura.

Son las mismas palabras que utilizó en nuestra gran pelea, las que resuenan en mi cabeza cada vez que saco la basura del bar o abro una caja con cincuenta tazas de adorno.

—¿Que quién me creo que soy? ¡Soy Darcy Barrett, joder!

Jamie se está riendo. Mi breve farsa ha llegado claramente a su fin.

—¿Crees que tienes alguna posibilidad con él?

Mi mal genio se convierte en un volcán en erupción.

—¡Sí que tengo posibilidad! —Me señalo el cuello—. ¡Esto es suyo! ¡Ahora es mío! —Es tan gratificante ver cómo Jamie se queda sin respiración que resulta delicioso. He ganado—. Es mío. Me quiere. Va a quedarse conmigo.

—¿Quedarse contigo? —espeta Jamie—. ¿Quedarse contigo? ¿Te estás acostando con Tom? Darcy, ¿qué es lo que hablamos?

—No puedes soportar verme feliz.

—Ah, y Tom parece superfeliz, joder —responde Jamie—. ¿Has conseguido al menos comportarte a la mañana siguiente como una adulta? —Ve en mí una mínima vacilación y se abalanza sobre ella—. Has hecho lo que haces siempre. Te has divertido, no has expresado un solo sentimiento y vas a irte en cuanto veas algún vuelo en oferta.

—Esta vez no lo voy a hacer.

Incluso yo me sorprendo de mi intensidad. Jamie parpadea y retrocede, pero se recupera rápidamente.

—Solo porque no tienes pasaporte. ¿Has conseguido encontrarlo?

—Dá-me-lo.

—Yo no lo tengo —responde Jamie. Y dice la verdad. Mira por la ventana delantera, distraído—. En serio, Darce, ¿por qué has tenido que elegir a Tom? Es demasiado bueno para ti. Te aprovechaste de él. Es capaz de hacer lo que sea que le pida cualquiera.

—Pues resulta que anoche le pedí muchísimas cosas.

—¿Ves? Compárate con él, por favor. Tom es todo bondad y sinceridad y merece un final feliz. Y tú solo eres… —Jamie se estruja el cerebro—. Eres un desecho humano, ¿lo sabes?

Esa frase se queda flotando en el aire como un gong.

—¿Qué me acabas de llamar?

Jamie se recupera sin inmutarse.

—Eres basura comparada con él.

—No. Llámame lo que me has llamado antes. —Siento como

si mis venas se llenaran de agua caliente—. Me has llamado desecho humano. Desecho humano.

Voy hacia él y empieza a retroceder. Las imágenes del teléfono de Truly iluminándose con continuos mensajes empiezan a cobrar sentido. Su rubor, su manera de desviar la mirada, su forma de cambiar de conversación cada vez que hablábamos de Jamie...

—¿Cómo? ¿Cómo has conseguido llegar a ella? ¿Truly es tu topo?

Cojo un ladrillo y se lo lanzo. Golpea contra la pared y le cae encima un trozo. Jamie se agacha a coger otro. Ya ha empezado. Es la Cuarta Guerra Mundial, con ladrillos en lugar de vajilla.

—Yo puedo hablar con quien quiera —me grita y me lanza un ladrillo, que pasa junto a mi cintura—. No tengo por qué darte ninguna puta explicación.

—Ella es mía. Es mi amiga. Mi mejor amiga.

—Pues él es mío.

Damos vueltas el uno alrededor del otro, furiosos. Esta es la pelea a la que nunca conseguimos poner fin. Un fino hilo de agua corre entre nosotros pero yo apenas me fijo en él. Lo único que veo es el rostro enfurecido de mi hermano, sus orejas rojas y abochornadas y el brillo de su frente.

—¿Cómo? —grito con frustración—. Dime cómo has conseguido hacerte con ella. Explícamelo. —Agarro otro ladrillo y lo sopeso en la mano. La imagen de tirárselo a la cara es muy potente—. No podías dejar en paz a esa única persona, la única que yo quería solo para mí.

—¡Es amiga mía! —ruge Jamie.

—¡No lo es! —grito, y le lanzo el ladrillo, que levanta un devastador trozo del suelo de madera—. Solo porque creas que tienes un don divino con las mujeres no quiere decir que ella tenga que caer a tus pies.

Eso parece desinflarle un poco. Recuerdo lo que ha dicho: «Ella cree que soy un desastre».

—Te estoy diciendo la verdad, Darcy. Es una de mis mejores amigas. Llevamos tiempo enviándonos correos electrónicos. —Yo me río con sorna al oír eso, pero Jamie me hace callar—. Necesitaba encontrar el modo de poder vigilarte después de nuestra pelea. Le escribí desde la página de Underswears. Ella me contestó. Eso me gustó.

Avanzo hacia él con las manos extendidas. Voy a matarle. Y a ella también. Y a todos.

—Jamie, maldito idiota.

—Basta ya —dice Tom desde la puerta abierta. Tiene el teléfono en la mano y una expresión sombría—. Basta ya, los dos. —Levanta los ojos. La lona que cubre el agujero del tejado está goteando—. Salgo de la habitación dos minutos y me encuentro esto. —Ve el destrozo que hemos provocado y el ladrillo que tengo en la mano—. ¿Qué has hecho, Darcy?

—Lo sabe todo. Que estamos juntos. Que eres mío al cien por cien.

Tom se limita a acercarse a mí, me quita el ladrillo de la mano. Y no dice nada.

—¿Y bien? —grita Jamie—. ¿Y bien?

—No puedo seguir haciendo esto —dice Tom.

Su expresión es de frialdad y furia. Algo dentro de mí empieza a hundirse.

—Solo dile que me quieres, y que estamos juntos, y que vamos a subir a arreglar la lona y a amontonar los ladrillos. Tom, díselo.

—Te he pedido una sola cosa: que no se lo contaras a Jamie hasta que se vendiera la casa, que me esperaras tres meses. Pero era mucho pedir.

—Te he esperado toda la vida. —Me muerdo el labio y extiendo una mano hacia él, pero se aparta—. Lo siento. Ya sabes cómo soy. Yo solo…

Tom mira el reloj.

—Sí, ya sé cómo eres. Te pedí tres meses. Has tardado treinta minutos.

Se niega a decirle a mi hermano que me quiere.

—Hola, estoy aquí —dice Jamie con tono sarcástico—. ¿Queríais mentirme?

Se acabó.

—Cállate, Jamie. ¿Qué era esa llamada? ¿Qué ha pasado? Vuelvo a acercarme a él.

Tom suelta un suspiro y cierra los ojos.

—Estaban desahuciando a mi madre mientras hablábamos. Sus… muebles y gatos. Y está histérica.

Odio que mis manos no le estén tocando.

—¿Un domingo y tan temprano?

—Su casero es un gilipollas. Tengo que ir.

La rabia se va convirtiendo en una aterradora monotonía.

—Oye —dice Jamie lanzándome miradas de alarma—. Se nos ha ido de las manos, como siempre, pero arreglaremos esto…

—Vámonos ya —me apresuro a interrumpir a Jamie—. Vamos todos y…

—Aldo tenía razón. —Tom está mirando al agujero del techo—. Yo no estoy hecho para esto. No soy el jefe. Soy la mano de obra fuerte.

—Lo estás haciendo estupendamente —decimos Jamie y yo, prácticamente al unísono.

—Ni siquiera habría llegado tan lejos sin Darcy. No puedo encargarme del teléfono y de la obra. Eso ha quedado bastante claro. Qué poco profesional, ¿no? Emplear al cliente. Nunca vi que Aldo hiciera algo así.

—Aldo podía delegar en ti. Tú no puedes delegar en ti mismo —protesta Jamie.

Tom no parece convencido.

—Entonces ¿no crees que eso vaya a suponer un problema cuando me mude a la siguiente reforma y cuando las cosas vuelvan a ponerse complicadas y tú te vayas?

Me mira.

—No has entendido nada. No voy a irme a ningún sitio. —Miro a mi hermano con los ojos abiertos de par en par—. Ayúdame.

—Vamos a tranquilizarnos —dice Jamie intentando utilizar el tono especial de Tom pero fracasando de forma lamentable.

Tom se pone una mano en la cintura.

—Basta de mentiras. Jamie, la he cagado con el presupuesto.

—¿Que la has cagado? ¿Cómo? —Jamie agudiza la mirada. El dinero es su talón de Aquiles y le está pinchando—. ¿Cuánto?

—Probablemente mi cinco por ciento al completo. Usé una antigua hoja de cálculo para la reforma. No la actualicé con las nuevas tarifas que les prometí a mis hombres para que se vinieran conmigo. Además de los gastos del alojamiento para los tres principales. Simplemente... la he cagado. —Levanta los brazos en el aire y los deja caer—. Un error de lo más tonto y simple y yo estaba demasiado distraído y no me di cuenta. Así que, ahí tenéis. Un poco más de munición para que podáis sacarla a colación una y otra vez durante el resto de vuestra vida. Ja, ja, ¿os acordáis de cuando Tom no sabía nadar? ¿Os acordáis de cuando Tom la cagó en su primera reforma como empresario?

—Quiero ver esa hoja de cálculo —le ordena Jamie—. Ahora. Tenemos un contrato...

—Soy muy consciente de ello. —Tom se gira para mirarme y veo dureza en sus ojos—. Y a ti te he estado mintiendo en una cosa.

—No me importa lo que sea. —No pienso dejarme romper por esto, sea lo que sea—. No me importa que ella siga teniendo el anillo. Si vuelve a haber boda. Si, en realidad, estás ya casado. No va a impedir que te quiera.

Me hace callar.

—Tengo tu pasaporte.

Me quedo completamente vacía y siento que algo atraviesa mi talón de Aquiles.

—¿Qué?

—Lo encontré la noche que llegué. Estaba encima del frigorífico, fuera de tu campo de visión —confiesa. Hay en su cara un levísimo atisbo de sonrisa—. Me lo metí en el bolsillo y lo guardé. He tenido un millón de ocasiones en las que pude dejarlo en algún lugar donde pudieras encontrarlo, pero no quería. Deseaba mantenerte aquí. Así que, sí —dice mientras va hacia la puerta de atrás con Patty pisándole los talones—. No soy la persona perfecta que los dos necesitáis que sea.

La puerta mosquitera se cierra de golpe. Yo voy a salir detrás de él, pero Jamie me lo impide.

—Deja que se calme. Mira lo que has hecho. —Se pasa una mano por la cara—. ¿Qué coño es esto?

Mira hacia la puerta trasera.

—Nunca le he visto así —afirmo, y me dispongo a ir otra vez a la puerta de atrás, pero Jamie me rodea la cintura con el brazo—. Suéltame.

—No. —Jamie me sujeta con tanta fuerza que me duele—. Si dejo que salgas, se acabó. Vais a ser él y tú contra mí. Los dos os olvidaréis de mí para siempre.

Estoy a punto de contestarle con algún sarcasmo, pero noto el miedo en su voz.

—No te vamos a dejar fuera. Nada va a cambiar, salvo para Tom y para mí.

—Si me entero de que ha estado a mi lado todo este tiempo solo para conseguirte, no sé si voy a poder soportarlo. Ese hombre es mi único amigo de verdad.

El cuerpo de Jamie está a la defensiva, con los brazos cruzados, alzándose frente a mí, pero con ojos de niño asustado.

—Por supuesto que no es así —aseguro cogiéndole del codo—. Vamos a hablarlo entre todos. Quédate aquí para dirigir la obra. Yo iré con Tom a por su madre.

—Vale. Llevadla a casa de mamá y papá. —Se queda pensando—. Yo voy a comprar pronto la casa en la que voy a invertir. Se la alquilaré a la madre de Tom. —Jamie ve algo por la ventana de delante—. Ha llegado el tipo de los cimientos. Con donuts. —Abre la puerta para que entre—. Sí, pasa. Estamos justo en medio de una crisis, pero…

Jamie y yo pasamos uno o dos minutos tratando de fingir que lo tenemos todo controlado. Chris alucina al ver el agujero del techo y fingimos que no es para tanto. No tenemos un enorme y espantoso agujero en el centro de nuestro universo que deja entrar la lluvia en forma de lágrimas.

—Voy a por Tom —les digo a los dos.

Voy a mi dormitorio, pero no está ahí. Recorro el lateral de la casa. Camino junto a las huellas que han dejado mis tacones esta mañana; típico de mí, joder. Estoy recorriendo el mismo camino impulsivo y egoísta.

La furgoneta de Tom está saliendo ya marcha atrás por la mitad del camino de entrada. Echo a correr, pero no lo suficientemente rápido. Lo intento. Le he seguido casi hasta la esquina de la calle Simons cuando me quedo sin fuerzas, y si mirara por el espejo retrovisor me vería doblada hacia delante, maldiciendo a mi corazón y a mí misma.

Pero siento como si esta vez no fuese a volver para buscarme.

Después de dos días sin Tom, soy un despojo frío como el hielo.

—Volverá mañana —me dice Jamie, pero sin conseguir usar su habitual tono seguro. Me pasa una taza de té—. Bébete esto.

—No puedo. —Me giro sobre los escalones de la puerta y lo dejo en el suelo salpicando un poco—. No puedo.

El atardecer lo está empapando todo de unos colores insultantemente bonitos.

—Vas a tener que comer o beber algo y dormir en algún momento. A este paso, el pelo se te va a llenar de canas. —Jamie me coloca el bote de mi medicación en la mano con un golpe—. Tómatelas. —Se sienta a mi lado con un gruñido. Está cansado tras dos días llevando la vida de Tom—. No me puedo creer la cantidad de mierda a la que se tiene que enfrentar.

Jamie entró en modo recuperación después de recogerme en la acera y de que mi corazón retomara la capacidad de bombear. Casi me llevó en brazos a casa, me sentó encima de la tapa del váter y dio una orden a Colin nada más entrar.

—Te pagaré el doble de sueldo para que dirijas la obra. Tom ha tenido una emergencia.

—Hecho —contestó Colin, sin el menor atisbo de «Te lo dije» en la mirada; solo preocupación—. Vale, chicos —empezó a decir—. Vamos a organizarnos. Voy a avisar a Chris. La electricidad se corta a las nueve en punto.

Con la experiencia de Colin, la voluntad de Jamie y mis habilidades para responder llamadas de teléfono, la reforma ha continuado sin retrasos.

—Necesitamos que vuelva —digo con un gemido de desesperación a la vez que me pongo las manos sobre los ojos cerrados—. Le hemos destrozado. —Oigo el motor de un vehículo. Me incorporo. Pasa de largo y yo suelto un suspiro y apoyo la cabeza en las manos—. ¿Has llamado a mamá y papá?

Jamie tiene ahora su brazo sobre mis hombros.

—Tom estuvo allí ayer. Dejó a su madre a la hora de la cena. La han instalado en el cuarto de invitados, ese tan bonito con vistas al mar. Está bien. Hay gatos idénticos por todas partes.

Jamie saca su teléfono y me enseña la foto que mi madre le ha enviado. Hay gatos blancos y negros en el banco, en los sofás, en las ventanas y encima del frigorífico.

—Parece que a mamá le encantan. Les llama a todos señor esmoquin.

Hay otra foto de Fiona, la madre de Tom, saludando a la cámara. Su sonrisa no se refleja en sus ojos. Me recuerda a cuando le regalamos la cesta de bienvenida, tantos años atrás.

—No me importan los gatos. ¿Adónde ha ido él?

—Mamá no lo sabe. Me ha dicho que apenas dijo nada cuando estuvo allí, solo que tenía que irse. No se quedó a pasar la noche. Ella trató de convencerle para que se quedara, pero él se limitó a meterse de nuevo en su furgoneta. Se disculpó, pero ella no sabe por qué.

Jamie vacila mientras piensa en algo.

—Dime.

—Ha dejado a Patty con ellos.

Me empuja con el brazo hasta que nuestras cinturas quedan pegadas. Juntos, nos estremecemos mientras pensamos las distintas posibilidades.

—No me importa lo que hizo —aseguro. He encontrado mi pasaporte sobre la almohada. Lo metería en la tostadora con tal de que Tom volviera—. Piensa de verdad que no vamos a perdonarle nunca. ¡Por culpa del dinero y de un pasaporte!

—No es de extrañar —admite Jamie—. Los dos nos ponemos como psicópatas con…

—El dinero y la libertad. Lo sé. Lo sé. Nos odia. —Dejo caer la cabeza entre las rodillas—. No soporto esto. Ha desaparecido del todo.

—Es una mierda, ¿verdad? —dice Jamie sin tono acusatorio. Está hablando con ternura—. Por eso nos duele cuando lo haces tú.

—No voy a hacerlo nunca más —afirmo, y trago saliva sobre el nudo que siento en la garganta—. Si eres capaz de soportarme…

—Sí. Quédate. —Jamie me da una palmadita en la mano y después me quita el teléfono de Tom—. Sabes que tenemos que probar a hablar con Megan —dice con un tono de disculpa que nunca antes le había oído—. Tenemos que hacerlo, Darce. Yo estoy aquí.

Mantiene el brazo rodeándome la cintura mientras marca.

—¿Darcy? —pregunta Megan cuando responde.

—Somos Darcy y Jamie —dice Jamie cuando ve que yo no tengo voz—. ¿Está Tom ahí?

—Vale, me ha dicho lo que os tenía que contar cuando llamarais.

Lo primero: no te asustes. No, espera, eso ha sido lo que me ha aconsejado a mí. Lo segundo: Dile a Darcy que nosotros no volvemos a estar juntos. —Megan suelta un suspiro, nerviosa—. ¿Lo has oído, Darcy? No estamos juntos.

—Lo he oído. —Mi voz suena ronca—. ¿Él está bien?

—Sí. Ha dicho que necesita tiempo para pensar. Me ha contado que ha cometido dos errores y que os ha hecho enfadar a los dos.

—No es así —respondemos Jamie y yo a la vez, como mellizos.

—Eso es lo que le he dicho yo —responde Megan—. Todo el mundo sabe lo mucho que le queréis. Ya sabéis cómo es, lo duro que es consigo mismo si no es…

—Perfecto —digo. Esa terrible palabra suena como una maldición en mi boca—. Sí, lo sabemos.

—Ha estado sometido a mucha presión y le ha superado.

—¿Puedo… puedo hablar con él?

De repente estoy muy nerviosa.

—No se está quedando aquí. Solo ha venido a…

Hace una pausa.

—Recoger el anillo —añade Jamie sin ningún tacto.

—Sí —contesta ella con voz suave y triste—. Me ha dicho que lo necesita para algo importante.

—Megan, siento cómo te miré en Navidad —suelto sin más—. Lo siento. Yo no quería que rompierais y creo que tienes una piel fenomenal.

Se ríe. Oigo ruido de niños de fondo. Está en la calle.

—Sí que me mirabas, mucho —asiente sin resentimiento—. Pero yo también te miraba.

Es de risa. Megan es un diez. Yo soy todo un seis, como mucho.

—¿A mí? ¿Por qué?

Megan tapa el auricular y dice algo como: «Ahora mismo, cariño». Después añade:

—Porque siempre he sabido cuánto te quiere.

—Nos criamos juntos —digo con incomodidad. Miro de reojo a Jamie, pero su expresión es neutra mientras escucha—. Claro que me quiere. Somos como familia. Yo soy como su hermana.

—En Navidad Tom cobraba vida —dice ella—. He tardado años en admitirlo pero, cuando tú estabas presente, él se iluminaba. Y si estabas de viaje se quedaba desinflado. No pasa nada —se apresura a decir cuando yo me dispongo a objetar—. Sé que prácticamente yo ocupaba un segundo puesto después de ti.

—Lo siento —interrumpe Jamie con desesperación—. Pensé que si os presentaba tú le ayudarías a salir de su depresión. Cuando te fuiste se quedó bastante mal —añade mirándome con tono de disculpa—. Megan es prácticamente perfecta para él.

—No. No lo soy —responde Megan, y el grito feliz de un niño casi nos deja sordos—. De verdad que no lo soy. Pero Darcy sí lo es. Lo siento, chicos, pero tengo que irme.

—¿Cómo has tenido un niño tan rápido?

Me alegra que ella reaccione con una carcajada.

—Estoy saliendo con un chico que tiene un hijo de tres años. Estoy en el parque viendo cómo juegan. Ha sido bastante inesperado, como enamorarme de dos a la vez. —Megan hace una pausa—. ¿Podéis avisarme cuando Tom vuelva? Por favor, sed suaves con él.

—Me he dado cuenta de una cosa. Tom nunca nos ha pedido nada. ¿Lo sabías? —dice Jamie mirándome. Yo me quedo pensando. Es verdad—. Nada. Ni un vaso de agua, aunque haga calor. Ni dinero, ni ayuda. Nada. Simplemente no sabe cómo hacerlo.

—Eso también supuso un problema para mí —dice Megan.

—Es fácil —les corrijo a los dos—. Solo hay que obligarle, él suspira y lo acepta.

—Creo que eso solo funciona contigo —apunta Jamie—. Y sí, Megan, seremos suaves con él. Nada de lo que él pueda hacer conseguirá que nosotros… —Jamie no puede acabar la frase. La voz se le ha roto.

—Dejemos de quererle —añado yo, con voz fuerte y firme—. Ha cometido un par de fallos pero no son importantes. Le queremos. Solo deseamos que vuelva. Esta vez nos aseguraremos de ganárnoslo.

Colgamos y nos quedamos mirando la calle juntos. Cuando se acerca el siguiente coche, los dos erguimos la espalda. Y los dos la dejamos caer de nuevo. Por primera vez desde que éramos niños estamos apoyados el uno en el otro.

—Tienes razón, Darce —dice Jamie después de que haya pasado una eternidad y los dos tengamos la piel erizada y picaduras de mosquito—. Los mellizos tenemos que averiguar cómo merecernos a alguien como Tom Valeska. Cuando vuelva tenemos que ser capaces de demostrarlo.

Entrelazo el brazo con el de mi hermano.

—¿Cómo podremos hacerlo? Él es tan... —la palabra «perfecto» ya no está permitida.

Levanto los ojos al cielo y una estrella fugaz pasa por encima de nuestras cabezas, dejando un rastro a su paso. Loretta está aquí. La siento. Dejo correr las lágrimas.

—Le echo de menos. Y a ella.

Jamie sabe exactamente a quién me refiero.

—No hemos perdido a ninguno de los dos. No del todo. Están simplemente... de vacaciones. No pasa nada. Lo solucionaremos.

—Pero Tom ha dejado a Patty.

No me queda más remedio que maravillarme al ver cómo puede mi corazón latir de una forma tan lenta y regular, incluso cuando pongo la cara sobre el hombro de Jamie y empiezo a llorar.

—Le he enviado por correo electrónico la información de la cita —me dice Jamie mientras nos sentamos en la sala de espera del cardiólogo—. Se lo he enviado a su antigua dirección de correo.

Apuesto a que la sigue mirando. Va a hacerlo. Lo sé. Hoy es el día.
—Y asegura con más fuerza—: Te lo prometió.

Yo no respondo. Últimamente no hago mucho uso de mi voz. No soy más que una media persona desdibujada que sigue con vida por los caramelos que me da Truly con la mano y el agua que Jamie me mete por la boca. Resulta extraño verlos en la misma habitación. Se mueven juntos afanosamente, discutiendo, empujándose y lisonjeando. Jamie tiene razón. Truly piensa que es un desastre. Un desastre de lo más guapo. Por suerte, él aún no lo ha notado.

—Lo siento, lo siento —había soltado Truly nada más llegar y sentarse al borde de mi cama.

Pero yo negué con la cabeza sin muchas ganas. Qué más da. Ya sé cómo es mi hermano. ¿Quién se podría resistir a alguno de sus impertinentes y divertidos correos electrónicos? Nadie. Ni una sola persona en el mundo que le haya conocido podría no hacerle caso. No debería exigir a mis amigos un nivel que no pueden alcanzar.

Me abrazó hasta que el cielo se volvió negro y Jamie pidió pizza. Si no resultase tan triste, les lanzaría pullas sobre su relación, pero no puedo hacer otra cosa que sostener en la mano el teléfono de Tom y corregirme cada vez que flaqueo.

«Va a volver contigo. Ya verás.»

Miro cómo Jamie escoge una revista para mí.

—La *Golf Digest* —dice en un intento de hacerme reír antes de abrirla sobre mis piernas con un artículo—. Vamos, Darce. Tienes que mejorar tu *backswing*.

—Vale. Pero tú también tienes que mejorar. —Elijo una revista para él—. Aprende a cocinar jamón confitado.

Últimamente estamos entregados a la mejora personal. Estamos decididos a convertirnos en la mejor versión de nosotros mismos. Los dos nos concentramos en las lecturas que nos hemos asignado hasta que suena el teléfono de Tom. Como siempre, damos un brinco y corremos a por él.

—Es un mensaje de la agente inmobiliaria. Margie viene a las tres. ¿Habremos vuelto a tiempo?

—Sí. Y si no, Colin puede encargarse.

Han pasado dos meses. Cuesta creer que tengamos una casa bien terminada para enseñarle a una agente. Quiere diseñar un plan estratégico. La demanda de inmuebles de nuestra zona está al rojo vivo.

—Dos meses —le digo a Jamie, y él sabe a qué me refiero.

Nos quedamos sentados con la mirada perdida en dirección a la mesa de la recepción durante un rato. Giro la cabeza con esfuerzo para mirar a mi hermano. Mi espejo parece estar tan mal como yo.

—Sí, tenemos un aspecto de mierda —dice a la vez que gira la cara hacia mí. No somos más que dos cadáveres rubios—. Joder, qué absurdo resulta, ¿no?

—¿El qué?

—Que no podamos vivir sin él.

—Sí. Eso es lo que me preocupa que me vayan a decir en esta consulta. Estoy en las últimas, Jamie —gimo agotada y me dejo caer en una especie de cabezada.

A medida que pasan los minutos, tengo que asumirlo. Se ha ido. No va a volver por mí ni por mi estúpido corazón. Miro de nuevo el teléfono que tengo en la mano. Quiero apretarlo hasta sacarle un mensaje. Solo una palabra diciendo que está bien y podré volver a conectarme y podrán encontrarme el pulso.

Pronuncian el nombre que nos hace a los dos girar la cabeza.

—¿Barrett?

—Solo necesitamos un minuto más —contesta cortésmente Jamie a la ayudante del cardiólogo—. Estamos esperando a que venga también un amigo a la consulta.

—Yo le llevaré cuando llegue —nos dice la recepcionista—. Tenemos que cumplir con la agenda.

Derrotados, los mellizos Barrett recorremos el largo pasillo blanco. Yo siento miedo. Mi corazón es un hueso de albaricoque muerto. Van a tener que abrirme para que Jamie me deje prestado el suyo y tendremos que vivir como siameses.

La mano de Jamie se cierra sobre la mía. Nunca he estado tan asustada por mí.

—¿Qué voy a hacer? —le susurro a la vez que nos sentamos—. ¿Qué?

—No lo sé —me contesta en voz baja—. Pero vas a estar bien. Yo estoy aquí.

—Darcy Barrett —me dice el doctor Galdon con ademán ostentoso. Me conoce desde hace años—. No te he visto la cara desde hace muchísimo tiempo. —Su sonrisa desaparece cuando la réplica ingeniosa que espera no llega de parte de ninguno de los mellizos—. ¿Qué pasa?

—Solo estoy un poco abatida —digo con desgana—. No me encuentro muy bien por ahí dentro —explico apuntándome al pecho.

—Ajá —contesta el doctor Galdon y yo intento no fijarme mucho en su expresión mientras me toma la tensión.

Sé que tengo un aspecto terrible, con los pómulos marcados y los ojos permanentemente enrojecidos. ¿Tom pensaba que antes se me caía la ropa? Parezco un mocho con la tela negra.

—Vamos a conectarte.

Me pongo una bata detrás de un biombo del fondo de la sala. El doctor Galdon me ayuda a sentarme en el borde de la camilla de reconocimiento y acerca el monitor cardiaco. Me coloca pequeñas almohadillas por todo el cuerpo y conecta los cables a las máquinas. Esto me asustaba mucho cuando era niña. Creía que iban a hacerme revivir a base de descargas. Puede que ahora sea una buena solución para mí.

—No come nada, se olvida de la medicación… Se le ha caducado —Jamie me delata de forma automática y desganada—. Bebe demasiado. No hace ejercicio alguno. Se pasa el día llorando. Azúcar, Dios santo, el azúcar.

—Vale, vale —contesta el doctor Galdon mientras me pega la última almohadilla al pecho. Yo me giro y me tumbo—. No la pongas nerviosa.

Ha presenciado algunas de nuestras bruscas peleas en bastantes ocasiones. Una vez más, se queda en silencio cuando yo no digo nada.

Lo que menos se imagina es que los mellizos Barrett hemos dejado de pelearnos. Requiere demasiado esfuerzo y, además, tenemos que apoyarnos el uno en el otro para mantenernos a flote sin nuestro parachoques especial para allanar el terreno. Oigo la inflexión aguda de un pitido y todos miramos la pantalla mientras mi corazón empieza a hacer garabatos y a bombear con toda la energía de un renacuajo agonizante. Oigo un pitido y por una décima de segundo pienso que es el sonido de mi cuerpo muriendo.

—Permitid que atienda esta llamada —dice el doctor Galdon—. Es una emergencia. Esperad un poco.

Sale de la habitación y yo me quedo tumbada mirando las líneas de la pantalla.

Piii-pooo, piii-pooo.

—El bufete ha enviado los papeles —dice Jamie para romper el silencio—. Han llegado por correo. Nos va a matar.

Añade esto último con tono alegre, como si estuviese deseando que llegue el momento en que Tom haga un gesto de negación al ver lo que hemos hecho.

—Sí —contesto con un suspiro—. Le puedo oír diciendo «No necesito vuestra ayuda…».

Jamie me interrumpe imitando a Tom.

—«No necesito una tercera parte del precio de venta».

—«No me lo merezco» —continúo con la voz de Tom—. «No soy un Barrett. Es vuestra herencia, no mía.» —Me froto los brazos y trato de no mirar la pantalla—. Pero sí que la merece. Y la va a recibir. Gracias, Jamie. Es la forma perfecta de demostrarle que es importante, igual a nosotros, y que le vamos a querer siempre.

—No heredó nada y no he tenido que pensármelo dos veces —asiente. Jamie se ha estado machacando por esto—. Yo solo pensaba en el dinero, no en él. Prácticamente era su tercer nieto y no recibió nada. Esto no es más que hacer justicia.

—Pero ¿podrás conseguir que firme? Es muy orgulloso.

—Cuando le encuentre podré obligarle a lo que sea —dice Jamie con absoluta confianza—. Incluso a que firme ese documento.

—Cuando le encuentres —digo con una exhalación.

Jamie también suspira y la habitación queda en silencio. Es imposible encontrar a alguien que está dolido y ha decidido esconderse. Yo debería saberlo. Lo he hecho durante años. Quién sabe en qué lugar del mundo podría estar Tom.

—En cuanto me den permiso para viajar voy a ir a buscarle.

Jamie no intenta prohibírmelo ni me dice que es una estupidez.

—¿Adónde vas a ir a buscarle primero? —es lo único que responde.

—No estoy segura. Miraré en el hemisferio norte...

—Y yo en el hemisferio sur —dice Jamie sonriéndome—. Le encontraremos. Somos personas muy decididas. Dos tanques de artillería rubios en marcha cubriendo cada centímetro.

Está tratando de hacerme sonreír, pero me distrae una sensación de vibración en los huesos, un estremecimiento en la planta de los pies y un hormigueo que me va subiendo por las venas. En la pantalla, mi ritmo cardiaco está elevándose. Empiezo a sentir calor.

—Dios, ¿estás a punto de estallar? —Jamie se pone de pie y mira la pantalla con preocupación—. ¿Qué coño está pasando? Voy a por el doctor...

Se abre la puerta.

—Aquí dentro —dice la recepcionista y Darcy y Jamie Barrett tienen un infarto a la vez.

Tom Valeska siempre aparece exactamente cuando más le necesitamos. Está de pie, en la puerta, con el ceño fruncido y una camiseta demasiado ancha para su cuerpo. Tiene un pie echado hacia atrás, como si estuviese listo para salir corriendo.

—Gracias —dice con su habitual educación a la recepcionista.

Sus ojos se mueven a toda velocidad de Jamie a mí, con inquietud y desesperación. Está sonrojado y sudoroso. Es la persona más hermosa que he visto nunca.

—Hola —digo sin poder moverme por la aceleración de mi corazón—. Has venido.

Jamie sale de su estado de sorpresa y hace lo que yo no puedo. Se acerca a Tom, le rodea con los brazos y le estrecha con fuerza.

—Has venido —repite Jamie sin dejar de abrazarle—. Estás aquí. Estás bien.

—Claro que estoy bien. ¿Tú estás bien, Darce?

Los ojos de Tom se fijan en la máquina que está a mi lado y en los cables que me salen del pecho. Nunca antes me ha visto tumbada con una bata y enganchada a una máquina. No es fácil de ver. Intento quitármelos, pero están demasiado bien pegados.

—Estoy bien —digo con el último aliento que me queda. Me incorporo para sentarme en el borde de la camilla. La habitación se llena de pitidos—. Ven aquí. Por favor, ven aquí.

Mis ojos están llenos de lágrimas. Jamie le suelta y Tom se acerca y se coloca entre mis piernas. Todo el mundo desaparece. Mete los dedos en mi pelo desgreñado y me inclina la cara hacia arriba.

—¿Qué ha pasado aquí? —pregunta con voz áspera llena de compasión—. Tienes muy mal aspecto, mi preciosa Darcy Barrett.

Apoyo la cara en su plexo solar y siento sus manos calientes en la nuca. Mete el otro brazo entre los cables y me cubre la espalda con la mano. Pienso guardar la sensación de este abrazo el resto de mi vida.

—Tom, ¿estás bien?

—Estoy bien —responde—. Lo siento, chicos —intenta disculparse, pero los dos le hacemos callar de inmediato.

Jamie se siente excluido y se apoya en la mesa de reconocimiento que está a mi lado. No somos más que dos pajaritos rubios con los ojos levantados hacia Tom como si le necesitáramos para sobrevivir. Ah, espera. Es que es así.

—Pero yo la… completamente —vuelve a intentarlo y los dos negamos con la cabeza—. Del todo…

—No nos importa —dice Jamie, haciéndole callar—. No nos importa. Has vuelto. Eso es lo importante. Por favor, haz que mi hermana siga con vida. Sea como sea.

—¿Qué es lo que necesita para seguir viva?

—A ti —responde Jamie sin más.

Solo dos palabras, pero muy potentes. Tom le mira bruscamente, como si no se creyera lo que acaba de oír.

—A ti —repito yo—. ¿Dónde narices has estado?

—Creía que la había fastidiado y que no me ibais a perdonar, así que me puse a conducir. Supongo que me fui de la ciudad sin más. Quizá sea como mi padre —dice Tom con un suspiro. Después se frota la cara—. Quizá sea eso lo que llevo toda la vida temiendo: ser como él.

—No eres así —replico acariciándole el brazo—. ¿Es por eso por lo que te has estado esforzando más que ningún otro ser humano durante toda tu vida?

Se encoge de hombros y sé que tengo razón.

—Dejaste a Patty —dice Jamie con cierto tono acusatorio—. Creíamos que te habías ido y que habías lanzado tu precioso trasero por un cañón.

Tom se ríe mientras me acaricia, aplacando el terror que hace que el monitor cardiaco no deje de pitar.

—Patty necesitaba unas vacaciones en la playa. Esa vieja amiga parecía estar agotada.

—Ditto —gimo mientras sus uñas dibujan suaves círculos en mi cuello—. Tom, casi me muero sin ti. El doctor Galdon está a punto de confirmarlo.

—Sí, ¿dónde está? Voy a por él.

Jamie sale con el ceño fruncido y cierra la puerta. Joder, acaba de salir de la habitación para que podamos estar solos. Mi corazón está lanzando tantos pitidos que Tom mira de reojo con preocupación.

—Tranquila —susurra acariciándome la cara con sus cálidas manos y mirándome con intensidad.

Se acerca para darme el beso perfecto en la boca. Es suave y bueno, como el de un amigo.

—Yo también me moría sin ti.

—Hemos trabajado mucho —digo con la intención de atraerlo para que me dé un beso más largo—. Espera a verlo.

Él evita mis labios.

—No puedo decirte cuánto lo lamento —responde con un gesto de dolor—. Lo arreglaré todo. No dormiré hasta que quede perfecto.

—No me refiero a la casa. La casa está bien. Colin ha hecho de jefe de obra y yo he sido su ayudante. Jamie ha recortado muchos gastos y ha encaminado el presupuesto. Tonto —le regaño con ternura mientras le acaricio el brazo—, podemos arreglarlo todo por ti.

—Eso es lo que siempre intentáis hacer —gime con tono de culpa.

—A lo que me refería era a que Jamie y yo hemos estado esforzándonos en nosotros mismos. Nos hemos estado reformando aquí dentro —le explico cogiéndole la mano y presionándola contra mi corazón por encima de las almohadillas del monitor—. Vamos a seguir haciéndolo mucho tiempo para asegurarnos de que nunca más salgas huyendo. ¿Adónde has ido?

—Creo que fingí que estabas sentada en el asiento del pasajero, a mi lado, y simplemente… me fui. Hemos estado en muchos sitios. Hemos ido por carreteras secundarias, nos hemos alojado en hoteles de carretera baratos y en uno muy caro. La playa. Un restaurante realmente estupendo al que te voy a llevar de verdad…

De pronto su resplandor se desvanece, como si recordara que es imposible.

—Llévame allí.

—Pero lo de tu pasaporte…

—No importa.

Consigo alcanzar su cuello con la mano y lo atraigo hacia mí. El corazón está a punto de ponérseme del revés cuando nos besamos con la boca abierta y nos saboreamos una vez más. Es más dulce que el azúcar, más delicioso que nada que haya probado jamás. Es mi eterno deseo de cumpleaños.

—Pero es imperdonable —protesta levantando la boca para terminar con un suculento mordisco de mi labio inferior—. Ha sido la peor mentira que te he dicho jamás…

—Tu peor mentira fue decir que no podías seguir haciendo esto. Porque fue una mentira, ¿verdad?

Ahogo un gemido cuando sus manos me rodean el cuello, cálidas y fuertes. Y el siguiente beso es eléctrico. Me sorprende que el monitor cardiaco no estalle por los aires. Lengua, mordiscos, suspiros y deseo. Tanto deseo…

—¿Todavía me quieres? ¿A pesar de que lo fastidié todo? —pregunta alzando la cabeza, y vuelvo a ver ese destello oscuro y peligroso que solo yo puedo reconocer.

Los demás ven a un hombre encantador y amable, pero ahora, en este mismo momento, es mi Valeska, quien siempre he necesitado a mi lado a cada paso que doy.

—Cien por cien mío.

Él se queda pensándolo y, entonces, quizá recuerda el abrazo desesperado que mi hermano me dio. Gira la cabeza hacia la puerta.

—Será mejor que le dejemos a él un uno por ciento de mí —advierte con una sonrisa, y yo suelto una carcajada.

—Vale. Noventa y nueve por ciento mío. Me parece un buen trato. No podrás decir que no estoy abierta a negociar. Y ahora te voy a decir exactamente cuánto te quiero.

—Ya sé cuánto.

Niego con la cabeza.

—No lo puedes saber. No te lo he dicho.

—Siempre me has hecho sentirlo. Siempre —afirma con una mirada ardiente—. Por eso puedo ver cómo sonríes a atractivos hombres de reparto. Ningún desconocido va a hablar dos minutos contigo o apartarte de mí. No lo permitirías.

No se está entregando a tonterías de macho arrogante. Está haciendo lo que mejor se le da: decir la verdad. Y continúa:

—Por eso llevas todos estos años tratándome como si tu deber fuera protegerme. Y nadie más lo ha intentado nunca. Los demás creen que estoy perfectamente bien, pero tú siempre has sabido que te necesito, en todos los aspectos. Lo has sentido.

Asiento y la respiración se me queda atascada en la garganta.

—Nunca has salido con nadie a quien pudieras amar porque no querías que nada pusiera en peligro lo que sientes por mí. Siempre has estado sola en la cena de Navidad, mirándonos a Megan y a mí, como si esperaras a que yo espabilara y me diera cuenta. Te sentabas sola en los escalones de atrás, mirando las estrellas, esperándome.

Ahora me está tocando, lenta y suavemente, como si yo fuera un animal al que pudiera asustar.

—Me has estado evitando durante años y has estado viajando porque era demasiado para ti. Estabas completamente asustada porque una persona como tú solo ama una vez. Y es a mí.

Recibo el impacto de sus palabras en todo el cuerpo. Sus manos me están rodeando la cintura y me presiona un poco para provocar una respuesta.

—¿Tengo razón?

—Claro que sí. Y ahora, bésame.

Este es un beso dulce y tierno hasta que yo lo echo a perder moviendo mi lengua. Él gime con un aviso que sale desde detrás de su boca. Hum, echaba de menos su gemido grave de alfa.

Se aparta de pronto.

—Nunca te he dicho cuánto te quiero. ¿Cómo crees que me siento? Dímelo.

No tengo experiencia en expresar mis sentimientos, y mucho menos algo así de intenso y primario, pero tengo que intentarlo. Así fue como debió de sentirse Loretta cuando dio la vuelta a su primera carta del tarot. «Usa la intuición», me ordenó, «siente la verdad». Aprieto una mano contra su corazón y sus dedos se deslizan entre mi pelo.

—Has dormido en un catre en la habitación de Jamie. Esa es una de las formas en las que te has esforzado para estar cerca de mí: soportar a mi hermano con tal de dormir a una pared de distancia y colocar tu cepillo de dientes junto al mío.

Asiente con una sonrisa y un recuerdo en su mirada.

—Dormías en la hierba al otro lado de mi ventana solo por estar cerca de mí.

—Más.

—Cuando nos abrazábamos en Navidad, tú inhalabas mi olor y lo mantenías dentro de ti. Lo que sea que te guste de mi piel está en lo más profundo de la parte cavernícola de tu cerebro.

No tengo ni idea de dónde viene esta extraña verdad, pero tengo razón. Él deja caer la cabeza sobre mi hombro y siento cómo introduce el aire por sus fosas nasales.

—Más aún —dice soltando el aire.

Los dos nos estamos calentando. Ni siquiera tengo que buscar dentro de mí para saber qué decir. He tenido estas palabras en la punta de la lengua toda la vida.

—Ver el diamante de otro hombre en mi mano es tu peor pesadilla. Durante años has estado despertándote sobresaltado con esa imagen.

Siento que un temblor recorre su cuerpo. Ahora tengo que decir lo más duro de todo:

—Colocar un diamante en la mano de otra mujer te revolvía el estómago. Pero como el buen hombre que eres, no podías confesártelo a ti mismo, hasta que la fecha de la boda empezaba a acercarse y viste juntos a mis padres tan locamente enamorados.

—Aún más que eso.

—Matarías por mí. Cavarías una tumba por mí.

Se ríe.

—Sí. Ahora te vas acercando.

Nos estamos besando cuando la puerta vuelve a abrirse.

—Muy bien —dice el doctor Galdon al entrar y tose mientras nos separamos—. Vamos a echarte un vistazo, señorita Barrett.

Le estrecha la mano a Tom y se presenta. Tom toma asiento junto a Jamie. Nunca he visto nada más bonito: mis dos seres humanos preferidos están sentados uno junto al otro y los dos me quieren.

—Mírala —dice Jamie dándole un codazo a Tom—. Has vuelto a recuperar el color, Darce.

—Yo estaba a punto de hacer el mismo comentario —dice el doctor Galdon riéndose y mirando la pantalla—. Es la curación más rápida de un corazón destrozado que he visto nunca. Una mejora del cien por cien con respecto a cómo estaba hace cinco minutos. —Su sonrisa desaparece mientras escribe algo en mi informe—. Pero tenemos que hablar de tu medicación y hacer un electrocardiograma. Veo aquí algunas irregularidades que no he visto antes.

—No pasa nada. Tranquilos —nos dice Tom a Jamie y a mí cuando nos ve ponernos tensos. Lo hace con ese tono al que no nos podemos resistir—. Te arreglaremos, Darce. Te dejaremos como nueva. Hay un crucero que tenemos que hacer cuando tengamos ochenta años —le explica al médico—. La necesitamos a bordo.

—Creo que eso lo podremos conseguir —responde el doctor Galdon riéndose—. Siempre que tenga a alguien que la cuide hasta ese momento.

—Lo tendrá —dicen Jamie y Tom al unísono, como si fuesen gemelos.

Me siento tan afortunada que la habitación se inunda con mi suerte. Pi-pi-pi, mi corazón late como si fuese a vivir eternamente. Necesito que sea así.

CAPÍTULO VEINTIUNO

Estoy en mi lugar zen: con mi pasaporte en la mano y saliendo del país.

Me encanta este momento. Estar a la deriva en medio de un mar de desconocidos, burlándome de ellos en silencio por sus *pashminas* y sus grandes almohadones. ¿Creen que no hay almohadas en el sitio al que vamos? Hay gente que viaja como si de verdad creyera que se marcha del planeta Tierra.

En Marte no venden calcetines ni pasta de dientes.

Me reprendo. Estoy juzgando a la gente y estoy siendo mala. Esa no es la persona que quiero ser. Me obligo a cambiar mi expresión gris y a no fruncir el ceño.

Me apoyo en la columna junto a los ventanales y trato de bloquear el ruido. Por todas partes, cada vez se van formando más grupos que cacarean llenos de emoción y se toman fotografías antes de partir. Un grupo de chicos jóvenes vestidos con bermudas se arremolina junto a la ventana para mirar el exterior. Uno de ellos me mira y levanta las cejas con un saludo.

Miro el reloj. Pronto será la hora del embarque.

—Hola —dice Tom.

Cuando levanto los ojos hacia él, mi corazón se abre. No hay mejor manera de describirlo. Cada vez que pienso que es mío mi corazón es como la imagen de una rosa que se abre a cámara rápida.

Así todo el tiempo. Ha traído botellas de agua para los dos. Siento su frío en mi espalda cuando me envuelve con sus brazos y coloca una rodilla entre mis piernas. Lanza una mirada asesina hacia el grupo de chicos de al lado y, después, se ríe en silencio.

—Vuelvo a ser muy Valeska, ¿verdad?

Mientras se controla, mete las botellas de agua en su mochila.

—Cada día de tu vida. ¿Todo bien? Pareces nervioso.

Le tiro de la camiseta ciñéndosela al torso. Una anciana que está cerca piensa para sí: «Una chica con suerte». Es el efecto que provocan esta cara y este cuerpo. Es algo incontestable. Me va a seguir pareciendo atractivo cuando tenga ochenta años.

—Estoy bien —contesta Tom, pero está agitado—. Es que tengo una sorpresa para ti, pero puede que no salga bien.

Se mira el reloj de forma mecánica.

—Eh, no necesito ninguna sorpresa —aseguro, y le agarro de la cintura—. Estás bien.

Sucumbo a la embriagadora vanidad cuando él deja caer su cabeza y apoya su frente en la mía. ¿Hay algo más odioso que la gente que derrocha felicidad y amor? No me importa.

Le beso en la boca y su mano se tensa en la parte inferior de mi espalda. A continuación, como estamos apoyados en una columna, abandona su lado de niño bueno, me agarra el culo con una mano y lo aprieta hasta que me pongo de puntillas con un chillido.

Me está distrayendo. No consigo adivinar por qué está tan nervioso. Trato de mantener la concentración mientras me besa bajo la oreja.

—Han entregado la cocina esta mañana —anuncio. Estoy supervisando a distancia al equipo de Tom mientras reforman la casa de la playa de Jamie, justo al final de la calle de nuestros padres—. Jamie está siendo inflexible y no deja de insistir en que quiere una pista exterior para gatos.

—¿No te lo he contado? He conseguido que acepte que haya un gato dentro.

Tom se ríe mirando al techo y con las manos me presiona más contra su cuerpo. Siempre, siempre estaremos así. «Métete en mí.»

—Vaya. Eso sí que es una gran concesión. Siéntete orgulloso. —Recorro su espalda con la mano, admirando su musculatura—. Cuando lleguemos a casa vas a hacer su última mudanza. —Jamie le concedió a la señora Valeska un arrendamiento indefinido. Incluso si Tom quisiera comprar la casa, podría hacerlo—. Está todo bien organizado. No queda nada de lo que preocuparse.

—Y tú estás organizada. —Tom vuelve a mirarme—. Ya tienes las correcciones. ¿Te han dicho algo?

—Mi agente me ha dicho que están tratando de decidir qué imagen irá en la cubierta.

Mi inesperado librito recién nacido llegó a mi vida hace unos meses. Resulta que mis fotografías eran buenas. Mejor que buenas. Mi primer libro de arte fotográfico, *El fin del diablo,* saldrá a la calle en seis meses. Suficiente tiempo como para que pueda empezar mi próxima entrega: *La casa del destino,* una crónica sobre la evolución de la casa de Loretta. Todas esas pequeñas fotos de ladrillos cubiertos de musgo y papeles de pared rotos han terminado siendo algo hermoso y significa que mis recuerdos de la infancia podrán seguir viviendo. Quiero regalarles este libro a mis padres por su aniversario de bodas. ¿Quién iba a decir que tener un objetivo iba a hacer que mi corazón latiera tan bien? La nueva medicación tampoco me provoca molestias. Le juré al doctor Galdon que a partir de ahora cuidaría mi corazón.

Tom me empuja hasta que siento el frío de la columna contra la piel entre mis omoplatos y se inclina para besarme. Siento que la gente nos mira. Ya me estoy acostumbrando. Somos jodidamente atractivos y eso me hace reír. Mirad todos. Mirad lo que tengo. Mirad lo que es mío por completo.

Nos apartamos porque está resultando un poco inadecuado socialmente.

—Todas estas personas son muy mayores —se disculpa Tom entre jadeos—. No vayamos a provocarles un infarto.

Docenas de ojos se apartan de nosotros cuando miramos a los grupos de personas que están esperando. Las señoras mayores, con pelo blanco y bastón, ni siquiera se molestan en desviar la mirada de nosotros.

—Son realmente mayores —asiento.

Me pregunto si Tom habrá mirado ya su cuenta corriente. Yo también estoy nerviosa. Odio tener secretos con él, pero este era demasiado como para poder resistirlo y mi hermano ha sido de lo más listo.

—¿Qué esperabas al elegir un viaje así?

Me acuerdo de una cosa.

—Te he traído un regalo. Algo increíble para brindar por la venta de la casa. —Busco en mi mochila—. Ni te imaginas lo mucho que me ha costado conseguirlo. Un imbécil estaba tratando de pujar más que yo, justo hasta el último momento.

Saco la botella y se la enseño.

—Me has traído una botella de Kwench.

Se ríe y observa la etiqueta.

—Esto vale más que una botella de champán Cristal. Como no tenga burbujas me voy a poner furiosa.

—¿Sabes que a mí me encantaba el Kwench porque fue la bebida que me dieron tus padres la primera noche que cené en vuestra casa? Espero que no haya sido muy cara.

—Ahora soy rica, ¿recuerdas?

Él se ríe por lo despreocupado de mi tono.

—Hoy es el pago, ¿no? Tu dinero debería estar ya. Qué oportuno.

Se refiere al hecho de que llegue justo antes de nuestro viaje.

—Sí.

El anuncio de los altavoces nos interrumpe durante un segundo. El embarque empezará pronto. Eso le pone más nervioso y aprieta las manos. ¿Qué es lo que le tiene tan agitado?

Vuelve a centrar su atención en mí. Se le da bien eso de hacerme sentir como si fuese la única.

—¿Estás triste por la venta?

—No. Ha sido perfecto. Todavía me cuesta creer que quien ha hecho la oferta más alta sea una familia con mellizos. Ha sido nuestra última señal de Loretta. Has hecho un trabajo impresionante con los últimos arreglos. Ha resultado… —Ya no utilizo la palabra «perfecto»— muy bueno. Estoy orgullosa de ti. Sé que te fastidia no haber estado allí en la primera parte, pero tienes por delante toda una vida llena de casas.

Pulso la aplicación de mi banco. Mi enorme e increíble regalo de Loretta ya se ha abonado. Mucho dinero. Más de lo que nunca haya podido merecer.

—Ya ha llegado.

Lo levanto para enseñárselo.

Tom mira el importe de mi cuenta y, como ya sabía que pasaría, frunce el ceño.

—Eso no es correcto.

—Sí que lo es. ¿Te ha llegado ya el tuyo?

Mantengo una expresión absolutamente neutra mientras saca el teléfono y entra en su cuenta. Entonces veo su cara. Levanta su teléfono y lo coloca al lado del mío. Tenemos depósitos iguales, hasta el último céntimo.

—¿Qué has hecho? —empieza a decir, pero yo me limito a reírme y le beso.

—Debes aprender a leer las cosas que firmas —digo por fin—. Es importante ahora que eres el dueño de un negocio.

—No, Darce —suelta un gruñido—. Esto no está bien.

—Es tal y como debe ser —aseguro, y decido hacer una excepción con mi norma y utilizar la palabra prohibida—: Es perfecto. Es un trozo de una gran tarta cortada en tres partes. Te lo mereces. Eres parte de la familia. Eres mi familia.

—No sabes lo que esto significa para mí —gime a la vez que se pone una mano en la frente.

Sí que sé lo que significa. Significa que Tom Valeska no va a tener que seguir luchando y machacándose; su madre va a estar cuidada y él podrá ser selectivo con sus próximos proyectos. Significa que Tom tiene toda una vida llena de posibilidades, el tipo de vida que los mellizos Barrett han disfrutado sin tener que esforzarse.

Está a punto de reprenderme cuando algo le distrae.

—Ah, espera, aquí llega tu sorpresa. Pero, en serio, Darce, estoy enfadado.

Sigo su mirada y vemos que alguien se abre paso entre la gente. Por un segundo creo que mis ojos me engañan. Levanto la vista hacia Tom, confundida.

Él me explica nervioso:

—Te he traído una cosa. Una sorpresa. Dos sorpresas. No estoy seguro de si una de ellas te va a gustar.

Veo a qué se refiere. Entre la muchedumbre, Jamie va moviendo su maleta.

—Perdón —dice en voz alta a una pareja que está conversando haciéndoles dar un brinco, sorprendidos. Abriéndose paso hacia nosotros, se detiene y mira el reloj—. El maldito taxista no tenía la más remota idea. —Me mira como si estuviese asustado. Después, vuelve a mirar a Tom, baja la vista hacia la botella de Kwench que tiene en la mano y estalla—. Darcy, ¿eras tú la que pujaba contra mí?

—¿Eras tú? Por Dios, Jamie. He pagado un ojo de la cara por esa maldita botella de Kwench —protesto, y empiezo a reírme—. ¿Qué narices haces aquí?

—Se nos ha ocurrido que sería divertido irnos de crucero juntos antes de cumplir los treinta años en lugar de a los ochenta —dice Tom.

Puedo notar el tono de inseguridad en su voz. Durante todos los susurros desnudos en la cama y la planificación del viaje, siempre era solo para nosotros dos: los dos besándonos bajo el sol en tumbonas, con el mar extendiéndose a nuestro alrededor hasta horizontes sin fin; los dos entrando de cabeza en el bufé… Solos.

—No os voy a molestar. Tengo mi propio camarote, evidentemente —Jamie hace una mueca de desagrado cuando esa idea pasa por su mente—. Si preferís estar en la cama besuqueándoos, yo me sentaré solo. La verdad es que siempre estoy solo. Ni siquiera me vais a ver...

Deja de hablar cuando le abrazo. Siento que la tensión desaparece de su cuerpo. Mi hermano es la mitad de mí y quiero mucho a Tom por haber invitado a mi mellizo a que venga con nosotros. Es la única forma de demostrarle que no está excluido de nuestras vidas y que siempre estará con nosotros, flotando en una piscina como cuando éramos niños.

—Gracias, Darce —dice Jamie por encima de mi cabeza y siento su emoción.

Nada tiene por qué cambiar. Nadie tiene por qué perder a nadie. Y entonces, echa a perder el momento como solo él puede hacerlo.

—No te puedes creer lo mucho que me cobra mi limpiadora por cuidar de mi apartamento y de Diana. Es una extorsión. ¿Sabías que la gata está despierta entre las dos y las cuatro todas las mañanas? Me está matando. Quizá mi inquilina pueda tener siete gatos. Por cierto, échale un vistazo a esto.

Nos muestra su teléfono. Mamá ha enviado una foto de Patty tomando el sol sobre una toalla de playa. Es bonito ver que está disfrutando de sus propias vacaciones.

No voy a permitir que Jamie se libre.

—No. Diana es tuya. Todo genio malvado necesita de un gato peludo al que acariciar.

Le doy un último apretón y le suelto. Cuando levanto los ojos, mi hermano está mirando a la gente.

—Espera, ¿no es esa...?

—Mi segunda sorpresa para Darcy.

Tom me mete el pelo por detrás de la oreja.

—Joder —dice Jamie riéndose.

Entre la multitud, veo mi segundo regalo: es Truly y lleva una maleta lo suficientemente grande como para transportar un cadáver en su interior. Lleva unas gafas de sol con forma de corazón sobre la cabeza. Se detiene de puntillas, saluda con la mano y pone una mueca de frustración.

—Ahí viene la chica que va a tomar whisky contigo antes del almuerzo —anuncia Jamie.

Tiene los ojos de ese color azul aciano que oculta excitación y placer. Me lo imagino arrastrando a Truly al escaparate de una joyería. No me puedo creer que vaya a admitir esto, pero creo que Jamie se va a salir algún día con la suya.

—Tom, es demasiado perfecto —afirmo.

Me dan ganas de llorar.

Jamie me deja en los brazos de Tom y dice:

—Voy a ayudarla.

Camina entre la gente, como el tanque de artillería rubio que es, y le quita el asa de la maleta de la mano. Ella lo recupera. Discuten y Jamie empieza a tratar de engatusarla para que se ponga de mejor humor. Primero le toca con el dedo las gafas de sol. Luego la agarra por el codo y se lo aprieta. Ella suelta una carcajada, reticente, y cuando la música que está sonando en la terminal del puerto cambia, Jamie empieza a bailar haciendo el tonto y poniendo una fingida pose sensual.

Los dos desprenden una química en forma de nubes rosas y ahora Tom y yo no somos la única pareja atractiva de la que la gente no puede apartar los ojos.

Tom se está divirtiendo.

—La verdad es que soy un tipo listo.

Jamie y Truly se unen a nosotros y, de nuevo, siento un poco de su vulnerabilidad cuando los dos se quedan mirando los brazos de Tom rodeándome el cuerpo. Sienten como si estuviesen entrometiéndose.

—Ha venido la mejor —digo inclinándome hacia Truly—. ¿Qué tal le va a Holly trabajando contigo?

La dimisión de las dos en el bar fue un momento memorable. Holly y yo salimos de ese lugar juntas, nos compramos una tarta y nos la comimos sobre el capó de mi coche.

—Es fabulosa —contesta Truly dándome un beso en la mejilla—. Te debo una. Recuérdame que te enseñe luego las fichas técnicas de la ropa. Me estoy acercando.

Su sueño de mejorar en su negocio está tan cerca que casi podemos saborearlo.

—Cuando lo consigas podré morir feliz —afirmo con una sonrisa.

—Puedes vivir feliz —me corrige Tom—. Oye, ¿has traído eso que te pedí, Jamie?

Mi hermano se queda boquiabierto.

—¿Quieres hacerlo aquí?

—Se acabaron los secretos de ahora en adelante.

Tom saca un joyero de terciopelo y el corazón se me sale del pecho. Pero antes de que pueda asimilarlo, Jamie hace lo mismo. Se intercambian las cajas. Reconozco la que está ahora en la mano de Tom.

—¿Es el…? —Sé que es el zafiro de Loretta. La pátina de la vieja caja de piel me es tan familiar como la piel de mis manos—. Tom, dámelo —le pido, porque lo está sosteniendo por encima de mi cabeza, con sus dos metros de altura cuando se estira, y tengo que dar saltos para tratar de alcanzarlo.

—¿Lo has cambiado por el anillo de Megan? Qué bonito —dice Truly mirando el interior de la caja que Jamie acaba de abrir para enseñárselo—. Pero es de mal gusto por tu parte —se corrige.

—¿De mal gusto? ¿Por qué? —protesta Jamie—. La claridad y el corte de esta joya son espectaculares. Tom tiene buen gusto —dice para terminar, con su habitual falta de tacto.

—Pero esto pertenecía a otra persona y le encantaba —le reprende Truly con suavidad—. Quien se case contigo algún día va a llevar en su mano el anillo de otra persona.

—Esa no es una forma práctica de verlo —insiste Jamie—. Darce, deja de dar saltos —me dice metiéndose el anillo de Megan en el bolsillo—. Has conseguido que me lo piense —le dice a Truly, malhumorado—. Tom, quizá quiera que me lo devuelvas.

—Lo siento. Un trato es un trato —indica Tom sin mostrar señal alguna de arrepentimiento.

Me tiene acorralada de nuevo contra la columna. En el fondo de mis ojos, cada vez que parpadeo, veo zafiros; zafiros negros, refractantes, oscuros, misteriosos y brillantes. Los quiero. Los necesito.

Deseo tanto el nombre de Valeska sobre mí que me dan ganas de gritar y, por su forma de mirarme, creo que lo sabe.

—Nos toca ya —dice Jamie cuando anuncian el embarque—. Vamos a subir a bordo y a volvernos ancianos.

Recoge el bolso de Truly y se dispone a empujarla hacia la pasarela.

—Lo quiero —digo tocando el bulto cuadrado del bolsillo de Tom.

—Lo sé. Por eso he hecho un trato con el diablo —dice con un brillo de diversión en los ojos mientras la gente empieza a pasar a nuestro lado. El sonido de mil ruedas de maletas es ensordecedor—. Y bien, ¿estás segura de que quieres vivir en una tienda de campaña conmigo cuando volvamos?

—Muy segura. Al fin y al cabo soy la subdirectora de obra. Debo estar disponible.

Aún sigue sin asimilarlo. Para él las princesas no duermen en el suelo.

—Porque en el momento en que encontremos una casa que quieras para ti, la convertiré en tu hogar. Con todo lo que quieras. Tendrá un estudio fotográfico y…

—¡Vamos, chicos, podéis daros el lote en el barco! —nos grita Jamie tras girarse—. Nos vamos.

—Lo quiero —repito. Me refiero a la casa, al anillo y a él. Al futuro—. Te quiero a ti y quiero todo lo demás.

Tom se inclina para besarme en los morros.

—¿Te lo has ganado?

Vacilo. Niego automáticamente con la cabeza.

—¿Cómo voy yo a merecer tenerte?

Hace desaparecer mi estremecimiento y mi duda como solo él puede.

—A mí me tienes ganado cada día. Vamos. Sabes que te doy todo lo que quieres. Así que tranquila. Deja que mime un poco a Darcy Barrett, durante el resto de su vida. Déjame saborear esa sensación.

Lo único que puedo decir es que tiene un sabor dulce.

AGRADECIMIENTOS

Gracias a las siguientes personas por no matarme a palos a lo largo de la escritura de este libro.

A mi marido, Roland, que siempre responde con un «tú puedes» cuando yo me lamento diciendo que «no puedo». Gracias por tener razón y por apoyarme cuando la escritura me cambió la vida de forma inesperada. A mi madre, Sue, que es mi admiradora número uno. A mi carlina, Delia, que es mi segunda mayor admiradora.

A Taylor Haggerty, de Root Literary, que es mi agente y el faro que me guía en el mar. Me ha alentado con su constante positivismo. En HarperCollins han sido muy pacientes conmigo cuando recuperé el rumbo tras el inesperado éxito de mi primer libro. A Carrie Feron, que es mi editora. Su calmada confianza en mí lo ha significado todo.

Gracias a todos mis amigos y a dos en particular: Tina Gephart, que me enviaba un mensaje cada tarde para saber si había tenido una buena jornada de escritura. Yo no solía hacer espóiler, pero Tina volvía a preguntarme al día siguiente. Gracias por ser una amiga y mentora. Gracias a Christina Hobbs por aquella larga llamada por Skype. Me levanté del suelo una última vez y ahora he conseguido escribir esto.

A los Lanzallamas, que son un grupo de maravillosos lectores que leyeron *Cariño, cuánto te odio* y les volvió locos. Este libro lo he escrito para todos vosotros.

POSDATA

Sobre el libro
    Tras la redacción del libro

Continúa leyendo
    Epílogo de *99% mío:* Un 1% más

SOBRE EL LIBRO

Tras la redacción del libro

Dicen que si mantienes la mirada fija hacia el interior del abismo durante mucho tiempo, el abismo mirará en tu interior. Bueno, yo he venido para deciros que ese abismo del que hablan es un documento de Microsoft Word en blanco.

Cuando escribí mi primer libro, *Cariño, cuánto te odio,* ni siquiera sabía que estaba escribiendo un libro. «Ja, ja», pensaba con una sonrisa de satisfacción mientras seguía tecleando cada vez que me apetecía. «¡Qué placentero! ¡Qué divertido!» ¿Cómo lo hice? ¡Quién sabe! Pero está impreso y con una preciosa cubierta. ¿Qué pasó después?

Abrí un documento nuevo y me quedé mirándolo.

Imaginadme, erguida en la cama, como la Beth March de *Mujercitas,* palideciendo ante el síndrome del segundo libro. Mis enfermeros expertos durante esta crisis me alimentaron a base de sopas y me aseguraron que se trataba de un trastorno muy común entre los nuevos autores y que sobreviviría. No les creí y pensaba sinceramente que estaba perdida. Dudé tanto de mi creatividad, mi talento y mi capacidad que estuve a punto de rendirme unas noventa y nueve veces.

Pero me encantaba el título del libro. Me provocaba escalofríos en los brazos. *99% mío.* Me lo repetí a mí misma hasta que se convirtió en un mantra sinónimo de «No te rindas». El mundo

323

exterior se desvaneció y empecé a reírme de nuevo de mí misma mientras escribía. «Ja, ja. Qué divertido.»

Aprendí una lección muy difícil que ahora comparto con vosotros. Esa cosa tan importante e imposible que has estado a punto de dejar en noventa y nueve ocasiones, termínala. Ya sea un éxito o un fracaso, nadie te podrá quitar tu recompensa de la palabra «Fin». Terminarla es lo más importante. Es la prueba de lo mucho que te has esforzado. Este libro está impreso con tinta respetuosa con el medioambiente elaborada a base de lágrimas, pero no lo cambiaría.

La primera vez me quedé asombrada al ser consciente de que había escrito un libro. Esta segunda vez sé que he escrito un libro. He estado ahí en cada uno de sus desagradables y ásperos momentos. Si va a llegar a ser un éxito o no, es irrelevante. He terminado algo que ha resultado increíblemente duro para mí.

Me gustaría ahora dar las gracias a todos los que me preguntaron qué otras cosas mías podrían leer. Ávidos lectores buscaron mi catálogo anterior. Para darles las gracias por la larga espera, estoy feliz de incluir un capítulo más al final feliz de Tom y Darcy. A este texto le he llamado «Un 1% más». Sentía que después de toda una vida amándose el uno al otro, se merecían este momento adicional.

EPÍLOGO DE *99% MÍO:*
UN 1% MÁS

Me visto sola con la luz del amanecer. Mis bermudas de ayer no están demasiado sucias, así que me las pongo junto con mi camisa de Servicios de Albañilería Valeska. Tiene tantas salpicaduras de pintura y yeso que está cercana a su jubilación. En las limitadas dimensiones de la tienda, consigo ponerme las botas, me recojo el pelo en una coleta corta y me aplico un poco de perfume.

Últimamente, duermo como un lirón. Me despierto como si pudiera vivir eternamente.

Estamos ahora en un bonito barrio. Como siempre, tenemos la peor casa de la mejor calle. Atravieso el dormitorio principal hasta mi baño preferido. Debe de ser el mejor que ha hecho Tom. La iluminación que ha elegido hace que le ame aún más; es tan favorecedora que mi piel parece casi irisada. Tengo las mejillas rosadas y los labios hinchados por los besos. Una noche con Tom Valeska es de ese tipo de maquillaje que no se puede envasar.

Estoy más guapa de lo que he estado jamás en mi vida. Lo sé porque Tom me lo dice y, allá donde vaya, la gente se enamora de mí. Me muevo entre una nube de sexo y felicidad. Siento un agradecido dolor en la pelvis y una luz en mi interior. Incluso Colin me ha dicho que brillo.

Cada dos por tres algún repartidor me pregunta si estoy libre esa noche. Yo me río y respondo: «Ni hablar, ¿estás de broma? Esta noche estoy ocupada». Tom me oye y se ríe. Más tarde, me dirá al oído algo así como: «D. B., estoy planeando estar tremendamente ocupado esta noche». Luego se aleja, su teléfono vibra en mi bolsillo y yo libro una batalla contra mi disparada imaginación. Los chicos sonríen impertinentes a Tom cuando lo recogen todo por la tarde. «Que pases una buena noche, jefe.»

Somos poderosos cuando estamos juntos. Todos pueden oler las feromonas mezcladas con el cloro en la piel de Tom, su testosterona, su pasión y su obsesión. No importa dónde estemos ni a qué nuevos obreros hayamos convocado para nuestras casas, Tom me reclama como suya de un modo calmado y sutil. A cambio, yo me muestro descarada y le empujo contra las paredes siempre que tengo la oportunidad. Empañamos las obras sin ni siquiera tener que mirarnos.

Gracias a esta nube en la que estoy envuelta, me siento inspirada. Todo es hermoso. Mi cámara ha hecho que me gane un apodo entre los chicos: la Paparazzi. Tom les contó en uno de nuestros viernes de pizza que yo no he estado así desde que tenía dieciséis años, y es verdad. Estoy enamorada de Tom, pero también he vuelto a enamorarme de mi cámara y, esta vez, es para siempre.

Él me desea. Me necesita. Respira por mí. Yo lo registro todo.

Miro el baño. La verdad es que es perfecto. Quienquiera que compre esta casa va a estar encantado con los accesorios que ha elegido. Creo que me quedé prendada de este lavabo en una tienda casi de pasada: «Qué preciosidad». Y lo siguiente que sé es que ya está instalado. Limpio mis huellas del grifo. Juro que con cada casa Tom se supera. Sé qué está haciendo. Está tratando de buscar mi combinación soñada de pintura, accesorios, suelo y ubicación.

Uf, la iluminación de aquí es jodidamente buena. Casi siento odio por quien vaya a comprar esta casa.

Hay una taza que pone *Gilipollas n.º 1* en la encimera de mármol de la cocina y está humeando. El portátil de Tom está junto a la taza y yo empiezo a revisar nuestros correos. Hay uno de una empresa de envíos que solemos usar.

—Están reclamando el panel de la ventana delantera al seguro —digo sin levantar la voz. No puedo verle, pero debe de estar cerca porque Patty está aquí, dormida bajo un rayo de sol. Siempre está a pocos metros de él—. Al parecer, se rompió antes de salir del estado.

—Ajá —contesta. No está contento, dondequiera que esté—. ¿Puedes llamar al proveedor y…?

—¿Hacer que alguien se disculpe encarecidamente y nos conceda un crédito parcial en nuestro siguiente pedido? Ya lo he hecho.

Doy un sorbo a mi taza.

—Joder, eres buena. ¿Qué pasa con el lijado del suelo? Creía que iba a ser el viernes.

—Sí pero, a menos que lo haga antes de ir al estudio, lo mejor es que alquilemos la lijadora el lunes. No creo que pueda lijar una casa entera en una mañana. A no ser que le pidamos ayuda a Alex.

—Está en…

—Ah, sí.

Cada vez usamos más claves a la hora de hablar. Alex va a estar en el tejado instalando los paneles solares el viernes. Ha sido ascendido de su puesto de peón. Yo intento reorganizar en mi mente al resto del equipo, pero no funciona.

Me ofrecería a cambiar el horario de mi estudio, pero sé que Tom no lo va a tolerar. Además, tengo a una anciana muy interesante que va a posar para un retrato. Es una lectora de tarot a la que he localizado gracias a una vieja agenda de mi abuela. Se trata de otra serie en la que estoy trabajando: son todo retratos de pitonisas. Este año voy a participar en el mismo concurso de retratos que gané hace tantos años. Quiero ver si puedo volver a alcanzar otra cima en mi carrera.

—Los suelos no van a irse a ningún sitio —dice Tom como si supiera qué estoy pensando—. Pueden esperar a estar lijados. Todavía quieres los suelos originales, ¿no?

—Sí, me encantan.

No sé qué tienen estos suelos de madera, pero me encantaron cuando caminé por ellos descalza. Es madera de un bosque mágico.

Abro el armario de la cocina que tengo más cerca unas cuantas veces. Es silencioso, fuerte e imposible de arrancar en un momento de pasión. El tirador se ajusta a mis dedos. Estoy teniendo una rara sensación de *déjà vu*. Esta casa es más perfecta que ninguna que hayamos hecho.

—¿Cómo vamos a superar esto? Es imposible que podamos hacerlo mejor que con esta casa.

Él no responde, pero siento su placer al oír este comentario a través de la pared.

Doy un sorbo a mi café y cambio algunos precios de los proveedores en nuestra hoja de cálculo principal. Resulta triste sentir un chute de adrenalina cada vez que baja algún precio. Al final, debe de ser cosa de hermanos. Es mucho mejor la sensación de saber que esto se me da bien, muchísimo mejor que a mi mellizo.

Guardo el documento.

—¿Te puedes creer el descuento tan bueno que ese tipo me ha hecho en los pavimentos de arenisca?

—Sí, la verdad es que sí puedo —contesta Tom con cierto tono que hace que vaya en su busca.

Entro en la sala de estar y lo encuentro subido a una escalerilla. Tiene un destornillador en la mano y la base de un feo plafón en la otra que deja caer al suelo. Estaba destinado a acabar en la basura.

—Fuiste de lo más encantadora.

Doy otro sorbo al café. Sé que no debería, pero me encanta este juego.

—Soy una chica encantadora.

—Probablemente te los habría dado gratis si te hubiese concedido otros cinco minutos.

Me lanza otra mirada que tiene tanto de divertida como de fastidio antes de estirarse para presionar con el pulgar los agujeros desmoronados del techo. Los va a tapar y lijar. Ahora mismo cuesta creerlo, pero después de un poco de pintura blanca, va a ser un techo perfecto.

—Creo que te encanta flirtear con los hombres delante de mí —añade como si nada.

Dejo que mis ojos recorran su cuerpo. Sé lo que sí me encanta. Le he visto subido en cada peldaño de esa escalerilla, pero siempre me provoca lo mismo: una cálida sensación en la garganta y una ligera debilidad en las piernas. Cuando se estira hacia arriba puedo ver un poco de la cinturilla de su Underswears. Ese trozo no es suficiente.

Un recuerdo de la pasada noche se deja caer por mi cuerpo como una moneda. Una oleada se extiende por mi vientre provocando destellos.

—Anoche lo pasé bien.

No hicimos nada fuera de lo normal. Cenamos, limpiamos las superficies de mármol, abrimos nuestra tienda de campaña y nos quitamos la ropa el uno al otro.

Él estalla en carcajadas ante la sinceridad de mi voz.

—Lo sé. Estaba allí.

Sus ojos se vuelven oscuros al mirarme. Me pregunto qué recuerdo ha provocado eso. ¿El dolor de mis músculos es por lo de anoche o por la noche anterior? Es toda una cadena de noches que se mezclan entre sí de la forma más deliciosa posible.

Me encojo de hombros.

—Ya lo creo que estabas allí, debajo de mí. Encima de mí. Detrás de mí. Por eso no tienes por qué estar celoso de los tipos que venden pavimentos.

—¿Celoso?

Tiene un tono de voz profundo al que siempre responde algo que hay dentro de mí. Esa oleada interior se vuelve más profunda. Estoy metida en un lío. O tengo suerte. Veamos cuál de las dos cosas. Miro el reloj. Los chicos llegarán pronto.

Baja al suelo, me agarra de la cintura para levantarme y me lleva de espaldas hasta el peldaño de debajo de la escalerilla. Así estoy más cerca de la altura de su boca. Siento el cuidado con el que me agarra, incluso cuando su mirada se vuelve un poco peligrosa.

—¿Crees que yo estoy celoso? D. B., son ellos los que tienen celos de mí.

Me agarra de la mano, me pone bien el anillo de compromiso con el zafiro y coloca sus labios sobre los míos.

Mi mundo se vuelve de color dorado.

A lo largo de mi vida Tom ha estado siempre que le he necesitado, con los ojos entrecerrados y reflexivos mientras pensaba en cómo ayudarme. Si traslado eso a nuestra vida sexual, nunca he podido poner a prueba mis límites físicos con otro hombre, pero él me conoce de la A a la Z. Ahora mismo tiene un destornillador en el puño y lo siento contra mi espalda. Eso me hace sonreír.

Es la habilidad en su versión más atractiva.

A veces, cuando está especialmente creativo, mi corazón no puede seguirle el ritmo. Afloja hasta que nuestros movimientos son lánguidos y me tranquiliza hasta que mi sistema se reinicia y podemos continuar. Y continuamos un largo rato. Casi me mata. Pero no pasa nada. Sobrevivo.

A veces, casi le mato yo. Es lo que más me gusta hacer.

Se aparta de mis labios para preguntar:

—¿Cuándo vamos a sacar tu cama del almacén?

Me encojo de hombros y él responde mordiendo mi labio inferior hasta que siente que un temblor me recorre el cuerpo. Es una pequeña reprimenda por dar largas a esta decisión.

Damos otra vuelta a este deseo. Siento cómo una mano sube por mi espalda y recorre el tirante de mi sujetador durante unos segundos de estremecimiento.

—La mayoría de las chicas estarían ya hartas de dormir en una tienda de campaña. Tú no.

—Me pregunto por qué. —Me recoloco sobre mis pies para poder alzarme más de puntillas. Meto una mano en el pelo de su nuca y le insto a acercarse—. El sexo en la tienda está dejando el listón muy alto.

—Lo digo en serio, Darcy —suspira cuando le dejo respirar. Después, volvemos a hundirnos el uno en el otro, con su lengua sobre la mía. Intenta que vayamos más despacio—. ¿Va a ser esta nuestra casa? Acabas de decirme que era perfecta.

Dejo de besarle y miro alrededor mientras finjo pensarlo.

—Está quedando bastante bien —es lo único que digo intentando ocultar el pellizco de temor que siento dentro.

La vida en la tienda de campaña me va bien. ¿Soy de esas personas que puede tener una casa para siempre? ¿Qué se debe sentir? Cuando heredé la casa de Loretta tenía fecha de caducidad incorporada.

Desde que Tom me puso el anillo en el dedo me ha estado desafiando para que me enfrente a mi temor a la permanencia. Mi problema del corazón se ha estabilizado y empiezo a pensar que sí puedo.

—¿Crees que puedo hacerlo? ¿Vivir en un único lugar?

—Sí. —Se inclina sobre mí—. Creo que los dos podemos aprender juntos.

Recuerdo con demora que él tiene también muchas razones para sentirse inseguro. Se ha estado mudando de casa durante años. Siento cómo guarda el destornillador en el ajustado bolsillo de atrás de mis pantalones cortos. Se aprieta con fuerza. Me gusta cómo gime.

Intento explicarme:

—Es por mi espíritu viajero. Creo que en mi vida anterior trabajé en un circo. Me encanta colocar esa tienda en sitios nuevos.

—Esto apenas podría contar como un viaje.

Me mira con preocupación. Le pone paranoico reprimir mis aspiraciones viajeras por el mundo, pero es que no lo entiende. Ya he visto cada rincón, cada bar y cada callejón. Lo novedoso de estos microviajes de una casa a otra ha sido un placer.

Un día voy a llevar a Tom a mis sitios favoritos. Preparar la lista es una de mis fantasías. No pasa nada si tenemos que hacer antes unas cuantas obras más.

Me besa en el pómulo.

—Cada vez que compramos una casa, pienso: «Esta es. Esta le va a encantar. Esta es nuestra casa». Y entonces la vendes —dice con melancolía—. Dos casas atrás podrías haber tenido tu propio estudio casero. Vi tu cara cuando te plantaste sobre aquella alfombra italiana. Y luego… vendida. —Suspira.

—Somos restauradores de casas. —Le aliso el pelo con los dedos—. Me has vuelto una adicta. No quiero que esto acabe.

—¿Es eso lo que crees que pasará? ¿Qué se va a acabar?

—Tú te mudarás a la siguiente reforma y estarás en una tienda de campaña sin mí.

—Sabes que no puedo hacer esto sin ti. Elegiremos casas que queden a poca distancia y estaremos de vuelta en casa cada noche. —Con paciencia, va acabando con cada preocupación que siento—. Elige una casa.

—¿Para qué?

Solo estoy jugueteando. Ya sé para qué.

—Para que yo pueda hacer la casa de tus sueños.

—Creo que esa tienda es todo lo que siempre he querido —respondo. Nos miramos a los ojos y el resto de la habitación empieza a oscurecerse y a desaparecer—. Una vez tuve una idea imposible. Decidí que si fueras mío… —me trago mis palabras cuando me mueve la cara hacia un lado y empieza a besarme el cuello.

No es justo. Sabe que eso me hace cortocircuitar.

—Si fuera tuyo… —dice con una sonrisa en la voz.

—Decidí que si fueras mío… —repito de nuevo y mi voz es un suspiro áspero y crudo que pone su cuerpo en tensión y le hace afilar los dientes sobre mi piel—, dormiría contigo en una tienda de campaña, toda la noche mientras el viento soplaba y la lluvia caía. Por estar contigo dormiría en el suelo el resto de mi vida.

—Y yo me dije a mí mismo que construiría un castillo para la princesa. —Se acerca más aún y el peldaño se tambalea debajo de mí. No siento miedo ni por un momento. Él nunca dejará que me caiga—. Eso es lo que me prometí.

—Yo no necesito eso —protesto, pero él me interrumpe.

—Me lo prometí cuando no era más que un niño. Cuando lo único que yo sabía era cómo usar un martillo, decidí que un día Darcy Barrett entraría en una casa que yo construiría y me miraría como... —se queda callado y su expresión se vuelve irónica y melancólica—, como me estás mirando ahora.

—Como si tuviera todo lo que quiero si te tengo a ti. —Me aseguro de que me entiende—. Te quiero mucho.

Ahora está inquieto, intentando buscar el modo de convencerme.

—Es muy difícil mimar a alguien que no quiere que le mimen.

—Me mimas cada noche.

Coloco los dedos sobre la hebilla de su cinturón. Su labio inferior se abre con la sorpresa y yo se lo muerdo. Su mano trata de interferir, apretándome la mía, pero yo sigo pasando la punta de mi dedo sobre el metal. Parece para él la entrada a algún lugar de deseo descarnado, porque apenas puede soportarlo.

—¿De verdad quieres que elija una casa?

—Sí, por favor.

Su tono es de absoluta desesperación. Miro alrededor de la habitación. Todavía está pendiente desplazar una pared y la cornisa es espantosa, pero la luz entra de una forma muy agradable y me gusta el seto de lavanda invadido por el zumbido de las abejas.

Pienso en lo mucho que le quiero y en la siguiente forma importante de demostrárselo.

—Esta casa —me permito por fin decir. Son palabras que llevo varias semanas aguantando. La decisión es como si una llave entrara en una cerradura—. Esta es nuestra casa. —Le levanto la cara con la mano para ver su expresión de sorpresa—. La ubicación, el tamaño, la iluminación del baño… Llévame a ese dormitorio y no me dejes salir nunca.

—¿Es esta? ¿Estás segura? —hace una pausa y un nuevo pensamiento le llena de placer—. ¿Este es el umbral que te voy a hacer cruzar en brazos?

Hay un destello en sus ojos. Ese animal que tiene dentro no desea otra cosa que añadir un segundo anillo de oro a mi mano.

—Sí —le aseguro, preparándome para el beso que sé que se aproxima.

Va a ser algo intenso y llevará en él todo su corazón y su emoción. Por fin, Tom Valeska puede dejar de ser ese chico encerrado a oscuras esperando a que le encuentren. Cuando empiece de nuevo a trabajar, va a ser una nueva experiencia para él. Va a ser algo que nunca antes ha sentido y yo estoy feliz de habérselo dado ahora.

Esta casa es la casa de Tom Valeska. Es la casa de Darcy Barrett. Joder, estoy viendo cómo mi sueño se hace realidad.

Me sujeta con las dos manos, sin hacer caso del ruido de las puertas de los coches que se cierran fuera de la casa ni de los pasos que se acercan. Van a pillarnos besándonos, pero eso ha pasado ya cien veces y, además, esto es algo magnífico. A la mierda la profesionalidad. Darcy Barrett y Tom Valeska tienen ahora un hogar. Echa la cabeza hacia atrás, dispuesto a mostrarme lo feliz que es.

—Sabes que te voy a querer aunque me obligues a vivir en una tienda de campaña el resto de mi vida. ¿Estás segura de verdad?

—Muy segura.

Cierro los ojos. Su boca está sobre la mía y somos felices. Tan simple como eso.

Printed in the USA
CPSIA information can be obtained
at www.ICGtesting.com
LVHW042116200124
769204LV00001B/2